너에게로
중독

안테 장편소설

3

너에게로
중독

안테 장편소설

D&C
BOOKS

Addicted
to you

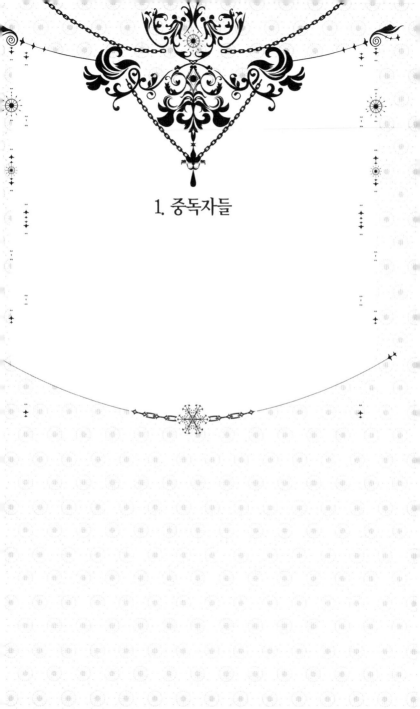

1. 중독자들

1. 중독자들

"도현 님, 정말 이렇게까지 하셔야 합니까?"

중오는 관자놀이를 꾹 짚었다. 두통이 머리를 지배하는 건 정말 오랜만이었다.

"지금 하시는 일이 사회적으로 어떤 파장을 불러일으킬지 아셔야 합니다."

"내가 신경 써야 할 건 조무래기들보다 유니벌 아닌가? 그러려고 어제 비위 맞췄던 건데 고작 내가 지금부터 벌일 일로 떨어져 나간다면야……."

도현이 위로 올라가는 엘리베이터의 숫자를 보며 낮게 읊조렸다.

"걔들이 보는 눈이 없는 거지."

그 어떤 감정조차 느껴지지 않는 목소리였다. 살벌한 비정

함에 건장한 체구의 가드들마저 절로 어깨가 위축되었다.

중오는 한숨을 내쉬었다. 세아가 입원해 있는 병원에 도현이 와 있단 소리가 밖으로 퍼져 봤자 좋을 것 하나 없기에 언론을 통제하던 사이, 사건을 담당하던 서진과 도현의 접촉이 있었다. 세아를 살해하려던 범인의 얼굴이 보고 싶다 요구했던 터라 범인의 사체는 국과수가 아닌 이곳 병원으로 이송되었다.

살해에 실패한 그가 죽음을 택한 건 정해진 순리였다. 버틸 수 없는 삶이 저를 기다리고 있단 걸 중오와 손을 잡을 때부터 눈치챘을 거다. 한데 절차대로 이행되어야 할 그의 사체가 도현의 발밑에 놓인 건 중오가 손쓰기도 전에 벌어진 일이었다.

—이 새끼야?

지하 주차장으로 내려가 PVC 보디백에 담긴 범인의 얼굴을 본 도현은 죽은 자에 대한 일말의 예우도 없었다. 몸을 걷어차고 짓밟고 으깨며 부러뜨리고. 이미 죽은 자인데 오히려 제 허락도 없이 목숨을 끊었단 점이 화를 일으켰다. 그런 도현을 말리는 자는 그 누구도 없었다. 괜히 자신들에게 불똥이 튈까 몸을 사릴 뿐.

—위로 올려.

폐기물을 치우듯 마지막 발길질이 거셌다. 땀이 맺힌 머리를 턴 도현은 운동을 마친 것인 양 개운한 표정을 지었다.

―쓰레기 같은 얼굴이라도 사진빨은 잘 받겠지.

땅바닥에 나뒹구는 바람 빠진 축구공을 보듯 아래로 깔린 시선이 무성의했다. 도현의 한마디에 병원 밖으로 그의 사체가 놓였다. 중오의 계획 중 일부분이었던 자가 공적인 자리에 드러난 셈이다. 기자들이 찍어 댄 얼굴은 고스란히 기사화됐으며 곧 나타날 릭시의 모습을 고대하는 중이었다.

"mp3 플레이어 같은 거…… 하나만 구해 와."

"네?"

'팅' 하고 소리가 울려 퍼지자 엘리베이터 문이 열렸다. 줄곧 위로 향해 있던 도현의 고개가 떨어졌다.

"클래식 넣어서."

앞으로 걸어 나가는 도현의 뒷모습을 보며 가드들이 어리둥절한 표정을 지었다. 중오는 한숨과 함께 지시를 내렸다.

"누나, 집에 가자."

"어? 나 신발이 없는데."

"무슨 상관이야. 내가 안고 갈 건데."

안길래, 업힐래? 선택지까지 주니 세아가 고심하듯 얌전히 눈동자를 굴리다가 도현의 목에 팔을 감았다. 그 모습이 예뻐 죽겠다는 듯 도현의 입가로 웃음이 번졌다.

"오빠가 안아 줄까?"

"무슨 오빠야, 나보다 어린 게."

"이렇게 가볍고 얌전히 안겨 있는데 애지, 그럼."

마치 솜털인 양 세아를 가볍게 안아 들고 걷던 도현이 웃었다.

"살찌면 누나라고 해 줄게. 너무 말랐어."

기자가 와글거리는 바깥과 달리 둘의 대화는 일상처럼 한가로웠다. 지나가는 간호사에게 시트를 부탁한 도현이 그를 넓게 펼쳐 세아의 몸과 얼굴을 전부 덮었다.

"뭐야, 이거?"

"밖에 나가면 카메라 많아. 눈부실까 봐."

"순간이동으로 갈 거 아니었어?"

"잠깐 일이 있어서 그것만 하고."

"무슨 일?"

"집에 가서 다 말해 줄 테니까 기다려. 궁금하다고 해서 보면 안 돼, 알았지?"

작게 타이르듯 소곤대는 음성이 부드러웠다. 친절한 당부에 이겨 낼 재간이 없던 세아가 "으응." 대답했다.

"우리 고양이, 졸리진 않고?"

"괜찮아. 너야말로 술까지 마셨는데……."

세아가 시트 안쪽에서 웅얼거리자 도현이 인상을 찌푸렸다. 냄새를 없애고 왔어야 했는데 급하게 오느라 신경도 못 썼다.

"술 냄새 많이 나?"

"아니, 그거 때문이 아니라 너도 피곤하고 힘들 텐데."

"너 때문에 진작 술 다 깼어."

중오는 곧바로 또 생글생글 웃는 도현이 적응되질 않았다. 앞을 가린 시트만 없었다면 지금처럼 웃었다가 차가워지는 도현의 양면성을 세아가 눈치챘을까. 1층에 도착하자 가드가 중오에게 무언가를 내밀었다. 저가 지시했던 물건이었다.

"말씀하셨던 거 준비됐습니다."

"잠깐 있어 봐."

로비로 나가기 전, 복도에 놓인 의자에 세아를 잠시 내려놓았다. 세아가 손으로 시트를 조금 잡아 내렸다. 도현이 이어폰을 꽂더니 음악을 확인했다. 베토벤 교향곡이 누구 취향인지 알 수 없으나 나쁘진 않았다. 음량을 키우는 손가락이 끝도 없이 올라간다. 중오는 진중히 그 모습을 바라보았다. 대체 저게 왜 필요한가 싶었는데 도현이 이어폰을 빼 세아에게 내밀었다.

"꽂아."

"어?"

"노래가 좋더라고."

도현이 직접 세아의 귀에다가 이어폰을 꽂았다. 음량이 조금 컸는지 세아가 인상을 찡그렸다.

"내가 하는 말 들려?"

"뭐라고?"

"됐네."

중오는 허탈했다. 앞으로 펼쳐질 일을 세아가 보지 않길 바라는 마음에서 준비한 연막일 줄이야. 속에는 악마 수십 마리를 키우는 도현이 세아의 앞에서만큼은 천사로 남고 싶어 하는 게 웃겼다. 날개를 잡아 뜯고 가슴이라도 벌려 안에 키우는 불순한 존재를 낱낱이 까발리고 싶어진다. 윤세아, 네가 사랑하는 존재는 그리 착하지 않다고.

"이제 나갈 거야. 내 품에 얼굴 기대고 있어. 금방 끝나니까."

들리지 않는지 세아는 대답이 없었다. 인형 같은 세아를 품에 소중하게 안은 도현은 먼지라도 묻을까 시트로 더욱 꼼꼼히 가렸다. 가드들이 앞서 걸어가 문을 열자 도현이 매끄럽게 걸어 나갔다. 기다렸다는 듯이 쏟아지는 플래시 세례에 멈춰 선 도현은 제 발밑으로 놓인 범인을 내려다보았다. 한 번 더 걷어찰까 하다가 세아를 안은 두 팔이 흔들리는 게 맘에 걸려 그만두었다. 제게로 집중되는 카메라를 보며 도현은 천천히 독이 담긴 입을 움직였다.

"다들 아시다시피 몇 시간 전, 일어나선 안 될 불미스런 사건이 있었습니다. 제 여자가 좀 다쳤거든요."

"……."

"결혼하고 싶단 말을 애들 장난으로 받아들인 자가 저지른 짓이라고밖에 생각되지 않더군요. 아마 제가 많이 우스웠나 봅니다."

"연쇄살인범이었다고 들었는데, 그걸 윤세아 씨를 노린 행동이라고 보시는 겁니까?"

"그게 중요합니까? 설령 모르고 죽이러 들어갔더라도 윤세아 얼굴 봤으면 뒷걸음쳐서 나왔어야지."

도현의 입가에 웃음이 그려졌다.

"멍청하니까 죽은 거죠. 아닙니까?"

일순간 주변으로 냉기가 퍼졌다. 기자들은 일순간 침묵했다가 다시금 가열차게 질문을 던졌다.

"자신의 죄를 반성해 자결한 자입니다. 이런 식으로 살인범의 얼굴을 공개해도 되는 겁니까?"

"그는 벡터입니다. 보호법에 위반되는 일인데요."

살벌함을 내포한 도현의 눈동자가 수십 대의 카메라를 꿰뚫어 보았다.

"보호법?"

도현이 안타깝단 듯이 미간을 찌푸렸다.

"어쩌지, 여기도 멍청한 분들이 꽤 되는 거 같은데."

그의 조소는 여전했다. 무지함을 탓하기보다 친절히 설명해 줘야 한다. 그게 위쪽 공기를 마시는 자로서의 도리이다. 도현의 구둣발이 사체의 배를 지그시 짓밟았다.

"지금 이 자리에서 누가 보호를 받아야 한다고 생각들 하십니까?"

"……"

"벡터? 웃기고들 있네. 당신들이 기억해야 할 건 살인범의 인권이 아니라, 그에게 죽을 뻔한 제로가 살아남았다는 겁니다. 그것도 아주 필사적으로요."

"……."

"한데 그 사실이 이해가 안 가고 탐탁지 않은 분들이 꽤 되나 봅니다. 지금도 제 앞에서 살인범을 옹호하는 걸 보면."

수백 명에 달하는 인원 전체가 온몸이 마비된 듯 꼼짝도 할 수 없었다. 도현이 내뿜는 위압감은 감히 무시할 수 없는 것이다.

"아, 그리고 보니 제가 발표회에서 이 말은 하지 않았던 것 같군요."

나직이 뱉어지던 도현의 목소리가 갑자기 아득하게 멀어졌다.

"아악!"

순식간에 굉음으로 돌변했다. 고막을 찢는 듯한 고통에 기자들이 저마다 귀를 틀어막았지만 내부에서 일어나는 폭격이라 막을 도리가 없었다. 도현은 아래로 고꾸라지는 자들을 내려다보았다. 자신의 목소리를 들은 대상에게 음파를 전달해 고막은 물론이고 뇌까지 조여 버리는 힘.

"제 심기를 건드려서 좋을 것 하나 없다고."

세이렌.

신화에 나오는 존재에서 따온 명칭의 초능력은 그 이름만큼이나 벡터들 사이에서 전설처럼 내려오는 능력이었다. 본적 없었기에 존재하는지조차 믿을 수 없었고 막연하게 책에 적혀진 바로는 마지막으로 세이렌을 보유한 자는 백 년 전.

"이글이란 칭호를 그냥 얻은 게 아닙니다."

그리고 현재 단 한 명.

순식간에 시신 위로 거대하고 새하얀 불길이 치솟았다. 로우 티어지만 최상급에 도달하기엔 가장 어렵다 알려진 '불'이었다. 하얀 불은 순식간에 살점을 씹고 뼈까지 삼킨 뒤 사라졌다.

"이제 누구 비위를 맞춰야 하는지 이해가 되려나……."

뇌를 찌르던 고통이 멀어지며 도현의 적막한 목소리가 새벽의 공기와 함께 피부로 들러붙는다. 진땀으로 흥건해진 얼굴들은 저마다 마른침을 삼켜 댔다. 바닥에 남은 검은 얼룩만이 조금 전까지만 해도 이곳에 사체가 있었단 걸 말해 주고 있었다.

"피부로 느낀 교훈이니 잊지 않을 거라 생각합니다. 기자씩이나 됐으니 똑똑하신 분들 아닙니까?"

만에 하나, 불꽃이 저들에게 붙었더라면…….

"지금 이 시각 이후부터 윤세아 이름을 함부로 더럽힐 시 그 어떤 처벌도 마다치 않겠단 의미로 받아들이겠습니다."

세이렌이라니, 정말 그 능력이 존재했단 말인가.

"이건 법이 아니라 제가 독단적으로 움직이겠단 겁니다."

"……."

"지금처럼 뭐…… 보시는 바와 같이."

이글이 가진 위력을 본 자들은 입조차 열지 못하는 게 당연했다. 여기서 죽고 싶은 자는 없으니까. 이토록 두려움을 자아내는 전설의 힘마저도 그가 보유하고 있는 초능력 중 극히 일부분일 터였다. 도현은 얼어붙은 자들을 보고선 중오에게 나지막이 속삭였다.

"쇼가 끝났으니 바빠지겠어."

전혀 측은해하지 않는 도현의 눈동자가 중오에게 닿았다.

"기사 막아."

그 말을 끝으로 세아를 안은 채 사라졌다. 중오의 뻐근해진 고개가 자신이 미처 처리하지 못한 시신의 잔해로 떨어졌다. 중오가 남긴 흔적은 도현의 손에 의해 사라지고 희귀하니 절대로 사용하지 말라 당부했던 세이렌까지.

"……젠장."

실수 한 번에 대한 악마의 보복은 결단코 가볍지 않았다.

"머리가 왜 이렇게 울리지."

어젯밤, 집으로 돌아와 술을 마시고 잠든 게 잘못되었나 싶다. 이현은 두통 때문에 눈을 감은 채 한동안 침대를 벗어나지 못하고 있었다. 생각해 보니 현실감 없이 몽롱한 상태와 들쑤시는 통증은 능력을 사용했을 시 딸려오는 부작용이었다. 커튼으로 창문을 막아 두어 어둠이 깔린 공간에서 이현은 느릿하게 눈을 깜빡였다.

　"몇 시지……."

　아침인 거 같긴 한데. 이현의 입꼬리가 느릿하게 올라갔다. 진짜인 널 보러 가는 아침.

　방을 나와 1층으로 내려가자 메이드가 분주하게 움직였다. 이른 새벽에 잡힌 약속을 마치고 온 일한의 슈트가 고단한 윤기를 머금고 있었다.

　"이제 오세요?"

　바이어들과의 만남은 성공적이었을 것이다. 그걸 위해 유니벌이란 이름으로 직접 행차한 걸 테니. 한데 재킷을 벗는 일한의 표정은 그리 밝지 않았다.

　"어제 파티는 잘 참석했느냐."

　"뭐, 대충."

　이현은 시계를 내려다보았다. 아침 8시, 적당하게 일어나긴 했다.

　"자리를 빨리 비운 모양이더구나. 내게 너와 인사를 나누지 못해 아쉬워하는 유니벌이 여럿이란 소리가 들려서 말이다."

"기분이 별로였어요."

일한은 반쯤 열린 입을 도로 닫았다. 저 이유라면 어떤 말을 해도 전부 무의미해진다.

"오랜만에 같이 식사나 하자꾸나."

곧바로 얼굴만 비치고 나갈 예정이었던 이현의 발이 어쩔 수 없이 식탁으로 향했다. 세 식구가 나란히 앉아 밥을 먹은 게 까마득했으니 오랜만에 아들 노릇을 해도 좋을 것 같았다.

"일어났니? 어서 앉으렴."

식탁에 모습을 드러낸 이현을 본 어머니가 이른 아침부터 곱게 화장한 얼굴로 웃었다. 맥스인 그녀는 눈치를 보는 일이 몸에 배어 있었다. 슬하에 자식을 여섯 낳았는데 그중 유일하게 생존한 이현은 그녀에게 소중하면서도 한편으론 레벨의 격차로 인해 두려운 존재였다.

이현이 자리에 앉아 수십 가지의 반찬을 훑는 시간에도 저가 만든 음식도 아니면서 긴장한다. 이현이 묵묵히 젓가락을 들자 그제야 그녀의 입에서도 안도의 숨이 흘렀다.

"간밤에 떠들썩한 일이 여러 개 있었다지?"

일한이 운을 떼자 이현은 움직이던 턱을 멈추었다. 음식물이 담긴 입가를 손으로 가리는 건 몸에 밴 행동이었다.

"뭐가 그렇게 재미있으려나."

무사히 목 뒤로 넘긴 이현이 뒤쪽으로 손을 뻗자 뒤에 서 있던 비서가 태블릿 패드를 올려놔 주었다.

　"네가 파티에 데려갔던 제로 때문에 아주 떠들썩해."

　이현은 태블릿을 내려다보았다. 기사였다.

　"초능력 여덟 개의 이글이라. 게다가 릭시라니. 아주 엄청난 자가 세상에 나타났더군. 네가 끌고 다니던 제로와 연관 있어 보이던데."

　건조하게 글을 읽었다. 연쇄살인범, 제로의 집 습격…… 병원으로 이송…… 피해자는 릭시 발표회에서 거론된 여자. 그 글자까지 담고 난 이현의 눈썹이 빠르게 구겨졌다.

　"윤세아가 어딜 다친 건데?"

　"다리가 부러졌다고는 하는데, 크게 다친 곳은 없다고 합니다."

　"치료는?"

　"병원에서 상급 치료 벡터를 준비했다고 들었습니다."

　살인범이라니, 기가 찰 노릇이었다. 헛숨을 토하며 마저 기사를 눈에 담았다. 범행을 저질렀던 자가 연행 중 자결을 했단 소식과 더불어 도현이 한 경고까지. 그중에서 가장 이현의 시선을 어지럽히는 건 세아의 죽음을 떠들어 댄 자들의 흔적이었다. 이현은 혀를 쓸며 말했다.

　"기사 밑에 윤세아 이름 떠든 애들, 신원 알아 봐."

　"이미 그 부분은 김중오 씨가 나선 걸로 압니다."

"뭐?"

또 한 번 기가 찬 웃음이 터졌다.

"내가 잠든 사이에…… 정신이 나가겠네."

이마저도 도현이 먼저 움직였다고 하니, 이현은 아침부터 시작된 두통이 더 거세지는 걸 느꼈다.

"알고 접근한 게냐?"

"뭘요."

이현이 살벌하게 태블릿을 내렸다. 지금 짜증이 솟구치는 건 세아가 위험에 빠져 있을 때 자신은 한가롭게 잠들어 있었기 때문이다. 그러는 사이 제 여자를 지키는 것인 양 도현이 움직였고.

"이글에게 꽤 중요해 보이던데, 그 윤세아란 여자."

"하고 싶은 말씀이 뭔데요."

"네가 어떤 마음을 먹고 다니는지 궁금한 게다."

"결혼하고 싶은데요."

쨍그랑. 얌전히 국을 뜨던 그녀가 숟가락을 놓쳤다. 일한의 짙은 눈썹이 위로 들썩였다.

"제로와 결혼이라니. 진심인 게냐?"

"이글도 한다고 나서는데 저라고 못할 거 있습니까?"

"불결한 언행은 식사 중 삼가야지. 유니벌의 이름을 더럽히면 안 된다."

"그런 유니벌이 지금 이글 밑이라는 건 아시죠."

이현은 거친 숨을 몰아쉬었다.

"그 괴물 새끼 하나 나타나면서 졸지에 누구 밑에 깔리는 위치가 되었는데, 아버진 유니벌로서 아무런 생각도 안 드세요?"

"레벨로 보면 얘기가 그렇게 되지만 우선 협력 관계가 되어야겠지."

"협력. 재미없네."

따분함이 묻어나는 그의 손길이 앞에 놓인 그릇을 밀어냈다.

"역시 사업을 하셔서 그런지 생각도 계산적으로 굴러 가시네요. 옆에 붙어 있으면 뭐라도 떨어질까 봐?"

"서로가 좋은 관계가 될 수 있단 거지."

이래서 사업은 지루한 게……. 이현이 의자 등받이 위로 한쪽 팔을 기대었다.

"나만 이단인가. 전 개 보기 싫은데."

일한은 묵묵히 이현을 바라보았다.

"사회를 떠들썩하게 할 자가 나타났으니 이럴 땐 여론을 지켜보고 따르는 게 맞는 게다. 게다가 릭시니 유니벌이니 해도 적대심보다는 우호심이 먼저지. 어제 그와 사석을 함께했던 위츠 씨의 말을 듣자 하니 아주 성격도 원만하니 괜찮다고 하더군. 유일한 존재가 되었는데도 깔보는 것 없이 거만하게 굴지도 않고."

"정말 비위도 좋으시네요. 나보다 위에 있는데 고작 거들먹거리지 않는단 태도로 너그럽게 봐주시고."

"그자가 세이렌을 가졌다."

"세이렌?"

이현의 눈썹이 구겨졌다. 말이 안 되는데…….

"세이렌은 소문으로만 존재하던 초능력 아닌가요. 잘못 아신 것 같은데요."

"어제 그 능력을 직접 경험한 벡터들이 수백이다. 유사 초능력이 아닌 세이렌이 확실하지."

"……그걸 공개하다니 정신이 나갔나 본데요."

"다르게 보자면 옆에 데리고 있는 제로 때문에 눈에 뵈는 게 없단 거겠지."

"……."

"네 성격 잘 안다. 하지 말라고 해도 할 테니, 데리고 노는 여자로 제로는 봐주마. 한데 그게 이글과 연관된 여자인 이상 네가 알아서 피해 줬으면 하는구나. 전 세계가 관심을 쏟는 이글과 부딪혀서 네 이미지에 좋을 건 없으니까."

"어떤 이미지요?"

어이없단 듯 이현이 설핏 웃음을 터트렸다.

"저도 이미 그 제로 하나 때문에 눈에 뵈는 게 없어져서 이미지 챙기기엔 너무 늦었는데요."

"아직까지 하도현은 밀어내는 것보다 곁에 두는 것이 더

영양가 있는 자다. 네가 부딪쳐서 좋을 것 하나 없어."

"궁금해서 그런데 제가 다칠까 봐 그러세요, 아니면."

다리를 꼬며 식탁 위로 팔을 얹은 이현이 웃었다.

"여자 하나 못 빼앗아서 창피라도 당할까 봐 그러세요?"

"……."

"전자라면 회복 초능력을 가졌으니 문제없고, 후자라면 제가 어디 가서 이름값 못하고 다닌 적 없으니……."

이현은 느릿느릿 말했다.

"아버지가 불필요한 걱정을 하시는 거고."

"……."

"태어났을 때부터 유니벌이었던 제가 사회를 더 알까요, 줄곧 본부에 갇혀 있던 릭시가 잘 알까요. 답은 계산적인 아버지가 더 잘 아실 텐데."

"네가 걱정돼서 그러는 게다."

"그럼 그것도 아셔야겠네요. 세이렌을 날려 버릴 수 있는 초능력."

일순간 이현의 눈빛이 어두워졌다.

"제 고스트밖에 없으니까."

일한이 굳게 입을 다물자 이현이 천천히 시선을 아래로 내렸다.

"잔소리는 이쯤하시는 게 좋을 거 같은데요. 기분이 점점 별로라서."

몇 번 뜨지도 않은 숟가락을 바라본 이현이 턱을 느슨하게 움직였다. 입맛이 점점 떨어지는데……. 이래서 안 하던 짓을 하면 안 된다고. 괜히 아침을 먹는다고 나서선. 시선을 내린 채 생각에 잠겨 있는 이현을 보며 그녀가 조심스럽게 말문을 열었다.

　"예리와 파혼했단 얘긴 들었어. 생각해 보니 맥스와 약혼한 게 나 역시 맘에 걸리긴 했는데 유니벌 중에서 미혼인 여잔 둘인데 너무 어려서……. 그래도 너와 어울리는 위치는 유니벌이니 다시……."

　"어머니."

　이현이 지겹다는 듯이 인상을 구겼다.

　"저 그 제로랑 결혼할 거라니까요. 제대로 못 들으셨어요?"

　그녀가 놀라 입술을 깨물었다.

　"임신이라도 시켜 와야 말이 통하나."

　이현은 미련 없이 자리에서 일어나 뒤도 돌아보지 않고 걸었다. 이현이 어깨 너머로 손짓하자 빠른 걸음으로 비서가 다가와 속도를 맞췄다.

　지금 당장에라도 세아를 찾아가고 싶어 온몸이 근질거렸지만 참아야만 했다. 껄끄러운 사건이 터진 이상, 아마 카페엔 출근하지 못할 거고 도현의 보호 아래에서 움직이게 될 거다. 이현이 찾아가 도현과 함께 있을 세아를 불러 봤자 꼴만 사나울 뿐이다. 그러니 하류 같은 짓은 그만두고,

이제부터 급을 맞춰 대해 볼까.

"하도현 오늘 일정, 전부 다 끌어와."

"네."

신사답게.

세이렌이 가져온 여파는 엄청났다. 그렇기에 비밀로 둔 초능력이었거늘 도현은 이 심각성을 전혀 고려하지 않아 증오만 죽어났다. 기사를 막는 데에만 온갖 연줄이 다 동원됐지만 이미 그 힘을 경험한 자들이 떠들어 대는 건 막기 어려웠다. 전설로 치부했던 그 초능력을 실제로 가진 도현을 보며 열광하는 자가 있는 반면, 공포에 떠는 자도 속출했다. 세이렌을 가진 자가 백 년 만에 나타난 게 다름 아닌 최초의 레벨을 가진 이글이라 그 위압감은 실로 대단했다.

"병원 앞에서 말씀하셨던 장면은 방송이 불가하고, 대신 기사로 언급되도록 내버려 두었습니다. 세이렌을 사용했단 건 기를 쓰고 뺐지만요."

"……."

"또한 연쇄살인범에 관련된 조사도 정리했고, 기사 밑으로 의견을 남긴 자들 역시 모두 처리했습니다. 꽤 센 처벌을 내린 터라 아직 윤세아 씨가 화제가 되고 있지만 도현 님께서 새벽에 보이신 초능력이 이미 소문이 나 아마 전처럼 떠들진 못할 것입니다."

날이 선 생각을 깎고 다듬어 보자면 그리 최악의 상황은 아니었다. 초능력이 외부로 노출된 것은 치명적이었지만 도현은 그 개수가 여덟 개나 되는 자였다. 한두 개 알려진 다고 해도 신비감이 떨어지기보단 두려움을 안겨 주는 존 재로 자리매김하기 좋았다. 나쁘지 않다, 그 정도는. 다만 마음에 들지 않는 건 거기에 윤세아가 얽혀 있단 것.

"어제 보이신 모습으로 인해 벡터들 사이에서 윤세아를 건드리면 안 된단 암묵적인 법이 생겼거든요."

실수만 하지 않았더라면 이런 일 처리를 할 필요도 없었 겠지. 그래서 중오는 제 실수를 덮을 요량으로 도현이 부 탁했던 일을 더 완벽히 처리했다. 의심이 제게 닿지 못하 도록 하느라 새벽 내내 잠도 자지 못했다.

"수고했네."

"별말씀을요. 한데 세이렌까지 사용하실 줄은 몰랐습니 다만."

"이제 팔찌까지 찼는데 뭘 사용하든 내 마음 아닌가?"

최대한 그 전설적인 힘은 나중에 보여 주려 했거늘. 또 한 번 계획이 틀어졌지만 지금 중오는 비위를 맞춰야 하는 입장이었다. 중오가 쓰게 웃으며 물었다.

"그런데 잠을 못 주무신 겁니까?"

"그건 너도 피차 마찬가지 아닌가?"

"매번 일에 파묻혀 사는 제게 며칠 잠을 자지 않는다고 문제 될 건 없죠."

"나도 지금껏 제대로 잠든 적은 손에 꼽아서."

"……."

"기관에서 생활할 때에도 수면제 먹으려고 발악했었던 게 넌데 그새 잊었나 봐. 난 오히려 푹 자면 불안해."

중오는 고요히 감탄했다. 왕좌에 오른 자는 애초부터 그 자리에 앉기 위해 태어난 건지, 모든 면에서 부족함이 없었다. 이글로서 만나야 할 인사들이 한 트럭이라 시간에 쫓기는 게 정해진 순리인데, 잠을 못 잤다고 해서 뇌를 굴리는 게 굼뜬 것도 아니고 평상시와 다를 바 없다. 간밤에 술을 꽤 많이 마셨는데도 지금 도현은 그마저 모두 해소한 듯 보였다.

"내가 말한 자료는 준비했겠지."

"당연하죠."

그런 이글을 보좌할 수 있는 자, 저밖에 없을 거라 중오는 확신했다. 눈코 뜰 새 없이 바빴던 사이에도 도현이 어제 부탁한 걸 차질 없이 준비했다. 깔끔하게 정리된 서류를 내밀자 도현이 앞으로 고갯짓했다. 앉으란 소리였다.

"정리된 서류지만 내용이 꽤 깁니다. 세밀하게 조사하길 원하실 것 같아서요."

"그래, 그걸 원해."

중오가 소파에 앉아 고요한 집 안을 둘러보았다. 종이 한 장에 글자가 빽빽하게 담겨 있음에도 도현의 손은 비교적 빠르게 그것을 넘겼다.

"조용히 얘기하자고. 누나 자니까."

얇은 종이가 무차별하게 쓸려 나가는 소리만 울려 퍼진다. 중오는 고개를 끄덕이며 침묵했다. 저는 그토록 바쁜 새벽을 보내는 사이, 세아는 편히 잠들었을 거란 생각만 하면 속이 편치 않았다.

"이게 다야?"

도현은 빠르게 서류를 훑고선 탁자 위로 던졌다. 대충 본 것이 아니라 전부 머릿속에 입력했을 거다. 그의 흡수력은 기관 내에서도 유명했다.

"네, 설예리 씨의 집안은 맥스가 주를 이룹니다. 그의 아버지인 설인우 씨가 KM 기업의 최대 주주로 역임한 게 5년 전이고, 그 밖에 총 열 명의 주주 중 세 명이 그의 형제로 하나씩 계열사를 운영하고 있습니다. 백화점, 호텔, 금융 사업을 하고 있지만 가장 주력하고 있는 건 전자 쪽입니다."

"기술력이 꽤 괜찮다고 적혀 있는데."

"네, 한데 회사를 운영하는 게 맥스인지라 올라갈 수 있는 선은 한정되어 있죠. 화신 기업에 비하면 명함도 못 내밉니다."

현시점에서 대한민국을 장악하고 있는 건 유니벌이 운영하는 화신 기업이었다. 잠시 생각에 잠겨 있던 도현이 고개를 끄덕이며 말했다.

"설인우와 오늘 오후 중으로 약속 잡아."

"설예리 씨가 아니라요?"

"어."

"……오늘 일정을 확인해 보도록 하죠. 어떤 사유로 뵙고 싶어 한다고 전할까요?"

"그냥 얼굴 좀 보자고 해. 좋아할걸."

"알겠습니다."

중오는 도현의 의중을 파악할 수 없어 고심하다 이내 말문을 열었다.

"간단하게 오늘 도현 님의 일정을 말씀드리겠습니다. 10시에 미담에서 닉 에인하드 클로비스와 조찬이 있고 12시엔 골프 모임이 있습니다. 저녁 7시엔 영국 여왕님과 만찬이 예정되어 있으니, 그사이에 설인우 씨와 약속을 잡도록 하겠습니다. 이 중에서 소화하시기 어려운 일정 있습니까?"

"없어. 근데 당장 조찬에 입고 갈 의상이 없는데."

"의상이라면 이미 다 준비되어 있습니다만."

"아니, 나 말고."

설마. 중오의 눈썹이 껄끄럽게 구겨졌다.

"우리 누나."

"……."

"상대가 유니벌씩이나 되는데 허접한 거 입혀서 데려가면 또 격식에 안 맞는다 난리를 칠 거잖아? 그 입이라도 다물게 오늘 일정에 걸맞은 의상 전부 준비해. 하나도 빠짐없이 데리고 다닐 거니까."

윤세아를 죽일 기회 하나 날려 먹었을 뿐인데, 그로 인한 여파가 너무나도 컸다. 중오는 억지로 입을 움직였다.

"유니벌과 갖는 특별한 사석입니다. 제로가 끼게 되면 결례를 범하는 일이 될 텐데요."

"그건 내가 알아서 할 테니 넌 시간 맞춰 준비나 해."

할 말이 끝났다는 듯 도현이 자리에서 일어나 안쪽 복도로 향했다. 지금부터 일어나 씻고 준비해야 시간을 맞출 수 있기에 발걸음이 조금 빨랐다.

침실 문을 열자 거대한 침대에 파묻혀 잠든 새하얀 속살이 보였다. 새벽에 돌아와 씻기고 다쳤던 부위를 어루만져 준다는 게 관계로까지 이어졌다.

"세아야."

침대로 올라간 도현이 무릎으로 기며 가느다란 발목을 잡고 만지작거려 주었다. 집으로 돌아오자마자 정부에 요청해 발찌부터 제거했다. 침대 헤드까지 천천히 올라서자

새근새근 잠들어 있는 세아의 얼굴이 보였다. 천사가 있다면 바로 여기 잠들어 있으리. 뺨 위로 베이비 키스를 해 주자 살 내음이 진동한다.

"우리 애기, 피곤하지만 눈떠 보자."

"으응……."

"못 뜨겠어?"

도현이 세아의 눈꺼풀을 엄지로 문지르자 작게 벌어진 입술이 칭얼거렸다.

"왜에……."

"밥 먹어야지."

"배 안 고파."

"그래도 식사는 정해진 시간에 하는 거야. 안 그럼 속 버려."

"……."

눈을 뜬 세아의 표정이 새침하다. 도현은 슬쩍 웃음을 터트렸다.

"나 밉구나. 어제도 괴롭혔는데 아침 일찍 깨우기나 하고."

"몇 신데?"

"8시 반."

너무 이른 시간이라고 생각되었는지 살며시 인상을 찡그렸다가 도로 도현의 얼굴을 본다.

"넌 좀 잤어?"

"응, 너 안자마자 잠들었지."

사실 거짓이었지만. 네가 남겨 준 열기와 환락이 너무나도 아찔해 곱씹느라 시간 가는 줄 몰랐다고 한다면 과연 뭐라 말할까. 세아의 눈꺼풀이 다시금 무거워진다.

"또 자면 안 돼."

이대로 내버려 두었다간 곧바로 잠들 걸 알았기에 도현은 세아를 안고 욕실로 향하려 했다. 한데 잘록한 허리 밑으로 도현의 팔이 들어가자 세아가 곧바로 인상을 찡그렸다.

"아야, 아파……."

"어디, 어디가?"

심장이라도 떨어진 듯 놀란 얼굴이다. 곧 세아의 살결을 보드랍게 만져 주며 도현이 심각한 낯을 했다.

"어디가 아픈데……."

원래도 세아의 몸에 예민한 도현이었지만 사건 이후 더 심해졌다. 딱딱하게 굳은 채 울 것만 같은 도현을 보며 세아가 천천히 미소 지었다.

"아니야, 네 얼굴 보니까 괜찮아졌어."

그제야 도현의 입에서 한가득 숨이 토해졌다. 두 번 다신 아프지 말라며 허리를 낮춰 입맞춤한다.

"치료 벡터를 아예 고용해서 옆에 둬야겠어. 너 전담으로 보호할 가드들도 새로 뽑고."

세아의 입에서 나오는 아프단 소리 하나, 신음 한 가닥에도 경기를 일으킬 정도로 도현은 민감한 남자가 되었다.

그를 확인하려 일부러 앓는 소리를 내 보았던 세아는 도현의 목에 팔을 감으며 어깨에 입술을 비볐다.

"씻고 싶어."

제 몸을 희생하지 않았더라면 나올 수 없는 결과물이다. 상처 하나 없이 살아남았더라면 온갖 구설에 오르고 증오의 반격을 피할 수 없었을 것이다.

"안고 가 줘. 못 걷겠으니까……."

세아는 점차 영악한 여우로 변해 가는 것만 같았다. 도현의 애를 살살 태우는 제 모습이 낯설었지만 이렇게라도 그와 떨어지고 싶지 않았다.

"응, 가자."

도현이 조금 전보다 더욱 조심스럽게 세아를 끌어안았다.

"손 쓰지 마. 내가 알아서 다 해 줄게."

샤워를 마치고 바깥으로 나온 세아는 옷을 입었다. 그것 말고도 잠든 사이에 제집에서 가져다 놓은 물건이 여럿 보였다. 이곳에서 함께 살게 되는 건가. 세아의 입가로 흡족한 미소가 번졌다. 망치로 발목 한 번 내리친 것뿐인데 결

괴물이 좋았다. 제 집을 찾아와 준 살인범에게 고맙다 말까지 하고 싶을 정도였다. 세아는 수건으로 머리를 뒤적이며 주변에 있는 쇼핑백을 뚫어지게 보았다. 도현이 제 물건을 남의 손을 타게 내버려 두지 않았을 것이다. 도현이 직접 가려왔을 거란 확신으로 다가선 곳에는 휴대폰이 있었다.

[헐, 하도현 세이렌.]

세이렌? 출처가 명확하지 않은 번호였지만 요한이 보낸 정보란 건 확실했다. 빠르게 인터넷 창을 연 세아는 아직도 지치지 않고 쏟아지는 기사를 보았다. 제가 도현의 품에 안겨 교향곡이나 듣고 있을 때 벌어진 일들이었다. 머리 위로 얹어 둔 수건이 스르륵 흘러내렸다. 세이렌이라니, 제 발목 하나로 밝혀진 힘이라기엔 도현의 숨겨진 능력은 가히 놀라웠다. 세아는 헛웃음이 나왔다. 인터넷 창을 끄자 문자함에 메시지가 하나 더 와 있었다.

[까불면 다 죽나요?]

확실히 이제 세아는 총을 잡을 이유가 없어졌다. 제게는 살상 무기나 다름없는 도현이 있었지만 이용하고 싶은 마음은 없다. 도현이 그랬던 것처럼 세아에게 그는 사랑하는 남자였다. 위험한 일을 하는 게 싫고 걱정되는 게 당연하다. 세이렌 능력까지 밝힌 마당에 지금도 적은 계속 생겨나고 있을 테니까. 세아는 조금 더 똑똑하게 행동하고 싶었다. 도현을 찾아 거실로 나온 세아는 탁자 위에 놓인 두

꺼운 종이를 발견했다. 빽빽하게 적힌 내용은 기업의 골수까지 빨아들인 정보였다.

"인수할 거야?"

"뭘?"

"이 회사."

이렇게 치밀하게 조사한 걸 보면 답은 나왔다. 주방에서 물을 마신 뒤 걸어오던 도현이 멈춰 섰다. 허리를 숙인 세아가 오른쪽 발목 위로 톡 튀어나온 복숭아뼈를 나른하게 매만졌다.

"네가 설예리를 가만둘 리 없을 테니까."

발찌는 이미 사라진 후였지만 애초에 그걸 차게 한 건 예리였다. 오직 종이를 보며 몰두해 있던 세아가 픽 웃었다.

"근데 조사가 완벽하진 않네."

"……"

"주주 중의 한 명인 박성철, 이 남자가 여기 실질적인 권력이야. 기업에 막대한 자본을 투자하는 것 외에 검찰 쪽 조사 못 들어오게 막아 주는 역할도 하고 있거든. 설인우가 비자금으로 보이는 큰 금액을 매달 캐나다에 있는 중소기업에 공급하고 있어. 겉만 그럴싸한 페이퍼 컴퍼니인 게 뻔하지만, 그게 박성철 거란 추측이야. 회사 먹으려면 아마 그거부터……."

"세아야."

"어?"

"섹시해."

도현이 다가가 뒤에서 끌어안았다. 커다란 몸이 붙자 세아의 발이 조금 앞으로 밀려났다.

"좋이 들지 마."

도현에게 빼앗긴 서류가 처참히 버려졌다.

"집중하는 모습 좋긴 한데 시선 빼앗기는 거 같아서 싫어."

"그게 뭐야."

"일단은 주식부터. 그다음은 내부 인사들을 비롯해 주주들까지 천천히 내 쪽으로 돌릴 거야. 잘됐어. 어차피 회사 설립하는 거 시간 걸려서 맘에 안 들었는데 이거 흡수해서 굴리면 돼. 네가 말한 것까지 집중해서."

"……."

"그럼 초능력 제외하고 걔가 가진 거 다 뺏는 거야. 맥스라서 아예 매장까지는 안 되더라도 걔가 맛보지 못한 것들 천천히 겪게 할 거고."

부드럽게 젖은 머리카락을 도현이 매만졌다.

"너와 날 십 년이나 고생하게 만들었는데 한 번에 끝내긴 아쉬워서……."

목덜미로 내려온 손이 잠든 감각을 깨웠다. 뜨거웠던 새벽을 기억하는 살결이다. 익숙한 듯 물고 빨던 부위를 건드리자 세아의 입에선 가느다란 신음이 흘러나왔다. 세아는 작게 숨을 토해 내며 웃었다.

"하도현이 아쉬운 게 있네."

"뭐가?"

"어제 나 괴롭혔던 것처럼 원래 너, 만족할 때까지 밀어붙이잖아. 후회 없이 끝까지."

"……."

"그런 네가 아쉽다고 하니까 신기해서."

"원 없이 한 적 없는데."

나지막이 흘러나온 목소리에 세아는 눈을 깜빡였다. 등을 돌렸지만 도현의 얼굴은 진지했다.

"만족할 때까지 한 적 없다고."

"……."

"했으면 네가 걸어 다녔겠어?"

저런 말을 어쩜 표정 하나 변하지 않고 하는 건지, 세아는 오싹하면서도 몸이 부르르 떨렸다. 하지만 말이 안 되는 것도 아니었다. 땀으로 젖은 도현의 몸짓에서 뿜어 대는 열기는 흥건했지만 지친 기색은 한 점도 없었다. 오히려 세아가 지쳐 잠들지 않았더라면 아마 한 번만 더 하자며 계속 몰아붙였을 거다.

"확인해 볼래?"

"뭘?"

"내 한도가 어디까지인지."

도현은 마치 카드를 쥐어 주듯 세아의 손을 잡았다.

"읽어 봐요. 응? 나도 궁금하다."

무슨, 정말 못 일어나게 할 작정인가. 도현의 어두워진 눈동자를 본 세아가 재빨리 화제를 돌렸다.

"사회 이면적인 건 나도 카시스에 있으면서 듣고 배워서 알고 있어. 우리 표적이었던 애들, 죄다 위쪽 공기 마시는 애들이었으니까."

"그래도 이제 위험한 일은 안 돼. 나 너 다치는 꼴 두 번은 못 봐."

"안 할 거야, 나도."

"예뻐. 그만 움직이자. 조찬 약속이 있어."

세아가 의아한 얼굴을 했다.

"어디 일찍 나가 봐야 돼?"

"응, 나도 그렇고 너도."

"나?"

"이제 어딜 가든 너 데리고 다닐 거야."

"……그래도 괜찮겠어? 유니벌과 함께하는 식사 자리일 거 아니야."

"너만 괜찮다면 뭐가 되든 문제없지."

"나도 상관없어."

초능력을 다섯 개나 지닌 자들과의 모임이라 보통 자리가 아니라는 거 알 텐데도 세아의 대답은 빨랐다. 도현이 의외란 식으로 눈썹을 들썩였다.

"정말 상관없어?"

"응, 너 내가 뭐 겁내는 거 봤어?"

"하긴, 네가 무서운 걸 알았으면 예전부터 벡터들한테 덤비지도 않았겠지. 지금도 너, 걔들 입에서 엄청 뜯기고 있는데."

"알고 있어, 말 안 해도."

세아가 새침한 표정을 짓자 도현이 웃으며 입술을 엄지로 느릿하게 쓸었다.

"그래서 나 또 보여 줄 생각인데."

"뭘?"

"보기 좋은 떡이."

도현의 손이 목덜미를 그러쥐고 제게로 끌어당겼다.

"먹기도 힘들다고."

둘의 입술이 촉촉이 젖어 들었다.

조찬 장소는 한국의 미를 살린 음식을 정갈하게 내놓기로 유명한 한정식 집이었다. 아름다운 곡선을 가진 기와집

이 일품이라 귀빈을 접대하는 식사 자리로는 제격이었다.

"먼저 와 계셨군요. 늦어서 죄송합니다."

직원이 미닫이문을 열어 주자 도현이 세아의 손을 잡고 들어섰다. 이미 자리에 앉아 있던 클로비스의 표정이 딱딱하게 굳었다. 눈에 빤히 보이는 불쾌감이 저를 향해 있자 세아는 속이 울렁였다. 집중받는 무대 체질은 확실히 아니었다. 차려입은 고급스런 옷은 이현 때문에 내성이 생겼다고는 하나, 뼛속까지 유니벌인 자들과의 식사 자리니 저를 어떻게 생각할지 뻔했다. 도현이 그런 세아를 끌고 가며 말했다.

"새벽에 불미스러운 일이 있어서요. 그렇다고 조찬을 캔슬하자니 내키지 않고, 이해해 주실 거라 믿습니다."

"사전에 아무런 말도 없이 이런 자리는 무척 불쾌하군요."

"그러십니까? 어차피 저와 마주 보고 식사하실 텐데 신경 끄시면 될 일 같습니다만."

자리에 앉은 도현이 직원이 건네는 따뜻한 물수건으로 태연하게 손을 닦자 클로비스의 인상이 구겨졌다.

"진심이십니까?"

"그럼, 제가 농담할 만큼 한가해 보이십니까?"

도현이 아래쪽을 보던 시선을 예리하게 올렸다.

"약속 지키겠다고 온 자리인데, 맘에 들지 않으신다면 굳이 저와 식사 안 하셔도 됩니다."

세아는 마른침을 삼켰다. 둘 사이에서 벌어지는 팽팽한 기 싸움이 피부로 여실히 느껴졌다.

"지금이라도 말씀하세요. 일어서면 그만이니까."

도현은 전혀 손해 볼 입장이 아니었다. 어제 유니벌 중에서도 영향력 있는 자들만 선별돼 도현과 사석에서 만난 후, 유니벌 사이에서 암암리에 누가 이글과 더 친분을 쌓는가에 관해 묘한 경쟁이 불붙었다. 게다가 세이렌을 보유한 자라는 걸 안 뒤에 이뤄지는 식사 자리인데, 이건 클로비스에게 놓치고 싶지 않은 기회였다.

"……제 아내를 소개하죠. 유니벌인 엘린 웨이너 클로비스입니다."

"만나 뵙게 돼서 영광입니다. 이글인 하도현입니다."

표정을 굳히고 있던 도현이 그제야 웃으며 손을 내밀었다. 세아를 보며 찜찜한 표정을 짓던 그녀가 손을 뻗었다. 다이아몬드 반지가 화려하게 장식된 손 위로 도현이 입을 맞췄다.

"고운 손이라 입술이 먼저 가네요. 실례인가요?"

"그럴 리가요."

예상치도 못한 인사에 금세 입술이 밝아진다. 도현은 그녀의 손을 놓아주고선 곧바로 세아에게 내밀었다.

"누나, 손."

"어? 응."

세아에겐 무려 네 번이나 입을 맞춘다. 저와 같은 취급을 받다니, 조금 전까지만 해도 화사했던 엘린의 표정이 좋지 않았다. 제 입술이 닿았던 살결을 여러 번 문지르더니 이젠 아예 귀중품을 다루듯이 세아의 손을 물수건으로 꼼꼼히 닦는다. 그 모습이 익숙하지 않은 건 클로비스 부부를 비롯해 통역을 위해 옆에 앉아 있던 벡터와 가드들 전부였다.

"식사 전에는 손을 깨끗이 해야 해서요."

최고 꼭대기에 있는 권력자가 한낱 제로에게 열과 성을 다하니 이곳에 있는 모두가 적응할 수 없었다.

닉 에인하드 클로비스는 독일계 영국인으로 런던 금융 중심지의 많은 지분을 거머쥔 자였다. 그러다 보니 나오는 얘기라곤 경제뿐이었다. 코스닥 지수의 폭락과 폭등을 움켜쥔 자답게 말하는 목소리가 근엄했다. 세아는 흥미롭게 그 얘기를 몰래 귀담아들었다. 뒷세계의 이야긴 언제 들어도 세아의 구미를 자극했다.

"자, 이거 먹어."

하나둘씩 음식이 식탁 위로 차려지고, 잠시 대화가 단절된 채 그 맛을 음미하기 위해 젓가락을 움직였지만 도현의 손은 오직 세아의 앞으로만 향했다.

"이것도 먹고."

"알아서 할 테니까 그만하고 너도 먹어."

"네 입에 들어가는 걸 봐야 내가 식사를 하지."

도현은 기어코 갈비 한 점을 입으로 대령했다. 빨리 먹어, 손 떨어진다. 세아는 하는 수 없이 조그마하게 입을 벌리고 그걸 받아먹었다. 유니벌의 낯빛이 거북스럽게 일그러졌다. 저들을 앞에 두고 장난이라도 치는 걸까 싶었지만 도현의 행동은 전부 습관처럼 자연스러웠다. 얼마나 애지중지 여기는 걸까. 새벽에 벌어진 사건까지 겹치니 자연스럽게 세아에게로 시선이 갈 수밖에 없었다.

유니벌인 이현이 데리고 다녔던 여자라서 그런지 얼굴은 꽤 봐줄 만했다. 단정하게 틀어 올린 머리, 옅지만 곱게 한 화장, 눈에 거슬리지 않는 색상의 옷. 그나마 이 자리에 오기 위해 예의는 차렸단 소리다. 심도 있게 세아를 뜯어보던 클로비스가 입을 열었다.

"너같이 생긴 제로가 한국에 많은가?"

"제아무리 외국분이라지만."

도현이 움직이던 젓가락을 멈췄다.

"표현을 좋게 해 줘야겠습니다. 저도 말을 조심히 하는 여자라서요."

세아가 그런 도현의 다리를 툭 건드리자 클로비스가 떨떠름하게 입을 열었다.

"무슨 일을 하지?"

"카페 매니저 일을 합니다."

"역시 하찮은 일이군."

"당신도 참, 제로에게 뭘 기대하는 거죠?"

엘린이 신선로의 어육을 집어 들며 말하자 세아가 말문을 열었다.

"혹시 즐겨 드시는 커피가 있으신가요?"

제로가 묻는 말 따윈 대답하지 않을 생각인지 그녀는 열심히 음식물만 씹고 있었다. 세아는 빙긋 웃었다.

"원두는 커피나무에서 열리는 작은 알갱이일 뿐인데, 신기하게도 어떤 식으로 로스팅을 하느냐에 따라 신맛, 달콤한 맛, 바디감 등이 천차만별로 달라지죠. 머신으로 커피를 내릴 때 압력이 어떻게 전달되느냐에 따라 또 달라지고요."

그저 준비된 것만 마셔 왔던 엘린에게 세아가 하는 말은 생소했다. 일개 원두가 어떻게 탄생하는지 따윈 관심에도 없었으니까.

"예민한 작업인 만큼 꾸준히 저희 카페 찾는 손님들은 제가 만든 커피를 좋아하세요. 늘 같은 맛으로 보답해 드리고 싶어서 저도 한 잔 한 잔 정성을 다해 만들고요."

"그래서, 커피가 고작 제로인 네 손에서 맛이 결정된단 소린가?"

"믿기 어려우시겠지만 맞아요. 제아무리 레시피가 있다지만 감이라는 걸 무시할 수 없거든요."

"정말 웃기……."

"왜요, 흥미롭지 않나요?"

간결한 손짓으로 그녀의 말을 막은 도현이 세아를 바라보았다.

"더 해 봐. 듣기 좋다."

완전히 세아에게로 몸을 튼 도현 때문에 반강제적으로 클로비스 부부는 세아가 주도하는 대화를 들을 수밖에 없었다. 제로의 이야기에 귀를 기울이다니, 그간 없던 경험이었다.

"기회가 된다면 꼭 한 번 제가 내린 커피를 대접해 드리고 싶습니다."

심기가 몹시 불편해진 엘린이 앙칼지게 눈을 올렸다.

"내 입을 네가 만족시킬 수 있을 것 같아?"

"제 입도 만족시킨 여자입니다. 못할 것도 없죠."

도현이 세아의 어깨에 팔을 올린 채 엘린을 바라보았다.

"한번 마셔 보시는 것도 나쁘지 않을 것 같습니다만."

그녀의 날카롭던 눈초리가 슬며시 내려갔다.

"제로 손이 닿은 건 전부 불결해서 먹고 체하는 건 아닌지 모르겠네요. 전 플랫 이하가 만든 음식을 먹어 본 적 없어요."

"만약 그런 일이 벌어진다면 제가 책임지겠습니다."

"어떻게요?"

"아까 손등에 입맞춤해 드린 게 존경의 의미란 건 아실 테고."

그녀의 얼굴 위로 살며시 붉은 기운이 올라오자 도현의 한쪽 눈썹이 슬쩍 올라갔다.

"또 존경을 담아 해 드리면 체한 것쯤은 내려가지 않을까 싶은데요?"

엘린은 재빨리 앞에 놓인 물을 마셨다.

후식으로 준비된 얼린 홍시와 메밀차, 그리고 정과는 그들의 색다른 식사 자리를 마무리 짓기에 적합했다. 자리에서 일어난 도현이 그를 향해 웃었다.

"식사는 즐거우셨는지."

"제로만 없었더라면 더 좋았을 뻔했습니다. 두 번은 마주 앉고 싶지 않은 자리였네요."

"그렇다면 저와도 마지막이 되겠군요."

클로비스가 자리에서 일어나자 도현이 손을 내밀었다.

"선택은 그쪽이 하시길."

이글이 먼저 손을 내미는데, 차마 잡지 않을 수 없는 노릇이다. 악수가 이뤄지는 사이 엘린이 세아를 바라보며 말했다.

"오늘 밤 본국으로 돌아갈 예정인데."

세아가 커다란 눈을 한 번 깜빡였다.

"그 커피, 정말 먹고도 탈이 안 나는지 궁금하긴 하네."

"아…… 그게, 지금 제가 카페 명함이 없어서."

"오후에 있을 골프 모임에 참석하시는 걸로 알고 있습니다만."

"그럼요."

"그곳에서 직접 내려 드릴 겁니다. 차질 없이 준비시켜
놓도록 하죠."

"좋아요. 한번 보죠."

잠시 얼떨떨했다. 유니벌의 응답을 받으리라곤 꿈에도
몰랐으니까. 클로비스 부부가 자리를 뜨자 도현이 한숨을
깊이 내쉬며 웃었다.

"거기서 어떻게 커피 얘길 할 생각을 했어?"

"그냥 내가 아는 게 그것밖에 없으니까. 자리도 불편한
데 뭐라도 떠들어야지."

"재밌던데. 나도 몰랐던 얘기가 나와서 신기하기도 하고."

"이게 다 네 덕분이야. 네가 집중 안 했으면 무시당했을
텐데 잘 들어 줘서 말 안 끊기고 다 할 수 있었어."

세아는 이글이라는 레벨이 어떤 힘을 가졌는지 실감할
수 있었다. 도현 때문이라고는 하지만 유니벌의 관심이 잠
시나마 제로에게 닿은 건 엄청난 일이었으니까. 게다가 그
저 듣고 흘린 게 아닌 마셔 보겠다 한 건 세아에게 믿기 어
려운 큰 진척이었다. 가슴이 두근거렸다.

"알아서 잘하네……."

도현이 나지막이 말하며 웃었다.

"이제 다음 단계로 가 볼까?"

"어?"

다음 단계가 뭔가 싶었는데 막상 와 보니 조찬은 우스울 정도였다. 세아는 골프복을 갖춰 입은 제 몸을 내려다보며 어색함을 지우지 못했다. 아까보다 더욱 긴장되는 건 한 번도 골프를 쳐 본 적 없기 때문이었다. 게다가 그 자리를 유니벌 셋과 함께하리라곤 더더욱.

"저런, 격에 안 맞게 캐디로 제로를 데려오신 겁니까?"

"어떻게 캐디를 시킵니까? 격 떨어지게."

웃으며 다가가는 도현에겐 위화감이 없었다. 본부에 갇혀 있을 때 취미 생활로 해 봐서 그런지 골프복을 입은 도현은 푸른 그라운드와 무척 잘 어울렸다.

"그럼 왜 데려오신 겁니까?"

"함께 치려고요."

도현은 뻔뻔한 낯짝으로 말했다. 클로비스는 오전에 익히 보았던 상황이라 혀를 차는 게 전부였지만 리만은 경악했다. 클로비스가 목울대를 가다듬더니 말했다.

"엘린은 더위를 무척 싫어해서 저희 셋이서 게임을 즐겨야 할 것 같군요."

오전에 보았던 엘린은 골프복을 입었지만 함께 게임을 즐길 마음은 없어 보였다.

"제가 조금 전 '함께 치려고'라고 말씀드리지 않았나요?"

철저히 세아를 무시하던 리만의 눈썹이 그제야 들썩였다.

"셋이 아니라 넷이죠."

"다섯이면 더 좋지."

뒤쪽에서 들려오는 목소리에 세아가 고개를 돌렸다.

"서 있는 거 보니까 이제야 안심이 되네."

멀리서 검은 우산을 든 가드를 대동하고 걸어오는 남자가 보였다. 초대받지 않은 사람이 나타나자 도현의 인상이 어두워졌다.

"안녕, 백설아."

장갑을 끼며 걸어오던 이현이 제 뒤로 붙어 있는 가드의 우산을 빼앗아 세아의 앞으로 가서 섰다.

"햇빛이 눈부신데 우산이라도 나눠 쓸까?"

제게로 기울어진 우산 안은 무척이나 더웠다. 햇빛을 막기 위해 모자를 썼지만 그보다 이현이 만들어 준 어둠이 더 진했다. 마치 세상과 단절된 영역 안에 단둘이 남겨진 듯한 기분이었지만 그래서 더 머물 수 없었다.

"……어느 정도의 자외선은 비타민 D의 합성을 도와준다는 거 모르세요?"

올라간 입꼬리와 살짝 우산대를 미는 손이 꼭 여우 같았다.

"햇빛도 좋은데, 우산은 제게 필요 없을 것 같네요."

유니벌이 한데 모인 자리니 이토록 사근대며 말하는 것이다. 이현은 웃었다.

"건강까지 생각하고 기특하네."

두 다리로 서 있는 게 뭐 대수라고 이토록 다행이라 느껴
질까. 어제 아파했을 네 표정 생각하느라 오는 내내 나는
미소 한 번 걸치지 못했는데. 가식으로나마 웃고 있다고는
하지만 가슴 언저리가 녹아내리는 기분이다. 고개를 들어
세아를 본 이현의 눈매가 진해졌다.

"다른 남자와 같이 왔네, 오늘은."

어제 그런 일이 있었으니 옆에 붙이고 다닐 거라 예상했
었지만.

"제가 보고받았던 일정에 신이현 씨 이름은 없던 걸로
기억하는데, 아닙니까?"

적중하니 기분이 더러운 거겠지. 다가온 도현을 본 이현
의 표정이 서늘해졌다. 이현은 쓸모없어진 우산을 제 뒤로
다가온 가드에게 건네주며 손목을 한 번 돌렸다.

"제가 못 올 곳을 왔나요, 리만 씨?"

"그럴 리가. 오늘 이 자린 유니벌과 이글의 친목을 위한
모임 아니던가? 어제 제대로 인사를 나누지 못해 아쉬웠던
참인데, 먼저 연락이 와서 얼마나 반가웠는지 모르네."

"같이 즐기는 건 좋은데 잿밥에 더 관심 있는 거 같아서요."

"넌 뭐 얼마나 대단한 관심 가지고 있어서 어제 그렇게
위험에 처하도록 했나?"

"……그래서 이제부터 제 품에서 안 떼어 놓으려고 집까
지 합쳤습니다."

도현의 입술 끝이 천천히 올라갔다.

"됐지?"

이현은 고요히 절망했다. 내가 어제 널 구했더라면 그런 일은 없었을까. 도현이 가소롭단 식으로 말했다.

"같이 살게 된 입장에서 이 정도 간섭 정도는 해도 되지 않겠습니까?"

어제의 사건은 둘 사이를 더욱 돈독해지게 했다. 그 사실을 입증이라도 하듯 지금 세아는 도현의 말에 한마디도 하지 않았다. 리만의 얼굴 위로 금세 놀라움이 번졌다.

"안 그래도 아침에 소식 접했습니다. 이글에다가 오래된 기록 속에나 존재하던 세이렌이라니. 현시대를 같이 보낸다는 것 자체가 영광스럽더군요."

어제 도현이 선보인 세이렌은 단연 모임에서도 화제가 되었다. 기록 속에서나 존재하던 초능력을 실제로 본 자들이 떠들어 대는 예찬은 마찬가지로 귀한 초능력인 고스트를 지닌 이현에게 별 감흥 없었다. 오히려 세아에게서 시선을 떼지 못했다. 뭐 재미있는 얘기라고 이렇게 나와서 저런 얘길 다 듣고 있을까.

"햇빛 정말 괜찮겠어?"

나는 희미하게나마 일그러진 네 눈 밑만 보이는데.

"상관없다니까요."

"다친 지 하루도 지나지 않았는데 이런 곳에 데리고 나오다니."

"⋯⋯."

"쟤 너무⋯⋯ 안일한 거 아니야?"

나 같았으면 절대로 이런 짓 안 해. 밖은 위험하다는 걸 알았으니 방 안에 가둬 오직 나만 봤을 거다. 세아는 힐끗 이현을 보았다.

"전부 치료해서 아무런 문제없이 잘 움직여요. 일상생활 에도 전혀 지장 없고요."

"그게 중요한 게 아니지. 네가 죽을 뻔했는데."

이현은 제가 말하고도 웃겼다. 둘의 첫 만남을 떠올려 보 면 어제 세아를 습격한 상대도 온전치 못했을 것이다. 그 래도 저리 연약한 모습으로 서 있으니.

"걱정 많이 했어, 백설아."

나도 걸맞게 걱정했어. 너 다쳤다니 아팠을까 봐, 혹여 나 의심받을까. 다행히 그런 일은 벌어지지 않은 모양이지 만. 둘의 대화를 들은 리만이 의아한 듯 물었다.

"백설이라니?"

"애칭입니다. 공주 만들어 준다 하는데도 싫다고 했지만요."

도현의 눈썹이 작게 꿈틀거렸고 리만은 지금 이 상황을 허한 웃음으로 다뤘다. 제로 하나에 이글과 유니벌이 각자 애정을 갈구하고 있으니 기가 찰 수밖에. 세아가 미소를 띤 채 말했다.

"그렇게 절 걱정하셨다면 지금 제가 이곳에 온 걸 다행스럽게 여기셔야 할 것 같아요."

"왜?"

"어제처럼 제로인 여자가 세상을 살아가기엔 너무 위험한 일이 많잖아요? 제 안전을 위해서라도 도현이와 함께 다니는 편이 좋을 테고요."

"그러고 보니, 이 자리에 영웅이 한 명 있었군요."

세아의 입술이 살짝 벌어졌다.

"살인범에게서 살아난 제로. 이 얼마나 놀라운 일입니까?"

역시나 문제가 될 수밖에 없는 부분이었다. 도현은 떨떠름하게 웃으며 말했다.

"상태가 심각할 정도로 많이 다쳤었습니다."

"들어서 압니다만 제아무리 락이 걸려 있었다고는 하나 죽이겠단 생각으로 침입한 벡터 아닙니까? 살면서 힘으로 벡터와 부딪쳐 살아남았단 제로는 본 적 없어서요."

"그래서 지금 이게 말도 안 된다는 겁니까?"

"기적이라도 일어난 모양이죠."

도현과 이현의 말이 동시에 튀어 나왔다. 침입한 자가 기절했다는 것만으로도 세아가 그저 당하고 있었단 게 아니란 걸 어렴풋이 예상하던 둘이었다. 세아가 도르륵 눈동자를 굴리자 도현이 먼저 움직였다.

"골프나 치죠."

나인의 정체를 은밀하게 소유해 왔던 두 남자는 지금의 의심이 반갑지 않았다. 남들과 공유하기엔 너무나도 매력적인 비밀이었지만 그와 비례해 가슴도 아팠다. 세아가 어떤 식으로 적과 대치를 했는지 궁금하기보다 어제의 상처만 떠올랐다. 이현이 말한 것을 도현 역시 똑같이 걱정하고 있었기에 오히려 세아를 밖으로 데려온 것이다.

"드라이버 잡아 봐."

시원한 공기라도 쐬면 괜찮아질까 해서. 유니벌과의 관계도 뒷전으로 한 채 도현은 세아의 기분을 전환시켜 주려 골프채를 쥐어 주었다. 세아는 제 팔을 감싼 도현을 보며 당황한 음색을 내뱉었다.

"나 잘 몰라."

"그래서 알려 주잖아. 이거 봐, 공 있지? 허리를 돌린 다음에 드라이버로 이렇게 치면 돼."

도현이 움직이는 대로 세아의 몸도 똑같이 느릿하게 움직였다. 비교적 단순한 움직임을 따라 해 본 세아가 싱긋 웃었다.

"어려울 거 같아?"

"아니, 할 수 있을 거 같아."

"그럼 해 보자."

도현이 세아의 뺨을 슬쩍 건드렸다.

"쳐 봐, 한번."

도현이 집중하니 유니벌의 관심도 쏠렸다.

"그냥 치면 돼? 어디까지?"

"저기 보이지?"

어차피 처음이라 한 번에 그린까지 가지도 못할 것이다. 세아는 도현이 가리킨 너머를 향해 자세를 잡고 공을 빤히 내려다보았다. 있는 힘껏 치면 되나? 세아는 단단히 잡은 드라이버를 뒤로하며 온 힘을 다해 공을 쳤다.

'쐐액' 주변으로 날카로운 소리가 울려 퍼졌다. 저 멀리 허공을 가르며 날아가는 공을 본 도현과 이현의 동공이 순식간에 커졌다. 그와 동시에 바람이 반대 방향에서 불어왔고, 무게가 실린 듯 공이 바닥으로 뚝 떨어졌다.

"누나, 그렇게 세게 치면."

"살살 쳐야지, 백설아."

일제히 제게로 쏟아진 두 남자의 말이 뒤섞였다. 공이 어디까지 뻗어 나갈지 감지한 도현과 이현이 막지 않았더라면 그린으로도 모자라 홀인원까지 기록했을지도 모를 일이다.

"아……."

의심받기 좋을 상황이었다. 힘없는 제로가 벡터에게서 살아남은 거로도 모자라 단 한 번의 샷으로 공을 그만큼 날려 버리는 건. 세아는 쥐고 있던 드라이버를 살짝 놓으며 웃었다.

"생각해 보니 전 뒤쪽에 가 있는 게 좋겠네요."

평소 좋았던 운동신경마저 의심을 살 상황이다. 세아는 뒤로 어정쩡하게 몸을 움직였다. 골프용 이동차에 앉은 엘린이 책을 든 게 보였다. 조심스럽게 그녀의 앞으로 다가가자 통역을 담당한 벡터와 눈이 마주쳤다.

"저, 실례가 되지 않는다면 제가 하는 말을 통역해 주실 수 있으신가요?"

"무슨 일이지?"

엘린이 고개를 들지도 않은 채 대꾸했다. 한국어로 들리는 걸로 보아 통역이 제대로 되는 듯했다. 세아는 웃으며 말했다.

"골프를 즐기시지 않는 것 같아서……."

"지금 책 읽는 게 보이지 않아?"

앙칼진 목소리가 세아의 입을 묵직하게 만들었다. 제로가 먼저 다가와서 말을 붙이는 거니 당연한 반응이다. 지금 도현과 이현은 게임에 얽매여 오지 못하니, 엘린에게서 세아가 집중받을 일은 없어 보였다.

"벡터에게서 살아남았단 소리는 들었는데."

한데도 먼저 말을 걸어와 세아가 재빨리 대답했다.

"네, 운이 좋았어요."

"운이 좋다라……. 그런 기적적인 상황이 너 같은 것에게 존재한다니 정말 웃기는군."

지금 날 의심하는 걸까. 세아가 눈동자를 느리게 굴리자 엘린이 천천히 말을 이었다.

"난 지금껏 아이를 일곱이나 낳았지만 살아남은 자식은 하나도 없어."

아, 의심으로 물들어 있던 세아의 눈빛이 금세 숙연해졌다. 벡터들 사이에 늘 존재하는 죽음에 관해 말하는 거였다.

"마지막 딸 아이였던 클로에는 스무 살을 두 달 남겨 두고 죽었지."

세아가 공감할 수 없는 얘기였다. 제로는 임신과 출산에 고비가 없는 반면 벡터는 레벨이 높을수록 출산이 어려운데다가 태어난다고 한들 부모가 물려준 초능력 개수의 힘을 이겨 내지 못하고 죽는 경우가 허다했다. 현재 안정권에 도달한 젊은 유니벌은 이현 혼자인데, 그 상대가 없어 맥스와 약혼을 했던 것과 달리 엘린은 유니벌인 클로비스와 혼인했지만 자녀들을 성인까지 키워 내는 쾌거를 이루진 못했다.

"너 같은 제로가 운이 좋게 살아남은 것과 달리, 내 아이들은 그러지 못했어."

한데 이상했다. 유니벌이라면 보통 그런 죽음 정도는 당연하게 받아들이기 마련이다. 자신부터가 그렇게 치열하게 살아남았으므로. 오히려 죽은 아이에겐 미련이 없을뿐더러 애정을 쏟아붓는 것도 스무 살 성인식이 지나서야 이뤄진다. 그러니 지금 엘린이 하는 말은 전부 비정상이었다.

"탐은 나와 눈이 정말 많이 닮은 남자아이였어. 엘로비는 나처럼 새끼발가락이 안쪽으로 누워 있었지. 쌍둥이였던 빌리와 셰인은 닉과 마찬가지로 갈색 머리가 정말 예뻤던 아이들이었고, 미란다는 내가 하는 행동을 곧이곧대로 따라 했었는데."

유니벌이라면 단번에 끊어 냈어야 하는 고리를 엘린은 하나부터 열까지 전부 다 기억했다.

"나와 얼굴이 똑 닮았던 라미는 가지기 힘든 하이 티어만 전부 보유하고 있었지만…… 들킬까 한 번도 제대로 사용하지도 못하다가 열여섯에 죽고 말았고."

열여섯, 세아도 그 시절을 보낸 적 있기에 잘 알았다. 학교에 다니며 친구들과 생활해 사회를 배워야 할 나이에 그녀의 아이는 죽음으로 향했다.

"그러다 보니 더는 아이를 낳기조차 싫더군. 어차피 낳아도 또 죽을 테니."

플랫 이상의 벡터는 살아남는 게 기적이라고 불리는데 하물며 유니벌은 얼마나 더 많은 죽음과 직면했었어야 했을까.

"하지만 이글이 나타난 이상 얼마나 더 많은 벡터들이 죽을지 아나?"

"……죽다니요?"

"내가 듣기론 이미 릭시와 벡터 본부에선 합작으로 초능력 여섯 개와 일곱 개의 레벨까지 전부 계획했다 하더라고. 물론 하도현이 없었더라면 불가능한 얘기겠지만."

"무슨……."

"ESPP 프로젝트라고 하더군. 쉽게 말하자면……."

세아의 손끝이 흠칫 떨렸다.

"초능력 증식 프로젝트 extrasensory perception proliferation project."

프로젝트라니, 세아는 난생처음 들어 보는 얘기에 눈가를 구겼다.

"일단은 맥스들을 데려다가 쓸 모양이던데. 맥스와 이글의 결합 시, 태어날 아이의 초능력 보유 개수는 최소 네 개에서 최대 여덟 개. 비록 태어난 순간에야 능력 개수를 확인할 수 있다지만 손해 볼 건 없지. 못해도 맥스잖아? 계속 아이를 낳다 보면 여섯 개와 일곱 개 능력의 벡터들도 자연스럽게 채워질 테고, 운이 나빠서 다섯 개가 태어난다고 해도 빈약한 유니벌을 채우는 일이 되겠지. 또, 벡터에게서 살아남은 너처럼 운이 좋다면야 어쩌면 여덟 개까지도."

딱딱하게 굳은 세아를 본 엘린이 웃으며 물었다.

"이글이 나타났는데 그런 것도 예상 못했나 보네."

도현의 초능력은 여덟 개로, 유전자 결합의 새로운 장을 연 거나 마찬가지였다. 아이는 부모의 초능력 보유 개수에 영향을 받아 태어나니 도현과 결합하면 여덟 개까지 가능성이 열린다. 세아는 눈앞이 캄캄해졌다. 도현이 다른 여자와 아이를 낳는다니. 그보다 더 마음에 들지 않는 건 도현의 의지와 상관없이 실험체로 전락해 정부의 계획대로 다뤄진다는 거였다. 어떻게 그런 역겨운 생각이 가능할까.

"제임스 김이 계획한 프로젝트라고 하던데. 곧 실행될 예정이고."

이 모든 걸 오래전부터 주도한 게 김중오였다니.

"어쨌든 이제부터 이글을 주축으로 아이들은 계속 생겨날 거고, 넌 곧 뒷방 신세가 되겠지."

"……."

"아니, 이글의 애정을 받고 있으니 애첩이라고 해야 하나? 하지만 그런다고 네 위치가 유지되진 못할 텐데."

"인공수정이라도 할 생각인가요?"

"그건 아마 나중 일이 될 거야. 너도 알다시피 상대가 맥스니 그런 건 격에 맞지 않고, 이글에게도 품위가 떨어지는 일이잖아? 관계로 이뤄질 거야. 그래서 네가 뒷방 신세가 될 거라 말한 거고."

"……만약 도현으로 인해 높은 개수를 가진 아이가 태어난다고 해도 살아남기 어려울 텐데요."

"그러니 더 많은 여자들과 관계해야겠지? 백 중에 하나정도는 살아남을 테니."

"그럼 그 하나는 저와 도현이의 아이가 되겠네요."

그 말에 엘린의 눈썹이 치켜 올라가자 세아가 나지막이 말했다.

"제로는 죽지 않잖아요."

작게 소름이 돋았다. 어떻게 이런 얘기가 나왔음에도 눈 하나 깜짝하지 않는지 놀라울 뿐이었다. 아니, 잠시만. 엘린은 헛웃음을 토했다.

"제로라고 했어?"

"네."

"대체 그 아이가 어디에 쓸모 있지?"

"그런 벡터들의 멸시로 태어난 하도현이 지금은 이글이 되었잖아요."

세아는 입술을 천천히 움직였다.

"릭시로서."

소름이 이윽고 엘린의 팔 전체를 감쌌다.

"아이 한 명 한 명, 전부 다 기억하시죠."

"……."

"그건 곧 초능력과 상관없이 당신에게서 태어난 아이 그 자체만으로도 소중하단 의미잖아요. 발가락이 엄마와 닮아 누워 있던 엘로비나 당신과 눈이 똑 닮았던 탐처럼요."

엘린은 가슴이 뛰었다. 내 아이, 소중했던 내 아이들을 하나둘씩 떠나보낼 때마다 엘린은 목 놓아 울었고, 생각했던 건…….

"만약 제로였더라면 모두 무사했을 거예요."

초능력 따윈 상관없으니 제발 죽지 않길. 엘린은 파르르 떨리는 입술을 꾹 짓눌렀다.

"지금 네 말은 불결한 존재로 태어나는 게 맞다고 들리는데, 내 아이들을 모욕하지 마."

"그런 불결한 존재가 지금 꼭대기에 선 거, 도현이를 보시면 아시잖아요. 제로에서 초능력이 생겨난 릭시는 그 수가 몇 개든 죽지 않죠. 오히려 그 개수가 고정이 아닌 더 발현될 수 있고요."

"무슨 말을 하는……."

"제로는 아무것도 없다는 뜻이 아니라."

세아가 한 걸음 다가가 엘린을 내려다보았다.

"가능성 있다는 의미예요. 언제든 릭시가 될 수 있는."

마치 초능력 개수만 중시하는 세상이 잘못되었다는 듯, 지금 한 세아의 말은 엘린의 머리에 커다란 충격을 안겨 주었다. 만약 제로였더라면 내 아이들은 죽지 않았을까……. 뒤흔들리던 눈동자가 세아의 뒤로 펼쳐진 그라운드를 본다.

"비록 릭시가 되지 않더라도 모든 생명은 귀중하고 값진 거라고 인정받을 수 있었으면 해요."

이런 사상을 가진 제로와 결혼하겠다 말한 이글, 그녀에게 뜨거운 관심을 쏟는 유니벌.

"그런 날이 꼭 왔으면 하고요."

만약 네가 계속 살아만 있다면 그리 꿈만 같은 얘기가 아닐 수도……. 엘린의 눈동자가 깊어지는 곳엔 두 남자가 있었다.

"이런, 이토록 접전을 이루는 월프는 살면서 처음입니다."

리만이 극찬한 월프는 원웨이로 펼쳐진 그라운드의 반절만 사용하는 골프 게임 중 하나였다. 필드에 놓인 20개의 구멍이 1분 동안 10초의 간격을 두고 여러 개가 다발적으로 열리고 닫히는데, 그걸 재빨리 감지하고 공을 쳐 정해진 시간 내에 누가 더 많은 구멍을 채우느냐에 의해 승패가 정해지는 개인전이었다.

"둘 다 이리도 치열할 줄은 몰랐습니다."

물론 월프가 흥미로운 데엔 일반 골프와 달리 초능력 사용이 자유롭다는 것에 있었다. 지켜보는 이가 있으니 초능력을 들키지 않게 쓰며 이기는 게 관건이었다.

"벌써 마지막 라운드인데 아직까지 동점입니다."

"제법 하시네요."

"너야말로 본부에 갇혀 있었다더니 매일 이것만 하고 살았나?"

마지막 라운드는 이현이 먼저였다. 지정된 자리로 와 선 이현이 인상을 구기며 물었다.

"근데, 이기면 상품 없어? 뭐라도 걸고 하지."

"뭘 원하는 겁니까?"

"윤세아."

"……."

"30분 빌려 주는 거?"

도현은 웃으며 골프채를 움켜쥐었다.

"한번 필사적으로 해 보세요. 봐드리죠."

1분 안에 가장 많은 공을 넣는 것이 룰인데, 놀랍게도 이현은 2라운드 동안 20개의 구멍을 하나도 놓친 적 없었다. 그건 도현도 마찬가지였다. 팽팽한 게임이 지금 이 라운드로 판가름 날 터였다.

"스타트 신호."

그 말에 '삐—' 하는 소리와 함께 재개된 경기에서 이현은 구멍이 열리기도 전에 공을 쳐 정확하게 그 안으로 골인시켰다. 놀라운 집중력은 오히려 마지막 판에서 더욱 발휘되는 듯 보였다. 구멍이 열리고 닫히는 시간을 정확하게 계산해 골을 넣던 이현은 이번에도 1분 내에 20개의 구멍을 모두 채웠다.

"이번엔 괴물 차례."

이현이 들고 있던 골프채를 휘휘 돌리며 걸어오자 도현이 웃었다. 하나도 놓치지 않는 건 도현도 똑같았다. 아니, 이현이 기록한 시간보다 훨씬 더 먼저.

"함부로 제 앞에서 윤세아 걸지 마세요."

게다가 공을 하나 더 구멍 안으로 겹쳐 넣으며 21의 숫자를 채운 도현을 보며 이현이 비식 웃었다.

"룰 위반인데? 오버해서 넣었잖아."

"어차피 지금껏 계속 초능력이 아니라 실력으로 해서."

이현의 표정이 서늘하게 굳었다.

"월프에선 이것도 룰 위반이던가요?"

지금 이 모든 걸, 초능력 없이 해 왔다고.

"아, 그래?"

도현의 손에 들린 채를 빼앗아 든 이현이 중력으로 공을 띄워 쳤다. 날아간 공이 필드 중 가장 멀리 놓인 구멍으로 들어갔다.

"나도 숫자 맞춰야지. 21."

곧이어 하나 더 떴다. 이현은 허리를 돌리며 강하게 공을 쳤다.

"그리고 하나 더."

역시나 방금 들어간 그곳으로. 동시에 '삐—' 종료 휘슬이 울려 퍼졌다.

"네가 먼저 룰을 위반했으니 결과적으로 많이 넣은 내가 이긴 거야."

인상을 구긴 도현을 스쳐 지나며 이현이 말했다.

"어찌 되었든 윈."

걸어가 세아의 손목을 낚아챘다.

"상품은 내가."

"뭐하는 거예요?"

"내가 이겼어. 햇빛이 건강에 좋다고 했지? 그럼 야외에서. 미세스 클로비스, 잠시 실례하죠."

엘린과 얘기를 나누고 있던 세아는 지금 이 사태가 어떻게 벌어진 건지 어리둥절했다. 등을 돌리자 도현의 이글거리는 눈동자가 달려든다.

"무례한 것도 정도껏……."

세아가 재빨리 달려드는 도현을 차분한 눈짓으로 진정시켰다. 유니벌이 모인 자리다. 이현과 계속 부딪친다면 좋은 취지로 모인 자리에서 이미지만 실추될 게 뻔했다.

"뭐 마실래?"

골프를 하러 모인 유니벌을 위해 언제라도 휴식을 취할 수 있도록 의자와 테이블은 줄곧 그들의 뒤를 졸졸 따라다니고 있었다. 이현의 손짓 한 번으로 일사불란하게 직원들이 움직이더니 곧 그라운드 잔디 위로 작은 카페가 차려졌다. 메뉴판을 보는 이현을 향해 세아는 헛웃음을 흘렸다.

"물이나 주세요. 얼음 엄청 많이 담아서."

자리에 앉긴 했다만, 아직도 도현의 시선은 세아에게 닿아 있었다. 세아가 애써 웃으며 괜찮다 신호를 보내니 그제야 뻐근하게 고개를 돌리며 다른 유니벌과 얘기를 나눈다. 새로운 게임을 하려는 것 같았다. 비록 오감은 전부 이곳으로 쏠려 있겠지만 애초에 걱정하는 일은 없게 할 생각이다.

"속이 뜨거워? 너무 차가우면 몸에 안 좋아."

"무슨 상관이에요?"

"신경이 쓰이지."

메뉴판을 넘기며 느릿느릿 말을 한 이현이 옆에 선 직원에게 건네주며 말했다. 뜨거운 홍차.

"무슨, 더워 죽으라고요?"

"죽게 안 내버려 두니까 그거 마셔. 건강에 좋으니까."

왜 이렇게 건강 타령을 하는 건지. 세아가 질색한 얼굴을 하자 이현이 한숨을 내쉬었다.

"어제 그냥 내가 데리고 있을걸. 괜히 보냈나 봐."

"……."

"혼자 있으니까 다쳤잖아."

지금 이러는 게 전부 어제 벌어진 사건 때문인 듯 보였다. 세아가 입술을 꾹 짓누르며 아무런 말도 하지 않자 이현이 주변으로 고스트를 깔았다.

"이제 말해도 돼. 다른 곳에 안 들리니까."

"어차피 당신 아니었어도 쳐들어올 벡터였어. 그러니까 신경 끄세요."

"아, 말하자마자 달려드는 게."

이현은 웃었다.

"이제야 우리 백설이 같네?"

"그 백설이란 소리도 그만해……."

"제대로 죽었어?"

"……."

"아니면 죽을 만큼 팼어? 가만 안 놔뒀을 거 아니야."

나인으로서의 세아를 모두 아는 이현은 당연하다는 듯 물었다. 세아는 목소리를 낮게 죽이며 말했다.

"생각을 하고 말하세요. 내가 그렇게 하면 의심받을 일밖에 더 돼?"

"그래서 적당히 다쳐 주면서 막판에 기절시켰어? 내가 알기론 경찰로 이송되던 중에 의식 차리면서 곧바로 자결했다고 들었는데."

"……."

"기절시킬 정신은 있으면서 내게 연락할 시간은 없었어?"

"내가 왜 그쪽에게 연락하는데요? 도현이한테도 안 했는데."

수평을 유지하던 이현의 눈썹이 순간 들썩였다.

"그럼 걔 어떻게 알았는데?"

"……."

"……설마 병원에 가서야 안 거야?"

이현은 인상을 구겼다. 도현은 세아를 옆에 두기에는 그 자격이 너무나도 모자랐다. 만약 이현이었더라면 세아와 한시라도 떨어지지 않으려 했을 것이다. 일거수일투족을 함께하면서 애초에 위험이 달려들지 못하도록, 그렇게 제 안에만 꽁꽁 가뒀을 텐데…….

"제가 연락했으면 도현이 그 자리에서 이성 잃었어요."

한데, 이현이 안일하다 여겼던 도현의 본모습을 세아는

잘 알았다.

"일부러 말 안 했다는 거야?"

"당연하죠. 일을 크게 만들 생각은 없었으니 내 선에서 정리한 거예요. 비록 범인이 자결이라는 걸 하긴 했지만."

"……."

"도현이는 이성 잃으면 판단력이 흐려져요. 오직 자신의 감정에 몰두해서 무슨 짓을 어떻게 할지 모르거든요. 그래서 일단 제게만 집중시키려고 다른 곳에 연락해 병원으로 먼저 갔던 거고요."

세아는 도현이 미칠 걸 알았기에 목줄을 조절한 거라 말했다.

"도현이 위치도 있잖아요. 제가 더 조심해야죠."

이현은 기가 찼다. 그렇게 위급한 상황 속에서도 하도현이 어떻게 반응할지 생각하고 움직였단 거야? 아무리 생각해 봐도 넌 너무…….

"감사합니다."

여우 같아. 티 세트를 내려놓은 직원을 향해 눈웃음 지으며 인사한 세아는 이를 건드리지도 않고 이현을 바라보았다. 직원이 멀어지니 표정은 다시 차가워졌다. 이현은 허탈하게 말했다.

"네가 그렇게 말하면…… 걱정한 내가 뭐가 돼?"

"잘 아시잖아요. 걱정할 만한 여자 아니란 거. 어차피 기절 못 시켰으면 내가 먼저 죽였을 거예요. 안 그랬음 내가 죽었을 테니까요."

총도 있었고. 뒤처리가 문제였을 테지만 도와줄 사람들이 있었다. 세아를 향해 이현이 비식 웃었다.

"너 이럴수록 문제가 뭔지 알아?"

"뭐가요?"

"내가 더 반한다는 거."

세아는 설핏 인상을 찡그렸다.

"쓸데없는 걱정하지 말라고 말해 드린 거예요."

"다쳤다니까 걱정되잖아. 오늘 아침에 내가 얼마나 열 받았는지 넌 모를걸. 너에게 손을 대다니, 목숨 아깝지 않을 짓을 한 거지."

"그럼 정떨어지게 한마디 해 드릴까요?"

"뭔데."

"당신이 걱정한 내 상처, 모두 내가 만든 거예요."

이현의 입꼬리가 순식간에 내려앉았다.

"제로가 살아남았단 말이 먹히려면 꽤 많이 다쳐야 하잖아요?"

넌 어떻게 된 게 내가 공주 만들어 주려 해도.

"망치로 발목 내리칠 땐 일부러 입안 씹으면서 했어요. 기절하면 뒤처리를 마저 못 하니까."

그를 비웃듯 여왕 같은 일만 해.

"이거 어쩌지. 더 욕심나는데."

꼭 휘말려 지배당하고 싶게. 너의 그 거친 성미를 받게 될 남자는 과연 어떤 기분일까. 지금도 키스하고 싶은 걸 견디느라 입안이 엉망이다. 와인도 없는데, 널 마셔야지 해소될 감정인데 참고만 있어서 점점 갈증이 돼 내리쬐는 햇빛마저 짜증 나게.

"ESPP 프로젝트. 그 얘기 너 빼고 여기 있는 사람 다 알아."

불이라도 질러야 해소되려나. 그 말에 세아의 표정이 한층 어두워졌다.

"은밀하게 진행되는 단계지만 발표회에서 이미 유니벌에겐 전달된 사항이지. 난 따로 연락 받아서 알고."

"……."

"하도현도 이미 안다고, 그걸."

이현은 테이블에 놓인 홍차를 따라 한입 마셔 보았다. 안전하네. 세아의 앞으로 놓아주었다.

"구구절절 사랑해 봤자 상처받는 건 너야. 그건 누가 치료해 줘?"

마셔, 향이 좋아. 세아가 나직한 이현의 음성을 따라 시선을 내렸다. 뜨거운 김이 올라오는 홍차를 마셨다간 속이 다 데고 말 것이다.

"……하고 싶은 얘기가 뭐예요?"

"망가지기 전에 내게 오라고."

"가면요."

"결혼할까?"

세아는 허탈하게 웃었다.

"릭시와도 못 하는 결혼, 어떻게 유니벌하고 하죠?"

"할 마음은 있어?"

"말도 안 된단 소리예요."

"왜 말이 안 돼. 네가 하고 싶고, 내가 하고 싶다면 하는 거지."

"……."

"법으로 인정? 그런 게 꼭 필요한가. 드레스 입히고 주례 세워서 하면 그만이지."

"못 들은 걸로 할게요."

"아니, 제대로 들은 걸로 해."

"……."

"내가 한 말이 박히도록 세게 말해 줄까? 어차피 그 프로젝트 때문에 하도현 앞에서 여럿 다리 벌릴 텐데 거기서 네가 할 수 있는 게 뭔데?"

"도현이가 날 두고 다른 여자와 잘 거 같아요?"

"널 협박하면 안고도 남겠지."

세아의 여린 속눈썹이 흔들렸다.

"그건 곧 네가 더 위험해진다는 소리고."

"확실하게 얘기하겠는데, 도현인 날 더는 위험하게 안

내버려 둘 거예요."

미간이 좁아졌다. 어떻게 저런 확신을 가질 수 있는 거지.

"그리고 그 쓰레기 같은 프로젝트, 내가 실행되도록 안 내버려 둬요."

대체 둘 사이에 어떤 끈이 있는 거야. 이현은 진한 눈매로 세아를 바라보다가 이내 앞에 놓인 냅킨을 뽑아 만지작거렸다.

"언제든 유효한 말, 지금 너에게 한 거야."

"……."

"내게 오는 거 계속 머리에 담아 두고 생각해 봐. 기다려 줄 테니까."

"다시 한 번 말할게요. 당신이 끼어들 틈, 우리 둘 사이에 없어요."

"왜, 걔가 죽었다가 살아와서?"

"……."

"대체 그게 무슨 의민지 알려만 준다면 나도 똑같이 할 수 있는데."

"참 가지가지 하시네요."

"너도 참 꼬치꼬치 해."

"꼬치꼬치?"

어딜 봐서 제가 한 말이 낱낱이 따지고 캐묻는 모양처럼 비춰졌을까. 세아가 앙칼지게 되묻자 이현이 피식 입꼬리를 올렸다.

"아니, 그게 아니라."

이현이 손으로 만지작거리던 냅킨을 세아에게 내밀었다.
꽃 모양.

"꽃."

꽃이, 꽃이…… 해.

"정말 간만에 즐거운 경기였습니다. 비록 이기진 못했지
만요."

리만이 흡족한 미소를 띤 채 도현을 바라보았다. 선택한
대상을 원하는 곳으로 이동시키는 초능력을 가진 리만은
지금껏 월프로 져 본 적 없었지만 이번만큼은 얘기가 달랐
다. 이글의 타고난 신체 조건과 부딪치면서 위대함마저 느
낀 터라 지고 나서도 억울함은 없었다.

"저도 오랜만에 즐거운 경기를 했습니다."

말과 달리 도현에게서는 승리를 거머쥔 자의 쾌감은 보이
지 않았다. 당연한 결과라 생각하는 것인지, 이런 경기 따위
성취감을 안겨 줄 수 없는 것인지 알 수 없었다. 표면적으로

움직이던 도현의 입술이 이현을 보자 굳게 다물어졌다.

"경기도 즐기지 않고 이현 군은 제로와 무슨 얘길 한 게지?"

"그냥 소소한 대화 정도려나요."

골프장 이과에 위치한 리조트 1층에선 사담을 즐길 수 있는 휴식이 이뤄졌다. 주문한 커피가 각자의 앞에 놓였다. 엘린은 향긋한 냄새가 일품인 잔을 들어 후각으로 먼저 즐겼다. 한 입 조심스럽게 마셔 보니 평소 즐기던 라떼가 유독 달콤했다.

"커피가 꽤 괜찮네요."

그 말에 이현은 앞에 놓인 잔을 들어 마셔 보았다. 혀에 닿자마자 입가로 웃음이 번졌다.

"맛만 봐도 알겠네. 저희 직원이 탄 겁니다."

엘린이 의아한 얼굴을 했다.

"아, 소문으로 카페를 인수했다고 들었는데."

"원래 제 거였는데, 일부러 드린 거죠."

처음 듣는 얘기다. 이현의 눈동자가 껄끄럽게 구르자 그 시선을 피하지 않고 도현이 강렬히 응수했다.

"얼굴 좀 보고 싶었거든요. 내 여자에게 치근덕대는 남자."

"커피는 입에 맞으세요?"

순간 테이블 앞으로 걸어온 세아는 단정히 앞치마까지 빌려 맨 채였다. 엘린의 표정이 순식간에 사늘해졌다.

"이걸…… 네가 내렸다고?"

"네, 맛은 어떠신지……."

"물을 필요 있어? 맛있어. 네 손으로 만든 게 뭐든."

벅찬 얼굴로 팔을 뻗은 도현이 세아가 공손히 모은 손등 위로 입 맞추었다. 촉촉이 젖은 손이 따스해지자 세아가 주변의 눈치를 보며 꼼지락댔다.

"갑자기 다른 게 마시고 싶어졌구먼. 엘린도 그렇지 않습니까?"

"이제라도 알았으니 엘린도 다른 메뉴를 시키도록 해요."

"아뇨……. 전 이거 마저 마실래요."

리만이 의외란 식으로 놀라 물었다.

"제로가 탄 것인데도요?"

"입에 나쁘지 않은데 아무렴 어때요."

새침한 표정으로 자신이 만든 커피를 마시는 엘린이 세아는 믿기 어려웠다. 심장이 두근거려 뒷정리를 하고 오겠단 말을 하니 그제야 세아를 꼭 잡고 있던 도현이 손을 놓아주었다.

"한데, 이현 군이 인수한 카페가 원래 도현 군의 소유였다고요?"

"네."

"어허, 이현 군에게 왜 넘겨준 건가?"

"덫이라고 해 두죠."

그저 카페가 중오의 소유인 줄로만 알았던 이현은 미약

하게 인상을 구겼다. 그를 본 도현이 천천히 입을 열었다.

"사냥감을 편하게 잡으려면 덫을 놔야 하거든요."

"……."

"근데 역시나 하는 짓이 뻔하더군요. 아까처럼 윤세아를 무례하게 이리저리 끌고 다니는 게 일상이었죠. 만나서 뭘 하고 뭘 말하든 그저 다 묵살했을 겁니다. 저처럼 귀 기울여 주는 게 아니라."

"잘 모르나 본데, 거기에 윤세아 의지도 약간 있었어."

"어떤?"

이현의 눈동자가 느리게 굴렀다. 내 배에 총을 쐈다든지…….

"윤세아가 먼저 다가와 입 맞추는 게 어떤 기분인지도 모르면서 재미있네요."

픽 웃음을 터트린 도현이 시선을 내린 채 세아가 만들어 놓은 커피를 한 모금 마셨다.

"적당히 꼬리 흔드세요. 주인이 보면 기분 나쁩니다."

넌 어떻게 그리 여유로울 수 있지.

"경기에 이겼을 때도 별 반응이 없던 이글께서 제로를 상대로 혈기를 보이시는군요."

리만의 관찰은 예리했다. 조금 전 세아의 손에 입을 맞출 땐 꼭 트로피라도 거머쥔 자의 표정이었으니까. 입술을 대는 행위만으로 만물을 얻은 듯한 환희로 치닫는 게 다른 이의 눈에는 비정상적으로 여겨질 만도 했다.

"제가 윤세아 하나로 울고 웃는 건 당연한 일입니다."

한데 정작 당사자는 한가로이 커피를 마실 뿐이었다. 리만이 놀라 물었다.

"울다니, 이글께서도 눈물이 있습니까?"

"다들 그런 경험 없습니까?"

"없습니다. 그런 일은 우스운 것이지요."

피식 웃음을 터트린 도현이 잔을 내려놓았다.

"눈물이 뭐 대수입니까. 본부에서 생활하던 십 년 동안 저 여자 하나에 미쳐 있었는데."

그의 낮은 목소리가 주변으로 음산하게 깔렸다. 정적 속에서 도현이 별거 아니라는 듯 웃었다.

"이런 얘긴 듣기 거북하시려나?"

그 순간 이현의 눈빛이 깨달음을 얻은 것처럼 날카롭게 튀었다. 아, 그러고 보니 둘에겐 내게 없는 과거가 있구나.

"……제로에게 미쳐 있었다고요?"

"네, 밑바닥을 기어 다녔었죠. 사방이 막힌 곳에서 하루도 빠짐없이 윤세아만 생각하며 살았습니다."

하도현이 살아 있는 한 달라지는 건 없어. 한 치의 흔들림 없이 또박또박 말했던 세아의 목소리가 자연스럽게 이현의 머릿속에서 재생되었다.

이미 죽어 있다가 살아온 애야.

"대체 사랑이 뭐기에…… 정말 지옥 같더군요."

도현은 지난 기억을 회상하듯 입꼬리를 올리며 웃었다.
마치 행복했던 순간을 떠올리는 것처럼.

"하지만 또 그녀 생각에 버텨지더군요."

세아만 있으면 지옥도 에덴으로 탈바꿈될 터였다.

"덕분에 제 파릇했던 시절은 전부 다 처절했고 속도 까맣게 타들어 갔지만, 그렇게 독해지니 훈련 따위 견딜 만하더군요."

"저런, 믿기 힘들군요. 지금 한낱 제로를 떠올리면서 그힘든 훈련을 이겨 냈단 말입니까?"

"그렇죠. 윤세아를 만나야 한다고 생각하니 그럭저럭 살아지긴 하더군요. 사랑 참 대단하죠."

이현은 나지막이 입을 벌렸다. 그럼 백설아, 내가 너와가까워지려면…….

"제 전부를 바쳐서야 옆에 둘 수 있던 여자입니다. 그것만으로도 예전으로 돌아갈 수 없다고 한들 후회는 없죠."

나를 갉아먹어야 하는구나.

"으윽!"

경기도 외곽에 있는 폐공장은 비워진 지 5년도 더 돼 먼지만 가득한 곳이었다. 그 위로 하얀 셔츠를 입은 자가 이리저리 구르는 행적이 고스란히 남겨졌다.

"쿨럭, 쿨…… 럭. 대체 내게 왜 이래!"

악에 받친 듯 피로 점철된 남자가 소리를 내질렀다. 이미 초능력은 하루 할당량과 사이드 넘버까지 전부 사용해 몸으로 대적하는 게 전부인데, 폭력을 행사하는 자들은 전부 방어 능력을 기본으로 가진 자들이었다. 뒤에서 일부러 차를 박은 뒤 끌고 온 납치였던 터라 금전을 요구할 거라 생각했었다. 한데 협상은 고사하고 쏟아지는 발길질부터 멈출 기미가 보이질 않았다.

"적당히 해."

그 한마디에 신기하게도 무차별하게 가해지던 폭력이 멈추었다. 묵직했던 철문이 기괴한 소리를 내며 마저 열리자 고급스런 구두가 자아내는 간결함이 공간으로 울려 퍼졌다.

"저런, 얼굴이…… 떡이 됐네."

이미 두 배나 부어오른 눈두덩으로 앞을 보았지만 내리꽂는 조명 때문에 얼굴이 제대로 보이지 않았다. 무릎을 굽히며 바닥으로 내려와서야 그를 뒤덮은 어둠이 사라졌다.

"내가 오기 전까진 살려 둬야지."

화신 기업의 외아들, 신…… 이현.

"죽기 직전인가?"

"무, 무슨⋯⋯."

"그때까지 패라고 했는데 상태를 보니 아직 거기까진 아닌 것 같고."

"왜, 왜 저를⋯⋯!"

"이것 봐. 입이 계속 움직이잖아."

고개를 든 이현이 살벌하게 가드들을 올려다보았다.

"니들은 죽기 직전에 말하는 거 봤어?"

차갑게 내뱉어진 목소리의 위압감만으로도 오금이 저릴 정도였다. 이 두려움을 해소하기 위해서라도 그들은 열을 다해 남자를 두들겨 팼다.

"그만."

"크으⋯⋯."

"이제 죽기 직전 같네."

허억, 헉⋯⋯. 곧 끊어질 것만 같은 숨소리가 급박하게 울려 퍼졌다. 이곳과 어울리지 않게 놓인 가죽 소파는 애초 그의 등장을 암시하고 있던 물체였다.

"엄청 아프지? 고통이라는 게 그런 거지. 죽겠는데 또 때리고, 더 때리면 미치거든."

"헉⋯⋯ 으윽⋯⋯."

"불에 타죽는 기분이⋯⋯ 그와 비슷하려나."

소파에 앉아 나지막이 말을 한 이현은 비서가 건네준 종이를 받아 들었다.

"이름이 최태수. 맞지?"

"왜, 왜 나를……."

"지운 중학교 나온."

태수의 얼굴이 뒤흔들렸다.

"초능력은 불 중급, 투영 하급, 사일런스 중급. 플랫인데도 가지고 있는 게 전부 쓰레기네."

"호, 혹시 야, 약혼녀 때문에 그러시는 겁니까?"

"뭐?"

이현이 종이를 반쯤 내렸다. 태수는 잡아먹힐 듯한 눈동자와 마주칠 수 있었다.

"설예리. 예리를 제가 쫓아다녔어서……."

"……."

"그것도 오래전 일입니다! 중학교 때까지요. 고등학교 올라와선 연락을 하긴 했지만, 아니, 제가 일방적으로 한 거지만 대꾸를 안 해…… 끊긴 데다가 성인이 돼선 공석에서만 보았고, 사석을 가진 건……."

"무슨 소리를 하는 거야?"

"……."

"약혼 깬 지가 언젠데."

살기 위해 정성껏 뱉어 내는 말들이 마치 소음인 것인 양, 이현의 미간이 구겨졌다. 귀찮은 일이지만 세아 때문인지 괜스레 약자 앞에선 뭐든 너그러워진다. 설명해 줘도 나쁘지 않겠단 판단이 섰기에 심드렁한 표정 위로 친절이 드리웠다.

"넌 지금 윤세아 때문에 온 거야."

"……예?"

"텔레비전 보면서 놀랐었지? 어디서 많이 본 제로인데."

요즘 방송사마다 경쟁이라도 하듯 앞다투어 언급하는 제로를 태수가 모를 리 없었다. 예리가 속앓이하던 대상이 누군지 쫓으면서 여러 번 본 적 있던 새하얀 얼굴이었다.

"네가 낸 화재 사건으로 윤세아 부모님이 죽었다던데."

이현은 세아가 저를 보며 끔찍해 미칠 것만 같다는 얼굴로 뱉어 냈던 말을 기억했다. 싫어 죽겠다고, 벡터는 전부 다 똑같다고.

"그래서 내가 좋아 죽는 윤세아가 고아가 됐었고, 아마 뼈 빠지게 고생도 했을 거야. 어린 나이에 부모를 죄다 잃어서."

"……."

"근데 내가 제일 열 받는 게 뭔지 알아?"

이현의 목소리가 지독히도 차가워졌다.

"그 순간에 내가 없었다는 것."

세아를 곁에 두고 여유로웠던 도현은 과거를 함께 공유했던 자만이 가질 수 있는 자태를 매 순간 뽐내고 있었다. 세아로 인해 재탄생된 도현은 그 뿌리가 잘못된 오해와 원망으로 시작됐다지만 이현의 눈엔 그마저도 도현이 온전히 윤세아에게 미칠 수 있게 도와준 양분처럼 느껴졌다.

하지만 애석하게도 이현에겐 세아와 엮일 명분이 없었다. 둘에겐 오해로나마 다뤄질 이슈가 없었고, 원망은 있었지만 그마저도 이젠 면역이 생겨 미비하다. 달라붙는 저를 포기한 건지 분노 역시 하릴없을 뿐이다. 그래서 인고 끝에 헤집어 보니 발견할 수 있었다. 너와의 연결 고리.

"근데 그 순간에 넌 있었잖아?"

너의 과거를 가진 자.

"내가 이제부터 너를 이용해 윤세아 인생에 개입을 할 생각인데."

이현의 눈동자가 어둠으로 빛났다. 간결한 손짓 한 번으로 옆에 대기하고 있던 벡터가 빈 주사기를 꺼내 태수에게 다가섰다.

"무, 무슨······!"

"기뻐해. 내게 좋은 일 하는 거야."

"아악, 손대지 마! 잘못했어요, 처벌을 받으라면 받을게요!"

"처벌? 지금 받잖아."

벌레를 내려다보듯 이현의 시선에는 자비가 없었다.

"쾌감으로 온몸이 저릿저릿할 테니까 아플 걱정은 하지 말고."

올라가는 입꼬리에선 죄의식 또한 존재하지 않았다. 나

를 갉아먹으면 네가 와.

"아, 그것도 의식이 없어서 못 느끼려나?"

가드가 들고 있던 주사기로 제 몸에서 피를 뽑아낸 뒤 태수의 팔에 곧장 옮겼다. 살가죽을 파고든 긴 바늘이 혈관으로 정확히 꽂혔다. 천천히 주입되자 약물에 중독된 듯 눈빛이 희미해졌다. 해독약이 다시 들어가기 전까지는 줄곧 사경을 헤맬 것이다. 너는 독과 같은 여자라서, 세아야. 지금 이 모든 게 점점 네게 중독되어 가는 과정인 거야.

"걱정하지 마. 전부 잘 풀릴 거야."

그러니 내 정신도 점점 희미하게……

도현과의 만남은 설인우에게 몹시 기쁜 일이었다. 초대받은 곳도 다른 이들의 시선을 피해 만나기 좋은 호텔 객실이라 특별하게 느껴질 만도 했다. 이글은 대한민국을 떠나 전 세계적으로 이슈였고, 먼저 부름을 받지 않았더라면 어떤 로비를 펼쳐서라도 자리를 만들 생각이었건만 수고를 덜은 셈이다. 벌써부터 기대에 부풀어 기쁜 표정을 감출 수 없는 인우를 보며 도현이 말했다.

"요즘 회사엔 별일 없습니까?"

삽시간에 인우의 표정에 당황스러움이 번졌다. 먼저 만나자는 고마운 제안을 덥석 무니 기다리고 있는 건 제가 소유한 기업과 관련된 얘기였다.

"한잔하시겠습니까?"

미소를 지은 도현은 자리에 걸맞게 인우에게 술을 권했다. 대체 무슨 속셈인 걸까. 이른 시간이긴 했지만 알코올이 들어가지 않고는 이어 나가기 힘든 대화였다. 도현이 직접 온더록스 잔에 술을 따라 건네주니 금세 인우가 그것을 비워 냈다. 얼음도 넣지 않고 목구멍으로 무작정 밀어 넣으니 안 그래도 놀란 머리가 순식간에 몽롱해졌다.

"……어떤 생각에서 하신 말씀인지 여쭤 봐도 되겠습니까?"

"제가 화신 기업에 안 좋은 감정을 가지고 있어서요. 정확히 말씀드리자면 신이현에게인데, 왜 그런지는 기사 몇 개 접해 보셨다면 바로 알 수 있을 거라 생각합니다."

발표회 이후 함께 떠오르게 된 제로가 이현이 전부터 데리고 다녔던 여자와 동일하다는 건 상류층 바닥을 걷는 자라면 누구나 다 아는 사실이었다. 그 소문에 가장 예민할 수밖에 없는 인우였다. 제 딸아이의 약혼자가 버젓이 제로와 연애 비슷한 행동을 보이고 다니니, 많은 이들이 인우의 안부를 물었다.

"제 추측이긴 하지만 설인우 씨도 그다지 신이현에게 좋은 감정이 없을 거라 생각되는데요."

주변이 우려했던 대로 일방적인 파혼이었다. 이유조차 물을 수 없는 위치인지라 인우는 요 며칠 술로 날을 지새울 정도로 속이 꺼멓게 타들어 가는 중이었다. 유니벌과 사돈을 맺는다면 자연스럽게 이뤄질 제 기업의 성장, 그 모든 게 물거품이 됐으니까.

"……제 딸이 파혼을 당하긴 했습니다만 그걸로 원망하기에는 너무 높은 분이죠."

인우는 빈 웃음으로 제 속마음을 숨겼다. 도현은 느긋하게 고개를 한 번 끄덕였다.

"제가 김중오에게 들기론 회사의 운영이나 방침, 기획력엔 문제없으나 그 소유권을 가진 게 맥스라서 올라갈 수 있는 선이 한정되어 있다고 하던데요."

"할 수 있는 위치에서 최선을 다할 뿐이죠."

"최선이라고 해 봤자 유니벌에게 기면서 회사 운영하는 게 전부 아닌가?"

인우의 눈썹이 들썩였다. 도현은 말로 삽시간에 맥스란 레벨을 가진 모든 자들을 깔아뭉갰다. 오만을 떨어도 유분수지, 인우가 바득 이를 갈았지만 곧 그 턱에 들어간 힘은 몸을 반쯤 일으키는 도현으로 인해 소멸되었다.

"그런 유니벌이 제 밑에 있고."

그는 자만해도 되는 위치의 남자다.

"설인우 씨가 최선을 다해도 넘을 수 없던 그 선, 제가 대신 넘어 줄 수도 있습니다."

능구렁이가 담을 넘듯 달콤한 유혹이었다. 인우는 저도 모르게 마른침을 삼켰다. 레벨로 가질 수 있는 직업과 영향력이 구분 지어진 세상에서 KM 기업은 언제나 제자리걸음이었다. 어떤 개발을 해도 판매량은 정해진 일인 양 유니벌인 일한의 승리였다.

"지분만 준다면 굴려 줄게. 나쁘지 않잖아?"

한데 도현이 제 기업의 지분을 가지게 된다면 어떻게 될까. 이글인 그의 존재 하나로 인해 KM 기업의 주가는 뛰어오를 것이고 엄청난 파급력은 곧 숫자로 기록될 터였다. 높은 레벨을 숭배하는 사회에서 도현의 손이 닿은 것이라면 모든 벡터들이 찬양하듯 관심을 쏟을 게 분명했다.

"……대답이 없으신 거 보니 제가 생각했던 것보다 야망이 없으신가 봅니다."

존댓말과 반말을 오가는 사이, 인우도 천당과 지옥을 오갔다. 악마에게 홀렸나, 천사의 향긋한 속삭임에 넘어간 걸까. 반쯤 벌어진 인우의 입술 사이로 물 흐르듯 말이 나왔다.

"그럴 리가요……. 주주로서의 역할만 이행해 주신다면 지분쯤이야, 회사 성장을 위해서라면 얼마든지 드릴 수 있지요."

"그렇다면 실제 경영권도 저에게 나눠 주셔야겠습니다."

"예?"

예기치 못한 제안이 하나 더 숨어 있었다. 일순간 도현의 눈빛이 예리해졌다.

"자고로 뭘 하든 간에 성취감이란 게 있어야 하지 않습니까?"

"……."

"저로 인해 기업 이미지와 주가가 눈에 띄게 올라갈 텐데 거기서 제가 얻는 게 뭐가 있겠습니까? 돈? 지금도 썩어 빠질 정도로 많아서 금전적인 건 제게 별 흥미를 주지 못합니다."

"……."

"근데 경영은 다르죠. 하나의 회사가 어떻게 성장하는지 직접 관여하고 보고 싶거든요. 그래야 키워 놨을 때 보람도 느끼고."

경영권이라니. 안 그래도 예리에게 회사를 인계해 주려 모든 회의에 참석시키던 중이었다. 그런 부분을 도현에게도 공유하라는 건 곧 도현과 예리가 부딪칠 기회가 많다는 것이다.

"물론 제가 아직 부족한 것이 많으니, 설인우 씨의 도움이 필요하겠지만요."

예리가 파혼 소식을 전했던 건 발표회가 끝난 뒤였다. 이현과 잘되지 않았단 끔찍한 소릴 웃으며 하는 것이 이해가 되질 않았는데 뒤따라 이어지던 고백에서 나왔던 건 바로 도현의 이름이었다.

"……제 딸아이가 도현 님과 중학교 시절을 같이 보냈다고 들었습니다만."

오랫동안 옆에 두고 싶었던 남자가 오늘 이글의 칭호를 얻게 되었다고. 비록 지금은 방해물 같은 제로가 있지만 떼어 내는 것쯤은 어렵지 않으니 믿고 지켜봐 달라 했다.

"설예리요?"

"네."

"그랬죠. 뭐, 기억에 남을 만한 추억도 있었고……."

인우에겐 너무나도 사랑스러운 딸의 고백이었다.

"절대로 잊지 못할 추억? ……이라고도 말할 수 있겠네요."

게다가 도현이 먼저 회사에 관심을 보이니, 인우에게는 마치 사돈 관계를 맺는 것처럼 느껴졌다.

"이사회를 소집해 한번 얘기 나눠 보겠습니다만 제가 긍정적인 생각을 가지고 있고, 다른 누구도 아닌 이글이 직접 주신 제안이라 다들 좋은 뜻을 보일 겁니다."

"그럼 좋은 소식 기다리겠습니다."

"네, 오늘 좋은 만남이었습니다."

"저도요. 이 뒤로 일정이 또 잡혀 있어서 먼저 나가 보겠습니다."

바깥으로 나온 도현이 일어나 같은 층 복도 끝으로 향했다. 벨을 누르자 다가와 문을 연 세아가 귀에 꽂고 있던 이어폰을 아무렇게나 뺐다. 헝클어진 머리카락을 귀 뒤로 넘겨주며 도현이 물었다.

"어때?"

"멋있던데?"

"내 목소리 들은 감상 말고."

짧게 웃음을 터트린 도현이 세아를 데리고선 안으로 들어갔다. 미리 호텔 방 안에 설치해 두었던 도청기로 인해 인우와의 대화는 모두 세아의 귀로 들어간 후였다.

"잘했어. 비록 이사회를 통해 결정될 사안이지만 돈을 위해서라면 온갖 더러운 짓도 다 하는 사람들이니 널 반기지 않는 자는 없을걸?"

"그럴까?"

"응, 이미 너한테 넘어온 거나 마찬가지야. 이제부터 잘 굴려야 하는 게 관건인데 방해하는 자가 없어…… 아니, 일단은 뭐가 되었든 주주들부터 섭렵해 네 입지부터 늘려서……."

"또."

"어?"

"또 나 앞에 두고 다른 생각해."

세아가 고심하던 생각을 지운 채 도현을 올려다보자 그제야 웃는다.

"나 보면서 해. 그럼 용서가 되잖아."

'풋' 웃음을 뱉은 세아가 손을 세워 까딱였다.

"이리 와 봐."

"왜?"

꼿꼿하던 허리를 숙이자 세아가 머리를 감싸며 제 입술로 인도했다. 도현의 어깨가 뺏뻣해졌다가 도리어 세아를 눕히며 열성을 다해 키스를 퍼부었다. 인우의 앞에서 떠들어 댄 보람이 있었다. 이 좁은 입안은 최고의 보상이었다. 도현은 제가 휘젓는 모양대로 세야의 뺨이 볼록해지면 그 부위를 슬슬 쓰다듬으며 감상에 젖었다. 피부도 얇고 입도 작아서 늘 버거워한다. 그럼에도 제가 들어오면 안간힘을 써서 받아 내는데, 그게 그렇게 예쁠 수가 없었다. 숨이 차오르면 어깨를 바스락거리는 것 또한 도현을 미치게 하는 요소였다. 작은 새처럼 몸부림치는 걸 계속 관찰하고 싶지만 어미의 심정으로 보면 또 가슴 아픈 것이다. 살짝 입을 떼어 주면 달콤한 바람이 앙증맞은 입술을 통해 불어온다. 아, 따뜻해. 도현은 나른한 얼굴로 세아를 꼭 끌어안았다.

"이제 밥 먹으러 가야지. 입맛은 없겠지만."

"응, 너 때문에 뭘 먹어도 맛이 없을 거 같긴 해."

세아는 도현을 꼭 끌어안은 채 생각에 잠겼다.

"내가 나빴네. 미안하니까 음식 먹여 줄까?"

이 세상에서 부모 다음으로, 아니, 어쩌면 그보다 더 자신을 전부인 것처럼 사랑해 주는 남자다. 시선엔 늘 성스런 존경심을 가득 담고 있었다. 그래서 세아는 고결한 존재가 되어야겠다고 생각했다. 고고하고, 흔들리지 않고, 그 어떤 것에도 끄떡없는……. 그깟 프로젝트 따위에도.

"식사 자리 별로였지?"

세아가 움찔했다. 그동안 많은 유니벌을 만나 본 건 아니었지만 저녁 식사 때 마주한 여왕은 그중에서도 자부심이 하늘을 찌르는 자였다. 왕실 대대로 유니벌의 피를 타고난 그녀에게 제로와의 겸상은 말도 안 되는 것이다.

"아니, 괜찮았어."

"손도 안 댔던데."

"……."

세아는 엘리베이터 앞에 선 채 문에 비친 제 모습을 보았다. 굽 높은 구두를 비롯해 커다란 귀걸이와 목걸이, 드레스까지 예를 갖춘다고 신경 쓴 차림이었지만 그녀에겐 불쾌했을 것이다. 제로에게 금지된 것들을 세아가 전부 다 하고 있었으니 그녀의 눈엔 출신이 천한 자가 신분 상승을 위해 발악하는 모습 정도로 비췄을 것이다. 더군다나 도현이 그녀의 앞에서 세아의 식사량을 참견했다. 그녀의 눈빛이 점차 혐오로 일그러지는 걸 똑똑히 목격한 세아는 금세 피곤해져 눈꺼풀을 느릿하게 감았다가 떴다.

"나랑 데이트할까?"

"······뭐?"

잠이 단번에 날아갔다. 세아가 어수룩하게 눈을 깜빡이자 도현이 물었다.

"왜? 싫어?"

"아니, 그래도 돼? 내일 일정 때문에라도 김중오가······."

"그럼."

도현이 웃었다.

"도망칠까?"

엘리베이터 문이 열리자 안을 비우려 1층에서부터 올라온 가드들이 도현에게 인사했다. 중오는 여왕을 배웅하러 로비에 있을 터였다.

"기자들이 많이 몰려서 정리하느라 시간이 지체됐습니다. 타시죠."

"아래에도 어차피 애들 있을 거 아니야? 좁은 건 싫으니까 전부 내려."

가드들이 서로 눈치를 보다가 결국 엘리베이터를 비웠다. 많은 인원을 수용하기 위해 만들어진 내부가 금세 가벼워졌다. 이것이 권력이었다. 도현이 닫힘 버튼을 누르자 세아의 눈이 번득였다.

"데이트에 관심 생겼는데 어디로 도망칠 거야?"

그들이 한 배려를 악용하기로 마음먹었다. 도현이 층마다 바뀌는 빨간 숫자를 바라보며 웃었다.

"어디 갈까? 영화라도 볼래?"

"늦었는데 언제 다 보고 나와. 너 피곤해서 안 돼."

"하긴, 너 또 화면만 보고 있을 텐데 그건 열 받아서 안 되지."

"또 그 소리야? 이제 너 때문에 뭘 못 하겠어."

"사랑한다면 콩깍지가 씐다던데 그래서 그런가. 이젠 정말 별게 다 질투가 나네."

"콩깍지?"

세아가 '풋' 하고 웃자 도현이 인상을 찌푸렸다.

"왜요? 넌 그것도 없어?"

"아니, 귀여워서. 하긴, 콩깍지 씌면 뭘 하든 다 멋있고 잘생겨 보인다던데 너도 참 너무한다."

"뭐가?"

"너무 어렸을 때 씌워 놔서, 너 말곤 다른 남자는 안 보이잖아."

감동한 듯 도현은 입술을 꾹 짓눌렀다. 허리를 숙이자 진지한 눈빛이 세아를 관통했다.

"벗겨지면 안 되는데……."

걱정스런 음성이 세아의 고막을 적셨다. 도현이 혀를 내어 세아의 눈을 핥았다. 뜨겁고 말랑한 것이 닿자 동공이 경련했다. 도현은 세아의 눈두덩을 걱정스레 엄지로 쓸었다.

"벗겨지면 안 된다?"

건조했던 시야가 흐르는 착각이 일었다. 무슨 주문이 걸렸는지 도현을 제외한 모든 것이 성에 낀 세상처럼 변했다. 도현의 팔이 허리에 빠르게 감겼다.

섬광과 함께 도착한 곳은 인적이 바글거리는 번화가였다. 갑작스럽게 나타난 두 사람 때문에 길 가던 사람들의 시선이 하나둘씩 멈춰 섰다. 모를 리 없는 얼굴들이었다.

"가자, 길거리 데이트 정말 오랜만이야."

그런 시선들쯤은 가볍게 무시한 채 도현은 세아의 손을 잡고 거닐었다. 여왕과의 만찬을 가졌던 터라 도현과 세아 둘 다 길거리엔 어울리지 않는 옷차림이었다. 최소한의 움직임에 걸맞게 제작된 긴 드레스가 걸음마다 화라도 내는 듯 발에 걸렸다. 세아는 저에게 쏠리는 시선에 당황하며 도현의 팔을 잡았다.

"너, 이렇게 사람 많은 곳으로 오면 어떡해?"

"왜, 너랑 이렇게 돌아다니는 거 내가 제일 좋아하는 건데."

생각해 보니 그랬다. 어릴 적 주말마다 번화가로 놀러 가 소소한 데이트를 즐기자고 매달린 건 도현이었다. 도현은 시끄럽게 울리는 휴대폰을 꺼내 두 개로 분리했다. 빠져나온 배터리와 기능을 잃은 핸드폰이 주머니 안으로 밀려들어 갔다.

"일단 저녁부터 먹자. 아까 너 제대로 못 먹은 거 신경 쓰여."

김중오에게 온 전화일 거란 확신이 섰다. 아마 지금부터 가드를 풀거나 제 감지 초능력을 직접 사용해 도현을 찾으려 할 것이다. 어쩌면 신기하단 듯이 바라보는 사람들이 목격자가 되어 둘의 행적을 알려 줄지도 모른다.

"응, 사실 배고프긴 해."

"거 봐, 입맛 없어 보여서 걱정했다니까. 뭐 먹고 싶어?"

그래도 오랜만에 만끽하는 시간이라 세아는 복잡한 생각을 전부 뒤로 밀어 두었다. 지금을 즐기기로 마음 먹으니 일탈이 두근거렸다.

드레스 자락을 펄럭이며 세아가 향한 곳은 포장마차였다. 제로들이 노동 후에 찾아와 한 잔씩 술을 걸치는 곳에 들어선 세아는 천막 내부를 빙 둘러보았다. 화사한 옷차림을 본 자들이 얼큰하게 취한 눈을 비비며 손목부터 확인했다. 팔찌가 없으므로 벡터는 아니었다.

"여긴 왜 들어가?"

누추한 주황빛 천막을 밀어내며 도현이 들어오자 일순간 정적이 감돌았다. 너무나 유명한 얼굴이라 믿기지 않았다. 어떻게 이런 곳에······.

"아, 저기 자리 하나 있다."

세아가 성큼성큼 제일 구석진 자리로 향하자 도현이 그 뒤를 따랐다. 무질서하게 세워진 플라스틱 테이블과 의자를 요리조리 잘 피해 걸어간다.

"조심하고, 치마 밟는다."

도현의 걱정이 무색해질 만큼 세아는 이제 굽 높은 구두에 적응을 마친 건지 제법 걷는 게 고양이다워졌다.

"여기 앉자."

"뭐가 먹고 싶은데?"

도현이 플라스틱 의자를 빼 앉았다. 긴 다리를 바깥으로 빼야 할 정도로 테이블이 작았다. 세아가 매직으로 휘갈겨 적은 메뉴판을 골똘히 쳐다보자 도현이 고개 돌려 그걸 또 같이 보았다. 순간 넋 놓고 도현을 바라보던 사람들이 재빨리 고개를 돌리거나 숙였다.

"아주머니, 여기! 저희 우동 한 그릇이랑 홍합탕 주세요. 아, 소주도 한 병이요."

"술 마시자고?"

"응."

오랜만에 하는 길거리 데이트라지만 성인이 된 지금 예전과 똑같을 순 없었다.

"남자 친구랑 포장마차 와서 같이 술 마시는 거 얼마나 해 보고 싶었는데."

그래선지 세아는 도현과 처음 해 보는 일을 하고 싶었다.

"아니, 남편이랑."

재빨리 말을 고치는 세아가 예뻤는지 도현이 피식 웃으며 뺨을 건드렸다.

"좋은 거 사 주려고 했는데. 우동 먹고 싶었어?"

"응, 탱탱한 면발이 땡기더라고. 아까 먹은 음식 솔직히 느끼했어."

"메뉴가 문제였던 거야?"

"그것도 있고……."

말끝을 늘이던 세아가 눈으로 웃었다. 테이블 위로 손을 올려 두자 도현도 똑같이 따라 한다. 세월이 녹아든 테이블 위로 두 사람의 손이 엉켰다. 세아는 장난감을 가지고 노는 아이처럼 도현의 손가락을 만지작거리거나 쿡쿡 찔렀고 도현은 놀아 주듯 세아의 손끝을 꼭 잡거나 부드럽게 쓰다듬어 주었다.

"주, 주문하신 음식 나왔습니다."

앞치마를 맨 아주머니가 쟁반에서 우동 그릇을 집어 들었다. 바들바들 손이 떨리더니 테이블에 닿기도 전에 뜨거운 국물이 넘쳤다. 세아가 반사 신경을 발휘하기도 전에 의자가 뒤로 빠지며 액체가 바닥으로 추락했다. 염력이었다. 도현이 지그시 세아를 바라보았다가 이내 고개를 돌렸다.

"조심하세요."

"죄송합니다. 아유, 어떡해……!"

"아니, 괜찮아요."

도현 덕분에 묻은 것도 없는데 마치 죽을죄라도 지은 것처럼 그녀는 사색이 되었다. 같은 제로에게 이렇게 떨 이유가 없는데, 세아는 뒤늦게 모든 사람들의 시선이 조심스럽게 도현에게 향했다가 도망치는 걸 보았다.

벡터는 저들과 다르게 완벽한 존재라 세뇌당하다시피 살아온 제로다. 하물며 벡터에게 대우를 받는 릭시인 데다가 유니벌보다 위인 도현과 한 공간 안에 있으니 그들이 느낄 위압감이 어느 정도일지 예상되었다. 세아가 자리에서 일어나 경직된 사람들을 보며 말했다.

"저희 신경 쓰지 마시고 편하게들 드세요. 그냥 술 한 잔 하러 온 것뿐이에요. 조용히 있다가 갈 거고요."

친절히 말했지만 쭈뼛쭈뼛 곤두선 시선들이 어쩔 줄 몰라 하며 방황하는 게 보였다. 세아는 웃으며 아주머니를 대신해서 음식을 내려놓았다.

"죄송해요. 괜히 장사하시는 데 폐 끼치는 건 아닌가 싶네요."

"아니, 무슨 말을. 이렇게 뵙게 돼서 얼마나 영광인지……."

도현을 한 번 본 그녀가 세아를 향해 더듬더듬 말을 이었다.

"……다들 앞에서 말은 안 하지만, 세아 씨 보면서 힘내고 있어요."

"……."

"정말 고맙다고요. 그 말 꼭 전해 주고 싶었는데 이렇게나마 말할 수 있어서 꿈인지, 생신지……."

"아뇨, 제가 뭘 한 게 있다고."

"같은 제로인데, 제로가 할 수 없는 모습을 보여 주고 있잖아요. 거기에 얼마나 힘을 얻고 있는데요."

세아가 손을 저었는데도 고마움을 표하는 것이 최대한 저를 낮추는 일이라 생각한 그녀의 고개는 계속 바닥을 향해 있었다. 세아는 재빨리 그녀의 손을 잡았다.

"이러시면 제가 더 불편해요."

물기로 퉁퉁 불어 볼품없는 손 위로 따스한 온기가 스며들었다. 그녀의 손이 이윽고 세아를 꼭 잡았다.

"맘씨도 착하셔서……. 내 딸 같은 마음으로 지켜보고 있어요."

"……."

"어려움도 많고 쉽지도 않을 테지만 두 분 꼭 원하는 결혼하셨으면 해요."

"……."

"지금처럼 힘내 주세요, 부탁드리겠습니다."

그녀의 음성에 간절함이 차오르자 세아는 심장이 뜨거워지는 걸 느꼈다. 천천히 고개를 한 번 끄덕이자 그녀가 세아의 손을 살며시 놓으며 도현에게 인사했다. 세아는 멀어지는 그녀의 뒷모습을 보다 멍하니 의자에 앉았다.

"들었어? 힘내래."

자신을 응원하는 사람을 실제로 만나다니, 믿기지 않았다.

"응, 나갈 때 감사하다고 말해야겠다."

"왜?"

"네 표정 좋아지게 해 주셨으니까."

세아는 뒤늦게 자신이 웃고 있다는 걸 인지할 수 있었다. 손으로 붉어진 뺨을 감싸자 도현이 입꼬리를 올렸다.

"왜 가려. 예쁜데."

"너어⋯⋯."

"가릴 곳은 따로 있지."

도현이 슈트 재킷을 벗은 뒤 다가가 세아에게 강제로 입혔다. 세아는 얼떨떨한 눈빛으로 제 몸을 한 번 내려다보았다. 헐렁헐렁. 꼭 아빠 옷을 훔쳐 입은 것 같았다.

"뭐하는 거야. 먹기 불편해."

세아가 이것 좀 보라며 턱없이 긴 소매를 내밀었다. 도현은 대답 대신 차근차근 접어 주었다.

"이제 됐지? 파인 옷 입었잖아."

"덥단 말이야."

"말 들어. 안 그래도 사람들 쳐다보는데."

"너 보는 거거든."

"너도 보는 거예요. 어서 먹어."

한마디도 안 져. 세아가 입술을 실룩거리자 도현이 손에 젓가락을 쥐어 주었다. 뜨겁게 올라오는 김과 짭조름한 육수가 무척 그리웠던 세아는 우동을 맛있게 먹었다. 그사이 도현은 소주병을 땄다. 잔을 채우고 다리를 편히 꼬았다.

분위기에 그새 적응을 한 것이다. '호로록' 감칠맛 나는 소리가 예쁜 입술에서 흘러나오고 있었다. 팔 위로 턱을 댄 도현이 술잔을 매만지며 물었다.

"맛있어?"

"응, 너도 먹을래?"

"주면."

도현이 몸을 앞으로 뺐다. 세아가 면을 집어 건네주자 긴 면발을 조금씩 입으로 밀어 넣던 도현이 뚝 하고 턱을 멈췄다.

"끝에 안 물어?"

"어?"

"보통은 이런 거 먹을 때 같이 이어져서……."

"나 참, 그건 스파게티지."

"뭘 그런 걸 따져? 길면 되지."

"그게 하고 싶었어?"

"응."

"알았어, 자."

세아가 못 이기는 척 끄트머리 면발을 물자 도현이 시선을 내리며 웃었다.

"아, 뭔데 떨려."

세아가 눈을 깜빡이기도 전에 도현이 자리에서 조금씩 일어나며 앞으로 다가왔다. 차츰 짧아지는 면발, 비스듬히 돌아가는 고개는 이미 다른 목적을 가진 후였다. 세아의 뒷머리를 감싸며 부드럽게 입술이 맞물렸다. 도현이 혀로 문지르며 턱을 움직이자 입안에 담긴 면발이 흐물해진다.

"삼켰어?"

크게 움직이는 도현의 목울대를 보며 세아가 말했다.

"……네가 내 것까지 다 먹었잖아."

"그래서."

도현이 엄지로 세아의 입술을 한 번 쓸었다.

"너도 넘어왔어?"

아니야? 도현이 설핏 웃으며 조금 더 부드럽게 세아의 입술을 머금었다.

"이번엔 들어와."

미끈하게 침범한 도현의 혀는 알코올 향이 깊이 배어 있었다. 여러 가지 재료로 우려 낸 육수가 노련한 움직임에 휘말려 말끔히 씻겼다. 제가 가진 힘으로 점령하는 건 도현의 습성이었다. 세아는 그 거친 성정을 따라 자신을 하나둘씩 내줬다. 몰캉한 안쪽 점막을 건드리며 간을 보더니 세아가 순응하자 끝까지 치고 들어왔다.

"으읍……."

머리를 감싼 건 배려가 아니었다. 제가 몰아붙였을 때 밀려나지 않도록 취한 방안이었다. 혀를 감싸며 입안을 꽉 채운 도현 때문에 세아의 턱이 힘껏 벌어졌다. 살짝 인상을 찡그리자 귀 옆으로 내려온 도현이 엄지로 도드라진 뼈 위를 살살 만졌다. 오싹한 전율이 전신을 관통했다. 수조水槽를 헤집던 도현이 게슴츠레 눈을 뜨며 물었다.

"아파?"

세아는 작게 고개를 내저었다. 위로 솟았던 가녀린 어깨를 도현이 주물거리자 세아는 턱을 내리며 붉어진 뺨을 감췄다.

"술, 우리 술 마시자."

재빨리 상황을 모면하려 세아는 술잔을 들었다. 그런 세아가 귀여웠는지 도현은 잔을 들며 웃었다.

"빨리 마시면 취해. 천천히 하자."

"너 있는데 뭐 어때."

"내 앞이니까 더 조심해야지."

"왜?"

"내가 무슨 짓을 어떻게 할 줄 알고."

"늑대처럼 말하지 마."

"늑대는 평생 한 마리의 암컷만을 사랑하고 산대. 알아?"

세아가 눈을 동그랗게 떴다.

"정말? 엉큼한 남자를 빗대어 말하는 동물 아니었어?"

"잘못된 오해야."

도현이 세아의 머리카락을 유유히 쓸어 넘기며 말했다.

"자신의 암컷을 위해 목숨까지 바쳐 싸우는 유일한 포유

류지. 사냥을 하면 암컷에게 먼저 음식을 양보하고, 다 먹을 때까지 주위를 살피며 망을 봐."

문득 수많은 시선들 속에서도 자신만을 보며 경계를 늦추지 않는 도현이 떠올랐다.

"제일 약한 상대가 아닌 강한 상대를 선택해 사냥하는데."

이현을 노려보는 눈빛도.

"먼저 건드리지 않으면 공격하지 않아."

시작은 누가 했었더라…….

"암컷이 죽으면 가장 높은 위치로 올라가 울지."

도현의 눈동자가 희미하게 일렁였다.

"헤어지면 그렇게 운대."

나지막한 목소리가 촉촉이 젖어 있었다. 귓바퀴를 따라 내려간 손끝을 떼며 미소 짓는다.

"나 정말 늑대 같지."

세아는 그런 도현의 손을 잡고 손등 위로 입술을 부딪쳤다. '쪽' 감미로운 소리가 번진다.

"안 헤어질 거니까 늑대가 울 일도 없어."

강인하게 잡아 주었다. 도현이 벌어진 손가락 사이로 깍지 끼며 술잔을 들었다.

"약속 지켜."

그러겠노라며 '짠' 하고 부딪치고 들이켠 첫 잔이 시원했다. 세아가 턱을 벌리면 아플 거란 생각에 가장 먼저 보듬어 주는 도현이다. 세아 자신조차 모르는 행위 하나까지 도현이 눈여겨보고 있다는 건 조금 전 키스로 또 실감했다.

"아, 맛있다."

아까 식사 자리에서 얹힌 것이 내려가는 기분이었다. 사실 세아를 불편하게 한 건 여왕도 아니었고, 그녀가 거느리고 있는 근위대의 따가운 눈총도 아니었다.

"너 왜 나한테 프로젝트 얘기 안 했어?"

세아가 잔을 내밀며 묻자 도현이 잠시 침묵하더니 술병을 기울여 채워 주었다.

"엘린에게 들었지?"

"······대답이나 해."

"난 안 따라 줘?"

물방울이 맺힌 병을 잡고선 따라 주었다. 도현은 잔을 채운 액체를 곧바로 털어 넣고선 말했다.

"말할 가치도 없는 거라 안 했어. 괜히 들어서 너 심란하게 만들고 싶지도 않았고."

정말 생각조차 하고 싶지 않은 일이긴 했다. 아마 카시스에서 훈련을 통해 제어하는 법을 배우지 않았더라면 엘린 앞에서 감정을 고스란히 내비쳤을 뻔했다.

"······근데 이미 심란해졌나 보네."

하지만 도현에게까지 숨기고 싶진 않았다. 구겨진 미간을 가만히 바라보던 도현이 세아의 앞에 놓인 병을 집어

들었다.

"널 두고 내가 누구와 그런 짓을 해. 걱정하지 마. 너 아니면 아이 볼 생각도 없어."

제 잔을 채워 또 비워 냈다. '탁' 테이블에 놓인 잔이 묵직한 소리를 내자 세아의 눈초리가 날렵해졌다.

"김중오가 계획한 거라고 들었어. 그건 곧 강제로라도 실행할 수 있는 거고. 너도 알다시피 그 사람 보통이 아니잖아."

"나도 아무런 생각 없이 걱정하지 말라고 한 거 아니야. 프로젝트 없던 일 만들려고 지금 힘 키우고 있고, 그게 회사야."

나직한 목소리가 세아의 머리를 또렷해지게 했다. 단순히 설예리에게 보복을 하려 회사를 탐내던 게 아니었다. 보유한 초능력 말고도 기업을 성장시켜 세계 어디든 제 손이 닿지 않는 곳 없게 하는 일, 도현은 정상에 서서 중오가 장악하고 있는 세계와 맞서려는 것이다.

"얘기 나왔으니까 하는 소린데, 설예리 초능력 뭔지 알아?"

"어?"

도현이 천천히 초능력을 하나씩 말했다. 카피는 익히 보고 들어서 알던 것이었고, 패스와 면죄, 그리고 마지막 하나를 들은 세아의 표정이 일그러졌다. 이름부터 불길한 초능력은 예리와 너무나도 잘 어울렸다.

"그게 정말이야?"

"응, 보나 마나 그 마지막 초능력은 너에게 사용될 거야. 언제쯤 하나 지켜보고 있긴 한데 그전에 손쓰기엔 시선이 많아져서. 지금도 마찬가지지만."

아까부터 포장마차 주변으로 바글거리는 소음이 무성했다. 세아는 고개를 끄덕였다. 도현이 어딜 향하고 무엇을 하든지 그곳엔 시선이 몰린다. 마치 스타의 뒤를 캐는 것처럼 언론사마다 일거수일투족을 알아내려고 할 테고, 그건 곧바로 벡터들에게 인식된다.

"회사 키울 때까진 관리를 해야지. 그래야 성장도 빠를 테고."

세아를 건드리면 가만두지 않겠단 살벌한 경고 뒤로 대단한 세이렌을 보여 주었기에 그 인식엔 동경이 더 우세했다. 도현이 회사의 일부분이 된다면 열렬히 애용해 줄 벡터들이 현재까진 차고 넘쳤다.

"이제 회사에 손대면 지금보다 더 주목받을 거야. 그러니 언론도 신경 쓰면서……."

"지금 너 무슨 생각하고 있는 거야?"

세아가 묻자 도현이 웃었다.

"네 생각."

"……무슨, 설예리가 그 초능력을 나한테 사용할 거라고 했잖아. 너 어떻게 대처할……."

"말했잖아. 거기서 네 생각만 할 거라고."

잠시 숨을 멈춘 세아가 뚫어지게 도현을 응시했다. 서로의 눈빛이 엉켰고 세아는 그곳에서 용기를 얻었다.

"나밖에 생각 못 하는 하도현이라면 해답은 나왔네."

"견딜 수 있겠어?"

"난 괜찮은데, 네가 힘들까 봐 문제지."

"……."

"어제 사고도 그렇고, 나에 관한 건 전부 못 참잖아."

그러자 도현이 쓸쓸하게 웃었다.

"맞아, 너보다 내가 더 아플 예정이야."

엄지로 세아의 손을 문지르던 도현이 제 입술로 손을 데려왔다. 살결에 입술을 가져다 대는 행위는 이제 너무나도 당연한 일이다.

"나 정말 미칠지도 몰라. 그때마다 강하게 잡아 줘."

세아는 슬피 웃었다. 자신의 고통을 제 것처럼 생각하는 남자다. 그래서 세아는 자신에게 펼쳐질 앞날보다 도현이 더 걱정되었다. 나는 참으면 그만인데, 너까지 같이 아플까 봐. 이럴 땐 네가 말했던 공유가 조금 얄밉다.

"이제부터 내 세이렌이 제대로 발휘되려면 언론을 이용해야 돼."

시선을 든 도현이 세아를 향해 미소 지었다.

"그거 이용하러 가 볼까?"

포장마차 앞은 이미 인산인해로 마비가 된 지 오래였다. 값을 지불하고 바깥으로 나온 도현은 세아를 데리고 많은 인파들 틈에 파묻혀 함께 걸었다. 조용한 곳으로 순간이동을 할 법도 한데, 무작정 걷는 의도가 뻔했다.

"사람들에게 나랑 데이트한다고 소문내고 싶구나."

"당연하지. 바쁜 일상에도 내 여자랑 보낼 시간을 놓치지 않고 챙기는 남자 멋있잖아."

"네 입으로 그런 말 하지 마. 나한테만 멋있게 보여도 모자랄 판에."

"질투하는 거지?"

"그래, 아주 많이."

도현은 세아의 손을 잡은 채 허공으로 가볍게 흔들었다.

"이런 거 보여 줘야 너랑 나 결혼할 거란 얘기가 계속 흘러나오지."

"그냥 걷기만 할 거야?"

"구경도 하고."

"사람 구경만 실컷 하게 생겼어."

하이힐 때문에 속도가 붙지 않으니 사람들이 금세 주변

으로 몰려들었다. 이럴 땐 초능력이 없는 게 다행이기도 했다. 안 그랬으면 저들끼리 속닥거리는 말이 세아의 귀에 까지 들려 무시하기 어려웠을 거다.

"오랜만에 하신 술래잡기는 즐거우셨습니까?"

세아가 고개를 돌리자 수많은 인파 틈 사이를 가르며 중오가 다가왔다. 그가 대동한 가드들이 재빨리 주변을 정리했고, 사진을 찍은 자들의 휴대폰까지 검사하며 지금 이 장면이 퍼져 나가는 것을 막기 위해 움직였다.

"그럭저럭."

"저런. 심심해서 벌이신 일 같은데 재미가 없다면 무슨 소용입니까."

독단적으로 움직인 게 화가 날 만도 한데 웃고 있는 모습은 여유로웠다.

"차로 모시겠습니다."

건너려고 기다리던 신호등 앞으로 검은 세단이 멈춰 섰다. 중오는 기꺼이 제 손으로 문을 열며 탈 것을 종용했다. 도현은 세아를 바라보았다. 또 도망갈까? 눈동자가 그리 묻는 것만 같았다. 세아는 대답 대신 먼저 걸음을 떼었다. 자신의 집으로 살인범을 보냈던 자다. 이 이상으로 중오의 심기를 거슬러서 좋을 게 없다.

"외출을 하고 싶으시다면 제게 말이라도 해 주셨으면 좋았을 텐데. 덕분에 산책하는 기분이었지만 걱정이 되긴 했습니다."

마치 이런 일쯤은 아무것도 아니라는 듯이 중오가 말했다. 우발적인 도현의 행동은 이미 익숙했다.

"하지만 이젠 릭시 본부에 벡터 본부에까지 관여가 된 분이고 도현 님의 레벨을 시샘하는 세력도 미비하지만 있는지라, 신변의 안전을 위해서라도 제가 동행하는 게 맞는 일입니다."

세아는 속으로 인정했다. 중오는 떼려야 뗄 수 없는 자이다. 본부가 분해되고 무너지지 않는 이상, 그를 대체할 인재는 없을뿐더러 중오도 그를 알고 제 위치에서 내려와 관리자로 있는 것이다. 도현은 대꾸도 하지 않은 채 세아의 손을 잡고 주물거리고 있었다. 그런 도현에게 사건의 배후를 말해 봤자 중오와 마찰만 일어날 뿐이다.

"대답해 드려. 앞으로 그러겠다고."

"어. 됐지?"

도현이 조수석에 앉은 중오를 향해 성의 없이 대답했다. 그러니 겉으로는 우호관계를 유지하면서 뒤로 방법을 강구해야 한다. 도현이 힘을 키울 동안 프로젝트를 최대한 미루려면 그와 적이 되어서는 안 된다.

"지금 국내 유니벌들이 모여 즐기는 자리가 마련되어 있긴 한데, 어차피 도현 님 컨디션을 보고 결정하려 했던 일정이라 오늘은 그냥 집에 돌아가 쉬시는 게 나을 것 같군요."

어차피 일주일에도 여러 번 갖는 모임입니다. 작은 소리로 켜 두었던 라디오 음성과 중오의 말이 한데 뒤섞였다. 중오가 침묵하자 또렷이 들려오는 소리는 '오늘의 뉴스'였다. 요즘 워낙 바쁜 데다가 늘 도현과 연관된 기사가 수백 개는 쏟아지다 보니 이동하는 시간에도 라디오 뉴스를 귀로 접하는 건 중오의 일상이 되었다.

『신안 재단 최길진 이사장의 손자인 최태수 씨가 하이 티어인 초능력 환각에 빠져 현재 의식이 없는 상태입니다. 해독제를 급히 구하고 있으나……』

그 이름에 가장 먼저 반응한 건 세아였다.

『폭행의 흔적이 있어 경찰 측에선 이를 고의적인 사건으로 보고 조사하고 있지만 국내 환각 초능력을 보유한 벡터들의 행방이 현재 묘연해 수사에 난항을 겪고 있습니다.』

"환각은 보유한 벡터의 피를 인체로 주입해야지만 가능한 초능력 아닌가요?"

세아가 떨리는 목소리로 묻자 중오의 고개가 살짝 뒤로 향했다.

"네, 맞습니다. 그 유지 시간이 숙련도에 따라 갈리는 여타 초능력과 달리 지속형에 속하고 숙련도가 높을수록 강도가 센 초능력입니다. 치료 벡터도 소용없으니 해독제가 없다면 깨어나지 못하죠."

"해독제는 똑같이 환각 초능력을 보유한 벡터의 피일 테고요."

"네."

"근데 그 벡터들이 지금 행방이 묘연······."

"내가 아는 그 최태수야?"

가만히 시트에 등을 기대고 있던 도현이 인상을 구겼다. 잊을 수 없는 이름이다. 발표회를 가지기 전, 과거를 청산하는 의미로 중오가 그토록 바라던 화상 자국을 지우긴 했지만 그런다고 도현의 머릿속에 박힌 흔적까진 사라질 리 없었다. 도현의 물음에 어디론가 전화를 건 중오가 확인 끝에 말했다.

"네, 지운 중학교 출신이라고 하니 도현 님께서 아시는 그 사람이 맞을 겁니다. 예전 화재 사건을 낸."

세아가 다급하게 말했다.

"고의적인 사건으로 본다면······."

"최태수에게 악의가 있는 자겠죠. 환각이라 하면 하이 티어라 그 수가 많지도 않은데 전부 찾을 수 없다고 하니, 아마 플랫 이상의 레벨이 주도한 일일 겁니다."

중오는 별일 아니라는 듯 말했다.

"이런 일은 종종 있습니다. 사건을 일으키고 반응이 올 때까지 뒤로 숨는. 물론 숨기는 자의 레벨이 높기에 가능한 일이겠지만요. 맥스인 최길진이 경찰에 알려 도움을 요청한 걸로 봐선 그 이상의 레벨이 작업한 거로 예상되는데······."

세아의 입술이 나지막이 벌어졌다.

"신이현?"

도현의 눈썹이 고요히 구겨졌다. 중오도 잠시 입을 다물었다가 말했다.

"그럴 수도 있고요."

"……."

"어차피 윤세아 씨나 도현 님께는 잘된 일 아닙니까? 그 사건으로 두 분 다 부모님을 잃었으니, 원수가 벌을 받은 것 아닙니까."

심장이 빨리 뛰었다. 예전 이현에게 끌려가다시피 향한 백화점에서 악에 받친 세아가 벡터를 왜 혐오하는지 얘기한 적 있었다. 벡터가 일으킨 사고로 고아가 되었다고……. 그때 이현이 했던 말이 생생하다.

"신이현, 지금 어디 있죠?"

그래? 내가 찾아서 죽여 놔야겠네.

바깥은 하루에도 수십 가지의 문제와 사고로 시끄럽지만 이곳에 있는 자들에겐 차마 닿지 못할 일들이다. 서울 중

심가에 위치한 고층 빌딩의 펜트하우스는 유니벌이 하나 이상만 된다면 언제든 화려하게 빛났다. 술과 유흥이 주된 목적인 유니벌 모임엔 그들의 즐거움에 일조하는 역할로 젊고 유능한 맥스들이 출입했고, 뿌연 연기가 가득 찬 공간엔 웃음소리가 가득했다.

"이것 참, 계속 죽기만 하면 되겠나?"

넓은 판 위론 포커가 한창이었다. 시가를 한쪽 입꼬리에 문 강찬은 이번에도 칩을 쓸어 갔고 이현은 판 위로 손을 두드릴 뿐이었다. 아까부터 옆에 여자를 끼고 즐기던 성재가 이제부터 제대로 게임에 임할 생각인지 그녀를 바깥으로 내보냈다.

"이거 죄송합니다. 신경이 딴 데 쏠려 있으니 자꾸 돈을 잃네요."

칩 하나에 무시무시한 금액이 걸려 있던 터라 게임 한 판에 오가는 돈이 억대였다. 앞에 서 있던 딜러가 카드를 나눠 주었다. 들춰 본 이현은 칩 하나를 던지고 이번에도 죽었다. 강찬은 힐끗 한쪽 눈썹을 올렸다.

"오늘 운이 영 안 따라 주나 보군."

"그러게요. 딜러가…… 일부러 이러나."

이현이 날카로운 시선으로 그녀를 바라보자 어깨를 흠칫 떨었다. 목숨이 아깝지 않은 이상 유니벌이 셋인 판엔 부정행위는 존재할 수가 없었다. 한데도 이현이 여섯 번 연

속으로 죽어 버리니, 성재가 '쯧쯧' 혀를 찼다.

"세븐포커 하면 신이현 군 주 종목이 아니던가. 왜 이렇게 힘을 못 쓰는 겐가?"

"요즘 제 생활이 불행해서 그런가 봅니다. 기분이 별로니 잘하던 것도 별로⋯⋯."

안 풀리는 거 같고.

"오픈하겠습니다."

딜러의 말에 성재와 강찬이 동시에 카드를 보였다. 플러쉬, 역시나 강찬의 승리였다.

"그렇지!"

강찬이 호쾌한 웃음을 터트렸고 카드가 다시 섞이는 동안 이현은 앞에 놓인 색색의 칩을 손끝으로 건드렸다가 다시 세우는 일을 반복하고 있었다.

"유니벌에게 불행이라니, 당치도 않는데. 아, 혹시 그 가지고 노는 제로 때문에 그러나?"

"⋯⋯."

"이글도 그렇고, 즐길 여자는 차고 넘치는데 왜 제로에 그리 관심을 보이는 건가."

"오늘 이 자리에 이글은 오지 않나 봅니다?"

"김중오에게 얘긴 해 놨지만 아직도 연락이 없는 거 보니 패스할 모양인 거 같군. 아쉽긴 하지만 바쁜 분이니 다음번에 모이면 되지."

"들었습니까? 세이렌이라니, 이거 참 기가 막힐 노릇입니다."

"뭐가 그리 기가 막히시다는 건지."

묵묵히 대화를 듣고 있던 이현이 제 앞으로 분배된 카드를 집어 들었다. 카드를 보는 눈이 가늘었다.

"……이해가 안 되는군요. 그마저도 고스트면 끝날 텐데."

"희소성에 대해서 말하는 거지 않나."

"희귀하긴 하니까 동물 취급 정도는 할 수 있겠네요. 초능력 여덟 개에 세이렌까지."

'허허' 강찬이 웃음을 터트렸다.

"뭐가 문제인 겐가?"

"문제라……. 제 위에 이글이 있다는 거?"

패가 좋지 않은 건지 성재가 체크를 외쳤지만 다음 차례인 이현이 그를 묵살하는 의미로 칩을 던졌다.

"다들 지금껏 누구 밑에서 살아온 분들이 아닌데 이 상황을 즐기니 이상하죠."

결국 죽어 버린 성재가 술을 들이켰고 강찬은 똑같이 칩을 베팅했다.

"우선 환영해도 되지 않나? 전체적으로 유니벌이 그런 분위기니 흐름을 따라야지."

"그럼 물살을 전환하면 어떨까요."

"어떤?"

"예를 들어…… 유니벌끼리 단합해 이글을 엎어 버린다든가."

오픈된 카드를 한 장 받은 이현이 그걸 가만히 내려다보았다. 하트 9…… 나인.

"흠…… 그렇게 된다면 이글의 초능력 여덟 개, 별거 아닐 수도 있겠지만 무모한 생각인 거 같군. 아직 그의 초능력을 다 아는 것도 아니고, 게다가 관리자가 김중오일세."

"그만한 배포도 없이 어떻게 자리를 지킬 수 있죠."

대화가 이뤄지는 동안에도 베팅은 계속되었다. 강찬은 지금껏 죽던 이현이 계속 칩을 던지자 이에 질세라 똑같이 대응했다.

"원하신다면 제가 이글 초능력, 한번 알아볼 수도 있습니다."

"어떻게?"

"몸으로 부딪쳐야지 별수 있나요."

마지막 일곱 번째 카드를 제 손으로 가져왔다.

"올인."

이현이 제 앞에 놓인 칩을 죄다 앞으로 밀어내자 강찬이 흠칫했다. 그가 가진 카드는 풀 하우스였다. 충분히 좋은 패지만 계속 죽던 이현이 제 모든 걸 다 걸어 버리니, 당연히 그 위인 카드가 있을 거라고 생각할 수밖에 없었다. 지금껏 딴 걸 죄다 밀어붙이자니 이현의 냉기 넘치는 얼굴

앞에서 용기가 나질 않았다. 결국 '다이'를 외치자 이현의 앞으로 수북이 칩이 쌓였다.

"카드가 뭔가?"

"투 페어요."

강찬은 넋이 나간 얼굴을 했다. 제가 가지고 있던 패보다 한참이나 낮은 패였다.

"자고로 무언가를 얻으려면 생각을 비워야 합니다."

이현은 건조한 눈빛으로 칩을 바라보았다. 나도 놓아야 하고…….

"늦게 참석해서 죄송합니다."

익숙한 목소리에 시선을 들자 이제 막 룸에 들어온 도현과 중오가 보였다. 이현의 입꼬리가 천천히 올라갔다. 그 뒤로 고혹한 버건디 색상의 드레스 자락을 흩날리며 걸어오는 세아가 보였으므로.

"신이현 씨, 저 좀 잠깐 보시죠."

거 봐, 나를 하나씩 버리니까.

"이제 와, 백설아?"

네가 와.

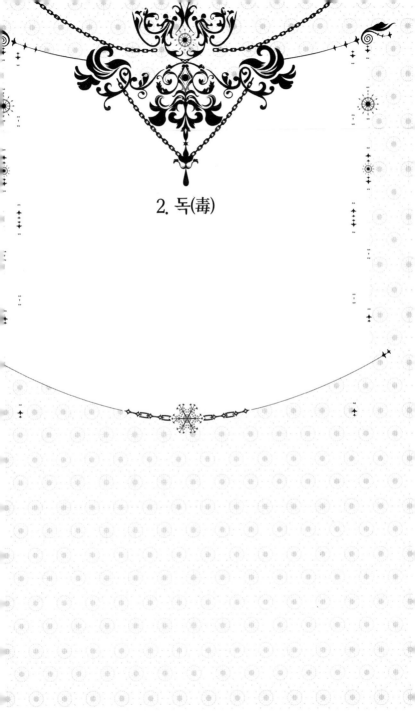

2. 독(毒)

2. 독(毒)

세아는 이성을 유지하려 애썼다. 이현의 얼굴을 보자마 자 급박해진 숨소리는 오직 도현에게만 들렸다.

"어디로 갈까?"

"둘이 얘기할 수 있는 곳이 좋겠는데요."

"좋아, 단둘이."

이현이 자리에서 일어나자 도현이 그 자리에 앉았다. 대 외적인 미소로 다른 유니벌들과 인사를 나누는 모습이 이 현의 눈엔 정상처럼 보이지 않았다.

"칩 좀 빌리겠습니다."

게임까지 참여할 생각이다. 도현이 앞에 수북한 칩을 만지 작거렸다. 사랑하는 여자를 앞에 두고 저런 여유를 부릴 수 있다는 것 자체가 신기했다. 이현이 등을 돌리며 걸었다.

"너 다 가져."

이현은 걸어오는 세아를 본 순간부터 이성이 날아가는 걸 느꼈다. 자신의 뒤를 자발적으로 따라오는 구두 소리를 고막에 새기고 싶을 정도였다.

"……."

세아는 잘근 입술을 깨물며 이현의 등을 보았다. 최대한 조용한 곳으로 가고 싶었다. 자칫 잘못했다간 모두가 보는 앞에서 제로가 사고를 칠지도 모를 일이었으니까.

이현에게 자리를 만드는 일은 그리 어렵지 않았다. 펜트하우스엔 널린 게 빈방이었고 게스트 룸이란 명목하에 침대가 놓여 있었다. 이현이 탐스럽게 바라보는 것과 달리 세아는 방 안에 들어오자마자 문부터 걸어 잠갔다.

"문을 먼저 잠갔어?"

그마저도 색다르게 느껴지는 이현이다.

"고스트 좀 깔아 주세요."

"원한다면."

주변의 소음이 멀어진다.

"해 줘야지."

벙커 안에 들어온 것처럼 그 어떤 소리도 들리지 않자 세아가 짓이겨 붉어진 입술을 움직였다.

"지금 뭐하는 짓이에요?"

"뭘?"

"최태수 환각 사건, 당신이 주도한 거잖아."

"근거라도 있어?"

"우리 엄마 아빠를 죽인 살인범이야. 내가 걔 뒷조사 하나 안 해 보고 살았겠어? 지금껏 최태수는 잘 지내 왔다고. 이제 와 걔한테 원한이 있는 벡터는……."

"건드리길 잘했네."

너무나도 빨리 수긍한 이현 때문에 세아는 숨이 한가득 쏟아졌다.

"너한테 지금껏 스토킹 당하면서 살았단 거 아니야."

"……."

"아예 그 자리에서 죽여 버릴걸. 내가 또 그건 몰랐어서."

태연하게 속삭이는 이현의 목소리는 느릿느릿 참으로 여유로웠다. 그 모습에는 최태수를 부러워하는 심리도 미약하게나마 스며 있었다.

"……대체 무슨 생각이야?"

"그게 뭐가 중요해? 이걸로 인해 네가 직접 내게 찾아왔단 게 더 중요하지."

"고작 나 하나 움직이겠다고 사람을 건드려?"

"왜? 너도 그러잖아."

"뭐?"

"불합리한 세상에 파장 좀 일으켜 보겠다고 그동안 벡터들 죽이고 다닌 거 아니었어?"

세아는 주먹을 꽉 움켜쥐었다. 바들바들 떨리는 진동은 참아 내려 인내하며 일어난 지진이었다. 그에 비해 이현의 눈매는 선명했다.

"나에겐 그 세상이 너인 거지."

난 거기에 돌을 던지고 싶은 거고.

"……너와 똑같단 말 하지 마. 그런 일을 했던 건 내가 하지 않으면 반대로 죽어 나갈 제로가 많았기 때문이야."

"나도 마찬가지야."

"대체 나와 네가 같은 게 뭔데?"

"걜 안 건드리면 내가 죽어서."

나지막한 목소리가 지나치게 어두웠다.

"안 그랬으면 너 나 보러 여기 안 왔잖아."

고작 세아를 오게 하려고 사건을 일으킨 이현이다. 그 행위를 제 죽음과 연관 지어 말하는 모습이 이질적이었다. 유니벌은 저런 식으로 제 목숨을 쉬이 얘기하지 않는다. 스무 살 이전까지 지긋지긋할 정도로 죽음의 공포와 맞서 싸웠으므로 그들에게 지난 기억은 처참한 악몽이었다.

"이젠 너 안 보면 죽을 거 같다고, 내가."

한데 이현은 간신히 벗어났던 무덤으로 다시 발걸음 하려는 것 같았다. 유니벌로 태어나 살아남았단 쾌감, 그것을 등질 정도로.

"그래서 네가 날 보러 와 줄 때까지 계속 목숨을 걸고 놀아 볼 생각인데, 이렇게 흥분한 모습 보니까 너에게 그녀석이 꽤 중요한 거 같은데 맞지?"

세아는 어지러이 번지는 시야 너머로 이현을 바라보았다. 참느라 움켜쥔 손은 피가 통하질 않았다.

"그래, 중요해."

"……"

"걔가 살아 있는 동안 세상 바꾸는 게 내 목표였어. 세상이 변해서, 자기가 한 일이 잘못되었다고 직접 뼈저리게 후회하게 해 주려고 했다고. 근데 네가 그걸 망쳤어, 알아?"

"너로 망가진 난 안 보이지, 백설아."

"뭔데 건드려, 고작 그딴 이유로 왜 나도 몇 번이고 죽이고 또 죽이고 싶었던 남자, 간신히 참고 또 참았는데 네가뭔데 건드리냐고!"

"내 앞에서 다른 남자 얘기하지 마. 더 살려 주기 싫어."

"대체 나에게 왜 이래!"

"사랑해, 사랑한다고!"

이처럼 소리를 지르는 이현은 처음 보는 거라, 세아는 저도 모르게 숨을 멈추었다.

"사랑한다고, 백설아."

후으…… 글자를 씹어 내듯 내뱉는 이현의 눈동자가 붉게 충혈됐다.

"몇 번을 말해야지 귀에 들어갈까."

이현이 검지를 세워 세아의 왼쪽 쇄골 밑을 지그시 눌렀다.

"언제 여기에 닿아?"

결혼하자고 했던 말.

"넌 내가 하는 말이 우습지."

사랑한다는 고백. 결단코 이뤄질 수 없는 그 억압과 고리에 얽매이겠다며 스스로 걸어오는 이현을 본 세아는 지친 눈빛을 했다.

"그런다고 달라지는 거 없다고 몇 번을 말할까? 몇 번을 기계처럼 반복해야 할까. 아예 녹음이라도 해서 매일매일 들어 줄까? 지겹지도 않니? 달라지는 거 없다고 얼마나 더 말해야 돼."

"적어도 최태수가 내 손에 들어온 이상, 전과 같진 않겠지."

"무슨 의미야?"

"너와 나 사이에 없던 과거가 걔 하나로 생긴 거니까."

대체 왜 이리도 세아의 과거에 집착하는 걸까.

"하도현 죽다 살아왔다며."

아, 세아는 탄식했다. 이현은 지금 세아와 지난 시간을 함께한 도현을 모델 삼아 하나둘씩 저도 똑같이 물들여 가고 있었다.

"나도 한 번 죽었다가 살아난 거야. 지금 이 짓으로 인해."

도현을 전부 따라 하면 저에게도 기회가 생길 거라 생각해 흉내라도 내 볼 심산이다.

"살인이라도 하겠다는 거야?"

"필요하다면?"

"······정말 미쳤구나."

이현이 비식 웃음을 터트렸다.

"그런가. 내가 지금 제정신 아닌 거지, 백설아?"

"왜 나 같은 여자 하나 때문에 그런 짓까지 하려는 건데. 너 안 그래도 충분히 누릴 거 다 누리며 사는 위치잖아. 나 없어도 행복했었잖아. 날 몰랐던 때에도 원하는 대로 즐기고 하고 싶은 거 하며 살던 너잖아."

"······."

"포기가 안 돼? 안 되는 건 네 고집이겠지."

"내 눈 봐, 윤세아."

나지막한 목소리에 악에 받친 세아의 시선이 위로 올라갔다. 이현은 잔잔히 웃었다.

"네 눈을 보고도 그냥 돌아갈 남잔 없어."

그에 비해 이현의 눈동자는 탁하다.

"넌 독毒 같은 여자야."

세아는 심장을 똬리 틀어 꽉 조이는 뱀의 악력을 느꼈다.

"하도현을 십 년 동안 미쳐 있게 한 거로도 모자라 지금 나까지 제정신 아니게 만들잖아?"

혈관이 터질 듯 팽창했다.

"이 모든 게 너로 인해 벌어진 일이라고, 백설아."

그들의 몸에 암적인 존재가 된 것만 같았다. 시간이 지날수록 몸집을 부풀리다 다른 곳까지 퍼져 쓸모없게 만들어 버리는. 제 구실을 하지 못하게 된 기관이 할 수 있는 거라고는 무기력하게 병을 인정하고 받아들이는 것이다.

"입맛이 망가져서, 난 이제 너 아니면 뭐 하나 제대로 마실 수도 없어."

왜 나와 얽힌 남자들은 전부 불행의 길을 걷는 걸까. 세아는 아득히 절망했다. 오해로 인해서라지만 결국 도현은 세아를 보려 십 년을 지옥처럼 보냈고, 이현은 처음으로 제 손을 더럽혔다.

"이제 네가 없으면 내 행복이 성립 안 돼. 정말 불행하지."

생각은 빠르게 추락했다. 나인으로서의 삶은 한 명의 제로라도 구제하고 싶어 뛰어든 세계였다. 한 치 앞도 보이지 않던 까마득한 뒷골목은 세아의 모든 걸 버리게 할 정도로 험난했다. 간신히 그곳에서 도현이 보여 준 빛을 따라 수면 위로 올라왔던 세아에게 지금 풍경은 별반 달라진 것이 없었다. 그녀가 서 있는 곳은 여전히 어둠이다. 희생자는 존재했고 살아남은 자들은 그리 행복하지 않았다.

"도현이와 같아지고 싶다고 했어?"

세아의 입꼬리가 힘없이 올라갔다.

"그렇다면 너도 날 십 년은 못 봐야지."

냉소적인 얼굴로 뒤돌아섰다. 이현은 가만히 그 모습을

지켜보고 있다가 세아가 문고리를 잡고 나서야 움직였다. 뒤늦게 뇌가 굴러 간 것이다. 못 봐야 한다는 그 한마디에.

"내 앞에서 멋대로 등 돌리지 마."

쾅. 반쯤 열렸던 문이 이현의 손에 의해 닫혔다.

"한 번 왔으면 그만이지."

세아는 자신의 등 뒤로 젖어드는 체온에 작게 소름이 돋았다. 어깨를 기점으로 이현의 몸집에 짓눌리고 있었다.

"저리 가."

"누가 널 못 봐. 내가?"

문고리를 꽉 움켜잡았지만 그마저도 제 손목을 붙잡은 이현 때문에 열 수가 없었다. 세아는 자신의 귓가를 엄습하는 뜨거운 숨결을 피하려 몸을 돌렸다. 이현이 안기듯이 세아를 끌어안았다.

"말려 죽이는 것도 정도껏 해. 무슨 짓을 해서라도 넌 나 봐야 돼."

넓은 어깨로 세아를 짓누르며 실크를 타고 내려간 손이 오른쪽 다리를 잡았다. 제 몸에 감기게 들어 올린다. 살점이 푹 파일 정도로 강하게 움켜잡고 매만지는 곳은 허한 발목이다.

"생각해 보니 발찌 찼을 때가 좋았는데."

"으읏…… 비켜."

"꼭 족쇄같이."

이현은 눈을 감고선 자신의 손끝에 집중했다.

"왜 내 건 하나도 없어, 윤세아……."

마치 그 목소리가 흐느끼는 것처럼 들려왔다. 꽉 움켜잡은 손이 일순간 느슨해졌다. 세아는 반격하려 몸을 돌리고선 이현의 어깨를 밀었다. 뒤로 한걸음 물러선 이현이 세아를 낚아채 침대로 쓰러뜨렸다.

"이제라도 내 흔적을 남겨 볼까?"

제가 마음껏 활개 칠 수 있는 사냥터라고 생각할 테지만 상대는 독기를 품은 제로다. 세아는 발목 무릎 언저리에서 고고하게 팔랑이던 천을 허벅지까지 찢어 올렸다. 이현이 올라서자 기다렸다는 듯이 자유로워진 다리가 그의 허리를 감았다. 몸을 한 바퀴 돌리자 아래로 이현이 꼼짝없이 깔렸다. 상대를 압박하며 조여 오는 힘은 죽기 살기로 거셌다.

"……우린 언제까지 이렇게 물어뜯어야만 해?"

이현은 그 숨 막히는 느낌마저 공허했다. 힘이 빳빳하게 들어간 세아의 발목을 그러쥐며 이현이 물었다.

"꼭 이래야지만 너 나 봐 줄래?"

"쓸데없는 곳에 의미 부여하지 마. 네가 한 짓을 보라고."

"그럼 내가 잘못했다고 할까?"

세아의 눈동자가 일순간 거세게 뒤흔들렸다.

"잘못 저질렀으니 한 번만 봐 달라고 울면서 빌어?"

데자뷰다. 그때 반지를 빼 던졌던 것처럼 두 번 다신 만날 일 없을 거라 말하니 돌변하는 모습까지. 두 사람은 세세한 것 하나까지 닮아 있어 세아는 오싹해졌다.

"기록, 날 처음으로 늪힌 윤세아."

그러는 사이 이현이 두 번째 시계를 멈췄다. 웃는 입술이 취한 듯 일렁인다.

"올려다보는 모습이 오늘도 예쁘네."

날렵한 굉음으로 이현에게 날아든 건 크리스털 재떨이였다. 이현이 중력을 사용하자 허공에서 두꺼운 유리가 조각나 으깨졌다. 세아가 고개를 돌리자 방문을 걷어차고 들어온 도현이 보였다.

"도현……!"

도현은 세아의 손을 잡고 자신의 뒤쪽으로 세운 후, 큐브를 씌웠다. 방어막으로 제격인 초능력이라 그 안에 갇힌 세아는 지금부터 어떤 일이 벌어질지 직감할 수 있었다.

방 안을 이루고 있는 모든 물체가 허공으로 떠올랐다. 사방으로 날아다녀 등 뒤로 있던 테라스 유리창이 깨지며 바람이 밀려들어 왔지만 그건 오히려 도현에게 힘을 보태는 일이었다.

"시끄러운 일을 만들려나 봐. 여기가 어디라고 초능력을 사용해?"

"생각해 보니 최태수는 우리 누나뿐만이 아니라 내게도 연관된 사람이라. 뭐, 그건 백 번 양보하고 넘어간다고 해도 대화하러 온 윤세아에게 손을 댔으니."

이현은 보란 듯이 고스트를 풀었다. 도현이 문을 부수고 온 이상, 어차피 주변의 이목은 집중돼 있었다.

"못 참지."

"도현아, 하지 마!"

세아가 '탕탕' 벽면을 두드리며 외쳤지만 도현을 막기엔 역부족이다. 살가죽이 찢겨 나갈 것만 같은 날카로운 바람이라, 이현의 걸음이 차츰 뒤로 밀려났다. 테라스 난간까지. 서늘한 밤하늘이 등 뒤로 느껴졌다. 이현은 일부러 난간에 중력을 실어 일그러뜨렸다.

"도현 님! 그만두십시오!"

중오의 입에서 중재하는 말이 나왔지만 도현은 보란 듯이 다가가 이현의 배를 발로 찼다. 허술한 난간이 끊어졌다. 기대어 있던 이현도 떨어져야 맞는 법이지만 중력을 다루는 이현에겐 바라기 어려운 장면이다. 허공으로 가볍게 뜬 이현이 도현을 내려다보며 말했다.

"너 지금 큰 실수한 거야, 알아?"

"어떤 게 실수란 거지. 떨어뜨리려 달려든 건데 살아남았으면 실패 아닌가?"

순간이동으로 이동한 도현이 이현의 배 위로 올라타 그를 내려다보았다.

"윤세아 건드린 게 유니벌이라고 봐주면 제가 한 경고가 뭐가 됩니까?"

그리고 돌아간 고개에 이현은 헛숨을 토했다. 얼얼한 뺨이 조금 긁혔을 때완 차원이 달랐다. 이쯤 되면 고통의 문제가 아니라 기분이다.

"해 보잔 거지, 지금."

허리를 세우며 도현의 얼굴을 주먹으로 내리쳤다. 입술옆이 찢겨져 나갔다. 사실 중력을 실어 내지른 주먹이라 얼굴이 으깨져야 맞는 법인데 도현의 염력으로 힘이 제대로 전달 안 된 탓이다.

"내 몸에 올라타지 마."

"윤세아가 한 일은 전부 다 똑같이 해야 직성이 풀려서요."

뻐근하게 턱을 움직이며 돌아온 얼굴이 웃고 있었다.

"물론 하는 짓은 다르겠지만."

손안에 담긴 하얀 불꽃을 본 이현은 중력을 없앴다. 바람을 가르며 두 형체가 아래로 떨어졌다. 그러는 사이에도 도현은 불로 이현을 태워 버리려 했고 하늘에선 천둥이 쳤다. 예고도 없이 빠르게 아래로 쏟아지는 물줄기, 이현이 비까지 불러 온 셈이다. 바닥까지 얼마 멀지 않았다.

"……미쳤나 본데."

바닥에 닿기 직전, 중력을 조종해 뜬 이현과 여전히 그를 노려보는 눈동자. 어차피 자가 회복이 있는 이현이라, 떨어진다고 한들 치료가 가능했지만 도현도 그런 회복 계열이 있을지 미지수였다. 그런 면에서 도현은 정말 정신 나간 짓을 한 거다. 이현 역시 떨어졌을 때 되돌아올 고통을 알기에 초능력을 쓴 거지만 과연 도현이 그것까지 생각했을까.

"먼저 능력 쓴 겁니다."

아니, 같이 바닥에 처박혀 이현과 함께 뭉개지는 한이 있더라도 도현은 먼저 사용하지 않았을 것이다. 이현은 설핏 웃음을 터트렸다.

"큐브에 염력, 세이렌, 그리고 불, 바람, 순간이동."

도현과 두 번이나 초능력으로 맞붙은 건 이현이 유일했다.

"벌써 여섯 개네?"

판단력은 격전이 이뤄지는 사이에도 빠르게 작동했다. 경직돼 있던 도현의 입가가 느슨하게 올라갔다.

"그럼 이것도 알아 둬."

도현이 허리를 숙여 이현만이 들릴 목소리로 작게 속삭였다.

"상급, 상급, 상급."

기억을 헤집는 것처럼 도현이 느릿하게 말했다.

"최상…… 상급, 최상."

이현이 말했던 순서의 초능력대로 그 숙련도까지 직접 알려 준 것이다. 거기서 이현의 뇌리를 튀게 만든 건 그 숙련도 대부분이 상위에 속한단 점이다.

"더 말해 줄까? 투시는 중급이야."

도현의 입술이 잠시 멈췄다가 움직였다.

"마지막 하나는 직접 보고."

허리가 천천히 올라갔다. 똑바로 세워지기도 전에 배를 짓누르던 형체가 사라졌다. 이현은 중력을 끈 채 바닥에 누워 무수히 많은 알갱이를 쏟아 내는 하늘만 가만히 응시했다. 옆에선 높게 세우느라 한창 공사 중인 빌딩이 보였다. 그 순간 '쉭' 하며 울려 퍼지는 웅장하고도 날렵한 소리. 고개를 돌린 이현의 눈썹이 일그러졌다. 빌딩이, 마치 칼로 베어진 듯 비스듬히 쏟아진다.

"……."

마지막 여덟 번째 초능력.

"……젠장."

레이저.

이현은 한가롭게 누워 있던 몸을 일으켰다. 이현의 주변으로 몰려들었던 사람들이 저들에게로 드리운 광활한 그림자에 소리 지르며 도망치는 게 보였다. 곧 바닥으로 쏟아질 잔해들이 위협적이었다. 엄청난 사고가 일어날 거라 모두가 예상한 가운데, 무게를 견디지 못하고 아래로 떨어지던 거대한 피조물이 전부 잘게 분해돼 공중으로 떴다. 이현이 만든 비가 맞추는 대로 그 조각들이 천천히 바닥으로 내려온다. 토독, 톡. 표면에 부딪치는 비와 마찬가지로 아주 작은 소리였다.

"……도현 님, 지금 뭘 하신 겁니까."

테라스에 도착한 도현은 젖은 머리를 느슨하게 쓸어 넘겼다.

"인명 피해는 없을 거야."

차분하게 내려감은 눈꺼풀은 중오가 어떤 말을 해도 먹히지 않을 걸 의미했다. 역시나 딱딱하게 굳은 중오를 지나쳐 도현이 향한 곳은 세아였다. 제가 가둬 둔 큐브를 해제하자 세아가 반쯤 넋이 나간 얼굴을 했다. 테라스에서 바로 보이는 빌딩이라, 모두 똑똑히 목격한 뒤였다.

"……도현아."

도현은 연신 세아의 손목만 부드러이 문지르고 있었다. 지금 당장에라도 이현의 손이 닿은 곳 전부를 씻기고 싶은 마음을 세아 혼자만 알았다.

"도현아."

"……어?"

세아가 강하게 말하자 그제야 고개를 든다. 세아는 하고 싶은 말이 많았다. 왜 자신이 말렸음에도 멈추지 않았는지, 지금 이 사건으로 인해 얼마나 더 큰 여파가 생겨날지 묻고 싶었지만 세아는 힘없이 웃었다.

"……집에 가고 싶어."

아무런 변화 없던 도현의 얼굴에도 희미하게 미소가 그려졌다. 세아를 안으려 뻗었던 손이 잠시 멈칫한다. 옷에서 뚝뚝 떨어지던 물이 바닥에 흥건했다.

"젖었는데 괜찮아?"

"응."

세아는 두 팔을 벌려 먼저 도현을 끌어안았다.

"어차피 집에 가면 씻길 거잖아."

눈을 감았다. 사라진 두 사람을 본 중오는 지끈거리는 이마를 짚었다. 테라스로 나가 보지 않아도 발밑의 상황이 얼마나 난장판일지 예상되었다. 목격자도 꽤 많은 터라 입단속을 시키려 해도 이미 늦었다. 입에서 입으로 전해지는 뜬소문이라도 도현의 초능력은 또 알려질 것이다.

"신비감을 유지하라고 누누이 교육하고 말했거늘."

사실 이전의 교육이 제대로 주입되었을 거란 생각도 들지 않는다. 본부에서의 도현은 머릿속으로 세아만 생각하는 게 일인 남자였다. 그나마 남아 있는 거라곤 훈련으로 이룩한 초능력이 전부였다.

"어허, 이글도 너무 하시지. 이렇게 무서운 초능력을 남발하는 상황이라면 김중오, 관리자인 자네 입장이 뭐가 되나?"

사고로 인한 인명 피해는 없었지만 문제는 목격자다. 유니벌인 강찬이 헛웃음을 흘리며 말하자 중오는 입이 무거워졌다.

"릭시와 벡터 본부에선 이 사태를 어떻게 짚고 넘어갈지 궁금하군."

레이저는 공격형 중에서도 위험 등급으로 분류된 초능력이었다. 언제든 사회에 커다란 피해를 끼칠 수 있는 초능력이라 까다로운 관리가 필요하지만 애당초 그 숙련도가 최상인 도현에게 사용 빈도를 줄이는 규제는 무의미했다.

"보셨습니까?"

단 한 번의 사용으로도 큰 사건을 불러일으킬 테니. 온몸이 젖은 이현이 바닥에 물 자국을 내며 걸어왔다.

"이래도 이글이 우호적이란 소리가 나오십니까?"

성재가 '흐음' 하는 소리를 내었다. 이현은 얻어맞아 터진 입술의 피를 닦았다. 회복을 사용하기엔 아까울 훈장이다. 일한이 본다면 아마 조용히 끝나지 않을 테니 일부러 증거물로 남겨 두었다. 중오는 억지로 미소를 지었다.

"괜찮으십니까? 우선은 옷부터 말리셔야 할 것 같습니다만."

"됐어, 이젠 너와 대화 안 해."

중오가 다가섰지만 이현은 고개를 돌렸다. 걱정하는 마음에서 꺼낸 손수건을 무시하고 비서가 건네준 손수건을 대신 사용했다. 먼저 가 보겠단 인사로 자리를 빠져나온 이현은 복도를 걸으면서도 상처가 전달하는 고통만 씹고 있었다.

"최길진에게 연락이 왔었습니다. 언론에도 알렸으니, 언제쯤 최태수를 풀어 줄 것인지 물어보았습니다."

"기다리라고 해. 아직 재미 못 봤으니까."

이현은 뻐근하게 벌린 입술 끝에 묻은 피를 닦았다. 언론에 방송된 사안은 진작 최길진과 얘기가 된 것이다. 꼭 일어나게 해 줄 테니 이용 좀 당하라고. 그 강압적인 명령에 반발하기보다는 떨리는 목소리로 꼭 제 손자를 살려 달라던 길진이다. 들고 있던 손수건을 한 번 털며 이현이 웃었다.

"정말 일이 재미있게 굴러 가네."

잠재적 폭군.

다음 날 아침 대형 신문사의 헤드라인을 장식한 타이틀은 목숨을 내걸고 한 소리였다. 중오가 밤을 지새우며 매수한 언론 가운데 한 곳이 말썽을 부렸기 때문이다.

"죽고 싶어서 발악을 하는군. 이거 작당한 새끼들 가서 끌고 와."

"네."

이글이 관련된 연이은 사건으로 인해 사회 분위기는 찬물을 끼얹은 듯 살벌해졌다. 이글의 존재를 축복하기엔 부각된 그의 힘이 너무 거대해 경직될 수밖에 없었다. 상황이 그러하니 정부에선 어쩔 수 없이 이틀 동안 레이저 초능력에 대해 규제가 들어갔고, 건축 중이던 빌딩에 관한 금전적인 보상도 모두 마친 상태였다. 하지만 중요한 건 인식. 벡터들 모두가 암묵적으로 도현을 기사가 내건 타이틀처럼 폭군이라 생각했다.

"아직도 화났어?"

사람들에게 도현은 언제라도 터질 수 있는 폭탄이 되었지만 그 뇌관을 쥔 사람이 제로인 줄은 까마득하게 몰랐다.

"어제부터 말 없잖아."

잠에서 깬 세아가 침대에 걸터앉자 도현이 그 뒤로 다가와 안았다. 숨소리만 듣다 결국 바닥으로 내려갔다. 올려다보는 눈빛은 여전히 걱정이 선연했다.

"목소리 까먹겠어."

진짜예요. 투정 비슷한 애교까지 부린다. 그러면서도 연신 무릎을 꿇은 채 손은 바빠도 세아의 발목을 어루만졌다.

"누나, 목소리 들려주면 안 돼? 힘이 안 나. 너 말하는 거 듣고 싶어서."

"……."

"응? 나 어제 못된 일 한 거야? 그럼 혼내 주면 되잖아."

세아는 잠자코 도현을 내려다보았다. 생각을 정리할 시간이 필요했는데 도현과 떨어져 있긴 싫었다. 함부로 말을 뱉고 싶지 않아 신중하게 행동했다. 세아는 차분히 입을 열었다.

"오늘 일정이 어떻게 돼?"

"어?"

"너 오늘 일정 있을 거 아니야."

"……조찬은 이미 물 건너갔고."

이후로 줄줄이 말하는 도현의 스케줄은 다행히도 빽빽했다. 어제 그런 일이 벌어졌다고 해서 당장 윗선까지 그 여파가 미치진 않은 듯했다.

"조찬은 왜 캔슬한 건데."

"너 안 일어나서."

"깨우면 됐잖아."

"싫어, 억지로 일어나면 몸에 안 좋아."

세아는 묵묵히 입을 다물었다. 도현의 눈썹이 살며시 내려갔다.

"어차피 아쉬운 건 걔들이라 스케줄 정도는 내가 미루고 당기고 할 수 있어."

"안 돼. 이제부턴 일정 잡히면 무슨 일이 있어도 나가서 얼굴 비쳐."

"……."

"일 못하는 남자 매력 없다고 했지?"

그 한마디에 도현의 눈빛이 거세졌다.

"지금이라도 나갈까? 씻을 수 있겠어?"

"난 놔두고, 너 혼자 가."

도현은 더욱 인상을 구겼다.

"나 혼자?"

"그래, 갑자기 안 나오면 이상하게 생각할 수도 있으니 물으면 애지중지 아끼느라 밖에 얼굴 안 비춘다고 해. 핑계 댈 거 많잖아."

"너 위험해질까 봐 그렇지. 갑자기 왜 그러는 건데, 나 때문에 화나서 그래?"

"아니, 너와 붙어 다니면 나도 계속 외부로 알려질 수밖에 없잖아."

　생각은 이미 이현을 보며 모두 마친 후였다.

"문제가 있다면 네가 만나는 벡터들이 전부 맥스와 유니벌인 거지."

　자신이 있는 곳이라면 이현은 무슨 수를 써서라도 힘으로 개입할 남자였고, 어떤 목적으로 태수를 이용한 건지 어제 눈으로 보아 잘 알았다. 독이라고 했지, 내가. 지금 도현을 보면 딱히 그 말을 부정할 수도 없었다. 어제 이현이 세아를 침대로 끌고 갔단 이유로 달려들어 사회가 뒤집힐 사건을 일으킨 도현이었다.

"내 안전보다 앞으로를 신경 써야 돼, 도현아."

　그렇다면 세아가 숨으면 된다.

"할 수 있지?"

"그런 말 하지 마. 나 지금 너 하나 안전하라고 이 짓 하는 거야. 네가 제일 중요하고 우선이지, 그 밖에 다른 건 신경 안 써."

"신경 써야지. 넌 이제 공인이나 다름없어."

"그럼 네가 어제처럼 그런 일을 당했을 때 어떻게 해야 하는데?"

"……."

"넌 어제 분명히 내게 대화할 시간을 달라고 했어. 근데 대화만 이뤄진 게 아니었잖아."

"더 큰 걸 봐야지, 도현아."

"……."

"내가 유니벌과 대화를 한다는 것 자체가 말도 안 되는 세상이야. 그건 너도 알고 나도 알아. 그런 내가 대화를 하려면 많은 위험을 끌어안아야 해."

"지금 참으라고, 나보고."

"제로인 여자를 사랑하는 네가 감수해야 할 부분이라는 거야."

"감수?"

도현이 작게 웃음을 터트렸다가 이내 침묵했다. 무슨 생각을 하는 걸까. 세아가 도현의 어깨를 잡자 옆으로 돌아가 있던 고개가 제자리로 돌아왔다.

"나와 당당히 결혼하겠단 말 벌써 잊었어?"

두 사람 앞에는 수많은 장애물이 있었다. 세아가 도현의 머리를 끌어안으며 제 품으로 인도했다.

"반지 계속 내 손에서 기다리고 있어, 도현아."

"그러니까."

품에 묻힌 도현의 눈빛이 어둑하게 물들었다.

"그날까지 네가 안전하지 못하면 무슨 소용인데."

무슨 바람이 불었는지, 스케줄을 하나도 이행하지 않을 것처럼 방에서 나오지 않던 도현이 샤워까지 마치고 모습을 드러냈다. 중오와의 대화는 도현이 머리를 헤집으면서 끝이 났다.

"옷만 갈아입고 나올 테니까 준비해 놔."

"네."

제 할 말만 하고 들어가는 도현을 기다리기 위해 중오는 소파에 앉아 손을 맞잡았다. 테이블 위로 가드가 올려놓은 종이 뭉치는 다른 이가 보기 편하게 정리된 것이다. 이글로 공표하기 전, 도현이 공채로 가드를 뽑겠다 말했던 결과물이 산처럼 높았다. 도현의 옆을 지키는 자들은 모두 중오의 손을 탔지만 서류로 정리된 많은 인원들을 하나하나 살피기엔 요즘 상황이 여유롭지 못했다. 중오는 손으로 종이의 두께를 훑고선 시계를 내려다보았다.

"괜찮으세요? 얼굴이 피곤해 보여요."

세아가 걸어 나오며 묻자 중오가 시선을 들었다.

"맞게 보셨습니다. 하루에 한 번씩 터지는 뒷일 수습하느라 등골이 휠 지경이니까요."

"감사해요. 중오 씨 아니면 도현이 혼자 이런 상황들 처리하기 어려웠을 거예요."

중오의 눈썹이 살짝 일그러졌다.

"이제부터 도현 님 스케줄엔 동행 안 하신다 들었습니다만."

"네."

"그건 마음에 드는군요. 계속 이현 님과 부딪치면 사건만 일어나니."

도현이 팔찌를 찬 것까진 좋았는데, 이렇게 막무가내로 굴 줄은 예상하지 못했었다. 지금도 중오의 후각엔 달콤한 향내가 밀려오고 있었다. 세아는 사람을 끌어당기는 힘을 가진 여자였다. 세아의 얼굴이라면 진절머리가 날 정도였음에도 중오 역시 어쩔 수 없이 시선이 닿는 것처럼.

"정말 지긋지긋할 정도로 풍기는 향이군요."

"네?"

"윤세아 씨 말입니다. 일반 제로보다 체향이 너무 강해요."

사람마다 각자 고유의 향이 있기 마련인데, 구미를 당기게까지 하니 이젠 의심스러울 지경이다.

"향수라도 쓰는 겁니까? 아니, 그건 아닌 거 같고."

일반 제로라면 그냥 좋다고 생각할 것이, 후각이 좋은 벡터들에겐 치명적이었다. 더군다나 비강을 가진 중오라 곤혹스러웠다.

"무슨 말씀을 하시는지 잘 모르겠어요. 전 아무것도 한게 없는데요. 한 게 있다면 샤워뿐인데 그냥 있는 제품을 쓰고……."

중오는 피곤이 붙은 눈을 지그시 감았다. 단순히 눈에 거슬리는 존재라 하나부터 열까지 트집이라도 잡고 싶은 건가.

"말 안 해도 잘 아실 테지만 현재로선 윤세아 씨가 얌전히 계셔 주는 게 조금이나마 도움이 되는 일입니다. 도현 님의 행동으로 인해 벡터들 사이에서 우려와 불만이 쏟아지고 있는 상황이니 조금이라도 예쁘게 보여야 하지 않겠습니까."

일한이 만남을 요청했으나 매정히 거부한 도현이다. 그건 곧 국내 유니벌을 관리하지 않겠다는 의미와 마찬가지라, 그들의 적개심을 억누르기 위해 중오가 대신 만날 예정이었다.

"네, 주의할게요."

고분고분 말을 듣는 모양새도 미심쩍었는지 중오는 인상을 구겼다. 때마침 방에서 나온 도현이 소파로 다가와 무언가를 가리켰다.

"오늘은 이거 보고 있어."

테이블에 놓인 서류가 무엇과 연관된 자료인지 파악하려 세아익 눈동자가 바삐 굴렀다.

"이거 벡터 초능력 보유 목록 아니야?"

"응, 여기서 네 마음에 드는 초능력 골라."

"왜?"

"너 보호하려고."

초능력만 보고서 뽑는다 말했기에 지원자만 수백에 달했다. 이글과 가까워지고 싶고, 자신이 가진 초능력이 강력하고 유용한 것이라 자부하는 자들이 전부 모인 서류를 세아는 골똘히 보았다. 도현이 총리와 얘길 나눈 뒤 돌아온 후에도 그 자리에 여전히 앉아 있었다.

"아직도 보고 있어?"

"응, 고르긴 했는데 한번 봐 봐."

도현이 공개적으로 모집했다는 것에 세아는 어떤 의도가 숨겨져 있을 거라 생각했다. 그리고 익숙한 이름을 발견하자 눈치챌 수 있었다.

"두 명이네. 더 안 뽑아도 돼?"

그곳에 카시스 멤버가 있을 거란 걸.

"응, 많으면 부담스럽고 사람들 시선도 있을 거고. 나도 단출한 게 좋아."

"보자, 플랫하고 내추럴이네."

도현은 종이를 든 채 다가온 건우에게 왼쪽 손목을 내밀었다. 그 위로 채워져 있던 시계를 풀고 새로운 걸 채우는 모습을 본 세아는 지금 도현이 몹시 바쁜 시간을 쪼개 자신을 만나러 왔다는 걸 알았다.

"하이라이트, 블라인드, 흡혈……. 구성 괜찮네."

하이라이트는 일정 시간 동안 사람들의 이목을 지정한 곳으로 집중시키는 초능력인 데다가 블라인드는 상대의 시야를 차단한다. 상대의 기력을 빼앗는 흡혈 또한 썩 나쁘진 않았다.

"게다가 내추럴이 가진 결박은 최상이네. 그 정도면 도시도 마비시킬 수 있지 않나?"

목록을 보고 알게 된 놀라운 사실이 있다면, 상급의 결박을 가졌던 시우가 최근 그 초능력이 최상으로 업그레이드되었다는 것이다.

"오늘 일정 전부 언제 끝나지?"

"저녁 여덟 시 경이면 끝날 거 같습니다."

"그럼 그 이후 시간대에 면접 보게 약속 잡아. 집에서 볼 거야."

"네."

종이를 반으로 깔끔히 접은 도현이 세아를 보며 웃었다.

"중간중간 화장실 간다는 핑계 대고 올 테니까 쉬고 있어."

바깥은 어제 일로 시끄러울 텐데도 세아의 머리 위로 움직이는 손가락은 부드러웠다. 세아는 앞으로 자신이 도현에게 힘을 북돋아 주는 역할을 해야겠다고 다짐했다. 도현의 깜짝 선물은 세아에게 힘을 부여한 거나 다름없었다. 카시스에서 함께 일했던 터라, 그 합은 말할 것도 없으니까.

"나 왔어."

세아는 종일 앉아 있던 소파 옆이 체중으로 푹 주저앉는 걸 느꼈다. 고개를 돌리자 순간이동 해 나타난 도현이 보였다. 집에 오자마자 느슨하게 푸는 넥타이가 오늘 하루가 어땠는지 말해 주었다.

"이제 와? 피곤하지."

"너 보니까 하나도."

웃으며 넥타이를 제 몸에서 떼어 낸 도현에게서 술 냄새가 물씬 풍겼다.

"술 마셨어?"

"어, 미안. 냄새 싫지."

세아가 옅게 인상을 찡그리자 슬쩍 어깨 위로 팔이 올라왔다.

"주주로 임명된 축하 자리다 보니 술자리까지 이어져서."

"약이라도 챙겨 먹어야 하는 거 아니야?"

"약은 너야. 너 줘."

도현이 세아의 입술에 장난스럽게 입을 맞췄다. 세아가

부끄러운 듯 몸을 꼬는 게 의아했는데, 시선을 들자 낯선 남자 둘이 보였다.

"아, 손님 와 있지."

"안녕하세요. 시간에 맞춰서 온 건데, 조금 늦으셔서 기다리고 있었습니다."

"들어가요, 여기서 이러지들 말고."

도현은 피식 웃으며 응접실로 향했다.

"안녕하세요, 반갑습니다."

자리에 앉은 도현의 맞은편에 서 있던 두 남자 역시 고개를 숙이며 인사했다. 세아는 자신의 손을 주물거리는 도현의 옆에서 둘을 걱정스레 바라보았다. 괜스레 입안이 바짝바짝 마르며 긴장됐다.

"신상 정도야 서류로 이미 봐서 알고. 잠시만요."

노크와 함께 문을 연 건우가 도현에게 예정보다 길어진 중오의 부재에 대해 설명했다. 일한과 만나는 자리가 조금 까다로운 모양이다. 알았다며 손짓으로 건우를 무른 도현은 문이 닫히고 나서야 다시금 말문을 열었다.

"보시다시피, 제 주변에 늘 가드들이 상주하고 있습니다."

벡터들의 청각이 좋은 건 이미 다 아는 사실인데 도현은 자연스럽게 그 사실을 흘렸다. 세아가 놀란 얼굴로 도현을 보았다.

"정말 피곤한 일이죠."

그건 어디서든 경계를 늦추지 말란 암시였다.

"간단한 소개부터 하죠. 누나도 서류 말고 직접 목소리로 듣는 게 친해지기 쉬울 테니까."

세아는 그제야 몸을 휘감은 긴장을 내려놓았다. 이미 두현은 두 사람이 카시스 멤버란 걸 알고 있는 듯 보였다.

"플랫인 이한결입니다. 나이는 스물여섯이고요."

"우리 누나랑 동갑이네."

"내추럴 한시우, 스물둘."

"누나보다 어리고. 이한결 씨는 서류 보니까 벡터 본부 초능력 검열 부서에서 한자리하셨던데, 왜 지원한 겁니까?"

"이쪽이 더 재미있을 것 같아서요?"

"한시우 씨는?"

"그냥."

도르륵 눈동자를 굴린 시우가 세아를 보며 말했다.

"티브이에 나온 윤세아 얼굴이 예뻐서요."

실물은 더 좋네요. 세아는 질겁한 얼굴로 재빨리 도현을 살폈다. 언제나 뜬금없는 발언을 하는 시우였지만 그걸 도현이 좋게 받아들일지 걱정이었다. 그냥 시도 때도 없이 저런 소리를 한다고 말할 수도 없고. 도현은 잠시 얼굴을 굳혔다가 이내 웃었다.

"그렇게 예쁜 윤세아가 제 여자입니다."

버릇처럼 만지작거리던 세아의 손을 꼭 움켜쥔 채 도현

이 물었다.

"아닌가, 내가 누나 건가?"

세아는 왠지 쑥스러워 붉어진 얼굴을 감추었다. 나인에 익숙했던 멤버들에게 사랑에 빠진 윤세아는 전혀 다른 모습이라, 신경이 안 쓰일 수가 없었다. 역시나 이를 지켜보던 한결의 표정이 몹시 일그러졌다.

"댁들이 해야 할 일은 딱 하나입니다. 제가 자리를 비운 시간 동안 이 집 안에서 윤세아를 보호하고 안전하게 하는 일. 수단과 방법을 가리지 말고 접근하면 뭐가 되었든 다 막으세요. 윤세아 무사하기만 하면 그만이니까."

"수단과 방법을 가리지 않고……. 좋네요."

속을 게워 낼 것처럼 인상을 쓰던 한결이 개운하게 웃었다. 세아는 그 사악한 미소를 보며 살짝 걱정했다. 그는 서진과 같은 레벨이지만 정반대인 무자비한 성격으로 세아 말고는 아무도 상대할 수 없는 남자였다. 비록 공격형 초능력이 없다지만 운동을 꾸준히 해 신체 조건이 뛰어났고, 하이라이트로 시선을 묶은 뒤 벡터를 총도 아닌 몸으로 처리하는 건 그가 제일 잘했다.

"한시우 씨는 결박인데, 최상은 그 유지 시간이 얼마나 됩니까?"

"20초."

"그 시간이면 주변 벡터들 손 빨고 있기 좋은 거 같은데,

하이 티어라니 사용 횟수가 적긴 하겠지만 기대하겠습니다."

"네에."

길게 대답한 시우를 보며 도현은 옅게 인상을 찡그렸다. 못 미더워 보이는 행태였지만 서진이 준비한 둘이니 믿어 보기로 했다.

"내일 일정은 아침 9시부터 있을 예정입니다. 시간 맞춰서 이곳으로 오시면 됩니다. 그리고 일이긴 하나, 함께 지내야 하니 누나와 친해지도록 하세요. 계속 얼굴 볼 사이인데 불편해하면 저까지 신경이 쓰여서요."

"……."

"아, 혹시나 해서 하는 말인데 작업은 금지입니다."

"작업이요?"

한결이 어이없단 식으로 웃음을 터트렸다. 매번 스파링을 떴던 상대와 눈이 맞을 리가.

"그럴 일은 없는데요."

"도현아, 절대 그럴 리 없어."

그건 세아도 마찬가지였다. 여자라고 안 봐준다며 매번 링 위에서 세아의 속을 벅벅 긁었던 한결이었다. 둘의 시선에서 스파크가 튀는 가운데, 도현이 슈트 안쪽 주머니에서 지갑을 꺼내 펼쳤다.

"제 릭시 신분증입니다. 앞으로 누나와 무슨 일을 할 때 관행과 절차를 들먹거리는 자가 있다면 이거 보여 주면 될 겁니다."

한결이 도현의 손가락 사이에 끼워진 카드를 받아 들었
다. 반듯한 느낌이 물씬 풍기는 카드엔 도현의 사진과 초
능력 보유 개수, 레벨이 적혀 있었다. 이 세상에서 도현의
신분은 프리 패스인 셈이다.

"그리고 우리 세아는 이거."

선물을 나눠 주듯 세아가 섭섭해할까 다른 카드를 하나
더 준다. 세아는 얼떨결에 그걸 잡았다.

"김중오도 아닌 내 명의로 된 거야. 릭시 보조금은 매주
지원받고, 알다시피 나 다른 일도 열심히 하고 있잖아."

"나 이런 거 필요 없어."

"언제 쓰게 될지 모르잖아. 내 통장 관리도 이제부터 네
가 한다고 생각해."

금전적인 부분을 모두 세아에게 맡긴다고 하니, 절로 카
드를 든 손이 무거워졌다. 지우고 싶지만 이미 한 번 겪은
경험은 이현을 기억하고 있었다. 똑같이 사고 싶은 걸 사
라며 카드를 쥐어 주었던 그였다. 하지만 도현과 의미가
달랐다. 이현은 자신이 가진 걸 보여 주는 식이었다면 도
현은 정말 제 모든 걸 세아에게 주었다. 주식과 연관된 서
류를 비롯해 계좌와 비밀번호가 적힌 서류까지, 금고에 고
이 보관해도 모자랄 귀중한 것들을 도현은 세아에게 그냥
내밀었다.

"너 이런 거 나한테 맡겨도 돼? 내가 나쁜 마음먹으면 어떡하려고."

"그냥 당해 주는 거지."

아무렇지도 않게 샤워를 마친 도현은 수건으로 머리를 뒤적이며 말했다. 한결과 시우가 돌아간 뒤에도 세아는 도현이 준 카드를 계속 만지작거리고 있었다.

"또 하나에 몰두한다."

"아!"

세아의 손목을 잡고 침대로 끌어들인 도현은 세아를 제 위로 올리고 나서야 만족스런 웃음을 지었다.

"만지면 반응 오는 남편 여기 있잖아."

"무슨……."

"이렇게."

도현은 혀로 세아의 입술을 벌리며 낮게 신음했다. 세아는 간지럽다는 듯이 도현의 가슴 위로 놓인 손을 꼼지락거렸다. 도현은 두 팔로 세아를 꽉 끌어안았다. 숨이 막힐 법도 한데 요염하게 다리를 끼워 맞추는 몸짓을 보니 거기에 빠지지 않을 수가 없다.

"향 좋다."

어느덧 세아의 목덜미로 얼굴을 묻은 도현이 젖은 머리카락을 움켜잡으며 속삭였다. 세아는 의아한 듯 물었다.

"김중오도 그렇고 너도 왜 오늘따라 그 얘기해?"

"무슨 얘기. 향?"

"응."

"걔 저번에도 그러더니. 너한테 관심이 너무 많은 거 아닌가."

도현의 미간이 불쾌하게 구겨졌다. 세아는 도현의 몸 위에서 납작 엎드린 채 궁금한 듯 물었다.

"나한테 무슨 냄새가 나는데?"

"뭐라 딱 말하진 못하겠는데 그냥 맡으면 좋아."

그러고 보면 이현도 그런 얘길 했었다. 어떤 샴푸를 쓰냐고.

"……그럼 나 향수라도 뿌리고 다닐까? 다른 사람들이 네가 좋다는 향 맡는 거 싫을 거 아니야."

"진심이야?"

"어?"

"또 기분이 좋아지려고 하네. 나 꼬드기는 건가?"

"이게."

"근데 오늘따라 그 향이 더 진하긴 하네."

샤워하고 나와선가. 나지막하게 중얼거리는 숨결 때문에 목덜미에 작게 소름이 돋았다. 허리를 쓰다듬는 손길이 아래로 점점 내려갔다. 세아는 바르르 떨며 붉게 달아오른 얼굴을 도현의 어깨로 숨겼다.

"너……."

"쉬, 가만히 있어. 착하지."

세아는 못 이기는 척 눈을 꼭 감았다. 어둠 속에서 도현의 손길에만 집중하던 세아가 일순간 인상을 찡그렸다.

"아!"

"왜 그래?"

"아니…… 그냥 잠깐."

세아는 반쯤 몸을 일으키며 배를 문질렀다. 매우 세게 맞은 듯한 느낌의 통증이었다.

"아팠어?"

숨기려고 해도, 세아의 표정 하나까지 전부 아는 도현이다. 배를 매만지는 손길에 세아가 결국 고개를 끄덕이자 도현이 거친 숨을 내쉬며 베개에 머리를 기댔다.

"……시작됐나 보네."

"이제 오나?"

"다들 오늘 아침 KM 기업 주식 보셨을 겁니다."

"주주로서 한자리 차지했다는 기사가 대거로 쏟아지더니, 엊그제 사건은 그냥 묻혔어."

이현은 얼얼한 머리를 한 번 쓸어 넘기며 의자를 뺐다.

오전 8시 30분부터 이뤄진 식사 자리는 이현으로서는 소화하기 힘든 스케줄이었다.

"사과는 받았나?"

"그랬다면 제가 아침부터 피곤하게 식사하러 나오겠습니까?"

강찬은 피식 웃음을 터트렸다.

"하기야 이현 군과 조찬은 처음이군."

"아직도 머리가…… 안 깼어요."

"저런, 신이현 군을 골머리 썩게 만드는 이글에게 어제 일한이 만남을 요청했는데 거절당했단 소린 들었네만."

"네, 바쁘단 핑계를 대었다더군요."

"그렇다면 대신해 김중오가 나왔을 테고. 뭐라 하던가?"

제법 궁금한 듯 성재가 물어 왔다. 일한은 상처 난 이현의 얼굴을 보고도 가만있을 자가 아니었다. 제가 애지중지 키워 왔던 자식이 누군가에게 맞는 일은 유니벌이 전부였던 세상이었다면 절대로 불가한 일이었지만 이제는 그것이 가능해졌다.

"충분히 그럴 수 있는 일이라고 하도현의 위치를 상기시키더군요."

이현은 하나둘씩 앞에 놓이는 접시를 옆으로 밀었다.

"어허, 그게 아니지 않나. 벡터 보호법이 있는데 고작 초능력 규제로 끝나다니. 말로 해결할 일을 그런 식으로 대처한 건 이글이 잘못한 일일세."

"그러니까요. 굴러들어 온 돌이 박힌 돌을 빼내요, 계속."

"……."

"지금 각자 하시는 일 있을 겁니다."

도현이 KM 기업의 대주주가 된 일은 이들에게 무시할 수 없는 사안이었다. 일전의 사건으로 폭군이라 딱지가 붙은 도현이지만 대기업도 아닌 맥스가 운영하는 중소 기업을 인수한 건 그에 대한 인식이 나빠진 상황에서도 대중들의 흥미를 자극했다.

"확실한 건 곧 이글이 있는 KM기업이 성장할 거란……."

"그러고 보니 어제 이글의 일정엔 제로가 함께하지 않다던데. 앞으로 외부로 노출시키지 않겠단 생각이면 이현 군을 겨냥한 일이 아니던가?"

이현은 고요히 새하얀 테이블 보 위로 놓인 손끝을 구겨뜨렸다.

"여기서 여자 얘긴 빼죠. 제 사적인 감정이니."

웃는 입가가 매서웠다. 성재는 짧게 헛기침을 하며 말을 이었다.

"아무튼 이현 군 말대로 KM의 성장은 예견된 일이고, 금융업에 종사하는 강찬과 내가 발 담그고 있는 건설업도 그가 가져올 변화를 무시할 수 없겠지. 현재 국내 유니벌끼리 화합해 좋은 관계를 유지하고 있다 한들 상대는 이글이지 않은가? 벌써부터 많은 투자자들이 몰리고 있다고 들었는데 거기서 이곳저곳 손을 뻗는다면 우리 밥그릇은 앞으로 보장받을 수도 없고."

"이제야 말이 좀 통하는군요. 설인우는 분명 이글을 등에 업고 모든 분야를 장악하려 들 겁니다. 다들 위에만 계시던 분들이잖아요? 수익 분배는 무엇보다 끔찍하실 테고."

"이글의 초능력을 알고 있다고 들었는데."

"네, 한데 개수로도 모자라 숙련도까지 워낙 괴물이라서. 다들 동참하실 겁니까?"

"저를 빼고 재미있는 계획을 세우고 계시나 보군요."

초대받지 않은 손님이 등장했다. 그는 아침이 버거웠던 이현과는 다르게 머리부터 발끝까지 군더더기 없는 단정한 차림새로 걸어오고 있었다. 이현은 유려하게 입꼬리를 올렸다.

"여기서 누가 김중오를 불렀나요?"

"아니, 부른 적 없네만."

"그럼 무례한 행동을 하고 있는 거군요."

이현의 그 한마디에 가드들이 중오의 앞길을 막아섰지만 뱀 같이 날카로운 눈동자가 먹잇감을 물어 죽이듯 바라보자 뒷걸음질 쳤다.

"유니벌이 모인 자리에 제가 빠지면 되겠습니까? 즐거운 얘기라도 함께 나눌까 싶어서 왔습니다만."

그의 존재감을 모르는 자가 없으니 못 갈 곳도 없었다. 은밀하게 만든 자리가 어떻게 중오의 귀에까지 들어갔는지 이현은 제 주변부터 갈아치워야 하나 생각했다.

"너와 대화는 안 한다고 했을 텐데."

"어차피 프로젝트 실행되면 윤세아는 알아서 떨어져 나갈 겁니다. 매일같이 도현 님 집 문턱에 여자들이 드나들 텐데, 가만있겠습니까?"

"사적인 얘기까지. 다른 남자 입에서 그 이름 나오는 거 싫으니까 그만하지."

"어떻게 말을 꺼내지 않을 수 있겠습니까? 지금 이현 님이 그 문제로 인해 심기가 불편하신 것일 텐데."

어제 중오가 만난 일한은 끝을 보잔 심산이었다. 오늘 다른 유니벌을 회유하려 만난 이 자리 역시 일한이 만든 거였고, 거기서 사모邪謀하는 일은 뻔했다.

"제 입장도 살펴 주시죠. 지금껏 잘 지내 왔지 않습니까?"

"……."

"도현 님을 등지시면, 저까지 같이 돌리시는 일입니다."

"……이제야 본색을 드러내네, 와이즈의 김중오."

이현이 고개를 돌려 중오를 바라보았다.

"뒤에서 얌전히 있다가 필요할 땐 이빨을 보여."

살벌한 목소리가 발밑으로 음산하게 깔렸다.

"물어뜯게?"

중오가 천천히 입꼬리를 올렸다.

"그럴 리가요. 이현 님은 회복이 되시지 않습니까?"

강찬의 눈빛이 날카롭게 튀었다. 성재 역시 눈동자를 굴리며 머릿속에 중오가 흘린 귀중한 단서를 새겨 넣었다.

"그새 하나 말하긴."

이현은 웃는 얼굴로 자리에서 일어섰다.

"그럼 나도 말할까? 현재 상황에서 이글 초능력 전부 다 언론에 뿌리면 좋다고 달려들 벡터가 몇인데, 입조심해야지."

"그렇다면 저 역시 유니벌의 초능력을 낱낱이 알리면 되겠군요."

"좋네. 전부 적으로 돌리면 일이 쉽겠어."

중오가 미약하게 인상을 구기자 이현이 웃었다.

"넌 지금 네 약점을 드러낸 거야. 하도현."

불멸을 가진 중오라 평생 뒷덜미 잡힐 일은 없을 거라 생각했는데, 관리자가 된 이상 도현은 그의 유일한 아킬레스건이었다.

"너는 못 죽여도 갠 아니지."

도현이 살아 있어야 중오가 원하는 것을 이룰 수 있었다. 최초 이글의 관리자, 그리고 프로젝트로 이뤄 낼 초능력 여섯 개와 일곱 개 레벨의 개척자. 그 야망을 비웃듯 이현이 조소를 띠었다.

"다들 줄을 잘 서시는 게 좋을 겁니다. 이글의 초능력을 전부 다 아는 건 저밖에 없으니까요."

자리에서 일어난 이현은 곧 자취를 감추었다. 떠난 물고기에 미련을 갖는 건 낚시꾼이 가져야 할 소양이 아니다. 중오는 아직 남아 있는 강찬과 성재에게 관심을 보였다.

"이른 아침부터 피곤하실 텐데, 오늘 들어온 원두가 아주 신선하단 얘길 들었습니다. 허락해 주신다면 커피와 식사를 제가 대접해 드리겠습니다."

"좋지."

"잠시만, 오늘 재료 상태가 어떤지 셰프와 얘길 나누고 오겠습니다."

조금 전 이현과 대화를 하면서 보였던 표정 변화는 마치 기우였던 것처럼 몸을 돌린 중오는 평소대로 흐트러짐이 없었다.

"법을 하나 만들어야겠군."

하지만 자리를 빠져나온 중오의 얼굴은 그 어느 때보다 가시가 돋쳐 있었다. 단정하게 매여 있던 단추를 거칠게 뜯어내듯 풀며 휴대폰을 꺼낸 그가 향한 곳은 비상 계단이었다.

"지금 당장 이글의 신변을 위협하는 자, 누가 되었든 징역 감으로 평생 감옥에서 썩게 해. 주동자가 누구든 전부 다."

「이미 릭시 보호법은 있습니다.」

"누가 그걸 모르나? 그 위로 이글 보호법을 만들란 소리 잖아!"

중오의 목소리가 텅 빈 공간을 쩌렁쩌렁하게 울렸다.

「현재 언론이 거셉니다. 안 그래도 폭군이라 하는데 이글을 단독으로 보호하는 법마저 생기게 되면…….」

"폭군이라 했나?"

거칠었던 중오의 목소리가 허한 웃음으로 번졌다.

"어차피 도현 님이 팔찌를 찬 이상 세상 똑바로 굴러 가긴 글렀어."

수화기 너머로 마른침 넘어가는 소리가 들려왔다. 중오는 유한 미소를 입가에 그리며 속삭였다.

"하지만 우리에겐 목적이 있지 않나. 그걸 이루려면 말도 안 되는 일도 가능하게 만들어야지."

휴대폰을 움켜쥐는 악력이 거셌다.

"도현 님은 시체라도 살려 놔야 해."

이현은 병원으로 발걸음 했다. 그의 허락 없이는 출입이 불가한 1인실은 입원한 환자의 가족마저 발조차 들일 수

없는 곳이었다. 간호사도 예외는 아니었다. 몸에 이상이 있어 입원한 건 아니었기에 아침과 저녁에 한 번 들어와 혈압과 산소 호흡기를 점검하고 수액을 교체할 뿐, 그 이상의 관여는 철저히 통제당했다.

"넌 어떻게 생각해."

이현은 제집인 양 의자를 끌어다가 앉아 태수의 손목과 연결된 호스에 제 손가락을 감았다. 느릿느릿, 휘감을수록 힘없이 따라 움직일 뿐 그 어떤 반응이 없다.

"윤세아가 정말 올 거 같아?"

그는 대답조차 할 수 없는 환각 상태였다. 그럼에도 이현은 물었다.

"프로젝트가 실행된다고 해서 윤세아가 내게 올까."

고요한 목소리가 병실에 울려 퍼졌다. 이현은 다리를 꼰 채 그 위로 팔을 세워 턱을 기댔다. 이 가느다란 선을 통해 들어가는 액체가 육체를 생존케 만드는 게 신기하다. 어떤 행위조차 할 수 없는 코마 상태나 다를 바 없는데, 이거 하나로 죽지 않고 살아가.

"웃기네."

꼭 나처럼 세아야.

"재미없는 얘기지? 아, 넌 듣지도 못하려나."

"……."

"그래도 들어. 내가 사랑하는 여자가 제로인데, 옆에 어떤 남자가 있거든. 아니, 사실 사랑이라고 말하기도 뭐한 게…… 그냥 난 빠진 건데."

무언가에 중독되는 현상처럼 자멸의 궤도에 들어선 건 순식간이었다. 그냥 아무 생각 없이 입 한 번 맞췄을 뿐인 데 그 흔한 키스 한 번이 잊히질 않았다. 자꾸 생각나고 또 생각나는 지독한 반복 끝에 식욕도 어느새 등을 돌렸다.

"근데 그 남자와 제로가 정말 끈질기게 사랑을 하고 있 더라고. 한 번 정도는 엇나갈 만도 한데 걔들한텐 그게 안 보여."

"……."

"그래서…… 내가 포기를 해야 하는 게 맞는 상황인 건데."

이현이 지그시 호스를 눌렀다.

"너도 이거 계속 막고 있으면 언젠가 죽게 되잖아? 나도 그래."

윤세아를 안 보면 살 수가 없을 것 같은 기분은 처참했 다. 골목 어귀에 버려진 쓰레기만도 못한 취급을 그녀로 인해 실감했다. 냄새나는 역겨운 사람을 보는 수준을 넘어 서 세아는 이현에게 관심조차 없었다. 가끔 바스락대면 한 번 쳐다볼 뿐 직접적으로 다가와 쓰레기를 만지는 사람은 없다. 이런 취급이 지긋지긋하다면 그만둘 법도 한데 이현 은 계속 꿈틀댔다.

"걔는 내게 언제나 쾌락의 끝을 보여 줘."

발악을 해야지만 맛보는 그 달콤함은 지옥 같은 굴레도 살 만하다 생각하게 해 주었다.

"웃는 얼굴이나 미소 한 번, 손짓 몸짓 한 번에도 기분이 솟구쳐."

"……."

"목소리만 들어도 떨려서 심장이 가끔 제 기능을 못 하진 않을까 걱정도 해."

정말 신기하지. 나지막이 말한 이현이 나른하게 시선을 내렸다.

"그래서 넌 어때?"

일그러진 호스를 놓으며 고개를 기울인다.

"윤세아가 올까, 말까."

대답이 없었다. 이현은 웃으며 눈을 감았다.

"……왔으면 좋겠다."

"통증은 없습니까?"

"응…… 근데 그만 좀 물어봐. 이 얘기 한 번만 더 하면 벌써 백 번째야."

그럴 수밖에. 도현이 나가면서도 신신당부했던 건 세아가 갑작스럽게 아파하는 일이 있다면 무조건 자신에게 연락을 달란 거였다. 임무를 받은 가드 입장에서 안부를 거듭 묻는 건 당연했다.

"연락 안 하면 목 날아갈 것처럼 굴던데요."

게다가 그 말을 한 도현의 얼굴은 당부라기보다 협박에 가까웠다.

"솔직히 조금 겁도 먹었고, 위압감이 무슨……."

"이글급이지?"

한결이 인상을 찌푸렸다.

"말장난하면 재미있습니까?"

"야, 소름 돋으니까 존댓말도 그만해. 이 집에 도청장치 없어. 도현이가 매일 돌아다니면서 검사하고 들키면 가만 안 놔두거든. 게다가 여기 나밖에 없으니까 도현이 나가면 가드들 일도 대충해. 지금도 밖에 두 명밖에 안 세워 놨을걸."

"그건 아까 보긴 했는데, 도청 장치도 없어 보이긴 하지만 혹시 모르니……."

"윤세아, 결혼 진짜 해?"

기다렸다는 듯이 평소처럼 말을 건네는 시우를 보며 세아가 웃었다.

"그래, 결혼하려고 이런다."

"선요한이 난리도 아니야."

"미쳐. 걔 아직도 나 좋아하니?"

"응."

"거 봐, 나 안 좋아한다고 빡빡 우기더니."

"새벽에 맨날 술 먹고 나한테 전화해."

"왜?"

"자기가 뭐 그리 부족하냐고."

"앞으로 받지 마. 걘 쓸데없이⋯⋯."

"야, 한시우. 일 안 해?"

살벌하게 말하는 한결을 보고선 세아가 쯧쯧 혀를 찼다.

"쟨 꼭 융통성 없이 저러더라. 괜찮다고. 우리끼리 있을 때 편하게 말하는 게 뭐 어때서."

"너 통증, 어제 말곤 없었냐고."

"없었다고요. 있으면 재깍재깍 말한다고요. 진짜 꼭 막혀선. 쟨 이름처럼 답답한 성격도 어쩜 저렇게 한결같아?"

세아가 고개를 저으며 궁금한 듯 물었다.

"요즘 다들 어때?"

"이글 발표되고 해체."

해체란 말에 세아의 눈동자가 흔들렸다.

"해체?"

"쟤 또 말 짧게 한다. 잠정적 해체야. 말이 해체지, 언제든 다시 모일 수 있는 거고 일단 지시 떨어질 때까지 각자의 자리에서 몸을 숨기는 게 헤드가 내린 오더야. 멤버였던 네가……."

"이글의 여자가 돼서."

"그래. 와, 어제 진짜 닭살 돋아서 죽는 줄 알았다. 손을 주물주물, 너 아주 좋아 죽더라?"

"내가 뭘?"

"뭐긴 뭐야. 얼굴도 빨개져 가지고. 나 순간 너 아픈 줄 알았잖아. 열이 나서 저러나."

"너, 너 웃긴다."

"그리고 이글은 뭐야, 소문이랑 완전 딴판이던데? 벡터들이 무섭다고 벌벌 떠는 남자가 아주 너 볼 땐 눈에서 꿀이 떨어지더라. 손에 접착제 붙어 있는 줄."

세아가 민망함에 말을 더듬으며 탁자에 놓인 물을 집어 들어 마시자 시우가 웃었다.

"아이도 가져?"

"풉……!"

콜록콜록. 사레가 들려 기침을 해 대느라 눈가가 금세 발개졌다. 그러자 한결이 정색했다.

"야, 너 애 가졌냐?"

"왜들 이래? 아직이야. 이런 상황에서 어떻게 그런……."

"그럼 언제 가져?"

"한시우."

"상황 나아지면?"

세아가 눅눅히 젖은 입가를 손등으로 문지르며 픽 웃었다.

"그래. 나아지면, 세상 좋아지면."

"아이 이름, 나중에 나 알려 줘."

"알았어, 알았어. 그나저나 대장은? 내게 지시 내린 사항 없어?"

"있긴 하지. 이글한테 계속 지니고 다닐 수 있는 물건 하나 달아 놓으라더라."

"예지?"

"어. 팔찌가 있긴 하지만 대외적인 복장에선 소매에 가려져 잘 안 보이니까."

예지는 살아 있는 생명이 아닌 대상에게만 적용된다. 그 대상 주변으로 펼쳐지는 단서적 환영이 전부지만 그것이 서진에겐 도현의 앞날을 내다볼 수 있는 힌트가 될 수 있을 것이다.

"그래, 뭐가 있긴 해야겠네."

반대로 세아는 숨겨야만 했다. 무엇이라도 지속적으로 하고 다닌다면 서진이 아닌 다른 예지를 가진 벡터에게 앞으로 어떤 일을 할 건지 알려 주는 일이 될지도 모른다.

"너 괜찮냐?"

"뭐가?"

"집 안에 이렇게 틀어박혀 있는 거. 벌벌 떨면서 이러는 거 네 성격이랑 안 맞잖아."

"모르나 본데, 나 지금 무서워서 밖에 안 나가는 거 아니야."

"그럼 뭔데?"

"있어. 그리고 이제 나갈 거야."

"어?"

"외출할 거라고."

세아가 소파에서 일어나 드레스 룸으로 향했다. 방 한가득 전투적으로 빼곡히 찬 무채색 계열의 정장과 셔츠를 보니 도현이 얼마나 바쁜 나날을 보낼지 예상이 되었다. 그런 와중에도 도현이 꾸준히 채워 나가고 있는 건 세아의 옷이었다.

도현의 선물을 자랑처럼 입어도 모자랄 판에 세아가 꺼내 든 건 평소 즐겨 입던 바지와 티셔츠였다. 검은 모자까지 꾹 눌러썼다. 준비를 마친 세아가 바깥으로 나가자 한결이 눈썹을 구겼다.

"너 뭐, 어디 누구 죽이러 가?"

"야, 넌 꼭 말을 해도."

"범죄자처럼 보이잖아. 보니까 예쁜 옷 많던데."

"눈에 띄어서 좋을 거 없어. 움직이기나 해."

"어디 가게?"

"그건 나가서……."

순간 한결이 검지를 세워 입가로 가져다 댔다. 세아는 말을 멈춘 뒤 시우가 주는 수신호에 따라 벽 쪽으로 붙었다.

장난스러웠던 한결의 표정이 사뭇 진지하다. 긴장감에 세아는 숨을 참았다. 누가 집에 찾아온 걸까. 도현이 나간 이상 가드들마저도 집 안엔 출입이 금지되었다. 한데 현관문 비밀번호를 누르면서 들어온 건 익숙한 남자였다.

"……장건우 씨, 뭡니까?"

곧바로 초능력을 사용할 예정이었던 시우가 긴장을 풀었다. 손을 까딱이자 세아가 그제야 모습을 드러냈다. 건우는 고개를 한 번 숙인 뒤 입을 열었다.

"관리자님이 내린 지시 때문에 이곳에서 볼일이 있어서 들렸습니다."

"볼일이요? 도현인 집 안에서 업무를 보지 않는……."

……데요. 뒤에 이어질 말은 차마 내뱉어지지 못하고 막혔다. 건우가 열어 놓은 문틈 사이로 들어오는 화려한 옷들에선 진한 향수 냄새가 진동했다. 굽 높은 하이힐을 신은 그녀들의 팔찌엔 선이 네 개였다.

"프로젝트와 연관된 사안이라서요."

"뭐야, 정말 제로가 있네."

"살림이라도 차린 거야?"

그녀들은 하나같이 신기한 동물을 쳐다보듯 세아를 구경했다. 마지막으로 들어온 여자의 입꼬리가 지나치게 올라가 있다.

"제가 말했었죠, 개념 없는 애라고."

설예리. 세아는 바득 이를 갈았다. 어제 느꼈던 아랫배의 통증이 아직도 생생하다.

"그러게요. 역시 제로는 멍청한 데다가 앤 철판까지 깔았나 봐. 나 같으면 이렇게 못 있는데."

"무슨 볼일이라고요?"

"프로젝트에 참여한 분들께 집 안내를 시키란 지시입니다."

의도적이었다. 세아를 겨냥해 벌인 짓이라는 건 누가 봐도 알 수 있었다. 도현은 저녁까지 스케줄이 빽빽했고 그건 곧 집에서 한가롭게 여자들을 만날 여유가 없단 걸 의미했다.

"이곳에서 이뤄지기 원하거든요."

아니, 애초에 도현이 알았더라면 이런 일은 세아의 앞에 펼쳐질 수 없었다.

"들었지? 길 막지 말고 비켜."

예리가 손을 뻗어 세아의 어깨를 밀치려 하자 순간 허공에 손이 꼼짝없이 묶였다. 고개를 돌리자 시우가 건조하게 말했다.

"누구든 윤세아 씨 몸에 손대지 못하게 하란 지시가 있어서."

"넌 또 뭐야? 꺅!"

"하도현 씨께서 윤세아 씨께 손대는 게 뭐든 막으라 하셨습니다."

한결이 가볍게 예리의 손목을 움켜쥐고 뒤로 꺾었다. 예리가 소리 지르자 순간 세아의 손목이 욱신거렸다.

"아!"

저도 모르게 튀어나온 단발저인 음성이었다. 그 모습에 한결이 인상을 구겼다.

"왜, 어디 아파?"

"아니, 잠깐 욱신거린 거야."

"갑자기 그런 게 어디 있어?"

"꼴좋네. 손이나 놔!"

결박이 풀린 예리가 한결의 어깨를 밀치며 붉은 입꼬리를 올렸다.

"더러운 손 나에게 대지 말라고."

일순간 예리의 손목에 채워진 팔찌에 파란색 선이 또렷하게 빛났다.

"윤세아 머리카락, 나한테 있거든?"

대상의 머리카락이나 손톱 같은 신체 일부분을 이용해 본인과 동일화시킨 후 자신이 느끼는 고통을 함께 부여하는 초능력은 그 이름부터가 예사롭지 않았다.

"애 목숨 줄, 내 손에 달렸다고."

한결의 눈가가 구겨졌다.

"……저주?"

"저리 꺼져."

예리가 손으로 한결의 어깨를 밀치며 들어왔다. 세아가 저주에 묶인 걸 안 이상, 한결은 사납게 시선으로만 으르렁댔다.

"앞으로 자주 오게 될 곳인데 우린 안에 들어가서 구경이나 하죠."

예리가 미소 지은 채 다른 여자들에게 말하자 저마다 호기심 넘치는 눈을 한 채 집 안으로 들어섰다. 세아는 주먹을 꽉 움켜쥐었다. 도현과의 소중한 공간이 흑심을 품은 자들로 인해 더럽혀지고 있었다. 세아와 도현이 사랑을 나눴던 침실까지 침범해 소란을 떨었다. 어머, 사이즈 좀 봐. 멀리서 들려오는 들뜬 음성들이 넓은 매트리스를 두고 어떤 장면을 상상할지 뻔했다. 세아는 거북스러워 손으로 입가를 덮었다.

"……괜찮으세요?"

시우가 느릿하게 묻자 세아는 대답 대신 현관문으로 향했다. 속으론 몇 번이고 그녀들을 따라가 당장 나가라며 소리라도 지르고 싶은 마음이었지만 그런다면 유치장에 끌려갔던 그때와 별반 다를 게 없어진다.

"외출한다고 말했었잖아요. 가요."

이성적으로 행동해야 한다. 저주 초능력이 자신에게 걸려 있다는 건 포장마차에서 도현에게 들어 익히 잘 알고 있었다. 예리가 가진 세아의 신체 일부분이 사라지지 않는 한 계속될 거란 것도.

"저주 초능력에 묶여 있단 소린 왜 안 했어?!"

"도현이도 나에게 사용할 거라 짐작만 했을 뿐이야."

도현이 직접 세아를 태우고 다니라 말한 차에 올라탄 한결이 소리부터 질러 댔지만 세아는 침착했다.

"근데 진짜 나였네."

"너 한가하다? 이거 심각한 문제야."

"알아, 더 웃긴 건 설예리 면죄까지 있어서 고통은 나만 받는다는 거겠지."

"와, 지금 그런 소리가 나와?"

"어, 나와."

독한 윤세아. 카시스에서 활동하면서 익히 보아 알았기에 한결은 넌더리가 났다.

"보통은 어떻게 해야 하는지 몰라 당황하거나 앞으로를 걱정해야 되지 않냐? 네가 아무리 고통을 잘 참는다고 해도 저주, 지속형에 속하는 초능력이야. 쟤가 가진 네 머리카락이 사라지지 않는 한 끝이 없다고."

"알아."

한결의 잔소리는 주얼리숍에 와서도 끊이지 않았다. 팔찌가 없는 세아를 보며 돈 없는 제로라 인지한 점원들이 반지를 보여 달란 말을 무시했다. 한결은 거칠게 머리를 쓸어 넘기며 손목을 들어 제 팔찌를 보여 줬다. 그러자 점원들이

신속히 움직이며 유리 진열장을 열어 반지를 꺼냈다.

"머리라도 밀고 다니든가. 그걸 흘려?"

"어떤 게 도현이한테 잘 어울리려나. 시우야, 한번 봐 봐."

"제대로 된 대화를 하자. 무슨 계획이라도 있어?"

"어."

"그래, 계획이…… 뭐, 뭐가 있어?"

"플랫인 고객님들이 제일 많이 찾는 반지입니다."

"저, 이것도 괜찮긴 한데 조금 특별한 걸 선물하고 싶어서요. 다른 건 없을까요?"

"……있긴 한데."

한결은 또 한 번 '훅' 하고 거친 숨을 뱉어 내며 지갑에서 도현이 준 릭시 신분증을 꺼냈다. 그걸 본 점원이 놀라 안쪽에서 겉모습부터 남다른 케이스를 가져왔다.

"계획이 뭔데?"

"나와 도현이만 아는 거라 아직은 말 못 해 줘."

"윤세아 씨, 말을 해 줘야지 보호를 할 거 아닙니까?"

"그냥 평소 하던 대로 해."

"뭐? 대체 무슨 소릴……."

아무리 생각해 봐도 다혈질인 한결에게 아까 상황은 정말 견디기 힘들었다. 결국 휴대폰을 꺼내 들자 세아가 앞에 놓인 반지를 만지며 말했다.

"연락하지 마."

"왜? 너 아프면 무조건 말하라고 했어."

"알아. 지금쯤 프랑스 총리 만나고 있을 거야. 그러니 말하지 마. 알면 분명히…….

"뭘 그렇게 나에게 숨겨?"

세아의 어깨를 감싸는 온기는 크고 강했다. 앞에 서 있던 점원의 눈이 크게 벌어졌다. 모자를 써 그림자에 드리워져 있던 세아의 얼굴이 천천히 올라갔다.

"……도현아."

도현이 소름 끼치도록 차갑게 웃었다.

"나 없는 사이 아팠나?"

세아가 대답하지 않자 한결이 기다렸단 듯이 말했다.

"아까 한 번."

"아까? 근데 지금까지 연락 안 하고. 제가 뭐라고 했습니까? 조금이라도 아프면 바로 알리라 했는데 무시해도 된다고 생각한 건 아닐 테고."

원래 어둠 속을 뛰어다녔던 한결에겐 무서운 것이 없었다. 언제 죽을지 모른단 사실을 쾌감으로 즐겼던 자라서.

"날 주무를 수 있는 건 윤세아밖에 없는데 내가 언제 댁한테도 그걸 허락했지?"

공포가 뼈마디로 엄습해 마비를 일으킬 수 있다는 걸 한결은 처음 경험했다. 고작 목소리에 서린 중압감 하나로 이리도 겹겹이 사슬을 채운 것이다.

딱딱하게 몸이 굳어 움직일 수 없는 건 한결뿐만이 아니었다. 매장 직원들 전체가 귀신이라도 본 것처럼 새하얗게 낯이 질렸다. 그들이 도현의 얼굴을 모를 리 없었다. 게다가 모자를 눌러쓴 여자가 윤세아라니. 점원들은 숍에 들어오자마자 손목을 보고 상대도 안 했던 저들의 행실이 낱낱이 드러날까 파들파들 떨었다.

"남자 반지네. 나 주려고?"

도현은 매끄럽게 웃으며 세아의 손에 들린 반지를 껴 보았다. 덤덤히 손을 펼쳐 내려다보는 모습이 오히려 주변의 공포를 극심해지게 했다.

"어때. 잘 어울려?"

"도현아, 너 여기 어떻게."

"위치 추적."

그 말에 세아가 눈을 한 번 깜빡이자 시우가 제 휴대폰을 가만히 들었다.

"어제 했어."

도현의 휴대폰과 연결된 것 같았다. 세아가 지금처럼 제게 무엇을 숨기려는 걸 대비해 손을 쓴 것이다.

"잘 어울리냐고 물었잖아."

허리를 숙인 도현이 세아의 귓가로 입술을 가져가 속삭였다. 세아는 눈앞에 놓인 도현의 손을 보며 고개를 끄덕였다.

"응, 예뻐."

"결혼반지?"

"……."

결혼이라는 단어가 까마득하게 느껴졌다. 집 안에서 보았던 풍경은 세아에게 불안감을 안겨 주었다. 충분히 알고 준비를 마친 상태였음에도 들이닥치니 휩쓸린 듯 머리가 뒤집혔다. 또다시 범람한 파도에 서늘해진 세아가 말을 잃자 도현이 허리에 팔을 감으며 조였다.

"결혼반지냐고, 윤세아."

조금 전보다 더 뜨겁게 밀려오는 숨결이 몸을 녹인다. 세아가 고개를 돌리자 달려든 키스는 집어삼켜질 정도로 거셌다. 진열대에 닿은 엉덩이가 질펀하게 뭉개졌다. 그야말로 폭격이었다. 송두리째 혀가 뽑혀 나갈 것만 같은 힘이다. 흡력은 세아의 불쾌했던 감정까지 모두 빨아들였다. 세아는 점차 머리가 또렷해지는 걸 느꼈다.

"말해. 결혼반지야?"

입술을 뗀 도현의 얼굴이 그 어느 때보다 선명했다.

"그렇다면 너도 껴야지. 나와 똑같은 걸로 나란히."

억울한 마음이 밀려왔다. 괜찮다고, 숨길 수 있다. 감정을 제어할 수 있다고 생각했는데 도현을 보니 그게 어려웠다. 갈등을 겪고 있는 세아의 입술이 달싹거리자 도현이 고개를 옆으로 옮겼다.

"내가 모르는 사실이 더 있나 본데. 무슨 일이야?"

"관리자가 지시한 일이라면서 맥스인 여자들이 집에 들이닥치더군요."

"마주쳤어?"

"네?"

"윤세아랑 마주쳤냐고."

"……네."

진열대를 짚고 있던 도현이 작게 욕을 뇌까렸다.

"마주쳤다고."

그리고 세아를 본 도현의 눈빛이 사나웠다.

"참지 마."

세아는 파르르 입술을 떨었다. 널 사랑해서, 그래서 너의 상대라 자부하는 여자들이 들이닥친 게 내게 분노였던 거야. 지금도 목이 꽉 막혀 죽을 것만 같아. 그래서 눈을 꼭 감은 채 말했다.

"……네가 나 아닌 다른 여자와 잘까 봐 무서워."

아닌 거 아는데, 넌 절대로 그럴 리 없는데 구차하게도 도현에게 잘 보이려 화려하게 치장한 그녀들을 보니 그 생각이 먼저 들었다.

"나 아닌 사람과 한 침대에 눕는 것도 싫고 안아 주는 것도 싫어. 네 시선이 걔들한테 닿고 말 섞는 건 더 끔찍해."

설예리가 카피를 하고 나타났을 때완 비교조차 되지 않

을 감정이었다.

"내 손길 닿았던 곳에 걔들도 닿을 수 있다는 게 싫고 그 냥 네 옆에 누가 오든 다 치워 버리고 밀어 버리고 싶어."

그녀들의 시선과 손이 닿은 곳이 오염되는 것만 같았고 바닥엔 온통 벌레가 기어 다니는 것만 같았다. 그래서 견디기 어려웠어. 손이라도 뻗어 다 나가라고 떠밀고 싶은 거 참느라 죽을 거 같았다고. 도현을 올려다보는 세아의 표정이 으스러졌다.

"이런 내가 잘못된 거야……?"

세아의 시선이 떨리자 도현이 감미롭게 웃었다.

"정말 사랑스럽네, 우리 세아."

"……."

"내 심장 뜨거워지는 말도 할 줄 알고."

사랑에 얽매인 감정이 만들어 낸 질투. 진저리 칠 줄 알았건만 오히려 도현은 세아를 칭찬했다.

"나만 그런 생각하는 줄 알았어."

세아를 만지는 손길이 구애를 퍼부었다. 마치 구원처럼 오물로 뒤덮였던 세아의 머리가 환해졌다.

"걔들 다 치워 버리고 싶은 건 당연한 거야. 나도 너랑 똑같이 그런 생각해. 평생을 그렇게 살아왔어. 이상한 거 아니야."

다독이는 말이 세아의 가슴을 점차 가볍게 만들었다. 이

런 감정이 이상한 게 아니라고, 당연한 거라고. 세아에게는
낯설기만 했던 감정을 인정받으니 머릿속이 시원해졌다.

"그래도 너를 불안하게 했으니."

반지가 끼워진 손가락을 펼쳤다가 오므리자 마디가 빳빳
해진다. 도현의 야수 같은 눈빛이 세아의 어깨 너머로 서
있는 직원에게 닿았다.

"이거랑 똑같은 반지, 가져와."

그 한마디에 아까 세아가 보여 달라고 했을 때와 전혀 다
른 모습이 펼쳐졌다. 사이즈를 말하지 않았기에 종류별로
다 가져온 걸로도 모자라 도현이 세아의 손에 끼워 넣는
행위로도 마른침이 넘어갔다. 혹시나 맘에 들지 않아 저들
에게 화가 닿을까 봐 긴장한 몸은 나무토막처럼 빳빳했다.

"예쁘네."

"……."

"안 어울리는 게 없는 손이라서 뭘 하든 다 잘 맞아."

살얼음판이었다. 도현이 무슨 말을 하든 세아는 자신의
손에 끼워진 반지를 가만히 내려다보았다. 이상하게 또 다
른 족쇄가 하나 더 생긴 것인데 후련했다.

"도현아."

"왜?"

"나 여기 아팠어."

도현의 눈썹이 꿈틀댔다. 세아가 내민 손목을 내려다보

는 눈빛이 살벌하다. 예리의 팔목을 잡았던 한결은 제게로 화가 닿을까 등골이 오싹했다.

"그랬어요? 얼마나 아팠는데."

"뼈가 두 마디로 꺾인 기분이었어. 지금도 욱신거려."

사실 이런 통증쯤이야 세아에겐 우스웠다. 하지만 말하니 공해 같던 기분이 조금씩 정화되었다. 신기하다. 도현이 저를 걱정하는 모습을 바라보는 것만으로도 아까의 장면이 점차 사라졌다.

"말하니까 얼마나 좋아. 내가 만져도 주고."

"응."

"또 뭐."

"그 맥스 중에 설예리도 있었어. 나보고 개념 없다더라."

"정신 나갔나 보네."

"그러니까."

세아는 그만 짧게 웃음이 터졌다.

"나중에 얼마나 당하려고. 걔 아무것도 몰라, 지금."

"우리가 아픔까지 공유한다는 거?"

"응."

"그래, 세아야."

팔목을 살살 어루만져 주던 도현이 세아의 뒷머리를 감싸며 제 품으로 끌어당겼다.

"지금 이 생각, 기분 전부 다 유지해. 우리 계획 성공하려면 무엇보다 네 상태가 중요하니까."

"응."

"웃는 거 보니까 좋다."

부드럽게 머리를 헤집는 손이 그 안에서 길을 내었다.

"달래 줄 테니까 조금만 견디자."

세아는 고개를 주억거렸다. 우리가 가야 할 방향은 숲이 우거지고 돌이 무성해 사람들이 걸음하지 않는 곳이다. 도현을 꼭 끌어안으며 세아가 웃었다.

"이제 충전 다 됐어."

너와 함께라면 아픔도 잠시 타오르다 밤의 정경에 숨어 버릴 것에 불과했다.

중오는 이 지겨운 숨바꼭질을 언제까지 해야 하나 한탄했다. 그가 사라지면 찾으러 달려 나가는 개만도 못한 삶보다 그런 제 인생에서 사라지려는 도현을 걱정했다. 잠시 화장실에 다녀온다고 자리를 비운 도현이 늦어져 들어가 보니 안에 없었다. 휴대폰 역시 받지 않았다. 하는 수 없이 집 나간 주인을 만나려 비강으로 추적하니 도현이 있는 곳까지

30분도 안 돼 도달했다. 하지만 그 목적지가 의아했다.

벨을 누르니 틈새 하나 없이 꼭 맞물려 있던 문이 열렸다. 열기 전부터 도현은 투시로 문 너머 서 있는 자가 누군지 알았을 텐데도 열자마자 한단 소리가 기가 막혔다.

"룸서비스 시킨 적 없는데?"

호텔 방문을 열고 나온 도현의 머리카락은 몹시 단정치 못했다.

"도현 님, 이건 너무 무례한 행동이라 생각지 않으십니까? 총리님께서 한참을 기다리시다가 돌아가셨습니다."

안으로 들어선 중오는 대충 걸친 듯한 도현의 셔츠를 보며 인상을 구겼다.

"도현 님 만나러 먼 길 오신 분입니다."

"포탈 타고 왔으면서 생색은."

"……."

"내 변덕이 싫으면 두 번 다신 얼굴 보지 말자고 해. 그래도 만나고 싶다면 내일 약속 다시 잡고."

"이번엔 또 무슨 바람이 불어서 이럽니까?"

정답은 미로 같은 안을 샅샅이 수색하며 마주친 결과로 충분했다. 침대 위로 번져 있는 긴 머리카락은 누구 것인지 말 안 해도 알 수 있었다.

"……이런 식으로 저를 계속 자극해서 좋을 게 없는데요."

고작 여자 하나 때문에 그 중요한 자리를 박차고 나오다니. 중오는 도현이 어디까지 엇나갈까 고민함과 동시에 실망했다.

"집에서 이미 충분히 하시지 않습니까? 봐드리고 있는데요."

"너도 내가 봐주고 있는데."

흐트러진 머리카락을 한 번 쓸어 넘긴 도현이 셔츠 단추를 하나둘씩 채워 갔다.

"내 허락도 없이 내 집에 여자를 끌어들여?"

"어차피 프로젝트에 관해선 이미 다 전달된 사항 아니었던가요?"

"입 닫아. 누나 자니까."

도현은 바깥으로 걸음을 옮겼다. 중오는 시트 사이로 새하얗게 드러난 어깨를 으깨는 상상하며 그를 따랐다. 문이 닫히자 세아가 날렵하게 눈꺼풀을 밀어 올렸다.

"난 내 영역이 확실한 게 좋아."

소파에 앉은 도현이 냉정히 말했다.

"이곳도 내가 빌렸고 비울 때까진 내 소유야. 넌 어디까지나 방문객이고. 근데 아무리 관리자라지만 너무 무례한 거 아닌가?"

"프로젝트에 관련된 서류는 이미 보여 드렸었고, 그건 언제라도 실행에 옮기라는 의미 아니었던가요. 전 단지 도현 님께서 편하신 공간에서 관계를 가지시는 편이 좋을 것 같아 제 나름대로 배려를 한 겁니다만."

"배려?"

"네, 배려죠. 어느 누가 도현 님 침대 상황까지 살펴 드립니까? 그것도 윤세아 씨를 사랑하는 도현 님을 위해서. 제가 친히 그녀와 관계를 맺느라 정 붙은 그곳에서 잠자리를 가지라 그녀들을 집으로 불러들인 겁니다. 거기서 윤세아 씨 생각하면 좀 편하실까 해서요."

"말이 되는 소릴 해야지."

"아니, 말도 안 되는 행동을 하시는 건 도현 님입니다. 지금 사회적으로 도현 님 이미지가 어떤지 아셔야 합니다. 폭군? 좋게 말해서 그렇지, 날뛰는 야생마와 다를 게 뭡니까? 그게 이글의 위상과 어울리기나 합니까?"

"그래서?"

"해서 프로젝트로 어서 빨리 그 분위기를 쇄신해야 한다는 게 제 입장입니다."

고삐 풀린 신이현의 독주를 막기 위해서라도 앞당겨야만 했다.

"이건 도현 님께서 팔찌를 차신 순간부터 이행하셔야 할 의무입니다. 지금 도현 님께 쏟아붓고 있는 돈이 어마어마한데, 성과를 내야 하는 본부 입장도 고려해 주셔야죠."

"내가 안 하겠다면?"

"그럼 이현 님과 제가 손을 잡을 수밖에요."

"아, 누나를 빼앗아서 그 새끼한테 넘기겠다?"

"얘기가 그렇게 되려나요?"

도현이 웃었다.

"해, 한다고."

중오가 알싸한 표정을 지었다.

"스케줄 뒤로 있던 거 다 캔슬시켜. 누가 더 내 취향인지 애들 먼저 만나 보자고."

도현이 자리에서 일어나 찌뿌듯한 몸을 기지개 켰다. 목 덜미를 손으로 문지르며 느릿느릿 현관 쪽으로 걸어간다.

"먼저 잘 여자 정돈 내가 골라도 되지?"

뭔가 이상한데. 평소 프로젝트에 참여하는 여자가 누구든 그 명단조차 관심 없던 도현이다. 괜한 기우라 생각하며 중오는 걸음을 옮겼다.

윤세아 하나밖에 모르는 남자가 과연 다른 여자와 관계를 가질 수 있을까? 호텔 침대에 누워 있던 세아를 보면 답은 나왔다. 어르고 달랬을 게 분명하다. 집에 찾아온 여자들 때문에 놀란 마음을 온몸으로 위로했겠지. 거기서 어쩔 수 없이 꺼낸 프로젝트를 설명하며 도현은 고백했을 것이다. 그럼에도 내가 사랑하는 건 너라고.

정말 사랑하는 사이에서 그런 이해가 가능하기나 할까. 하지만 중오는 확신했다.

"도현아."

가능하다.

"카메라만 없을 뿐이지 공식적인 자리입니다. 제게 말 낮추는 건 삼가시죠."

예리가 숨길 수 없을 정도로 벅찬 표정을 지었다가 얼른 자리에 앉았다. 반가운 마음에 저도 모르게 엉덩이가 먼저 뜬 것이다. 중오는 도현의 부탁대로 집이 아닌 다른 곳으로 자리를 마련했고, 그녀들은 커다란 테이블에 인형처럼 얌전히 앉아 있었다.

"프로젝트에 관련된 얘기 다 들었을 겁니다. 여기 있는 여섯 분이 제 아이를 가지게 될 텐데, 다들 동의하니 참여하신 걸 테고요."

실제로 본 이글은 그녀들의 환심을 사기에 충분했다. 수려한 외모와 건장한 체구를 힐끔거리며 훔쳐보는 시선은 예의에 어긋난다는 생각조차 까마득하게 잊게 했다.

"처음 이뤄지는 프로젝트라 시행착오도 많을 겁니다. 맥스 신분이라 생각하면 안 되고 어느 정도는 맞지 않는 행동도 감수해야 합니다."

대답을 종용하는 날카로운 눈매가 그들에게 닿을 때마다 심장을 저릿하게 했다. 그리고 거친 빛을 띤 눈동자. 도현의 눈빛 한 번으로 벌거벗겨지는 듯한 기분을 느낀 그녀들은 저마다 몸이 아찔해졌다.

"다들 방송을 보셔서 아실 테지만 제겐 사랑하는 사람이 따로 있습니다. 물론 이런 거 이해 못해 주는 여자도 아니고요. 저와 함께 있으면 그만이란 넓은 포용력을 가진 여자라서 기꺼이 이 프로젝트도 허락해 준 것이니, 다들 깔끔하게 관계만 하고 끝내는 걸로 하세요. 딴 맘 품지도 말고, 뒤에서 이상한 짓도 하지 말고. 구질구질한 건 딱 질색이라서요. 만약 그런 일이 생긴다면……."

도현의 시선이 잠시 중오에게 닿았다가 멀어졌다. 중오는 청소부 역할도 잘해 내겠다는 각오가 섰다.

"해서 저와 처음으로 관계할 여자분을 오늘 선택할 예정인데, 김중오 의견은 초능력 티어가 높은 걸 보유한 순서대로 가자고 하더군요."

예리는 생긋 웃었다. 이 중에서 하이 티어를 가장 많이 보유한 건 자신이니 1순위가 되는 건 당연했다. 물론 그것이 아니더라도 여기 있는 여자들과 도현을 공유할 마음 같은 건 절대 없었다.

"근데 전 첫 여자는 제가 개인적으로 고르고 싶어서요."

차례대로 없애 버리든지 할까…… 생각하던 중 도현의 말이 예리의 귓가를 날카롭게 파고들었다. 곧바로 시선이 향한 곳은 중오였다. 이건 얘기가 다르다. 분명 도현의 첫 여자는 예리가 되게 해 준다고 약조했었다.

"얼굴을 보니 제가 고르고 싶은 여자가……."

도현이 테이블 위로 팔을 세워 턱을 괸 채 여자들을 관람했다. 그 시선이 닿자 저마다 뺨이 홍조로 물들었다. 예리는 속이 벌겋게 데는 것 같아 도현을 쳐다보았다.

"일단 넌 아니고."

보란 듯이 도현의 시선이 예리를 비켜가 그 옆에 앉은 여자에게 멈췄다.

"긴 머리분?"

"네?"

"우리 세아랑 머리카락 길이가 비슷하네요. 얼굴은 전혀 아니지만."

대충 가리면 가능하려나. 혼잣말을 중얼거리던 도현이 건조하게 괴고 있던 팔을 풀었다.

"저 여자로 하죠, 첫 번째."

예리의 눈동자로 큰 해일이 덮쳤다.

"시작도 빨리하는 게 좋으니 오늘 밤으로 약속 잡고. 몇 시가 좋습니까?"

안 돼, 그건 너무 빠르다. 다급함이 고스란히 반영된 예리의 손가락이 테이블 밑에서 이리저리 방정맞게 옮겨졌다. 여자는 수줍게 시간은 먼저 정하시라 말했다. 지금 이곳에서 이뤄지는 모든 대화는 비공개였으므로 그 장소 선정까지 은밀하게 이뤄졌다.

『……그럼 여덟 시로 하죠.』

하지만 그런 비밀스러운 이야기, 세아는 모두 듣고 있었다. 도현의 몸에 달아 두었던 도청기를 통해 전달된 음성

2. 독(毒) | 199

을 경청하던 세아가 손을 들었다. 그 손짓을 본 한결이 떨떠름하게 휴대폰을 들었다.

「무슨 일이지?」

"윤세아 씨가 지금 통증을 호소하는데요."

그 말이 끝나기가 무섭게 휴대폰 연결은 끊어지고, 세아의 앞엔 도현이 나타나 있었다.

"빠른데?"

세아가 웃으며 도현을 반겼다. 한결은 허한 웃음을 흘렸다. 그 계획이라는 게 뭔지 전부 들었을 때 한결은 얼이 나갈 수밖에 없었다.

"설예리 표정은 어땠는데?"

윤세아가 정말 무섭게 느껴졌기 때문이다.

"자기가 선택 못 받으니 볼만하더라. 내 눈이라도 주고 싶다."

거기에 하도현까지. 이 둘이 지금 작당하고 있는 일은 눈앞의 적을 단번에 처리해 왔던 한결에게는 낯선 것이다.

"웃기긴 하겠다. 설예리는 아무 짓도 안 했는데 내가 아프다 했으니 얼마나 놀랐을까?"

"맥스라 청각이 워낙 좋아서. 통화 내용은 거기 있던 애들 다 들었을 거야."

"뭐 어때, 그러라고 전화한 건데."

"바로 반응 온다."

도현은 시끄럽게 울려 퍼지는 휴대폰을 받았다. 김중오였다.

"누나가 갑자기 아파. 이유는 나도 모르지. 지금부터 알아볼 거니까 방금 잡은 일정 내일로 미뤄."

전화를 일방적으로 끊은 도현이 가볍게 휴대폰을 흔들었다.

"어때, 재미있지?"

"응, 근데 이제부터 시작이지."

예리의 저주에 걸려 있단 걸 이미 알고 있는 세아다.

"앞으로 설예리 꼴은 더 볼만해질 거니까."

그럼에도 모르는 척했던 건 곧 자신이 받을 고통을 감수하겠단 걸 의미했다. 하지만 한결을 놀라게 한 건 고통을 참는 것이 아니었다.

"내가 그렇게 만들 거고."

그 아픔을 이용하는 윤세아다.

"함께할게."

그리고 그걸 사랑스럽게 바라보는 하도현. 대체 둘 중에 누가 악^惡일까. 세아가 입꼬리를 올리며 웃었다.

"들었어? 이글이 움직이겠다는데 우리가 가만있을 수 없잖아."

세아가 강렬히 한결을 바라보았다. 그 시선에 전율이 일었다. 아니, 애초에 악은 우리였지.

"대장에게 알려, 카시스로 전부 복귀하라고."

벡터들에겐 악당이었잖아, 우리. 그제야 한결이 피식 웃으며 한쪽 눈썹을 찡그렸다.

"와, 얼마나 작전이 재미있으려고 벌써부터 이렇게 저릿저릿하냐. 흥분되네."

"넌 이쪽 체질이라니까. 한시우, 너도 준비됐어?"

시우가 웃었다.

"얼마든지."

빠져나갈 수 없는 덫에 걸린 건 바로 예리였다. 세아의 등 뒤까진 차마 보지 못했던 그녀가 저지른 실수는 치명적이었다.

"좋아. 날 타깃 삼은 대가를 똑똑히 보여 주자고."

나인의 그림자를 건드렸으니, 이제부터 카시스가 움직일 것이다.

드넓은 회장에선 공격형 초능력을 방어하기 위한 시스템 구현 가능성에 대해 프레젠테이션이 펼쳐지고 있었다. 그 열띤 목소리를 경청하며 자리를 지키고 있는 사람들 대부분이 기업과 연관된 자들이었다. 버튼이 하나 추가될 거란 말에도 민감하게 반응할 수밖에 없는 건 팔찌 외관을 감싸는 프레임이 그들의 주력 사업이기 때문이다.

그 열띤 경쟁에서 승리하려면 벡터 본부에서 발표한 사안을 꼼꼼히 받아 적는 게 당연한 일인데, 맨 앞줄을 선점하고 앉아 있는 남자는 빛나는 반지를 낀 채 무던히 휴대폰을 돌리고 있었다.

"……."

긴 손가락 사이에 끼워져 빙글빙글 돌아가는 휴대폰이 사람들의 시선을 빼앗은 건 아니다. 그의 꼬아진 다리와 무심한 듯하지만 예리한 눈빛은 어둠 속에서도 기세를 뽐냈다. 프로젝터의 빛이 닿은 머리카락 일부분이 아스라이 번지는 현상마저 그의 신비감을 돋보이게 하는 장치였다. 그는 존재만으로도 모든 이의 이목을 끌었다.

"연설이 지루하십니까?"

"아니, 잘 듣고 있어."

도현은 또 한 번 휴대폰을 빙글 돌렸다. KM 기업에서 디자인 파트를 맡은 자가 어색하게 미소 지었다. 이글이 바쁜 스케줄 속에서도 대주주로서 KM 기업의 작은 부분까지 참관하는 건 이미 유명했다. 그 때문에 오늘 이 자리 역시 평소보다 인파가 많았다. 이글의 모습을 대외적으로 보는 건 하늘의 별 따기라, 이쯤 되면 다들 발표회보단 그에게 목적이 있는 듯 보였다.

그때였다. 장내를 울리는 휴대폰 진동 소리에 도현은 빠르게 전화를 받았고 사라진 건 순식간이었다.

"세상에."

　정숙하던 회장 분위기가 그 모습 하나로 시끄러워졌다.

"어머, 또야."

"제로인 그 여자가 저주에 걸렸단 소문이 진짜 사실인가 봐."

　파트장이 난처한 얼굴로 텅 빈 도현의 자리를 보다가 힐끗 시선을 옮겼다. 예리가 앞에 놓인 종이를 꽈악 움켜쥐었다. 또다.

"정말 열 받게 하네."

　난 아무 일도 하지 않았는데 이렇게 사라지는 건.

　요즘 들어 사람들의 입에서 가장 많이 오르고 내리는 건 바로 윤세아였다. 어느 순간부터 모습을 드러내지 않아 헤어지거나 혹은 뒤에서 남몰래 처리된 건 아닐까 하는 추측이 난무하는 가운데 도현은 매 순간 전화를 받았다 하면 사라졌고 자연스럽게 여론은 윤세아의 상태를 궁금해했다.

　이미 윤세아 하나로 폭군이란 명칭까지 얻게 된 도현이다. 도현을 움직일 수 있는 건 그녀뿐이라는 인식이 생겨난 후인데 일도 팽개친 채 사라지니 문제가 있을 거라 단정했다.

"아악!"

　그래서 다들 예상했다. 그녀가 아픈 게 확실하다고. 다친 거라면 치료 벡터로 충분했을 테지만 그마저도 소용없다면 그건 지속형인 초능력밖에 없었다. 그중에서 가장 악독하다고 알려진 건 저주였다.

"윤세아, 이 영악한 년!"

예리는 화장실 안에서 머리카락을 이리저리 헝클어뜨리며 발악했다. 화가 너무나도 치밀어 올라 눈앞에 있는 거울을 산산조각 깨뜨려 조각 위를 구르고 싶을 정도였다. 하지만 그런 고통으로는 부족하다. 예리는 가방 안에서 휴대용 나이프를 꺼내 제 팔 위를 난도질했다.

"그래, 아파 봐. 죽어라 아파 보라고."

면죄가 있어 고통을 느끼지 못하는 예리의 손길은 거침없었다. 눈앞에선 자꾸만 도현이 어른거렸다. 얼마나 다정하게 달래 줄까, 얼마나 지극정성으로 간호할까. 혹시 함께 괴로워하는 건 아닐까.

"하아……."

분노로 범람하던 예리의 눈동자가 일순간 흐릿해졌다. 윤세아를 보며 함께 아파하는 도현의 모습이 떠오른 것이다.

"안 돼, 도현아."

예리가 재빨리 나이프를 떨어뜨리며 제 상처를 덮었다.

"윤세아한테 잘해 주지 마……."

자신이 겪는 고통을 똑같이 느낄 세아다. 도현이 열과 성을 다해 걱정하는 건 이미 보지 않았음에도 기정화된 사실이었다.

"대체 어떻게 해야 하지."

분명 내게 주도권이 생길 줄 알았건만 실상 예리가 손쓸 수 있는 건 없었다. 양치기 소녀가 늑대가 나타났다 말만 하면 도현은 사라졌고, 정작 늑대는 얼이 빠질 뿐이다. 아무것도 한 것이 없는데 도현의 휴대폰은 하루에도 몇 번씩 울려 퍼졌다. 프로젝트는 당연지사 불참하는 도현 때문에 제자리걸음이었다.

"그년 때문에 되는 일이 하나 없잖아!"

세아가 저주에 걸렸으니 도현이 자신을 찾아와 협박이든 패악질이든 부리며 저주를 풀라고 한다면 자연스레 제가 원하는 것을 요구할 생각이었다. 한데도 도현은 예리에게 연락은 고사하고 마주쳐도 세아 얘기를 일절 꺼내지 않았다.

"하아……."

예리는 지친 숨을 내쉬며 걸어 잠갔던 화장실 문을 열었다. 밖에 대기하고 있던 여자가 그녀의 팔을 보고선 익숙한 듯 손을 뻗었다.

"치료하겠습니다."

세아를 고통으로 죽여 놓으라며 치료 벡터까지 친히 붙여 준 남자. 이럴 때마다 예리가 기댈 곳은 그밖에 없다.

"어떡해요? 도현이가 또 사라졌어요."

진작 소식을 들어 알고 있던 중오가 회장을 찾았다. 사람들이 물밀듯이 쏟아져 나오며 떠들어 대는 건 프레젠테이션 내용이 아닌 도현이었다. 예리와 함께 인적 없는 곳으로 향한 중오가 천천히 입을 열었다.

"저도 지금 도현 님께서 무슨 생각이신지 잘 모르겠습니다."

사실이었다. 이미 치료 벡터가 세아는 저주에 걸린 몸이라 손쓸 수 없다 진단했다. 일전에 예리를 조사한 서류로도 모자라 릭시 발표회 때 도현에게 소중한 것이 제 손에 있다는 말까지 한 상황인데도 도현은 예리에게 그 어떤 접선조차 시도하지 않는 상황이다.

"이 일 때문에 현재 제 입장도 좋진 않습니다만."

중오도 난처했다. 도현과 친분을 쌓고 싶어 하는 유니벌은 여전히 차고 넘쳤으니까. 한국으로 직접 방문하면서까지 이뤄진 귀중한 자리였음에도 전화는 어김없이 울렸고 도현은 사라져 한참을 돌아오지 않았다.

"저 역시 강제로 나설 수도 없는 게, 도현 님이 스케줄을 아예 이행 안 하시는 것도 아닙니다. 문제는 전화만 왔다 하면 사라진다는 거죠."

답답하다는 듯이 예리가 입술을 질겅였다.

"단순히 프로젝트를 피하려고 이런 일을 꾸민다고 생각하기엔 도현 님은 윤세아를 끔찍하게 여깁니다. 그건 우리 말고도 모든 벡터들이 다 아는 사실 아닙니까?"

윤세아가 죽으면 따라 죽겠다 말할 정도로 도현의 집착

은 이미 병적인 수준이다. 예리가 계속 세아에게 고통을 주고 있으니 도현은 예리의 앞에 달려와 무릎 꿇고 살려 달라 비는 게 맞았다.

"아픈 윤세아한테 달려가기만 할 뿐, 손을 쓰지 않는다니 참으로 이상하죠."

그런데 아무런 조치를 취하지 않는다. 중오가 침묵을 유지했다. 생각해 보면 도현은 어떻게 하고 싶어 안달인데, 세아가 못 하게 막는 걸 수도. 계속 아프다 거짓말하며 도현을 불러낼 정도로 애정을 갈구하고 있는 그녀.

"……아무래도 영악한 윤세아가 도현 님을 쥐고 있나 봅니다."

원래 여자란 갈대처럼 흔들리는 존재가 아니던가. 프로젝트를 이해해 주려 했으나 예리가 제게 건 저주가 발칙해서라도 도현을 묶어 두는 거라면 답은 나왔다.

"제가 예리 씨에게 붙여 준 벡터의 숙련도는 최상급으로, 어떤 상처도 순식간에 치료할 수 있는 고급 인력입니다. 그러니 평소보다 더 강하게 윤세아 맘껏 죽여 놓으세요. 협상은 제가 하죠."

세아를 궁지로 몰아세우는 수밖에. 고통스러워하는 그녀를 본다면 판단력이 흐려져 도현은 지푸라기라도 잡게 될 것이다. 비록 세아가 원치 않는 일이라 하더라도. 어차피 이 일로 인해 둘 사이가 틀어진다면 오히려 바라던 일이 아니던가.

"명심하세요. 윤세아가 저주에 걸린 이상, 도현 님의 약점을 쥐고 있는 건 예리 씨입니다."

그제야 예리의 얼굴 위로 평화가 찾아왔다. 그래, 당장의 둘 사이를 질투하기엔 예리는 더 큰 목적이 있었다.

"프로젝트를 무사히 진행시키는 게 제 목표이긴 하나, 예리 씨도 거기서 얻는 게 있을 거 아닙니까."

이미 저지른 일들이 있어 자신을 미워한다지만 도현 본인을 똑 빼닮은 아이를 봐도 과연 그럴 수 있을까. 예리가 도현의 사랑을 기대할 수 있는 건 이제 아이밖에 없었다.

"알겠어요. 지금 당장 집으로 가 윤세아 괴롭히는 것에 전념할게요."

예리의 눈빛이 전처럼 악독하게 변하자 중오가 나지막이 속삭였다.

"확실하게 하세요. 어설프게 덤볐다간 이도 저도 안 되는 일이 될 테니까."

"아, 그런데 요즘 도현이는 어디서 지내고 있나요? 집에 없던 거 같던데."

시계를 내려다본 중오가 무심하게 등을 돌렸다.

"도현 님 집 나간 지 좀 되셨습니다."

"찾았어?"

"그게······."

입마저 얼어붙게 만드는 냉기다. 이 순간 죽음의 공포가 밀려오는 건 그가 주시하는 입에서 절대로 원하는 대답이 나올 수 없어서였다.

"또 거처를 옮긴 모양입니다."

쨍그랑! 그의 손에 들려 있던 와인 잔이 꺼림칙한 소리를 내며 깨졌다.

"못 찾았다."

살갗을 얇게 베어 내는 듯한 목소리가 고요히 번졌다. 으깨진 조각이 박힌 손에서 피가 흘렀지만 이현은 신경조차 쓰지 않은 채 다리를 꼬았다.

"그 얘기 하려고 내 앞에 왔나?"

옆에 서 있던 비서가 손수건을 건넸지만 받지 않는다. 그저 손끝을 향해 흐르는 피를 아래로 떨군 채 이현이 말했다.

"한 비서."

"네."

"이 좁은 땅에서 윤세아 하나 못 찾는 게 말이나 돼?"

비서는 입을 다물었다. 벌써 일주일째, 세아는 흔적조차 찾을 수 없었다. 그녀가 남긴 향을 단서로 방방곡곡을 뛰어다녔지만 도착했을 때 안은 늘 텅 비어 있을 뿐이다.

"내가 보고 싶은데 못 보는 게 말이 된다고 생각하나?"

점차 낮아지는 목소리에 저마다 마른침을 삼켰다. 일주일이다. 빌어먹게도 또 일주일…….

"이렇게나 보고 싶어 하는데……."

내가 너 하나 못 봐 미쳐 갔던 그 일주일. 또다시 반복된 현상이 피해 가길 바라는 마음에 오늘은 반가운 소식을 기대했던 이현이었다. 한데도 돌아온 건 여전히 행방이 묘연하다는 대답이다. 이현은 탁자에 놓인 와인 병을 움켜쥐었다. 붉은 액체가 잔으로 담겼다.

"대체 내가 얼마나 더 기다려야 하지?"

"죄송합니다. 얼마나 꼭꼭 숨겨 둔 건지, 찾을 수가 없……."

"없다."

"……."

"내 앞에서 지금 '없다'고 얘기했어?"

"……아닙니다."

눈빛 하나만으로 살인이 가능했다면 여기 있는 자들은 진작 살아남지 못했다. 이현은 손으로 잔을 든 채 휘휘 돌렸다.

"인재가 이렇게 없어서 되겠어?"

"면목 없습니다."

윤세아 하나 찾는답시고 비강을 가진 벡터들을 전부 끌어모았지만 늘 뒤만 쫓아다니는 게 전부였다. 향도 늘 한자리에 고여 있을 뿐, 이동한 흔적이 없기에 이현은 결론지었다. 도현이 순간이동으로 세아를 데리고 이곳저곳 옮겨 다니고 있다고.

"면목이 없다……."

잘게 흔들리던 잔 속의 액체가 멈추었다.

"또 없단 소리를 했네."

잔이 또 한 번 그의 손에서 깨졌다. 부서진 조각이 고스란히 선인장 가시처럼 박혔다. 이현의 손이 걱정된 비서가 목숨 걸고 말했다.

"치료부터 하시죠. 상처가 심합니다."

"저것들 처리하고 새로운 애들로 다시 뽑아."

앞에 서 있던 벡터들의 얼굴이 새하얗게 질렸다. 이현이 손짓하자 가드들이 움직였고 돼지 멱따는 소리가 처참하게 울려 퍼졌다. 문이 닫히자 자옥이 침묵이 깔렸다. 비서는 제 주머니 안에서 손수건을 꺼내 피가 흐르고 있는 이현의 손부터 감쌌다.

"지금 한 비서가 일을 제대로 못 하니 내 손이 작살나고 아래 애들이 그 대가를 고스란히 받는 거야."

"……."

비서가 진땀으로 흥건해진 이마를 손등으로 훔쳤다.

"국내에 없으면 해외에서라도 비강 가진 새끼들 다 데려와서 찾아야지. 내가 계속 기다리면 되겠어?"

"아닙니다."

"기껏 윤세아 보려고 최태수까지 이용했는데, 보러 오지 못할 상황이면 곤란하잖아. 안 그래?"

"……네."

"나가 봐."

정중히 인사를 하는 목은 공포로 경직돼 있었다. 그가 나가자 이현은 손수건을 집어던진 채 또 새 잔을 들었다. 저주에 걸린 제로에 관한 소문을 모르는 이 없다. 하지만 눈으로 확인하지 않는 이상, 뜬구름 같은 얘기일 뿐이다.

"어딜 간 거야, 백설아……."

예리의 뒤를 밟으라 벡터를 심어 둔 지도 벌써 나흘째였다. 붉은색 와인이 또다시 잔으로 채워졌다.

"네 상태를 봐야 내가 움직이지."

어차피 입맛을 잃어 마시지 못할 와인이다.

"이제 오십니까?"

도현이 서울로 돌아온 건 저녁 11시가 다 되어서였다. 팔찌를 통해 본부에 기록되는 위치는 관리자인 중오만 열람할 수 있는 터라 지방 그 어딘가를 떠돌다가 지금 막 호텔에 도착했다는 걸 알 수 있었다. 와서도 혼자 있을 생각이었는지 중오에게 말도 없이 방으로 들어갔다.

"내일 스케줄 뭐야."

찾아온 중오를 무르지 않고 하는 말이라곤 일정과 관련된 얘기였다.

"괜찮습니까?"

도현에게선 어렴풋이 약물 냄새가 진동했다.

"뭐가?"

선택한 방법이 마취라니. 저주를 통한 고통은 치료할 수 없기에 강제로 수면에 드는 법이 유일했다.

"지금까지 윤세아 씨를 만나고 온 거 아닙니까."

"……."

"위치도 자꾸 옮기시고 일절 말을 안 하시기에 가만히 있을 생각이었지만 요즘 도현 님 안색이 좋지 않으니 더는 모른 척하기 힘들군요."

도현이 피곤한 듯 관자놀이를 꾹 짓눌렀다.

"마취는 임시방편일 뿐입니다. 평생 그렇게 윤세아 씨를 재워 두실 생각이십니까?"

"하고 싶은 말이 뭔데."

"혹시 윤세아 씨가 설예리 씨와 하는 프로젝트를 거절하라 말했습니까?"

천천히 제게로 돌아선 고개를 본 중오가 웃었다.

"뻔하지 않습니까. 도현 님께서는 이미 예리 씨가 저주를 가진 것도 알고, 위협할 수 있다는 것도 아시는데 윤세아 씨 혼자 하지 말라 고집을 부리니 아무런 조치를 취하지 못하고 있는 거겠죠."

"······."

"하지만 알지 않습니까. 그럴수록 고통받는 건 세아 씨라는 걸. 도현 님께서 초능력을 여덟 개나 가지셨다고는 하나 저주 앞에선 무용지물이죠. 아마 오늘 윤세아 씨가 굉장히 괴로워했을 텐데요."

"······그래서 어떡하라고."

"원망은 나중이고 우선 살리고 봐야 되지 않겠습니까? 윤세아 씨 안위를 걱정하신다면 하루라도 빨리 협상을 하셔야죠."

"협상?"

"네."

영혼 없던 도현의 눈동자 속에서 일순간 섬광이 튀었다.

"걔가 원하는 게 뭔데."

"도현 님의 아이입니다."

"······."

"프로젝트 첫 번째 여자, 설예리 씨로 하셔야 할 것 같습니다."

"……그거면 된대?"

"네, 우선 윤세아 씨 모르게 진행하고 수습은 나중에 하시죠. 지금도 고통받고 계실 텐데 그건 도현 님께도 괴로운 일 아닙니까?"

도현은 고민했다. 이미 도현은 일주일 전부터 세아가 내린 지시에 복종하는 중이었다. 전화하면 곧바로 올 것, 외부로 발설하지 말 것, 얌전히 기다릴 것.

"알았어."

그쪽에서 설예리와의 관계를 요구할 때까지 절대 그 어떤 반응도 보이지 말 것. 도현이 등을 돌린 뒤 보이지 않게 웃었다.

"그렇게 해."

도현이 그토록 인내하며 기다렸던 신호탄이 지금 막 터진 걸 중오는 모르는 듯했다.

"드디어 입질 왔나 보네."

그간 가만히 있어 근질거렸다는 듯 한결이 뭉친 어깨를 돌려 댔다. 상쾌한 아침을 맞이하기 위해 커튼을 걷자 쏟아지는 햇살을 맞으며 세아가 침대에서 일어났다. 오래 누워 있어 온몸이 욱신거리지만 더 이상 마취는 필요 없다.

"아파?"

시우가 걱정스럽게 묻자 세아가 잔잔히 웃었다.

"그래도 설예리가 계속 치료는 하는 모양이야. 잠깐씩 고통이 크게 올 뿐이니까. 그것도 잠들면 못 느끼니 괜찮아."

"괜찮긴, 너 마취했을 때 이글 표정 보면 그런 말 안 나올 거다."

한결이 새파랗게 질린 얼굴을 했다. 세아가 의아한 듯 눈을 깜빡였다. 약에 취해 강제로 잠들고 눈 떴을 때, 항상 도현은 옆에 있었고 세아를 향해 미소도 지었다. 매일 쓰다듬고 어루만져 주는 다정한 손길이 없었더라면 견딜 수 없었을 것이다.

"도현이가 왜?"

"너 기억나지. 처음 마취하자고 결정했을 때, 시우랑 내가 아무리 카시스 멤버라고 해도 너 아픈 거 계속 참아 주며 볼 만큼 철면피는 아니라고 했다가 나중에야 마지못해 허락한 거."

"그래, 나도 마취는 별로긴 했어. 일어나면 머리가 너무 몽롱해서 제대로 돌아오는데 시간이……."

"아니, 그거 말고! 너 일어나기 전까지 엄청 서늘한 얼굴로 네 옆에 붙어 가지고 말도 한마디 안 하고, 분위기를 아주 북극 한가운데 있는 것처럼 만든다니까?"

"어?"

"그동안 나랑 시우가 얼마나 힘들었는데. 차라리 너 아파하는 거 보는 게 백 번 낫지, 우리가 실수를 했다."

"왜, 어땠는데?"

"말했잖아. 너 잠들면 옆에 앉아서 말 한마디도 안 해. 움직이지도 않고 너만 보고 앉아 있어. 난 무슨 석고로 변한 줄 알았네. 근데 또 분위기는 장난 아니라 말도 못 붙여. 건드리면 아주 숨통 끊길 거 같더라니까? 덩달아 나도 시우랑 말도 못 꺼내고 있으면 한마디 해."

"뭐라고?"

"'지금 몇 십니까?' 딱 이 얘기 하는데 와, 나 진짜 그때마다 너 흔들어 깨울 뻔."

담이 무너지듯 터져 나오는 목격담에 세아는 얼떨떨했다.

"왜 그걸 이제 얘기해?"

"이제 다 끝났으니까 하는 말이지. 그치, 한시우?"

"울더라."

세아가 입술을 꼭 물었다.

"가끔 너 잠들어 있을 때 나가서 울었어."

"도현이가?"

"응."

매일 고통을 잊기 위해 잠든 세아를 보며 괴로웠을까. 아무 말 없이 눈뜨면 웃어 주던 도현이라 이런 속사정이 숨어 있는 줄은 몰랐다. 세아는 힘없이 긴 속눈썹을 내렸다.

"……그동안 다들 수고했어."

세아가 크게 심호흡하며 강하게 물었다.

"언제라고 했지?"

"오늘 저녁 일곱 시. 그거 때문에 오늘 일정 전부 취소했댄다, 김중오가."

묵묵히 참고 견뎌야 할 시간은 이제 끝났다.

"지금부터 너와 시우는 서울로 올라가서 각자 계획했던 일 진행하고."

"어, 어."

"선호 오빠는 움직이고 있어?"

"당연하지. 설예리 뒤꽁무니 쫓아다닌 게 벌써 며칠짼데."

물체에 그림자처럼 스며드는 쉐도우를 가진 선호는 잠복에 최적화된 멤버였다. 세아는 고개를 끄덕였다.

"오늘 결정적 단서가 떨어질 날이 될 테니 더 집중하라 전하고."

"응."

"지금 곧바로 움직여. 서울 올라가는 데 3시간은 더 걸릴 테니까……."

말을 잇던 세아의 눈앞으로 원형의 형체가 그려졌다. 순식간에 소용돌이를 만들며 커졌다. 오기로 한 사람도 없는데 열리는 포탈을 본 시우와 한결이 날렵하게 움직이며 방어 태세를 갖췄다.

"넌 뒤로 빠져."

공간에 균열이 생기며 일어난 바람이 세아의 머리카락을 헤집었다.

"······아니, 잠시만."

굽 높은 하이힐이 지면에 닿았다. 세아는 넋이 나간 듯 양산을 든 인물을 빤히 바라보았다. 다리를 꽉 조이며 발목까지 내려온 긴 치마와 잘록하게 들어간 허리를 돋보이게 하는 재킷 전부 때 묻지 않은 새하얀색이었다. 고고하게 시선을 든 엘린이 세아를 향해 입꼬리를 올렸다.

"살이 조금 빠진 것 같네."

통역 벡터까지 대동하고 나타난 상황이 의아하기만 했다.

"전에 마신 커피 맛이 꽤 좋았어서."

엘린이 들고 있던 양산을 고이 접었다.

"네가 바꾼단 세상은 또 어떨지 궁금했는데, 아파서 빌빌거리고 있단 소리가 들려서 말이야."

위로 치켜든 붉은 입술을 본 세아의 눈꺼풀이 전율했다. 한결이 눈치를 보았고, 시우가 먼저 살짝 움직였다.

"시우야, 하지 마."

"……."

"엘린 웨이너 클로비스. 유니벌이야."

둘은 그 이름을 듣고선 움직이지 못했다. 세계를 장악한 멀튼 사의 실질적인 힘, 닉 에인하드 클로비스의 아내를 직접 보는 건 처음이었다. 세아가 정중히 고개를 숙였다.

"무례를 용서하세요. 둘 다 엘린 씨 얼굴이 익숙하지 않아서 그런 거지, 악의는 없습니다."

"이해해. 내가 어디 쉽게 볼 수 있는 얼굴도 아니니."

"이런 누추한 곳까지 어떤 연유로 오신 거죠?"

당혹스러운 건 세아도 마찬가지였다. 유니벌 중에서도 거물인 그녀가 대한민국 지방의 후미진 호텔에 나타난 건 산책으로도 칠 수 없는 일이었다. 역시나 누추하고 후미진 풍경엔 관심 없는지 그녀의 시선은 세아에게 고정돼 있었다.

"이글에게 물어보니 친히 네가 여기 있다고 알려 주더군."

"……도현이가요?"

"제임스 김에겐 연락하지 않았어. 개인적으로 만남을 가지고 싶을 때 비서 통하는 걸 별로 좋아하지 않거든."

"개인적인 만남이라니요?"

"말했잖아. 네가 저주에 걸려 빌빌대고 있단 소리를 들었다고."

"절 도와주실 건가요?"

엘린의 고운 얼굴이 주름졌다. 유니벌의 등장에 예우를

갖추는 대신 도움의 손길을 줄 것이냐고 먼저 묻는 얼굴이 강인했다.

"……그래."

하지만 엘린은 그 당돌함이 맘에 들었다.

"그렇다면 내가 뭘 해 줄 수 있지?"

머리를 조아리는 대신 곧이곧대로 시선을 마주치는, 꼭 눈을 보며 제 생각을 읽으려 하던 그리운 아이처럼……. 만약 살아 있었다면 세아처럼 자랐을 것이다.

"정말이세요?"

"몇 번을 말해야 돼?"

엘린이 들고 있던 양산을 뒤에 서 있는 벡터에게 넘기며 말했다.

"애초에 널 도와줄 생각으로 왔으니, 어디 한번 말이나 해 보렴."

죽지 않는 나의 아이야.

"미세스 클로비스가?"

"네, 모르셨습니까?"

"어제 얼굴 한번 보고 싶다고 연락이 오긴 했는데."

침대에서 일어난 도현이 눈을 감으며 말했다. 창문으로 들어오는 햇살이 문제라 생각한 중오가 손짓하자 가드가 다가서기도 전에 도현이 염력으로 커튼을 쳤다.

"그래서 지금 한국에 왔다고?"

"네, 본부 통제탑에서 신원이 등록되어 있지 않은 자가 포탈을 사용한 걸 발견해 조사해 보니 엘린 님이라고 하더 군요."

도현은 닫힌 커튼 사이로 희미하게 쏟아지는 빛줄기를 멍한 눈으로 보았다.

"내가 오늘은 일이 바빠서 만날 수 없다고 미리 말했는데."

"한데도 찾아오신 분을 그냥 돌려보낼 수도 없는 일 아 닙니까."

감춰 둔 베일 속에서 희망은 뚫고 들어오는 법이다.

"윤세아 씨 때문이라면 걱정하지 마시죠. 오늘 하루, 예 리 씨에게 저주로 건드리지 않겠단 약조를 받았으니까요."

"……."

"아프다 거짓으로 전화하더라도 오늘은 가시면 안 됩니 다. 어불성설일 테니까요."

중오는 두 번씩이나 도현의 발목을 보이지 않는 사슬로 채웠다. 도현은 고개를 끄덕였다.

"몇 시에 만나자는 거지?"

"엘린 님은 오신 김에 지인을 만나고 돌아갈 생각이신지, 오후 시간대를 원하시는 모양입니다. 현재 여자 유니벌인 연우 님을 만나고 계시고요."

"일곱 시엔 내가 일이 있고."

"다섯 시 경이 어떻습니까?"

"좋아, 일정 잡아. 두 시간 뒤에 설예리 만나는 건?"

"예리 씨께 전했습니다."

도현은 준비를 하기 위해 욕실로 향했다. 그제야 중오는 만족을 모르던 입꼬리를 올렸다. 참으로 잔인한 현실이다. 과거 연인의 모습을 따라 한 여자와 다시 몸으로 엮이는 건.

"부탁 하나만 하자."

카페에 앉아 있던 예리는 도현의 입에서 무슨 말이 나오면 얼굴부터 풀리는 지경에 이르렀다. 어제 중오의 소식을 들었을 때부터 설레서 잠조차 제대로 자지 못했다. 검은 정장을 차려입고 걸어와 자신의 앞에 앉은 도현 때문에 앞에 놓인 커피 같은 건 안중에도 없었다.

"응, 뭔데? 말해 봐."

청아한 열다섯의 숲을 보고 처음 반했던 예리는 오늘 스물다섯, 검은 숲이 된 남자에게 드디어 안기게 된다. 자신의 지고지순했던 짝사랑이 드디어 열매를 맺는 날이라 뭐든 너그럽게 베풀고 싶었다.

"윤세아 모습으로 해 줘."

예리는 잠시 말을 잃었다. 도현은 여전히 건조한 얼굴로 입을 움직였다.

"그래야 내가 할 수 있을 거 같거든."

어쩜 너는 끝까지 윤세아, 윤세아. 지긋지긋한 그 이름에 두드러기가 날 것만 같아 예리가 손을 꽉 움켜쥐었다.

"싫어."

오늘은 너와 내가 처음 침대에서 마주하는 날이란 말이야. 그 의미 있는 시간을 내가 아닌 윤세아 모습으로 하라고? 절대 안 될 일이다. 네가 날 사랑하지 않는다 하더라도 지금 열쇠를 쥔 건 나잖아. 더 당돌하게 굴어도 된다.

"윤세아 아픈 거 보기 싫으면 내 모습, 내 얼굴 보면서 해."

"누가 안 한대?"

"……."

"하는데 윤세아 모습으로 해 달라고."

"싫다고!"

"널 위해 하는 말인데."

"뭐가, 어떤 게 날 위한 건데? 윤세아 흉내 내서 내가 얻는 게 뭐야?"

"윤세아 아니면 죽어도 얘가 반응을 안 해서."

예리의 동공이 거침없이 흔들렸다.

"네가 원하는 아이 가지려면 내 몸부터 반응해야지."

덤덤한 목소리로 말하는 건 예리가 처음 받아보는 취급

이었다. 여자로서 수치스러웠고, 그저 생식 활동을 하기 위해 살아가는 동물처럼 느껴졌다.

"윤세아가 아니면 힘들어?"

"어."

칼날로 해소했던 질투심이 북받쳐 올라와 예리는 당장에 핸드백 안에 넣어 두었던 나이프를 꺼내 들고 싶었다. 하지만 오늘 하루 동안은 윤세아에게 그 어떤 고통도 주지 않겠다 약조했었다. 좋은 날이니까, 내가 너무나도 고대했던 날이니까.

"알아서 잘할 테니까 넌 윤세아 모습만 유지해."

내가 너무나 원했던 너니까…….

"아니, 시키지 않아도 잘할 수밖에 없겠다."

침대 위의 세아는 언제나 도현을 뜨겁게 하는지 도현의 손가락은 벌써부터 살결을 음미하듯 부드럽게 움직였다. 예리가 질끈 눈을 감았다가 뜨며 말했다.

"너도 들어서 알겠지만 내가 원하는 건 아이야."

"……."

"한 번으로 끝나는 게 아니라 내가 아이를 가질 때까지라고."

까딱이던 손이 하릴없이 멈췄다.

"알았으니까 할 거냐고."

"……좋아, 약속만 한다면."

"너야말로 내게 약속 하나 더 해야지."

"뭘?"

"아이 가지면 윤세아 저주 풀어 주는 걸로."

"……."

"약속해. 나도 네게 죄를 묻지 않는 걸로 할 테니까."

"그래, 알았어."

시선을 내리자 새하얀 테이블보에 올려진 도현의 긴 손가락이 보였다. 그 손을 보니 몸이 노곤해졌다. 아아, 예리는 작게 신음했다. 분노도 환희로 바꾸는 남자가 바로 눈앞에 있었다.

"……계속 있고 싶지만 준비할 게 많아서 먼저 일어나 볼게."

도현이 힐끗 시선을 들더니 고개를 까딱였다. 예리는 저를 훑고 내려간 눈빛에 주저앉고 싶은 걸 간신히 견뎌 내며 바깥으로 향했다.

오늘 밤에 이뤄질 거사를 인우에게 전했고 그는 평소보다 들뜬 목소리로 화답했다. 장하다, 내 딸. 정말 자랑스러워. 예리의 입술 끝이 승천했다.

예약해 두었던 네일숍에 들리고 피부과도 방문했다. 마지막 코스인 마사지숍에서 정성스런 손길을 받을 때쯤, 예리는 불현듯 자신의 목걸이가 잘 있는지 불안했다. 지금 열쇠를 쥔 건 어디까지나 세아에게 걸린 저주 때문이고 그

것이 사라지면 예리의 계획도 끝이었다. 적어도 오늘 하루는 그것이 무사한지 봐야 안심이 될 것만 같았다.

"제 개인 금고 확인해 보고 싶은데요."

예리가 찾은 곳은 국내에서도 보안이 철저하다 알려진 은행이었다. 그 한마디에 곧바로 VVIP실로 안내를 받은 예리는 본인이란 것을 입증할 수 있는 초능력 감지기를 통과하고 나서야 거대한 금고 안에 놓인 자신의 개인 사물함을 열람할 수 있었다. 손을 올려 집어 든 로켓locket 펜던트를 열자 안에는 길이를 맞춰 짧게 자른 머리카락이 있었다.

"그래, 네가 무사해야지."

신줏단지 모시듯 조심스레 뚜껑을 닫은 예리는 입을 맞췄다. 저주가 발현되기 위해선 제일 먼저 그 힘을 지속적으로 유지할 그릇이 필요하다. 상자든 목걸이든 크기와 형체는 상관없다. 그 안에 저주할 대상의 신체 일부분을 넣은 뒤 초능력을 주입하면 그릇이 사라지기 전까지 그 대상은 고통받게 된다.

"집은 불안해서 견딜 수가 있어야지."

이토록 귀중한 물건을 혹시라도 누군가에게 뺏기거나 잃어버릴까 봐 보완이 철저한 곳에 의지할 수밖에 없었다.

"시간이…… 벌써 다섯 시네."

오늘을 위해 준비하려면 시간이 촉박했다. 예리는 도로 목걸이를 넣고 사물함을 꼭 잠갔다. 등 돌려 걸어가는 하이힐 소리가 그 어느 때보다 경쾌했다.

"KM 기업이 요즘 유니벌들 사이에서 정말 뜨겁더군요."

"그런가요."

엘린과 도현은 서로를 마주 보고 앉아 있었다. 사이에 둔 커피에선 잔향만 겉돌 뿐, 누구 하나 손대지 않았다.

"이글이 주주인 회사에 우리 부부도 관심이 많거든요."

"클로비스 씨가 저희 기업에 도움을 주신다면 그만큼 든 든한 것도 없죠."

만나서 무슨 말을 하려나 싶었는데 역시나 기업에 관련 된 얘기였다. 중오가 도현의 얼굴을 살폈다. 전처럼 영혼 없는 모습은 아니었지만 그렇다고 해서 좋은 상태도 아니 었다.

"요즘 폭군이란 재미있는 별칭을 얻으신 것 같은데, 그 런데도 KM 기업의 제품을 사들이는 벡터들 보면 아시겠 죠. 당신은 그런 존재예요."

중오는 미소를 띤 채 시계를 한 번 내려다보았다.

"도현 님은 오늘 이 호텔에서 다른 일정도 있으신지라

이제 올라가서 준비를 하셔야 할 것 같으신데요."

"아, 들었어요. 오늘 중대한 일이 있다고요?"

"네, 프로젝트의 첫걸음인 셈이죠."

도현이 곁눈질로 중오를 올려다보았다. 중오는 입가에 웃음을 그렸다.

"어쩌죠. 제가 눈치 없이 그런 일이 있는지도 모르고 만나자고 고집을 부린 건 아닌가 싶네요."

"아닙니다. 만난 이상 대화는 마저 해야죠."

"……."

"방에 올라가는 건 금방이니 신경 쓰지 않으셔도 됩니다."

곧바로 도현의 시선이 엘린에게로 향했다. 점차 대화에 빠져들었는지 도현은 초반보다 말이 많아졌다. 대화는 끊길 기미가 보이지 않았다. 예리가 도착했던 소식은 이미 사십 분 전에 들어 알고 있던 중오다. 결국 약속 시각 십오 분을 남겨 두고 입을 열었다.

"엘린 님, 죄송하지만 오늘 만남은 여기까지 해야 할 것 같습니다. 도현 님은 이제 올라가셔야 하고요."

"어머, 벌써 시간이 이렇게 됐네. 이제 막 얘기가 재미있어지던 참이었는데."

엘린이 아쉽다는 듯이 말했다. 고상한 그녀의 얼굴에 주름이 생겼고 그것이 도현에겐 신호였다.

"그럼 기다리시겠습니까? 일이 언제 끝날진 모르겠으나

마치면 다시 만나러 오겠습니다."

"배려를 해 주신다니, 그럼 거부하지 않고 기다리도록 할까요?"

"저녁 시간인데 식사라도 하고 계세요. 제가 대접하겠습니다."

"여기 셰프가 프랑스에서 미슐랭 최고 등급을 받았던 레스토랑 출신이라던데, 솜씨가 어떨지 궁금하긴 하네요."

도현이 자리에서 일어서자 중오가 따라 움직였다. 그 모습을 올려다본 엘린의 눈매가 진해졌다.

"제임스 김도 도현과 함께 갈 건가?"

"제가 관할하는 게 당연합니다."

"이상하네. 내가 알던 제임스 김은 날 이렇게 혼자 내버려 두는 벡터가 아니었는데."

엘린의 청포도 같이 싱그러운 얼굴이 과육이 터진 것처럼 일그러졌다.

"이글 때문인가. 꽤 건방져졌어?"

오랜 시간 숙성된 와인의 본모습은 짙었다. 그녀는 늘 최상을 유지하는 외관과 젊음을 회상하는 보석으로 치장했지만 내면은 태어날 때부터 깊은 맛을 자아내는 고귀한 신분이었다.

"유니벌을 앞에 두고 일어서다니, 정말 배려심이 없네."

중오의 눈썹이 움찔거렸다. 막강한 영향력을 지닌 클로비스였기에 그 가문과 연관된 연중행사는 모두 참석하는 것으로도 모자라 그동안 세심하게 챙겨 왔던 중오였다. 그런 그녀를 혼자 두고 도현을 따라나서는 건 비정한 행동이다.

"어린애 아니니까 그녀와 식사나 하고 있어. 어차피 위에 장건우 있잖아."

"……."

"그게 내 이미지에도 더 좋을 테고. 안 그렇습니까, 엘린?"

그 말에 엘린이 어두웠던 표정을 거둔 채 웃었다.

"이글의 관리자니 확실히 플러스가 붙긴 하겠죠. 긴히 제임스 김과 할 얘기도 있고. 여기서 나와 말 상대를 해 주면 안 될까?"

"알겠습니다. 시장하실 텐데 지금 식사 자리로 안내하도록 하죠."

"잠시, 커피는 마저 마시고 움직여야죠. 어서 내 앞에 앉기나 해요."

중오는 미소를 유지하며 자리에 도로 착석했다. 엘리베이터에 올라탄 도현을 눈으로 확인하자 엘린이 릭시 본부의 현재 상황에 대해 물어 왔다. 프로젝트가 실행돼 초능력 6개와 7개인 아이가 태어나면 어떤 명칭을 부여할 것인지, 어떻게 성인까지 살려 낼 생각인지 그녀는 관심이 많았다. 친절히 답변을 하던 중오의 휴대폰이 울렸다. 중오는 실례한단 말과 함께 전화를 받았다.

「지금 도현 님이 안으로 들어가셨습니다.」

"알겠네."

중오는 한결 짐을 던 표정으로 휴대폰을 내렸다. 호텔 방 안에서 어떤 일이 일어날지 까마득히 모른 채.

"……도현아."

침대에 앉아 기다리던 예리가 떨리는 목소리로 이름을 불렀다. 가슴골이 깊게 파인 실크슬립은 오늘을 위해 준비한 옷이었다. 입욕제를 푼 욕조에 한 시간 동안 담가 둔 살결은 달콤한 향내와 더불어 윤기가 흘렀다. 도현은 입고 있던 재킷의 단추를 풀며 걸어왔다.

"윤세아 모습으로 있으랬지."

"네가 얼마나 날 괴롭힐지 시간을 짐작할 수 없어서."

"……."

"최대한 늦게 변해야 유지 시간도 길어지니까."

예리가 탁자에 놓인 세아의 사진을 보더니 그와 똑같은 모습으로 변했다. 그러자 일순간 섬광이 튀어 오르는 눈동자.

"한 시간이면 충분해."

"아앗!"

달려드는 몸집을 이기지 못해 예리는 침대로 무너졌다. 짓눌러지는 무지막지한 힘에 외마디 비명을 질렀던 입술이 집어삼켜졌다. 자신의 손을 결박하고 헤집는 거친 모습에서 도현을 차지하기 위한 전략은 진작 빼앗겼다. 키스를 퍼붓는 시간에도 도현은 꾸준히 제 옷을 벗어 나갔다. 예리의 허벅지가 배배 꼬이다 이내 도현의 허리에 감겼다.

"……."

세아는 창문을 열어 두고 그 턱에 앉아 뉘엿뉘엇 해가 지는 풍경을 바라보고 있었다. 저녁 7시, 파란 어둠으로 점차 물들어 가는 하늘이 뜨겁게 지는 태양과 맞물리는 시간의 지평선은 적요했다.

"지금쯤이면 시작됐겠네."

중얼거리자 소리가 주변으로 먹혀 들어간다. 한적한 시골 마을에 딱 하나 있는 펜션은 찾는 이가 많지 않아 빌린 이는 세아 혼자뿐이었다. 언덕 위에 위치해 있어 3층인데도 내려다보는 경치가 좋았다. 확 트인 풍경이 데려온 잔잔한 바람은 세아가 입고 있던 새하얀 원피스 자락을 건드리며 지나갔다. 이제 곧 가을이다.

"바람이 차."

그 순간 팔이 다가와 열린 문을 잡고 안쪽으로 끌어당겼다. 세아가 고개를 돌리며 올려다보자 웃는다.

"내가 따뜻하게 해 줄까?"

세아는 잔잔히 미소 지었다.

"도현아."

"이리 와."

허리를 낮추자 세아가 팔을 벌려 도현에게 안겼다. 자연스럽게 허리에 감기는 두 다리는 애초에 도현을 위해 만들어진 것처럼 딱 맞았다. 도현은 마저 문을 닫고 세아를 데려다가 침대로 눕혔다. 엘린은 부탁했던 일을 제대로 해냈는지, 김중오가 그녀에게 발이 묶였는지 묻고 싶은 말이 많았다. 하지만 그 모든 것이 성공했단 의미로 지금 도현이 세아를 찾아와 내려다보고 있는 거였다.

"이런 옷 입고 있으면 벗기기 쉽잖아."

도현의 손가락에 걸린 어깨끈이 아래로 흘러내린다. 얌전히 자신을 올려다보는 세아의 모습만으로도 참을 수가 없었는지 도현이 다급한 손길로 제 옷을 풀었다. 낙원을 찾는 것처럼 제게로 달려든 도현의 등을 감싸며 세아가 달뜬 숨을 뱉어 냈다. 몸 곳곳이 천천히 젖어든다. 어지러이 번지려는 천장을 보던 세아가 물었다.

"설예리는?"

혀로 입가를 축이며 도현이 세아의 가슴 언저리에서 속삭였다.

"글쎄."

살짝 허리를 세운 도현이 세아를 바라보았다.

"지금쯤 가짜 윤세아로 변해서."

손으로 세아의 얼굴에 엉킨 가느다란 머리카락을 천천히 거둬 낸다.

"가짜 하도현과 잘하고 있겠지."

"엘레베이터에는 너 혼자 올랐고?"

"응, 지서진 씨가 고용한 남자랑 무사히 만났어."

"네 모습으로 카피했지?"

"응, 그리고 난 순간이동 했고."

도현이 촉촉이 젖은 세아의 입술을 물었다가 놓았다.

"지금 여기 네 앞에 있지."

세아가 두 손을 펼쳐 포근히 도현의 얼굴을 감쌌다.

"중요한 자리라 김중오가 당연히 와이즈를 쓸 거라고 생각했거든. 그럼 네가 아닌 걸 단번에 눈치챘을 텐데 엘린 씨가 발목을 잡는 역할을 해 줘서 정말 다행이야. 덕분에 방으로 들어간 남자가 네가 아니란 걸 까마득하게 모르겠지."

"응, 어떻게 회유했어?"

"너야말로 엘린 씨를 어떻게 내게 보낼 생각을 했어?"

"아무것도 한 게 없는데. 엘린이 너 보고 싶어서 내게 연락한 거야."

도현이 그 손을 잡고선 짧게 입맞춤했다.

"네 커피가 그렇게 맛있었대."

세아가 작게 웃음을 터트렸다.

"프로젝트 첫날인데 나와 이러고 있어서 어떡해?"

살짝 입술을 뗀 도현이 부드러이 웃었다.

"내일도 너와 이럴 건데."

"너……."

"얘긴 그만. 이제 내게 집중해."

"아……."

도현이 다시금 어둑해진 눈빛으로 내려와 세아의 입술을 머금었다. 목울대가 울렁이는 소리를 들은 세아가 눈꺼풀을 감았다. 도현의 손이 매끈한 허벅지를 쓸어내듯 밀어 올리며 위로 향한다. 외마디 소리가 뱉어졌지만 그마저도 도현은 먹어 버렸다.

"알지? 너만 밑에 두면 내가 얼마나 뜨거워지는지."

입술을 뗀 도현이 귓가로 속삭이는 말을 들으며 세아는 웃었다. 말했었지. 그동안 설예리 네가 한 짓, 내가 당했던 거 똑같이 갚아 줄 거라고.

"잘해 줄게……."

십 년의 대가, 이젠 치러야지.

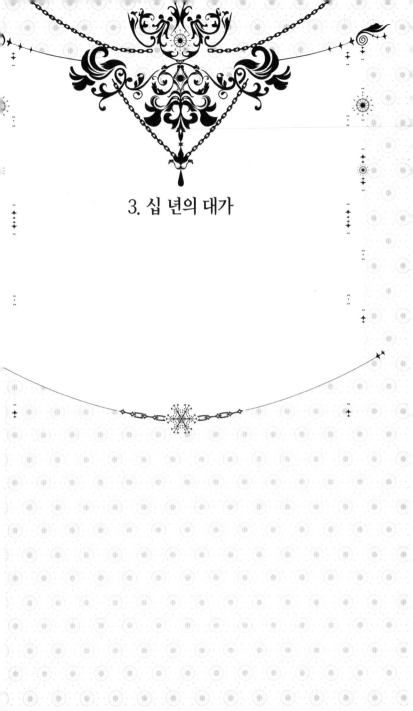

3. 십 년의 대가

3. 십 년의 대가

"오늘 프로젝트 발표회에 그 제로가 올까?"

"너 같으면 오겠니?"

"하긴, 거기 설예리도 올 텐데. 그동안 프로젝트 때문에 배 아파서 얼굴 안 비친 거 아니야?"

"그러니까."

첫 관계를 이룩한 다음 날, 정부는 그동안 베일에 감춰 놨던 ESPP 프로젝트를 공개했다. 머리 아픈 정치보다 가십을 즐기는 대중에겐 프로젝트로 태어날 6개, 7개 초능력 보유자의 탄생 여부보다는 두 여자의 관계가 더 흥미로웠다.

"설예리랑 이글이 이미 관계했다는데 멀쩡하겠어?"

'이글의 여자, 맥스 설예리' 신문 1면을 장식한 자극적인 타이틀은 모든 이의 시선을 끌어당겼고 본부에선 기사가

판을 치도록 내버려 두었다. 덕분에 대중들은 마음껏 상상했다. 두 사람이 중학교 동창이었단 정보와 더불어 KM 기업의 주주와 후계자의 만남이라 결혼을 예측하는 자들이 속출했다.

곧 뒷방 신세가 될 세아에겐 조소와 동정이 쏟아졌다. 버려진 인형 취급은 한낱 제로인 그녀에겐 당연한 일이었다. 애초에 이뤄지는 게 말이 안 되었고, 모두가 예견된 결과라 생각했다.

"윤세아 씨, 반갑습니다."

세아는 도현에게 안겨 서울로 돌아왔다. 중오의 입가에 걸린 미소는 원하는 일을 달성했을 때나 주어지는 성취감으로 그득했다.

"제가 먼저 손을 썼었어야 했는데, 그동안 많이 힘드셨을 겁니다."

"아니에요."

그간 일부러 찾지 않았던 사이, 세아는 몹시 수척해져 있었다. 여전히 탐스런 몸매와 혈색을 가졌다고는 하나 전보다 마른 것이 눈에 보일 정도였다. 고통에 허덕였으니 제대로 먹지 못했던 것이겠지만 중오는 다른 이유가 있다 생각했다.

"기사로 어제 일 접하셨을 겁니다. 도현 님께서도 어쩔 수 없는 선택이셨으니 이해 부탁드립니다."

"……제가 무슨 힘이 있나요. 이미 저 모르는 사이에 벌어진 일인데. 전 그냥 도현이만 있으면 돼요."

말은 저렇게 해도 맘고생을 꽤 한 것만 같았다. 중오는 솟구치는 쾌감을 참으며 고개를 돌렸다.

"내가 말한 건 준비해 놨겠지."

카메라가 달렸는지 호텔 방 안을 둘러본 도현이 다가서며 묻자 중오가 말했다.

"네, 시간 없으니 지금부터 준비하셔야 할 것 같습니다."

프로젝트의 첫 발판을 디딘 것을 축하하는 자리에 세아를 대동하고 간다 말했던 도현이었다. 분명 가 봤자 좋을 것 하나 없을 텐데, 미안한 마음 때문일 거라 생각한 중오는 오늘 하루만큼은 눈감아 주기로 했다.

"어떤 색이 눈에 잘 띌까."

먼저 회장으로 가 있겠다 말한 중오가 준비한 옷은 총 다섯 벌이었다. 화이트와 스킨, 레드와 블랙, 베이지가 어울어진 옷걸이는 도현의 고민을 깊어지게 했다. 메이크업을 마친 세아가 다가오자 옷을 꺼낸 도현이 세아의 몸 위로 대보았다. 맘에 들지 않는지 도로 거는 손길이 매섭다.

"이건 너무 파여서 안 돼."

"이브닝드레스가 다 그렇지."

"그래도 싫어. 네 살결은 나만 봐야지."

어제 이후로 도현이 세아를 더욱 제 것처럼 생각하는 건

둘만 아는 비밀이었다.

"그럼 나 오늘 못 가잖아."

"나도 가지 말까?"

"너 혼날래."

세아가 입술을 삐죽거렸다. 도현은 버릇처럼 그 입에 저를 갖다 댔다. 세아가 그의 가슴을 밉지 않게 밀었다.

"이게 시도 때도 없이. 아까도 무슨 말만 하면 입술 부딪치고 너 때문에 입술 만두 됐어."

작게 칭얼거리는 세아가 귀여워 도현은 허리에 팔을 감았다.

"또, 또 이런다."

"섹시해. 나 때문에 입술 부풀어 올라서."

"너 계속 오냐오냐 받아 주니까."

"기어올라?"

"어, 나만 보면 덤비고 달려들고."

"어떻게 그래. 넌 이미 내 머리 위에 있는데."

세아는 잠시 말을 잃었다.

"나는 아무리 올라가 봤자 네 밑이야. 그래서 이렇게 매 순간 매달리는 거야. 나 좀 봐 달라고, 시선 좀 내려서 내가 얼마나 너 사랑하는지 봐 달라고."

둘의 키 차이는 극명하다. 언제나 세아는 올려다봐야 하지만 도현의 눈동자에 담긴 복종은 늘 바닥을 향했다.

"알아요? 내가 언제나 너 떠받들고 싶은 거."

"……."

"사실 고양인 제 주인을 자기가 마음대로 부릴 수 있는 집사라고 생각한대. 딱 너처럼."

"뭐라는 거야."

"그럼 난 하 집사?"

"너 자꾸."

"세아야, 떠받들고 모시는 집사, 내가 다 할 테니까 어디 도망가면 안 돼."

도현이 세아가 푹 파묻히도록 제 품 안으로 끌어다가 가뒀다.

"잘해 줄게. 통조림도 주고 장난감으로 놀아도 주고 씻겨도 주고…… 뽀뽀도."

또 그의 입술이 연한 빛을 띤 표면으로 내려온다. 세아는 저를 고양이 취급한 대가를 톡톡히 보여 주려 허리를 뒤로 빼며 긴 손톱을 세웠다. 그러자 도현이 피식 웃었다.

"할퀴어. 사랑하니까 다 용서해."

혀가 입술을 반으로 가르며 들어왔다. 털을 세운 고양이를 달래는 도현의 노련한 움직임에 세아는 차마 밀어낼 수가 없었다. 위협적으로 세운 손톱은 부드러이 올라가 도현의 얼굴을 감쌌다. 홀쭉하게 파인 뺨을 문지르며 빈 공간을 혀로 채웠다.

"역시 드레스는 하얀색이 좋겠어."

입을 뗀 도현이 웃었다. 세아의 목덜미를 쓸며 안으로 들어간 손가락이 꺼낸 건 도현에게 끼워진 반지와 똑같은 것이다. 고리를 떼어 낸 세아의 손에 직접 끼웠다.

"반지 빼지 마."

도현이 강하게 말하니 마치 둘 사이를 잇는 생명선 같다. 세아가 대답 대신 도현의 반지 위로 입을 맞추었다.

"시계도 차야지."

오늘 가장 중요한 요소인 액세서리를 집어 든 도현이 세아의 손목에 직접 채워 주었다. 여린 손목에 맞게 가장 안쪽으로 채운 뒤 움직이지 못하도록 결연히 고정했다.

"그럼 가 볼까."

식장에 들어서는 것처럼. 오늘은 우리 둘에게 기념적인 날이 될 테니.

"예리 씨, 이글의 첫 번째 여자가 되셨다고요. 정말 축하드립니다."

"감사합니다."

예리는 일부러 일찍 회장으로 가 많은 사람들의 인사를 받았다. 프로젝트로 도현과 관계한 여자라 이름을 알렸으니 벡터들이 예리를 우대하는 건 당연했다. 수많은 군중들에게 휩싸여 마치 도현이 서 있는 위치까지 올라간 듯한 상승감을 만끽했다.

"이글은 침대 위에서 어떻습니까?"

지금처럼 발칙한 말을 던지는 이도 있었으나 기분 좋은 질문이었다. 어제를 떠올리면 예리는 새색시라도 된 양 뺨부터 붉어졌다. 아직도 몸은 부위별로 어떤 환락을 느꼈는지 필름처럼 남아 있었다. 도현이 저를 데리고 얼마나 쾌락을 안겨 주었는지 방정맞게 떠들어 대고 싶은 입을 꾹 누르며 말했다.

"매너가 좋던걸요?"

그러자 음흉한 눈빛을 한 자들이 껄껄댔다.

"매너만 좋겠습니까. 체격이나 힘으로 봤을 때 보통이 아닐 텐데. 온 여성들이 부러워하는 남자와 거사를 치른 거 아닙니까?"

예리는 수줍게 웃었다. 그를 증명이라도 하듯 회장에 몰려든 플랫과 맥스인 여성들이 전부 예리에게 부러운 시선을 던졌다. 그 안에는 유독 거센 시선도 있었는데, 프로젝트에 참여한 여자들이 그 날카로움의 주인이었다. 보란 듯이 그녀들을 향해 승자만이 지을 수 있는 미소를 지어 준

예리는 이제 막 회장으로 들어온 남자를 보고선 몸을 돌렸다. 그를 향해 다가가는 걸음이 백조가 헤엄치는 것처럼 긴 드레스 안쪽에서 펄럭였다.

"오랜만이네요, 신이현 씨."

예리가 다가와 인사를 건네자 이현이 건조한 눈빛으로 내려다보았다. 이곳까지 왔으니 예리가 어제 어떤 일을 했는지 알 터였다.

"오늘 이곳에 올 줄은 몰랐는데. 프로젝트에 관심 없을 줄 알았거든요."

"윤세아는 관심 있지."

비서가 방방곡곡 풀어 둔 개들이 서울에서 세아의 체향을 감지했단 소식은 이현이 이곳을 기꺼이 방문하게 할 만한 사유가 되었다. 호텔에 머물고 있단 얘기까지 듣고 나니 제일 먼저 달려 나갈 줄 알았던 발이 이상하게도 움직이질 않았다. 다 죽어 가던 몸이 세아로 인해 생각이란 게 가능해졌다. 분명 그녀가 좋아하지 않을 거란 몸에 밴 학습은 차분하게 이현의 머리를 돌아가게 했다.

"근데 아직 안 왔나 보네."

최대한 자연스럽게 마주치고 싶었다. 이현은 침착히 도현의 스케줄을 열람했고 무성한 소문처럼 이곳에 세아가 등장할 것인가는 그뿐 아니라 모든 이의 관심사였다.

"윤세아가 올지 안 올진 잘 모르겠지만, 만약 나라면 절대 오지 않을 거예요. 제아무리 철판을 깔았다고 해도 여기가 어디라고 얼굴을 들이밀겠어요?"

이현이 그토록 고대하는 만남을 깔아뭉개며 예리가 말했다.

"저 어제 도현이와 관계했거든요."

"협박해서 잔 거 아닌가."

예리의 눈가가 움찔거렸다. 이현에게 파혼당한 과거를 털고 이만큼 올라왔단 사실을 똑똑히 보여 주고 싶었는데 정작 당사자는 눈곱만치도 흔들리지 않았다.

"내가 탐내 하던 초능력을 네가 가지고 있잖아?"

오히려 벌레를 내려다보는 거만한 눈빛이 예리를 관통했다.

"윤세아 상태 보고 나서 다시 얘기하자고."

밟아 죽이면 그만일 생명 줄을 재단하는 것처럼 이현의 시선은 살기가 넘쳤다. 이현이 떠나자 예리는 잠시 경직돼 있던 머리를 재빠르게 굴렸다. 저주에 관련된 소문은 무성했고, 이현이 그를 자신이라 생각하는 건 당연했다. 일전에 손을 잡자고 먼저 제안을 했던 것도 예리였으니 추측은 쉽게 이뤄졌을 것이다.

"……그런다고 날 어쩌겠어."

예리는 가소롭단 듯이 웃었다. 프로젝트에 참가한 인물인 데다가 첫 관계를 가진 예리는 이미 도현과 같은 수준의 보호를 받고 있었다.

"무슨 짓을 하더라도 난 안전해. 문제 될 거 없다고."

잠시나마 겁에 질렸던 제 자신을 다독이며 돌아서자 일순간 회장이 술렁였다.

"어머, 정말 왔어."

왕의 등장을 알리는 웅성거림이 거세졌다. 반가운 얼굴을 보며 환해진 예리의 입술이 곧바로 짓눌러졌다.

"저게 기어코."

순간이동으로 회장 한가운데에 도착한 도현의 품에 안겨 있는 건 세아였다. 검은빛 정장을 매끈하게 빼 입은 도현과 달리 눈같이 하얀 드레스를 입은 세아는 그 품에 있어 단연 돋보일 수밖에 없었다.

저주 때문에 아파 죽어 가고 있을 거다, 프로젝트로 버려진 헌신짝이 됐을 거라 추측했던 사람들을 비웃기라도 하듯 오랜만에 공식 석상에 나타난 세아는 참으로 아름다웠다. 마치 비난을 먹고 자라는 꽃처럼 수척해진 얼굴은 오히려 가련한 여성상처럼 보였고, 살짝 미소 짓는 붉은 입술은 많은 이들의 시선 속에서도 여유로웠다.

세아의 손을 잡고 걸어가는 도현마저도 그녀를 빛나게 하려 존재하는 그림자처럼 보일 정도니, 이쯤 되면 배 아파서 숨었다기보단 오히려 도현이 세아를 보여 주기 싫어 가둬 놨단 말이 더 잘 어울렸다.

"도현아……."

"곧 발표회 시작되니 자리에 앉으시죠."

도현은 예리에게 차가운 말 한마디 던지고 바람처럼 지나갔다. 긴 드레스 자락이 낙엽 쓸리는 것처럼 애처롭게 흔들리자 예리를 동경하던 사람들이 반대로 숙덕거렸다.

"서로 좋아서 관계를 한 게 아닌가 본데?"

"당연하지, 프로젝트니까 형식적인 거라고. 설예리 말고도 다섯이나 더 있잖아."

순식간에 여론은 뒤집혀 예리를 측은하게 바라보았다. 도현이 관계한 여자가 아닌, 사랑하는 여자가 누구인지에 더 초점이 맞춰지자 예리는 패배자였다.

프로젝트란 난관에 부딪친 둘의 사랑이 아직 건재한지에 대한 의문은 지금 도현을 보면 풀렸다. 도현은 친히 세아의 손을 잡고선 오늘 단상에서 소개될 여섯 여자들이 앉는 자리로 데려가 앉혔다. 잡고 있던 손을 놓자 그 순간 포착된 반지는 세아의 손에서도 똑같이 빛나고 있었다.

"저거 봐, 방금 이글이랑 제로 손에 낀 반지 봤어?"

누가 봐도 프로젝트와 상관없이 여전히 둘 사이는 변함없다는 걸 알려 주는 사랑의 증표였다. 그 자그마한 물체로 많은 이들이 술렁이는 가운데 단 한 명만 세아의 얼굴을 주시했다.

"살이 빠졌네."

이현의 눈빛이 진해졌다. 곧 발표회가 시작될 거란 방송이 울려 퍼지자 사람들이 속속 원형 테이블에 앉는 것과 달리, 이현은 뒤편에 머물렀다. 지나가던 웨이터가 이현을 발견하고선 황급히 중오가 그에게 대접하라 특별히 지시 내린 와인을 가져왔다. 이현은 그 라벨을 보지도 않은 채 벽에 등을 기댔다.

"……많이 아팠나."

모두가 아름답다 찬사를 쏟아 내는 세아를 보며 이현은 그 화장이 유독 진하단 것만 인지했다. 겹겹이 덧바른 베이스가 무엇을 가리려고 했는지, 생기 넘치는 색으로 덧발라진 입술은 그동안 얼마나 짓이겨져 있었을지 생각하는 뇌가 묵직했다.

"명분이 생겼네."

눈으로 보니 알았다. 너는 저주에 걸린 게 분명하다고.

"오픈해 봐."

재빨리 코르크를 딴 웨이터가 건네준 와인을 마셔 보았다. 부드럽게 입안에 감기는 액체가 그동안 처참했던 이현의 입맛이 원래대로 돌아온 것을 증명했다. 이현이 웨이터 손에 들린 와인 병을 움켜쥐며 단번에 잔을 비웠다. 아래로 팔을 떨어뜨리자 손가락 사이로 끼워진 잔이 허공에서 흔들렸다.

"이제 조용히 생각을 정리해 볼까."

설예리에게 어떤 식으로 고통을 갚아 주는 게 좋을지 고민하며 걸어가는 이현의 모습이 곧 회장 바깥을 채운 어둠

속으로 스며들었다.

예리는 도무지 연설에 집중할 수 없었다. 프로젝트 참가
자만이 앉을 수 있는 귀빈석에 세아가 앉아 있으니 당연한
결과였다. 기어코 그 옆을 차지하고 앉은 도현은 예리가
단상 위에서 발표하는 프로젝트 소감 같은 건 안중에도 없
는 듯 세아의 손을 잡고선 괴롭히는 중이었다. 세아가 도
현의 귀에 뭐라 속삭이자 그가 웃음을 터트리며 세아의 뺨
에 입 맞췄다.

"……제가 첫 번째로 ESPP 프로젝트의 시작을 알리게
되어 영광입니다."

연설문을 억세게 움켜쥐어 구겨진 종이 위로 적힌 글자
를 읽어 내려가는 게 어려울 정도였다. 간신히 입을 기계
적으로 움직인 끝에 발표를 마친 예리가 단상에서 내려오
자 동시에 세아가 일어나 뒤쪽으로 향했다. 화장실을 가려
는 것 같았다. 도현이 다음 차례로 올라간 중오를 보는 걸
확인한 예리는 자연스럽게 회장 바깥으로 나섰다.

"윤세아, 여기가 어디라고 와?!"

화장실 문을 닫은 뒤 걸어 잠근 예리가 손을 닦고 있는 세아를 향해 돌진했다. 레버를 눌러 끈 세아가 등을 돌리며 젖은 손을 한 번 털었다.

"왜요, 전 여기 오면 안 되나요?"

"이년이!"

날카롭게 손이 올라가자 세아가 그 손목을 단번에 휘어잡았다.

"년이라니, 말조심하시죠?"

"너야말로 입 닥쳐!"

참아 왔던 분노가 기다렸단 듯 터져 나왔다. 오늘 이 자리는 예리에게 몹시 중요한 자리였다. 제아무리 제로와 사랑한다고 한들, 뒤에서 둘이 뭘 하든 대중이 알 방도는 없었다. 그에 비해 예리와 도현의 관계는 횟수마다 프로젝트의 일환으로 모두에게 발표될 터였다. 그렇게 도현과 자신이 몸으로 엮인 걸 대대적으로 알릴 수 있는 절호의 기회였건만 세아 때문에 송두리째 날아가 버렸다.

"너 하나 때문에 내가 무슨 취급을 당했는지 알아?!"

세아는 피식 웃음을 터트렸다.

"어떤 취급을 당했는데요?"

이가 부들부들 떨렸다.

"사람들이 수군거리는 거 뻔히 다 들었으면서 모르는 척하는 건 무슨 경우 없는 짓이야?"

세아가 등장하자 모두의 부러움을 받던 예리는 한낱 프로젝트에 사용된 부품으로 전락했다.

"경우 없는 짓 너도 했잖아요, 나한테 저주 건 거."

저주란 단어는 예리에게 어떤 닫힌 문도 열 수 있는 미스터 키였다.

"그래, 저주."

예리의 입꼬리가 기세등등하게 올라갔다.

"내가 너 가지고 협박해서 어제 도현이랑 잤거든."

"……비켜요, 더 이상 할 얘기 없으니까."

"왜, 어디 한번 들어 봐. 너 예전에 내 앞에서 하도현이랑 잔 거 가지고 자랑처럼 떠들었지?"

"사랑하는 사람이랑 관계를 하는 건 당연한 건데, 그게 어떻게 자랑이 되죠? 이상하게 생각하시는 경향이 있으시네요."

"그래, 그럼 나도 도현이랑 사랑해서 잔 거겠네?"

세아가 차가운 얼굴을 하자 예리는 오히려 숨통이 트였다.

"도현이가 어제 얼마나 정성을 다해 내 몸 위에서 움직였는지 알아?"

"……."

"아직도 다리가 후들거릴 정도라니까."

저급하게 흘러나오는 말을 가만히 듣고 있던 세아가 천천히 입꼬리를 올렸다.

"그거 도현이라고 누가 그래?"

"몇 번을 잔 건지 기억도 잘 안 날 정…… 뭐?"

"도현인지 확인은 해 봤니?"

"……뭐라고?"

일순간 예리의 얼굴이 공허해졌다. 세아가 팔짱을 낀 채 말을 이었다.

"너 어제 내 모습으로 카피했었지."

어떻게 그걸 알고 있는 거지?

"그런데도 몰랐다니 의외네. 난 알아차릴 줄 알았는데."

대체 무슨 말을 하고 있는지, 예리는 제대로 판단이 되질 않았다.

"아, 원래 카피 가진 애들끼린 서로 능력 분간이 안 되나? 너무 똑같이 복제를 하니까."

예리가 부들부들 떨리는 입술로 물었다.

"무슨 소릴 하는 거야? 그러니까, 내가 어제 잔 게……."

"도현이가 아닌 거지."

"……거짓말하지 마. 그럴 리 없어."

예리가 비식비식 넋 나간 웃음을 흘렸다.

"말도 안 돼……. 그게 가짜일 리 없다고."

예리하게 그어진 눈매 아래로 어두웠던 눈동자가 아직도 기억 속에 남아 예리를 집어삼키고 있었다. 끈적한 숨결과 땀으로 진해진 체향이…… 어떻게 거짓이야. 세아가 길게 내려온 머리카락을 한쪽으로 쓸어 넘기며 비스듬히 고개를 꺾었다. 누군가가 열정적으로 남겨 놓은 듯한 붉은 자국이 새하얀 목덜미 위로 드러났다.

"보이니?"

예리의 눈동자가 크게 뒤흔들렸다.

"도현인 어제 나랑 있었어."

뜨거웠던 머릿속이 끼얹어진 찬물로 차갑게 식었다. 냉철하게 생각해 보았을 때 도현이 그토록 매달리는 세아를 두고 자신과 관계를 할 이유가 없었다. 프로젝트 때문이라고, 제가 세아에게 저주를 걸었으니 어쩔 수 없이 했다고 보기엔 애초에 자신이 고통을 주지 않았음에도 아프다 거짓말을 했던 세아다.

"응용력을 키우는 게 좋을 거야. 네 카피 때문에 십 년 전 억지로 생이별을 맞이했던 우리가."

그렇다는 건 곧 둘은 예리가 주는 고통을 알고 있었고.

"네가 지금에서야 또다시 나타나 내 모습을 카피했는데."

이용했고.

"도현이가 뭘 보고 배웠겠어?"

예리는 당했다. 자신이 십 년 전 했던 카피로.

"우욱……."

헛구역질이 밀려왔다. 사실을 인지하자 예리는 당장 어제의 기억을 도려내고 싶어졌다. 얼굴도 모를 외간 남자의 밑에서 그토록 달뜬 음성을 토해 냈다고 생각하니 온몸에 소름이 돋았다.

"왜, 끔찍하니? 남에게 상처 주는 건 아무렇지도 않았으면서 막상 네가 당하니 괴로워 죽을 거 같아?"

"너…… 윤세아, 너……."

"지금이라도 늦지 않았으니 인정해. 아무리 네가 우리 사이를 갈라놓으려 발악하고 떼어 내려 해도 우린 변함없으니까."

"아아아악! 너!"

예리가 달려들자 손목을 가볍게 움켜잡은 세아가 팔을 꺾으며 그녀를 순식간에 제압했다.

"아악!"

바닥으로 얼굴을 처박으며 고꾸라진 예리가 거친 숨으로 고통을 호소했다. 재빨리 면죄를 쓰며 생각했다. 제가 아픈 만큼 세아도 똑같이 느낄 터였다.

"설예리, 그만 까불어."

한데도 예리의 팔을 꺾은 힘은 여전했다. 오히려 그 위로 올라타 더욱 고통을 가하며 짓누른다. 고통을 못 느끼는 건 아닐까 싶었지만 파르르 떨리는 세아의 손을 보니 확실히 전이되고 있었다. 근데, 어떻게…….

"난 독毒이야."

속삭인 말이 예리의 고막에 가시덩굴처럼 엉켜 따가운

소름이 돋았다.

"내게 붙은 사람들은 전부 불행해진다고 누가 그러더라고."

세아가 글자를 찌르듯이 쑤셔 넣었다. 그땐 인정하고 싶지 않았지만 지금처럼 죽을 것만 같은 고통 속에서도 필을 풀지 않은 채 더한 힘을 가하는 걸 보면 틀리지 않은 말이다. 세아가 나인으로 살아왔던 세상에서 벡터들은 그녀를 악率이라 불렀다. 그를 입증하듯 그녀를 사랑한 남자들은 전부 바닥을 경험했다. 이쯤 되니 세아는 자신이 독성을 지닌 존재라고 생각했다.

"너도 그 꼴 나고 싶니?"

자신이 가진 어둠으로 주변까지 물들여 버리니, 어스레한 가운데 숨소리만 울려 퍼졌다.

"지금이라도 내게 건 저주 풀어. 그럼 아무 일도 없을 테니까."

예리는 저조차 인지하지 못한 사이 깊숙이 스며든 두려움에 덜덜 떨었다.

"우, 웃기지 마. 내가 이걸 왜!"

"그게 네 결정이야?"

"내 목걸인 절대로 못 줘!"

"후회 안 해?"

"시끄러워! 읍……!"

프로젝트에 참여한 저에게 한낱 제로가 어떤 짓을 저지

르고 있는지 보라며 패스도 쓰지 않은 채 소릴 질러 대자 세아가 예리의 입을 막았다.

난투극이 일어났지만 그에 비해 바깥은 고요했다. 잔에 들린 액체가 긴 손가락에 의해 소리 없이 한 번 물결쳤다.

"목걸이라."

이현의 고스트로 인해 소리는 퍼지지 못하고 소멸됐다. 생각을 정리하려 외부로 나와 술을 마시던 이현에게 세아의 체향은 너무나도 감미로운 것이라, 꽃을 찾아가는 것처럼 걸음을 옮긴 덕분에 그 안에서 이뤄지는 대화를 모두 들을 수 있었다.

"목걸이."

벽에 기대어 있던 이현은 손에 든 와인 잔을 돌리며 휴대폰을 꺼내 들었다. 연락한 곳은 비서였다.

"설예리 개인 금고 어디 있지?"

"다 모였나."

서진은 옥상으로 하나둘씩 소집된 카시스 멤버들을 훑어보았다. 리시버를 통해 요한이 세아를 건드렸으니 가만두지 않을 거라 신나게 떠들어 댔고 한결은 귀를 후비적거렸다. 시우가 허리를 숙여 신발 끈을 다시 묶었다. 이미 건물 안에 들어가 있는 선호와 다른 곳에서 준비 중인 한 명까지 전부 모인 셈이다.

그간 덜미를 잡히면 모두 죽는 거라, 카시스 전체가 움직이는 건 지금껏 존재하지 않았었지만 목숨을 걸어야 할 일이 지금 생겼다.

"얼른 끝냅시다. 지금 이러는 와중에도 윤세아 고통받고 있다고요."

서진은 진중하게 숨을 내쉬었다.

"준비됐으면 움직이지."

목숨을 걸어도 아깝지 않을 일이다. 그 말과 함께 서진이 목으로 내려 두었던 마스크를 끌어올리자 일순간 요한이 다급하게 말했다.

「어, 비행 물체 감지.」

"무슨, 또 외계인 봤냐?"

「진짜 비행 물체라고요, 헬기!」

"그게 뭐 어쨌다고……. 헬기 한두 개 지나가나 보지."

한결이 짜증스럽게 말하자 순간 옥상 가까이 헬기가 내려왔다. 경찰인가 싶어 곧바로 경계 태세를 갖추자 위에서 한 형체가 빠르게 떨어지다 바닥에 닿기 직전에 붕 떴다. 마치 무중력 상태에 들어온 듯.

"댁들도 목걸이 털러 왔나?"

주머니에 꽂힌 손이 천천히 빠져나오자 그와 동시에 반쯤 떠 있던 몸이 똑바로 섰다.

"나도 껴."

이현의 등장은 모두를 놀라게 했다. 그 와중에도 곤두세운 경계 태세는 흐트러지지 않았다. 도현과 대립하는 이현이다. 이미 그와 손을 잡은 카시스 입장에선 이현을 적으로 판단해도 무관했다.

"끼면 안 돼? 어차피 목적은 같을 텐데."

"우리가 누군지 알고."

"윤세아 팀 아닌가?"

마스크로 얼굴을 가렸다지만 이현은 그런 것 따윈 상관하지 않았다. 그저 세아와 처음 마주쳤을 때와 마찬가지로 그림자처럼 빼입은 모습을 엿보았을 뿐이다.

"팀복 아냐? 그 쫄쫄이."

아직도 함께 구겨져 있던 옷장과 살점 하나도 보여 주지 않아 더 매력적이게 느껴졌던 모습이 생생하다.

"내가 반했던 거."

"……."

한결은 고요히 눈동자를 굴렸다. 헤드는 서진이니 그의 입이 열리길 기다리는 것이다. 이현을 처리하든 도망치든 둘 중 하나일 테지만 두 방법 다 불리한 게, 그는 유니벌이었고 아무런 정보가 없었다. 몸으로 부딪치면서 초능력을 보아야 하는데 문제는 도현이 부탁했던 시간에 있었다. 그 안에 일을 끝내야만 한다.

그러니 도망치는 것도, 이렇게 얼굴을 보며 대치할 시간 도 없다. 한결은 또 한 번 눈을 굴렸다. 답답하게, 아무 말 이라도…….

"윤세아가 보냈습니까?"

"……잠깐, 여기서 그 이름이 왜 나와요?"

전혀 다른 방향의 것이 흘러나오자 한결이 반사적으로 물었다. 이현은 웃기다는 식으로 말했다.

"그럴 리가. 백설인 나 안 좋아해."

백설이라, 세아인가. 고요히 상황을 파악하던 서진이 핵 심을 찔렀다.

"여긴 어떻게 알고 온 건지."

"온 게 중요한가, 내가 너희와 목적이 같다는 게 중요하지."

"……."

"설예리의 저주 본체 훔치려고 온 거 아니야?"

이현은 자조적으로 웃었다. 그때 최기석 저택에서도 마찬 가지였지. 내 등에 지그시 눌렀던 총구. 탈출하기 위해 날 이용했던 그 순간에 넌 경찰이었고, 난 도둑이었는데…….

"꺼 달라고, 한 판만."

이번엔 정말 무언가 훔쳐 보려고.

이현이 비서를 통해 알게 된 사실은 설예리 명의로 된 금고가 다섯 개나 있다는 것이다. 그중에서 보안이 가장 철저하다고 알려진 곳이 바로 여기였다. 반신반의하며 온 거였지만 검은 복장인 자들을 보니 확신이 섰다. 이현이 찍어 맞췄던 것과 달리 정보력 하나로 움직이는 자들이다. 믿는 건 확률이 아닌 확인된 것들.

"아니면 임시로 가입이라도 할까?"

"대장, 시간 없어요."

시우의 말에 서진은 침묵했다. 알고 있다. 시간은 지금 이 순간에도 정해진 순리대로 흘러간다. 애초에 움직이는 건 넷으로 생각하고 작전을 짜두었기에 이현이 끼게 된다면 문제가 된다. 카시스 전체의 신원도 위험해지게 될 테고 제대로 훈련되지 않은 자이기에 실전 경험도 전무했다. 입고 있는 고급스런 정장처럼 이 세계를 모르는 자인 게 분명하지만.

"카시스입니다."

유니벌이란 레벨은 참으로 매력적이지 않은가. 그걸 움직이게 한 윤세아도. 이현은 서진을 보며 한쪽 눈가를 구겼다.

"키스?"

"카시스, 카시스요."

한결이 발음에 힘을 실어 말했다. 카시스란 걸 밝혔으니 함께 작전을 속행할 거란 의미로 받아들이면 되었다. 그를 안 시우가 만일의 사태를 위해 준비한 리시버를 꺼내 시스템을 조율했다. 이현에게 건네주자 그가 신기한 듯 손으로 만지작거렸다.

"오더를 내리거나 위급한 상황을 전달할 때 빼곤 되도록 말은 하지 않을 겁니다. 오더는 제가, 신원 보호를 위해 알파^{Alpha}란 명칭으로 할 겁니다."

서진이 눈짓하자 한결이 껄끄럽게 입을 열었다.

"······세타^{Theta}입니다."

"제타."

시우까지 대답하자 이현이 웃었다.

"신원의 보호라. 그럼 난?"

"하나 정하시죠."

"나인."

그 말에 서진이 입을 곧게 다물었다.

"윤세아 대타니까."

이현은 짙은 눈매를 내리며 리시버를 귀에 꽂았다. "대답해 보세요." 하는 시우의 지시대로 단발적인 음성을 뱉어 냈다.

"아."

「진짜 신이현이에요?」

믿기지 않는다는 듯이 묻는 요한이다. 이현의 입꼬리가

매끄럽게 올라갔다.

"반가운 목소리네. 그때처럼."

「……」

"지금은 부수지 않을 테니까 걱정 말고."

요한은 "예에." 작게 대답했다.

"그런데 다들 그리스 숫자인데, 왜 윤세아만 나인이지?"

"혼자 여자라서요."

"혼자라…… 그래서 우리 백설이가 독하게 컸나 보네."

이현은 시우가 건네준 장갑을 느리게 꼈다.

"혹시 나인이 멤버 수를 가리키나?"

한결이 인상을 찡그렸다.

"카시스는 윤세아 포함 일곱인데요."

그러자 이현이 혼잣말처럼 대꾸한다.

"거기에 나와 이글까지 끼면 아홉 아닌가?"

"집중하세요. 두 번 말 안 합니다."

서로의 목소리가 복잡하게 엉키는 가운데 서진의 발은
오차 없이 움직였다.

"시간 없으니 이동하면서 작전 설명하도록 하죠."

몸을 돌린 서진의 목소리는 나부끼는 바람에도 허공으로
흐트러지지 않고 모든 이의 고막으로 들어갔다.

"40층짜리 빌딩 중 은행으로 사용되는 건 지상 1층에서
5층까지. 목표 지점인 금고는 4층."

"어떻게 들어가나? 줄 타고?"

"저희가 무슨 스턴트맨인 줄 압니까?"

"백설이 보니까 벽도 타던데."

"걘 원래 좀 잘 타요. 그리고 그건 도망칠 때나."

"둘이 친해진 것 같으니 나인 케어는 세타가 하도록 하지."

그 말에 한결이 떠들던 입을 닫았다. 친하긴 누가. 꼬투리를 잡고 싶지만 상황과 유니벌이 지닌 무게감이 입을 다물게 했다. 서진이 옥상 문 쪽으로 다가가자 덜컥, 문이 쉽게 열린다. 이현은 의아했다.

"원래 이렇게 쉬운가?"

"그럴 리가."

문을 마저 연 서진이 발을 옮겼다.

"이미 안에 한 명 침투해 있습니다."

어떻게 미리 잠복해 있는 건지 이현은 묻지 않았다. 지금껏 털고 다닌 전적들이 허투루 이뤄진 건 아닐 테니. 계단을 통해 아래로 이동했다. 위층에는 사무실이 대부분인 터라 당직하는 경비들이 있지만 CCTV만 보고 저들끼리 수다를 떨며 안일하게 시간을 때울 뿐이었다.

"카메라는 이동하는 동안 요타^{Iota}가 끌 겁니다."

「네, 지금도 화면 교체해 가면서 형아들 안 찍히게 하고 있으니까 염려 말고 쭉쭉 내려가세요.」

안일한 경비의 태도는 건물 곳곳에 설치된 보안 시스템

을 믿기 때문인데, 이 은행에서 사용 중인 장치는 네 개나 되었다. 적외선 감지기와 소리 감지기, 금고에 들어갔을 때 가동되는 센서와 초능력 규제 전파 기기.

"아시겠지만 대중교통이나 건물에서 초능력을 사용하지 못하게 하는 규제는 전부 벡터 본부에서 관할합니다."

"그렇지."

"어떤 이유로든 5초 이상 전파가 차단되면 본부에 있는 메인 컴퓨터가 문제가 있는 거로 판단해 그 건물 서브시스템을 통해 이차적인 규제를 가동시킵니다. 그와 동시에 경찰도 출동하고. 은행엔 적어도 서브가 다섯 개는 되니 강제로 끄는 건 안 되고."

"그래서?"

"3초 단위로 끊을 겁니다."

초능력을 사용할 수 있는 시간 3초. 다시 사용 못하는 시간 3초.

"초능력 사용 여부와 상관없이 항시 적외선과 소리는 신경 써야 하니 그 점 유의하시고."

"그걸 누가 끊어 주는데."

"규제 부서에 저희 멤버가 한 명 있습니다."

"생각보다 꽤 정부 깊숙이 들어가 있네. 그쪽에서 신호는 어떻게 주지?"

"텔레파시."

이현은 헛숨을 터트렸다. 카시스는 생각보다 치밀했다.

"신호는 요타가 받으니 리시버 지시만 따르면 됩니다."

어깨 너머로 서진이 검지를 하나 들어 보였다.

"들려오는 목소리와 제 손만 집중하시길."

끝없이 내려가던 걸음이 멈춘 건 5층에서였다. 이 안에서부턴 보안과 침입의 싸움이다. 서진은 몸을 돌려 이현을 바라보았다.

"도와줄 마음이라면 초능력 공유까지 해 주셔야겠습니다."

"물, 중력, 고스트."

너무나도 쉽게 흘러나온 말에 서진의 눈빛이 진해졌다.

"나머지 두 개는 이 작전에 그다지 필요 없어."

정부에서조차 기록해 놓지 않을 만큼 그들이 제 목숨인 양 비밀로 감추는 초능력을 이현은 세 개나 공개한 것이다. 그건 곧 서로가 동등해졌단 의미이기도 했다. 서진이 걱정했던 이 이후 자신들의 신변과 이현의 초능력. 서로가 서로에게 암묵적으로 비밀을 보장받은 셈이다.

"중력이 필요하니 제가 신호 주면 부탁드립니다."

"소리 감지기도 있다고 하니 서비스로 고스트까지 깔아 주도록 하지."

서진이 등을 돌리며 문고리를 잡았다.

"이곳까지 경찰이 도착하는 데 얼마나 걸리는지 아십니까?"

"글쎄."

"10분."

차분하게 숨을 들이마신다.

"그 안에 털고 도망갈 겁니다."

뺄지 않고 참았다. 침묵을 스타트로 인지한 시우가 도어락에 결박을 사용했다. 모든 걸 정지하는 결박이 물체에 사용되면 시간의 정지가 된다. 곧 내재되어 있는 센서의 시간이 멈춘 상태. 문은 결박당하기 전 상태를 기억하고 있는 채라, 잠겨 있는 고리를 돌리며 신호를 주자 안쪽에서 잠긴 문을 열었다.

"……."

이미 리시버를 통해 이현의 합류를 알고 있던 선호가 고갯짓으로 들어오라 지시하며 반대로 계단 밖으로 나섰다. 문이 닫히고 모두가 침묵하자 요한이 그제야 제 세상인 양 입을 열었다.

「간단한 브리핑 들어갑니다. 제타의 결박, 오늘 허용 횟수는 세 개예요. 사이드 넘버까지 합치면 네 갠데 방금 사용했으니까 목표 지점까지 세 개 모두 씁니다. 계단은 왼쪽 복도에 있고 건물 층 전체에 필드 펼쳐서 적외선 탐지기, 소리 전부 다 결박으로 묶습니다. 오케이?」

"……."

「본부에 있는 카파Kappa가 첫 초능력 규제 장치 끄는 게 11분이에요. 무조건 1분 안에 목표 지점까지 주파해야 합니다.」

이현이 눈썹을 구겼다. 지금 구두 신고 뛰라고? 시우가 서진과 눈빛을 주고받더니 고개를 끄덕였고 필드를 건물 전체로 지정해 결박했다.

"뛰어."

그 말에 모두가 계단까지 뛰었다. 최대치인 20초밖에 유지가 안 되기 때문에 꽤 넓은 내부를 끝에서 끝까지 뛰는 일은 꽤 벅찼다. 하지만 숨 고를 시간조차 없는 순간이다. 곧바로 아래층으로 내려갔다. 18초, 19초, 20초. 다시 사용. 1초, 2초, 3초. 마음속으로 초를 세던 시우가 4층에 도달해 복도 중간에 멈춰 섰다.

문 앞에서 저마다 재빠르게 적외선 감지 안경을 꺼내 썼다. 시우가 제 몫으로 준비된 걸 이현에게 건네줬다. 18초, 19초, 20초. 다시 사용. 1초, 2초, 3초······.

「11분에 초능력 사용 가능한 3초 시작됩니다. 현재 9시 10분 56초, 57초, 58초······.」

초를 세던 요한이 신호를 줬고 기다렸다는 듯이 서진이 문 옆쪽에 있는 벽을 폭파했다. 손과 시선이 닿는 곳을 그 어떤 기폭제도 없이 폭발시킬 수 있는 초능력은 꽤 거대한 소리를 자아냈지만 외부로 새어 나가지 않도록 이현이 고스트를 깔았다.

"나인, 제 손에 들린 레이저 집중하세요. 위치 알려 드릴 겁니다."

"10초, 11초."

"무슨 위치?"

"그건 곧 보일 겁니다."

"15초."

"마지막 결박이라 이제부터 안에 들어가면 감지 또한 발동됩니다. 제가 지시하면 고스트 사용하시길."

"19초."

"다들 입 닫아."

한결이 말하자 시우의 결박이 끝났다. 그 순간 이현의 눈에 보이는 건 곳곳에 초록색 선으로 자욱하게 깔린 레이저선이었다. 적외선 센서였다. 그것도 한곳에 머무는 것이 아닌 일정시간 동안 끊어졌다가 다시 나타나 또 다른 위치로 레이저를 쏘았다.

"……."

안을 파악하는 데만 2분을 할애했다. 초능력 사용이 가능한 3초 안에 파악하고 그것을 피하는 게 관건이었다. 준비를 마친 서진이 움직이자 시우를 제외하고 모두가 발을 뗴었다. 지금 이 순간 톡톡히 발휘되는 건 바로 서진의 예지였다. 물체를 눈으로 직접 보고 있는데다 비교적 가까운 미래를 보는 것이기 때문에 레이저의 다음 방향을 알아내는 건 쉬웠다.

빈 공간을 예지로 본 서진이 손에 든 붉은색 레이저로 이현과 한결의 위치를 짚어 줬다. 정확히 서진이 가리킨 곳에 선 한결과 달리 이현은 삐딱하게 걸어가 섰다. 한결이 검지를 세워 똑바로 서라 위치를 찔러 댔다. 지게 어디서 짜증이야.

"……."

이현은 정확한 위치에 서야 하는 이유를 곧 알 수 있었다. 긴장한 이현의 목울대가 큼지막하게 상하로 움직였다. 조금이라도 빗나갔다간 위치를 바꾼 레이저에 닿을 뻔했다.

그렇게 조금씩 이동해서 도달한 곳은 거대한 금고 앞이었다. 이걸 대체 어떻게 열 생각이지. 비밀번호라도 누를 생각인가 싶었지만 정작 서진은 가만히 서 있기만 한다. 고작 보는 거라곤 손목시계일 뿐.

「사용 3초.」

"고스트 깔았으니까 얘기나 하지. 어떻게……."

「3초 끝.」

"……."

이현은 인상을 찡그렸다. 진짜 답답하네.

「3초 시작.」

"어떻게 할 건데?"

"부술 겁니다."

「3초 끝.」

부숴? 여기까지 몰래 잘 왔으면서. 금고를 힘으로 열면 경보가 올리기 마련이다. 또다시 시작된 3초.

"비밀번호가 예지로 보인다고 해도."

이현은 요한의 지시에 맞춰 고스트를 깔고 지우는 걸 반복하는 중이었다. 고작 3초의 대화를 나누기 위해서.

"어차피 열기만 하면 울립니다. 그러니 그냥 부수는 게."

고스트도 이제 남은 건 사이드 넘버 포함 5개.

"낫지 않나."

아까 잠깐 보니 폭발 초능력을 가진 거 같은데, 그렇다면 얜 뭐지. 이현이 한결을 바라보았다.

"넌 뭔데?"

"전 나인 케어하려고 따라온 건데요."

이현이 눈썹을 구겼다. 날 애 취급하네. 특수 재질로 된 금고를 폭발로 부수려면 중력이 필요할 거 같았다. 서진이 내려다보던 시계에서 시선을 떼었다. 9시 17분이 되기까지 남은 시간 30초.

"이번 3초 끝난 뒤 다시 시작되면 동시에 가격하지."

「끝.」

이현은 가볍게 손을 꽉 움켜쥐었다가 펼쳤다. 이런 건 뚫어 본 적 없는데.

「시작.」

그렇다면 중력도 평소보다 강하게. 동시에 서진의 폭발

도 함께 이뤄졌다. 엄청난 굉음이 울려 퍼졌지만 고스트에 먹혔다. 문제는 그와 동시에 가동된 센서였다. 경찰이 오기까지 남겨진 시간은 10분. 일그러진 금고문을 지나 안으로 들어간 서진이 56번 사물함 앞에 섰다. 폭발은 안에 물건까지 날려 버릴 위험이 있어 고개를 돌려 이현을 불렀다.

"부탁드립니다."

"나 없었으면 어쩔 뻔했어?"

이현은 오른 주먹을 꽉 움켜쥐었다가 펼쳤다.

"이 좋은 능력, 사용도 못 했을 텐데."

「시작.」

3초가 주어지자 이현이 중력으로 개인 금고를 부서뜨렸다. 서진이 뒤따라 주변 금고로 폭발을 가했다. 팔랑거리는 서류와 각종 금품들이 쏟아졌고 그곳에서 한결은 대충 허공에 날리는 서류 몇 장을 집어 들었다.

"폭격 한 번 시끄럽군. 조용히 할 순 없어?"

인상을 찌푸린 이현이 금고 안을 들여다보자 로켓이 달린 목걸이가 보였다. 이현이 그걸 집어 들며 꽉 움켜쥐었다.

"이건 내가 처리하지."

"작전을 끝까지 말 안 했는데, 그건 따로 처리할 사람이 있습니다."

"누구?"

9시 16분 58초, 59초.

"곧 옵니다."

「시작.」

9시 17분 정각. 그와 동시에 주변에서 번쩍하는 섬광이 튀었다.

"뭐야."

앞머리를 넘겨 훤히 드러나 있는 짙은 눈썹이 이현을 보고선 일그러진다.

"얜 왜 있어."

"……하도현?"

이현은 설핏 웃음을 터트렸다.

"너야말로 여긴 왜 있지. 발표회장에 있어야 하는 거 아닌가?"

"시끄럽고."

도현은 인상을 구기며 셔츠의 단추를 풀었다. 붉은색 와인으로 흠뻑 젖어 있었다. 뒤에 대기해 있던 시우가 다가와 매고 있던 가방에서 준비해 둔 새 셔츠를 꺼냈다.

이현은 지금 이게 무슨 상황인지 이해할 수 없었다. 갑자기 도현이 나타난 거로도 모자라 셔츠를 갈아입는다. 여유롭게 단추까지 모두 잠근 도현이 이현의 손에 들린 목걸이를 낚아챘다.

"이 뒤부턴 제가 맡죠."

"3초 시작됐습니다."

서진의 말에 도현이 그 순간을 틈타 초능력으로 사라졌다. 이현은 어이없단 듯이 웃음을 흘렸다. 서진이 금고 앞에서 시계를 보며 기다렸던 게 이제야 설명됐다. 정해진 시간에 도현이 이곳 금고로 순간이동 하기로 약속되어 있었고, 카시스는 무조건적으로 그 시간에 도현이 이곳으로 올 수 있도록 발판을 만들어야만 했다.

　"어이가 없네."

　놀라운 건 그 타이밍까지 작전으로 계산해 맞췄다는 것.

　"윤세아 머리에서 나온 작전입니다."

　"백설이가?"

　이현의 입가엔 매끄러운 웃음이 그려졌다.

　"이번 사건 정말 나인Nine이었네."

　윤세아 자신을 포함, 윤세아의 작전을 위해 움직인 자들이 모두 아홉 명이었다.

　"지금 그러고 있을 때가 아닌데요."

　"뭐가."

　「도망가셔야죠.」

　"도망?"

　"경찰 오기까지 8분 24초 남았습니다."

　"이번엔 정말 도둑이네."

　재미있겠어. 이현의 입가엔 어느새 짜릿한 미소가 그려졌다.

"도망은 어떻게 가나?"

"창문으로."

서진이 그 말과 함께 앞으로 걸어가자 한결이 물었다.

"벽 타기 좋아하세요?"

"해 본 적 없는데."

아까 계단으로 올라간 선호가 백업을 맡은 것인지, 창가엔 와이어 줄이 내려와 있었다.

"뭐, 구두 신고 뛰기까지 했는데 이쯤이야."

줄을 잡은 이현이 한쪽 눈썹을 구기며 말했다.

"혹시 정장 입고 벽 타는 거 본 적 있나?"

"빨리 갈아입고 오셨네요."

"자리를 오래 비우면 안 되지."

순간이동으로 돌아온 도현을 보며 건우는 고개를 끄덕였다. 적막한 프라이빗 룸엔 도현이 갈아입은 셔츠를 정리하는 소리만이 울려 퍼졌다. 건우는 한쪽 팔에 걸치고 있던 재킷을 도현이 입기 편하도록 들었다.

"괜히 안 하던 실수를 해서. 발표하느라 정신없는 김중오가 나중에 한마디 하겠군."

"금방 자리로 돌아가시면 됩니다."

도현은 느슨하게 입꼬리를 올렸다.

"그렇지."

일부러 잔에 담긴 술을 쏟아 셔츠를 적신 도현이다. 그 핑계로 회장을 나선 도현은 닦는 것만으론 되지 않을 것 같단 말과 함께 집에 다녀오겠다 말했다. 시계를 자연스럽게 내려다보며 17분 정각에 순간이동 했고 집이 아닌 서진이 알려 준 위치로 향했다.

"근데 우리 누나는 왜 안 보여? 아직도 화장실에 있나."

그리고 9시 17분이란 시각을 정해 준 건 바로 세아였다. 아까 회장을 나선 세아의 행방에 대해 묻자마자 꺼림칙한 비명 소리가 울려 퍼졌다.

"세아 목소린데."

도현이 차갑게 말하자 건우가 상황을 살피기 위해 반사적으로 문을 열었다. 그사이 주머니 안에 넣어 둔 목걸이의 로켓을 연 도현은 안에 담긴 세아의 머리카락을 떨어뜨린 뒤 자신의 머리카락을 대신 넣었다.

"……."

로켓을 닫고 꽉 움켜쥔 도현이 열린 문 쪽으로 걸었다.

"무슨 일이야."

소리가 난 곳은 위층이었다. 발표가 한창인 터라, 가드들은 내부만 신경 썼지 복도까진 관심을 두지 않는 듯 주변이 한산했다. 걸어오는 도현을 보며 건우가 당혹스러운 표정을 지었다. 안의 상황을 보면 어떤 반응을 보일지 짐작되었기 때문이다.

"이게 무슨 짓이야."

역시나 안의 풍경을 본 도현의 눈썹이 거침없이 구겨졌다. 화장실에서 예리의 머리채를 잡고 있는 건 세아였다. 도현은 자신의 두피가 저려오는 통증을 느꼈지만 그보다 화끈거리는 눈 때문에 정신이 혼미했다. 세아의 팔에 죽죽 그어진 붉은 선이 선명했다.

"미쳤어?"

도현이 다가가 예리의 팔을 낚아챘다. 크게 휘청거린 예리가 곧 울 것만 같은 얼굴로 도현을 바라보았다.

"윤세아, 얘가……!"

"괜찮아?"

예리를 신경조차 쓰지 않은 채 도현은 예리가 긁어 놓은 상처를 꼼꼼히 살폈다. 세아는 고삐처럼 움켜잡은 머리카락을 거칠게 놓고선 말했다.

"쟤가 지금 무슨 짓을 저지르고 있는지 알아?"

"내가 뭘! 너야말로 도현이랑 짜고 나에게……!"

예리는 멈칫했다. 이미 도현과 처음 관계한 여자라는 명분으로 프로젝트 발표회가 진행 중인데, 실은 어제 도현과 관계한 게 아니란 걸 말한다면 어떻게 될까. 도현이 작당한 일보다 당장 예리가 받게 될 수모의 크기가 더 컸다. 많은 이들에게 웃음거리로 전락당할 게 분명했다. 얼마나 관계하기 싫었으면 가짜를 보냈을까? 대중들이 혀를 차며 떠들어 댈 말들이 벌써부터 귓가에 생생하다.

"네게 뭐."

이글은 역시 윤세아를 사랑해. 저런 여자와는 프로젝트 때문에라도 잘 리 없다고.

"말해. 네가 뭐."

세아와 함께 등장한 것만으로도 부품 취급을 받았는데, 사실 잔 게 아니라면……. 예리가 눈동자를 이리저리 굴려 대자 도현이 한숨을 내쉬며 세아에게 돌아섰다.

"팔 봐."

"괜찮아, 그보다……."

"내가 안 괜찮아. 대체 얼마나 긁힌 거야."

도현이 버릇처럼 제 숨을 세아의 팔 위로 불어 주었다. 그것으로도 만족 안 됐는지 정성스럽게 입까지 맞춰 준다. 그런다고 나을 리 없는데, 정성을 다해 간호하는 모습을 본 예리는 이성의 끈이 가늘어지는 걸 느꼈다.

"도현아, 네가 어떻게 나에게 이래? 무섭지도 않아?"

당장 눈앞에 보이는 것에 흔들리지 않으려 해도 도현의 걱정스런 시선을 차지하는 세아가 미워 견딜 수가 없었다.

"중요한 게 내게 있단 거 몰라?"

예리는 주먹을 꽉 움켜쥐었다. 윤세아가 목숨 같다며, 너의 전부라며.

"내가 네 목숨 줄 가지고 있다고!"

"……."

"나를 봐! 윤세아 말고, 나를 보라고!"

거침없이 소리를 뱉어 내자 주변으로 몰려든 가드들이 상대를 확인하고선 멈춰 섰다. 이 상황을 어떻게 진압해야 하는지 난처해 커다란 덩치로 눈동자만 바쁘게 굴려 댔다. 익숙한 발악이라고 생각하는지 예리를 바라보는 도현의 눈빛은 건조했다.

"협박은 그쯤 해. 꼴사나우니까."

"……뭐?"

정신병에 시달리는 환자에게 진정제를 처방하는 의사보다 서늘하고 냉철한 모습이었다. 예리는 자신의 몸에 억압복이 입혀진 것처럼 옴짝달싹할 수가 없었다.

"……뭐라고 했어? 꼴사나워……?"

"치료해야지. 가자."

"잠깐, 거기 서! 거기 서라고!"

내 앞에서 등 돌리지 마, 윤세아 어깨도 감싸지 마. 찢어 죽이고 싶단 말이야! 발악에 가깝게 소리를 질러 대는 예리는 이미 이성을 잃은 채였다. 도현은 건우에게 다가가 정리하라 지시했다.

"계속 아파도 상관없어? 내가 죽여 놔도 상관없냐고!"

"걸을 수 있겠어?"

손을 잡은 채 세아의 귓가에 속삭이는 도현을 본 예리의 눈이 핏대가 서 붉어졌다.

"너 이대로 가면 정말 가만 안 둬!"

몸 안의 열기가 톡톡 터진다.

"후회하게 만들어 줄 거라고!"

폭발한다는 표현이 더 어울렸다. 무너져 내린 시야엔 오래된 기억 하나가 예리의 앞으로 쏟아졌다. 싱그런 초록이 무성했던 교문 앞, 나란히 교복을 입은 도현과 세아는 지금처럼 예리의 앞에서 등 돌린 채 걷고 있었다. 예리의 속눈썹이 떨렸다.

왜 항상 너는 내게 뒷모습만 보이는 거야? 이렇게나 사랑하는데. 사랑한다고, 사랑한다잖아. 근데 왜 넌 그깟 제로 뭐가 좋다고 항상 날 돌아보지 않아.

"내게 잘못했다 빌어도…… 절대 용서 안 해 줄 거야."

왜 나를 보지 않아, 이렇게나 사랑하는데…….

바닥으로 주저앉은 예리를 부축한 가드들이 룸으로 안내했다. 그걸 세아가 곁눈질로 보자 도현이 손을 더 꼭 움켜잡았다. 앞만 보고 걸으라는 의미였다. 조금의 미안함도 가지지 말고, 우리의 앞만 보라고.

"치료 벡터 대기하고 있지?"

그동안 힘겹게 걸어왔던 고통의 길, 지금 똑같이 갚아 주고 있으니.

"네, 윤세아 씨는 제게 맡기시고 회장으로 돌아가시죠. 곧 도현 님 차례입니다."

"……치료는 나중에요. 나도 너 발표하는 거 지켜봐야지."

"네 상처 내가 못 견뎌."

"괜찮다니까."

마음을 가다듬은 세아가 도현을 올려다보았다.

"응?"

연기는 이쯤해도 되니까. 세아의 눈빛이 그리 말하자 도현이 고개를 끄덕였다.

"알았어."

도현은 못 이기는 척 대답하며 잡고 있던 세아의 손을 제 주머니 안으로 밀어 넣었다. 목걸이는 세아의 손으로 은밀히 옮겨졌다.

회장에 들어선 도현은 곧바로 단상 옆쪽으로 향했다. 프로젝트와 관련된 질문을 받고 있던 중오의 시선이 잠시 도현에게 닿았다가 질문자에게로 옮겨졌다. 그사이 앞줄에 놓인 테이블로 향한 세아는 자연스럽게 예리의 자리에 앉아 은빛으로 번쩍이는 클러치 안에 목걸이를 넣어 뒀다.

"질문은 이걸로 마무리 짓고, 이글인 하도현 님의 소감을 듣겠습니다. 박수로 환영해 주시길 바랍니다."

모두가 기다렸다는 듯 박수갈채가 쏟아졌다. 모든 이의 관심을 한 몸에 받으며 도현이 단상으로 올라섰다. 실시간으로 방송되는 카메라가 집중적으로 도현의 몸부터 시작해 그의 표정 하나까지 놓치지 않으려 했다.

"반갑습니다. 하도현입니다. 이렇게 공식적인 자리에 오른 건 이글 발표회 이후 처음인 거 같네요."

혹시 오늘도 문제를 일으키진 않을까 중오가 그를 주시했다. 하지만 우려와 달리 도현은 태연히 연설문을 한 번 훑은 뒤 그대로 읽기 시작했다. 프로젝트로 인해 태어날 여섯 번째, 일곱 번째 레벨은 관심도 없을 테지만 말 잘 듣는 아이처럼 중오가 준비한 걸 세상 사람들에게 알려 주었다. 연설이 중반으로 들어서자 중오는 걱정을 내려놓고 주변을 훑어보았다. 그러고 보니 설예리가 보이지 않는다.

"새로운 레벨을 위해서 저 역시 최선을…… 윽."

연설문을 매끄럽게 읽던 도현의 음성이 끊겼다.

"하아……."

외마디 숨을 토해 낸 도현은 단상을 꽉 움켜잡은 채 움직이지 못했다. 중오의 시선이 빠르게 그에게 닿았다. 손으로 가슴을 짓누르며 가파른 숨을 내쉬는 도현을 보며 회장이 순식간에 술렁였다.

"이게 무슨……."

중오가 어찌 된 영문인지 지그시 미간을 좁히는 찰나 도현이 바닥으로 쓰러졌다. 중오는 심장이 바닥으로 떨어지는 걸 경험했다. 늘 끔찍이 여기던 도현이다. 그가 죽어 버리면 중오의 야망조차 사라지는 것이니 늘 귀중한 보물처럼 다뤄 왔다. 게다가 도현에겐 회복 계열 초능력이 없지 않은가.

"도현 님!"

그 사실이 불안해 얼마나 애지중지 다뤄온 도현인데. 괴로워하는 얼굴로 바닥을 기는 모습은 중오의 이성을 날려 버리기에 충분했다. 지금 이것이 모두 생중계로 방영된다는 것도 까마득하게 잊은 채 중오는 소리를 질렀다.

"당장 치료 벡터 데려와!"

"네."

"도현아!"

몸이 총알처럼 튀어 나간 세아가 단상으로 올라가 도현의 곁에 주저앉았다. 계획한 일이라지만 고통스러워하는 모습을 보니 온몸의 신경이 곳곳에서 끊어졌다. 도현을 끌어안으려는 본능만 살아 숨 쉬는데, 손이 좀처럼 나가지 않았다. 허공에 멈춰 선 손이 떨고만 있자 눈을 뜬 도현이 올려다보며 웃었다.

"우리 세아 많이 놀랐나 보네……."

동공이 자꾸만 허해졌다. 지금 이 장면을 위해 예리를 자극하고 비수를 꽂았다. 이성을 잃고 질투에 눈먼 자가 하는 일은 뻔했다. 세아에게 고통을 주기 위해 어디선가 열심히 제 몸을 찢어발기고 있을 테지만 현재 목걸이 안엔 도현의 머리카락이 들어가 있었다.

"많이 아파?"

예리를 영원히 구속하기 위해 지금 이 장소는 탁월했다. 도현이 괴로워하는 모습은 특종인 양 끝까지 눌러 담는 카메라를 통해 여전히 시청자들에게 중계되고 있었다. 그럼 이 장면을 목격한 릭시 본부에서 도현의 목숨을 노린 자를 찾아낼 것이고 단순한 형벌로 넘어가지 않을 것이다. 아는데, 전부 작전대로 되고 있는 것인데도 세아는 저도 모르게 눈앞이 뿌예졌다.

"어디가 아픈데. 흑……."

바라보는 것만으로도 심장이 이리도 갈가리 찢기는 것 같은데…….

"네 눈물이 더 아픈데."

넌 그동안 날 보며 얼마나 고통스러워했을까. 도현이 손을 뻗었다.

"손잡아 줘. 잡고 싶어."

세아는 덜덜 떨고 있는 손가락을 펼쳐 도현의 손가락 사이로 밀어 넣었다. 꼭 맞물리는 두 형체.

"도현아, 괜찮아. 내가 있잖아."

"후으……."

세아가 애써 입술 끝을 올리며 웃었다.

"우린 아픔까지 공유하니까……."

그러니 조금만 견디자. 세아가 도현의 손등 위로 이마를 기대자 뒤늦게 단상으로 올라온 중오가 그 옆으로 주저앉았다.

"도현 님, 정신 놓지 마십시오."

중오의 표정은 난생처음 위기를 맞은 사람처럼 경황이 없어 보였다. 고통을 인내하기 위해 얼마나 씹어 댔는지 이미 도현의 입술은 피가 난무했다. 그럴수록 중오는 눈이 뒤집힐 것만 같았다. 만일의 사태에 대비해 대기 중이던 치료 벡터가 급히 다가왔다.

"어디 있다가 이제 오는 거야! 당장 뭐가 문제인지 살펴. 어서!"

"네, 잠시만요."

진단을 하지 않았음에도 벌써부터 등골이 서늘할 정도였다. 제 목숨이 걸린 듯 벡터가 비장한 얼굴로 도현의 몸에 손을 얹었다. 우선은 고통부터 잠재울 수 있도록 마취를 했음에도 도현의 신음은 멈추질 않았다. 벡터의 손끝이 덜덜 떨렸다. 눈을 감고 집중했음에도 달라지지 않는다.

"뭘 하는 거야!"

"저주……에 걸리신 거 같습니다."

저주? 중오의 동공이 텅 비었다.

"누가 그런 짓을 해. 대체 누가!"

"저, 저도 알 수가⋯⋯."

"당장 건물 출입문 통제하고 다 막아!"

중오의 지시에 시끄러워진 주변을 정리하던 가드들이 일사불란하게 건물을 둘러쌌다. 거친 숨을 내쉬며 일어서는 중오를 본 세아는 작게 소름이 돋았다.

"저주에 걸렸다면 이곳에 있는 자들부터 검문하는 게 맞지."

이와 같이 분노에 찬 중오의 모습은 처음 보았다.

"지금 이곳에서 쥐새끼 한 마리도 못 나가는 줄 알아."

지금껏 크게 다쳐 본 적 없던 도현인 터라, 이 상황은 중오에게 종말과도 같을 것이다.

"당장 본부에 연락해서 초능력 검열 부서 애들 죄다 데려와."

"네."

"도, 도현 님은 어떻게 할까요?"

도현의 가슴에 손을 얹은 채 멈춰 있던 벡터가 조심스럽게 물어 왔다. 일시적일 뿐이지만 저주의 괴로움에서 벗어나는 방법은 오직 수면뿐이었다. 중오는 잘근 입술을 씹으며 수락했다.

"우선 통증부터 잊을 수 있게 해."

괴로워하는 도현을 보고 있자니 꼭 죽기 직전의 모습처

럼 느껴져 견딜 수가 없었다. 보호에 심혈을 기울였어야 했는데 일을 급박하게 진행시키다 보니 관리에 소홀했던 것이다. 애초에 도현이 없다면 존재할 수조차 없는 프로젝트였거늘.

"관리자라는 직책이 우스워지는군."

이 일로 인해 릭시 본부에서 날아올 화살은 불 보듯 뻔했다. 경위서로 그치지 않을 정도의 사건이지만 중오에게도 오점이 될 만한 사건이었다. 도현이 다른 벡터에게 목숨을 위협받는 건 곧 중오에게 정면으로 칼을 들이댄 거나 다름없었다.

"여기서 저주 초능력을 지닌 자부터 찾아내고 국내외 저주 초능력 가진 벡터들 명단 전부 가져와."

간결하게 명령한 중오의 곁에 앉아 있던 치료 벡터가 도현에게 마취제를 주입했다. 희미해지는 눈꺼풀을 내려다보며 중오가 어린아이를 어우르듯 다정히 말했다.

"일어나시면 다 끝나 있을 겁니다."

식은땀으로 축축해진 이마에 들러붙은 머리카락을 조심스럽게 거둬 냈다.

"제가 그렇게 하겠습니다."

안도인지 약 기운이 도는 것 때문인지 도현의 숨이 미약하게 터졌다. 천천히 닫히는 도현의 눈꺼풀을 본 중오의 얼굴 위로 인자함이 점차 사라졌다. 제 명예를 더럽힌 죗

값, 가만두지 않을 것이다.

"도현 님 옆으로 가드들 최대한 붙여서 병원으로 이송하도록. 경찰에 연락해 건물 주변으로 지원 요청하고."

"지금 주요 인원들이 외부로 출동해 있는 상황입니다."

"뭐 때문에."

"서울은행에 강도가 침입한 모양입니다."

"지금 그딴 게 중요해? 특수 부대라도 불러 와!"

중오의 불호령에 저마다 칼날에 발등을 찍힌 듯 빠르게 움직였다. '후으' 진득하게 숨을 내쉰 중오가 도현의 손을 꼭 잡은 세아를 보았다.

"……윤세아 씨는 도현 님과 함께 병원으로 가 계시죠. 이곳에 있다간 좋은 꼴 못 보십니다."

중오의 언행은 평소와 달리 몹시 거칠었다. 세아가 눈물로 얼룩진 뺨을 재빨리 닦으며 자리에서 일어났다. 중오를 믿고 도현이 잠들었을 테니 세아 역시 뒤처리를 그에게 맡기기로 했다.

"회장에 있는 저주 초능력자를 제외하고선 모두 돌려보냈습니다."

일그러진 미간을 짚고 있던 중오가 그 말에 천천히 손을 내렸다.

"몇 명이지."

"총 두 명입니다. 한 분은 남성인 고진환 씨, 다른 한 분은 설예리 씨."

"……."

"한데 고진환 씨는 현재 사용 중인 저주가 없습니다."

손을 대면 어떤 초능력이 발동되고 있는지 알아차릴 수 있는 투과 초능력을 지닌 검열 벡터들이 낸 결론이었다. 본부에서 파견된 자들이었기에 믿어야 하지만 중오는 도현과 관련된 것이라면 몹시 까다로워지는 남자였다.

"가지고 있는 소지품 다 뒤져."

지금과 같은 상황에선 더더욱 뭐 하나라도 물고 늘어져야 직성에 풀렸다.

"이거 놔, 놓고 말해!"

가드들로 가득 찬 공간에 때아닌 날카로운 음성이 울려 퍼졌다. 회장 뒤편을 본 중오의 눈매가 가늘어졌다. 그녀가 입고 있는 핑크빛 드레스가 피로 엉망이었다.

"2층 룸에 치료 벡터와 함께 있는 걸 데려왔습니다."

"지금 이게 무슨 무례한 짓이죠?"

단상 앞으로 끌려온 예리가 거친 숨을 내쉬며 중오를 노려보았다.

"무례한 짓이라……. 죄송하지만 그런 일을 더 해야겠습니다. 들고 오신 소지품 어디 있습니까?"

"뭐라고요? 무슨 상황인지 말이나 하고 덤벼요. 지금 이 일이 얼마나 큰 폭풍을 몰고 올지 모르시는 거 아니잖아요?"

레벨이 맥스인 여자다. 어떤 일인지 말도 하지 않은 채 강제로 끌고 오는 건 사회에선 절대로 용납되지 않을 일이었다.

"소지품 어디 있냐고 물었습니다."

하지만 중오에겐 그 모든 게 우스웠다. 예리가 헛숨을 토해 내자 건우가 중오의 귀에다가 입을 열었다.

"아까 도현 님이 술을 쏟아 옷을 갈아입으러 나가셨는데, 그때 설예리 씨와 윤세아 씨가……."

건우가 말하는 걸 모두 다 전해 들은 중오의 눈빛이 조금 더 예리해졌다.

"어떻게 설예리 씨가 제게 이럴 수 있습니까?"

도현아, 네가 어떻게 나에게 이래? 무섭지도 않아?

"그게 무슨 소리예요?"

내가 네 목숨 줄 가지고 있다고.

"몰라서 묻는 겁니까, 아니면."

너 이대로 가면 정말 가만 안 둬. 후회하게 만들어 줄 거라고.

"질투에 미쳐서 공과 사를 구분하지 못한 겁니까?"

내게 빌어도 절대 용서 안 해 줄 거야.

"무슨……."

예리는 뭔가 일이 잘못 굴러 가고 있다는 걸 느꼈다. 그녀와 관련된 물품을 수색하던 가드가 의자에 놓인 클러치를 가져왔다. 예리가 인상을 찡그렸다.

"그건 왜……!"

"잠시 확인 좀 하겠습니다."

클러치를 건네받은 중오가 안을 열자 수상쩍은 물체가 한눈에 보였다. 로켓 목걸이. 뚜껑을 열어 보자 담겨 있는 건 짧은 머리카락이었다.

"저런……."

뚜껑을 닫은 중오가 증거물을 다루듯 조심스럽게 목걸이 끈을 움켜잡고 꺼내 들었다. 예리의 눈동자가 커졌다.

"목걸이가 어떻게 저기에……."

"도현 님이 그렇게 미우셨습니까?"

금고에 있어야 할 목걸이가 가방에서 나온 것도 놀라운데 도현이 얘기가 대체 왜 나오는 걸까. 예리가 앙칼지게 말했다.

"잘 아시잖아요? 그게 누구 머리카락인지. 내가 저주를 건 대상은 윤세아라고요."

"그건 확인해 보면 더 자세히 알겠군요."

손에 들린 목걸이를 검열 벡터에게 넘기자 머리카락의 DNA를 가지고 신원을 파악하는 절차가 이뤄졌다. 예리는 어이없단 듯이 웃음을 터트리며 팔짱을 꼈다.

"지금 무슨 짓을 하는지 잘 모르겠는데, 확실한 건 김중오 씨는 엄청난 실수를 하고 있……."

"하도현 님의 머리카락입니다."

"……뭐라고?"

"……."

"그럴…… 리가."

증거품으로 벡터들이 비닐 봉투에 그 머리카락을 소중히 담았다. 예리의 저주가 심어진 목걸이도 함께였다.

"잠깐만, 그럴 리 없어! 뭔가 단단히 잘못된!"

"설예리 씨, 제가 누누이 일러드리지 않았습니까."

한 글자씩 말을 뱉는 중오의 목소리가 지나치게 낮았다.

"흔들리지 말고 해야 할 일을 하라고."

그간 중오가 마주했던 예리는 도현의 옆에 있는 세아를 향한 질투심이 강한 여자였다. 십 년 전에도 그랬고, 지금도 여전히 제 심장 같은 붉은색만 보면 달려드는 소처럼 정신을 못 차렸다. 정말 가지고 싶다면 눈앞에 보이는 것에 집착하지 말고 숲 전체를 봐야 한다고 그리 일렀거늘.

"역시 제 눈은 틀리지 않았군요. 그저 멋모르고 가지고 싶다 떼쓰는 어린아이일 뿐이었는데."

애초에 예리를 프로젝트에 포함한 게 문제였을지도 모른다. 그녀를 제외한 후보는 다섯이나 더 되었고, 도현과 관계한 예리가 오롯이 저 혼자 도현을 소유하기 위해 저주 대상을 바꿀 거란 생각은 너무나도 잘 맞아떨어졌다.

"그게 무슨 말이에요? 뭔가 오해가 있다고요. 내 목걸인 금고에 보관되어 있었다고. 이건 음모야!"

소리를 질러 대던 예리가 눈을 번득였다.

"윤세아, 윤세아 그년이 저지른 짓이야. 걔가……!"

"윤세아 씨 핑계 그만 대십시오."

"무슨!"

"지겹지도 않습니까."

시끄러운 소음을 들은 것인 양 가늘어진 중오의 눈초리가 예리에게로 향했다.

"만일 윤세아 씨가 저지른 짓이라고 해도."

예리의 눈동자가 파르르 뒤흔들렸다.

"패자는 벌을 받아야죠."

"벌? 무슨 벌."

"처벌이 있을 겁니다. 도현 님의 목숨을 위협한 행위는 이글 보호법 위반에 속하니까요."

"이글…… 보호법?"

예리가 나지막이 묻자 중오가 웃었다.

"제가 만든 법입니다."

주동자가 누구든 이글의 신변을 위협하는 자.

"물론 그쪽이 첫 대상이 될 줄은 몰랐지만."

징역감으로 평생 감옥에서 썩게 할 것이다. 예리의 희멀건한 눈동자 안에서 핏발이 섰다.

"그 목걸이 안엔 윤세아 머리카락이 들어가 있었다고!

당신이 나 도와줬잖아. 따지고 보면 공범이라고! 마음껏 윤세아 죽여 놓으라고 치료 벡터까지 붙여 준……!"

"증거도 없는 얘길 함부로 떠들면 좋지 않습니다."

"뭐라고?"

중오가 예리의 뒤에 서 있던 치료 벡터를 바라보자 그녀가 조심스럽게 입을 열었다.

"전 예리 씨가 개인적으로 고용해 일하고 있는 중이었습니다."

"거짓말하지 마. 증거가……!"

생각해 보니 중오가 건네준 건 명함 한 장이었다.

"전 예리 씨와 뭘 작당한 적 없습니다. 프로젝트의 일환으로 만나 얘기를 나눈 것을 제외하고선."

그곳으로 연락해 치료 벡터인 그녀에게 보수를 약속하고 제가 필요할 때마다 오라 말한 것도 전부 예리였다. 그간 중오와 전화 통화 한 번도 한 적 없었고 매번 대화는 인적 없는 곳에서 나누었다.

"말도 안 돼……."

치밀하게도 중오는 흔적 하나 남겨 놓지 않았다.

"연행해."

"안 돼, 그럴 리 없어! 내 목걸인 가방에서 나올 수 없다고! 은행에 있었다고!"

예리의 손목으로 수갑이 채워졌고 동시에 팔찌가 숨을

죽이며 꺼졌다. 초능력을 사용하지 못하게 막는 수갑인 터라 예리는 힘없는 제로나 마찬가지였다. 발악하며 멀어지는 예리를 보고 있던 중오가 넌지시 물었다.

"서울은행 금고는."

"정화 물산 최 회장님의 기밀문서와 그 밖에 서류들이 사라졌다고 합니다. 회사를 노린 브로커 소행 같은데요."

중오는 고개를 끄덕이며 한숨을 내쉬었다.

"정말…… 골치 아픈 일만 터지는군."

자조적인 목소리가 텅 빈 회장에 고요히 울려 퍼졌다.

도현이 쓰러졌단 소식은 바깥에 죽치고 있던 기자들에겐 새로운 특종이었다. 제대로 된 건수를 물기 위해 굶주린 것처럼 서성이던 자들이 예리가 수갑을 찬 채 나타나자 거친 플래시로 화답했다. 도현이 저주에 걸렸단 진단과 피로 얼룩진 예리의 드레스는 그들에게 더없는 만찬이었다.

"내가 해야 할 일이 없는데."

차 안에서 그 모습을 지켜보던 이현이 핸들을 틀었다.

"뒤처리 하난 제대로 했네."

인정하고 싶지 않지만. 거친 배기음 소리와 함께 그의 차가 빠져나갔다.

　예리가 고용했던 치료 벡터의 증언에 따르면 회장을 나선 그녀가 나이프로 자해한 곳이 총 스무 군데가 넘는다 했다. 면죄를 가진 예리의 손은 일말의 주저가 없었으며 어떤 부위가 생명에 위협을 느낄 정도로 가장 고통스러우냐고 묻기까지 했다고 진술했다.

　그건 도현이 쓰러진 것만으로도 충분히 증명됐다. 폭군이란 명칭은 고통조차 무감각해 보이는 사람이라 어울렸던 타이틀이었다. 릭시가 우대받는 것도 일반적인 벡터라면 견딜 수 없을 정도의 고된 훈련을 받았기 때문인데, 그런 그가 괴로워하는 모습은 세계적으로 보도되었고 모든 비난은 예리에게로 향했다.

　"처음 목표물은 저였어요."

　그 여론엔 병원 앞에서 이뤄진 세아의 인터뷰도 크게 한몫했다. 의식 없이 실려 온 도현을 취재하기 위해 몰려든 인파를 가드들이 제압했지만 특종에 혈안이 된 기자들의 입까진 어쩔 수 없었다. 새하얀 침대에 옮겨져 실려 가는 도현의 곁에서 세아는 악에 받친 얼굴로 말했다.

　"절 빌미로 그동안 설예리는 프로젝트 순서를 자신이 먼저 할 수 있도록 도현에게 협박해 왔고요."

"그간 윤세아 씨가 얼굴을 비치지 않은 이유가 그 때문인 겁니까?"

"이글이 스케줄을 이행하는 동안 전화를 받고 사라진 것도 윤세아 씨가 고통스러워한 것 때문이 맞습니까?!"

"네, 일부러 일이 시끄러워지길 원하지 않아 그동안 묵묵히 참았어요. 프로젝트가 지나면 제게 걸린 저주도 풀어 준다고 했으니까."

세아의 눈빛이 강렬해졌다.

"하지만 지금 사태를 보세요. 그녀는 저로도 모자라 도현이까지 자신의 초능력으로 위협했어요. 아마 저 말고도 다른 프로젝트 참여자분들을 견제하려 그런 거겠죠. 그녀는 이미 프로젝트를 이행할 자격이 못 돼요."

도현은 언론을 이용해야 한다고 말했고 거기에 세아도 동의했다.

"이미 십 년 전, 같은 학교였을 때부터 도현이를 짝사랑해 왔으니까."

많은 사람들이 알수록 예리의 침몰은 더욱 빠르게 진행될 것이다.

"지금 설예리 씨가 이글에게 오래전부터 개인적인 감정을 품었다는 겁니까?"

"네, 그로 인해 제 모습을 몇 번씩 카피해 도현이에게 접근하기도 했었고요. 저희 둘은 이번만 피해를 본 게 아니었어요."

처음이 아니었다니. 기자들은 잠시 할 말을 잃었다.

"정말 지긋지긋하게…… 설예리 씨 손에서 놀아났었죠."

괴로운 추억을 회상하듯 잠긴 목소리는 이미 일전에 세아가 도현과 어떤 관계인지 모두 조사되어 방송을 탔기에 예리가 그간 얼마나 둘을 눈엣가시처럼 여겼는지 그들의 머릿속에 빠르게 흡수되었다.

"제가 제로이고 도현이가 릭서라서, 저희도 사랑만으로 이뤄지긴 너무 어려운 세상인 거 알아요. 그래도 이렇게 괴롭힐 이유까진 없잖아요."

그냥 조용히 함께하고 싶을 뿐인데, 그래서 견뎠던 프로젝트였는데……. 세아의 가느다란 음색이 모두의 마음까지 파고들어 동요를 일으켰다. 그간 아팠던 게 입증될 정도로 수척해진 얼굴은 눈부신 조명 아래에서 더욱 빛을 발했다. 세아는 잘근 입술을 물며 등을 돌렸다. 짧은 간이 인터뷰였지만 언론이 떠들어 대기엔 너무나도 좋은 먹잇감이었다.

[질투에 이성을 잃은 설예리.]

[윤세아를 비롯해 이글의 목숨까지 노리다.]

발 빠르게 기자들이 타이핑한 자극적인 기사들이 한밤중 내내 쏟아졌고 대중들은 예리를 신랄하게 비난했다. 제 사랑을 이루기 위해 초능력을 사용했다며 비겁하단 얘기까지 나올 정도였다.

[개인형 초능력, 이대로 괜찮은가.]

그러다 보니 예리가 사용한 저주 초능력도 무사할 수 없었다. 개인형은 팔찌의 횟수를 한 번 사용한다 하더라도 지속성 있는 초능력이 많았기에 중오 역시 본보기를 보여 줄 요량으로 이미 걸려 있던 저주까지 리셋하는 규제를 요청했고, 본부는 그를 받아들였다.

예리와 같은 초능력을 보유했단 이유만으로 전 세계 모든 벡터와 릭시들이 한 달 동안 저주를 금지당하게 되었다. 이처럼 장기간 규제는 처음 있는 일이었다.

"……."

세아는 도현을 내려다보았다. 예리를 힐난하는 가운데, 모든 이들이 궁금해하는 건 도현의 상태였다. 병원 꼭대기에 위치한 1인실은 그를 취재하기 위해 몰려든 바깥 상황과 달리 고요했다.

"도현아."

깊게 잠들지 못하는 습관을 가진 도현이라 지금처럼 손을 잡고 있는데도 눈을 뜨지 않는 건 세아에게 낯선 것이다.

"정말 자고 있구나."

약물로 인해 잠들었으니 반응을 못 하는 게 맞았지만 그 래서 더 불안했다. 혹시 어디라도 잘못된 건 아닐까, 이대 로 영원히 안 일어나면 어쩌지, 간호사를 호출할까. 이 순간에도 별별 암담한 생각이 다 들어 세아는 가만히 앉아 있는 게 죄처럼 느껴졌다.

"나도 이런데 넌…… 그동안 얼마나 힘들었을까."

같은 상황에 처하고 나니 그건 도현에게 일마나 못할 짓을 했는지 깨달았다. 저주에 걸린 세아가 고통스러워하다 잠들 때면 도현은 과연 무슨 생각을 했을까. 한결과 시우가 목격했던 증언이 귓가에 생생했다.

"많이 아프기도 했을 테고……."

세아가 그동안 느꼈던 고통과는 비교조차 되지 않았을 거다. 이성을 잃은 예리가 정말 세아를 죽일 마음으로 제 몸을 찔러 댔을 거란 생각은 확신에 가까웠다. 그 응집된 분노를 방패가 되어 받아 준 도현만 생각하면 세아는 미안함부터 몰려왔다. 예상은 하고 있었지만 막상 쓰러진 도현을 보니 세상이 무너지는 것만 같았다. 전부 다 끝난 기분.

"이제 정말 끝났어."

세아는 지친 숨을 내뱉으며 도현의 팔 위로 고개를 묻었다. 밀려오는 해방감이 머리와 가슴을 적시고 발끝에 도달했을 땐 가벼웠다. 세아에게 눌어붙어 있던 십 년의 그을음은 그렇게 점차 씻겨 내려갔다.

"……우리 고양이가 웬일로 마중을 나왔지."

포근히 세아의 머리를 덮은 건 커다란 손이었다. 재빨리 고개를 들어 올린 세아는 콧잔등부터 시큰해졌다. 무슨 말이라도 하고 싶은데 올라오는 거라곤 울먹거림이 전부였다. 의지와 상관없이 눈물부터 떨어졌다. 그러자 도현이 인상을 찡그렸다.

"또 누가 울렸어?"

세아의 입술이 파르르 떨리며 흔들렸다.

"말해 봐. 가만 안 둬."

꾹 울음을 목 뒤로 삼킨 세아가 고개를 저었다.

"아니야, 네가 일어난 게 그냥 너무 감사하고…… 고마워서."

도현의 눈매가 가늘어졌다.

"그래서 그래."

자신을 뜯어보는 듯한 도현의 예리한 눈빛에 세아는 애써 눅진해진 입술을 끌어올렸다. 하지만 한 번 터진 눈물은 쉽사리 멈추질 않았다. 턱 밑에 맺힌 방울이 투둑 떨어지자 도현의 커다란 손이 세아의 머리를 감싸며 끌어당겼다. 스르륵 무너지듯 도현의 가슴으로 내려가 얼굴을 기대자 도현의 목소리가 귓가로 날아들었다.

"그랬어?"

불안했던 감정이 날아간 뒤에 찾아온 안도감은 마치 사막에서 만난 오아시스 같았다.

"우리 세아, 나 때문에 울고 있었어?"

"윽……."

지난 시간 동안 딱딱하게 굳어 있던 세아는 도현의 손길을 받으며 맘껏 울었다. 그간 참아 왔던 모든 것을 해소하고 뱉어 내듯 엉엉 울었다.

　아직 정신이 온전히 돌아오지 않아 움직이기 힘들 텐데 도현이 허리를 세웠다. 세아를 제 안으로 데려와 전부 끌어안았다.

　"울지 마. 내가 잘못했어."

　도현 때문이라고 말하지 않았는데…… 사과했다.

　"괴로웠지, 나 일어나지 않는 동안."

　모두 다 이해한다고.

　"이제 혼내. 뭘 하든 다 받아 줄 테니까."

　세아가 두 손으로 도현의 재킷을 꽉 움켜쥔 채 그에게로 스며들 때까지 울었다. 어서 들어오라 도현이 세아를 덮었다. 자신을 가둔 품에서 세아는 솔직하게 제 마음을 고백했다.

　"읍…… 너, 너 잘못되는 줄 알았어. 안 일어나서 무서웠어."

　"무서웠구나."

　"응…… 널 너무 사랑해서, 이젠 네가 잠들어 있는 시간까지 불안해."

　"……."

　"영원히 너와 헤어지게 될까 봐 무서워……."

　도현은 세아의 머리카락 사이로 제 손을 밀어 넣고 보드랍게 헤집었다. 도현이 머리 위로 입 맞추며 웃었다.

"죽어서도 안 놔줘."

도현이 일어나 그리 말해 주니 세아는 안도했다.

"일어나셨습니까?"

안이 시끄러워지자 노크를 하며 건우가 들어왔다. 몇 가지 의문인 사안들이 있을 테지만 도현이 일어난 시점에서 모두 무의미했다. 보안이 투철한 은행에 강도가 들었단 얘기 이미지만 실추될 뿐이고, 그곳에서 어떤 품목이 도난당했는지 값을 매겨 비교하자면 예리의 목걸이는 보잘것없었다. 게다가 금고에 보관했다던 목걸이가 저주의 본체란 걸 증명할 만한 건 그 어떤 것도 없었다.

"미리 도현 님 주변 벡터들의 초능력을 조사하고 만일의 사태에 대해 준비했었어야 했는데, 저희 쪽 실수입니다. 관리자님께서도 그 부분 때문에 릭시 본부 긴급회의에 소집되어 가셨고요."

"설예리는."

"일단 검찰로 이송되었으나 맥스인 신분이라 이쪽도 꽤 복잡합니다. 시간이 조금 걸리더라도 처벌은 확실하게 될 예정이니 우선 도현 님께서는 외부에 얼굴을 비치지 마시고 병원에 계속 머무시는 것이 좋겠습니다."

도현이 계속 병원에 있게 되면 상황이 어떤 식으로 흘러갈지 예상되었다. 사람들은 도현의 몸 상태를 더욱 궁금해할 것이고, 안전을 기하기 위해 생겨난 법들이 더욱 체계적으로 자리 잡게 될 것이다.

"관리자님께서 그 부분에 있어선 차질 없이 처리하실 겁니다. 윤세아 씨도 가급적 외부에서 마주치는 기자들과 인터뷰는 피해 주십시오."

"알았으니까 계속 상황 보고해."

"네. 아, 그리고 KM 기업 주주총회가 늦은 시간에 급히 열렸습니다. CEO 문제 때문인데 도현 님에게 그 자리를 위임하자 의견이 몰리는 상황입니다."

건우가 인사를 하고 밖으로 나서자 도현이 짧게 숨을 내쉬었다.

"이제 끝난 건가?"

"그런 거 같아."

고개를 한 번 끄덕인 도현이 목덜미를 손으로 문질렀다.

"회사도 자연스럽게 내 차지가 될 것 같은데."

KM 기업의 후계자가 될 예리가 이처럼 떠들썩한 사건의 주범이 되었으니 주주들이 가만있을 리 없었다. 설인우마저도 이 사건에 연루되어 함께 조사받게 된 상황에서 남은 공석은 그 가문 사람이 아닌, 요즘 기업 성장에 가장 크게 이바지하고 있는 도현에게 떨어지는 게 맞았다. 돈 냄새를 한 번 맡아 본 자들에게 도현보다 좋은 인재는 없었다.

"우리 예상대로 다 들어맞네. 일이 생각보다 잘 풀리고 있어."

"다 네 덕분이지."

"왜 공을 나에게 줘? 너 때문인데."

"내가 한 게 뭐가 있다고."

"그렇게 말하지 마. 너 없었으면 나 이 자리에 없어."

자신에게 당연히 공을 돌리는 걸 보며 세아는 미소 지었다.

"앞으로 더 잘할 테니까 힘만 줘."

무언가를 갈망하듯 도현이 손으로 턱을 받치고선 들어올리기에 세아가 먼저 그의 입술을 찾아갔다. 표면을 데우는 매끄러운 감촉은 섬광 터지듯 세아를 아찔하게 했다. 익숙하게 세아가 반응하는 부위를 찾아내려가는 손길은 이곳이 병원이라는 걸 망각하고 움직였다. 세아는 어느새 제가 침대에 누워 있단 걸 인지했다.

"여기서 이러면 안 되지."

"그런 게 어디 있어? 네가 누워 있고 내가 내려다보면 장소가 어디든 끝난 거지."

"또 그건 어디서 나온 논리야?"

세아가 앙칼지게 눈초리를 올리며 단번에 도현의 허리에 다리를 감고 몸을 돌렸다. 순식간에 도현의 머리가 새하얀 시트 위로 눕혀졌다.

"그럼 지금처럼 네가 누워 있고 내가 내려다보면 어떻게 되는 건데?"

도현이 당황한 눈빛을 했다가 이내 세아의 허벅지를 손

으로 살살 쓰다듬었다.

"······당하고 싶은데."

긴 드레스 자락을 헤치며 들어간 손이 참기 어려웠는지 살점을 꽉 조인다. 도현의 눈빛이 야하게 뭉그러졌다.

"누나, 그래 줄 거지?"

세아가 참을 수 없단 듯이 허리 숙여 도현의 입술을 집어 삼켰다.

삭막했던 둘을 축복하려 밤새도록 내린 단비는 촉촉했다. 그 감미로움에 젖어 세아는 오랜만에 편히 잠들 수 있었다. 두 남녀가 잠들기엔 비좁은 침대임에도 마치 구름에 푹 잠긴 것처럼 밀려오는 포근함이다. 세아는 묵직하게 붙어 있던 속눈썹을 밀어 올리고선 새하얀 천장을 제일 먼저 마주했다. 그리고 생각했다. 아, 나 화장도 안 지우고 잤구나.

"씻지 마······."

눈치 못 채게 빠져나가려고 하자 세아의 허리에 감긴 팔이 빳빳해졌다. 물컹한 입술이 목덜미를 파고든다.

"더 자자."

"도현아, 잠시만⋯⋯."

"가지 마. 따뜻하단 말이야, 지금."

세아는 얇은 시트 안쪽으로 엉켜 있는 커다란 몸을 밀어내지 못한 채 몸을 돌려 부슬부슬 일어선 도현의 머리카락을 매만져 주었다.

"더 자고 있어. 나도 움직여야지."

"어딜 가는데."

"너 병원에 있는 동안 나도 내가 처리할 거 해야지."

"아침이잖아. 여유 없게 가지 마."

여유를 부릴 상황이 아니었다. 긴 드레스가 바닥으로 떨어져 있는 모습이나 병원복을 입고 있어야 할 도현이 훤히 드러난 어깨로 세아를 가두고 있는 장면은 누가 봐도 민망했다. 세아는 창문 한가득 밀려오는 아침 햇살에 부끄러워져 사부작댔다.

"이러다 간호사 들어오면 어쩌려고."

"내 명령 없인 여기 아무도 못 들어와."

"계속 안 들어오게 할래?"

"뭐가 문제예요?"

찌뿌듯하게 눈을 뜬 도현이 세아를 바라보았다. 신경질적인 눈빛이다.

"서러워. 넌 내게서 벗어날 궁리만 하고 있고."

"그래서 몰래 가려고 했잖아."

"안 간단 소리는 죽어도 안 해……."

세아의 살구빛 도는 탱글한 가슴으로 얼굴을 파묻었다.

"미워 죽겠어. 나만 목매."

속삭이던 두현이 세아이 몸을 만지작거리다가 한숨을 내쉬었다.

"많이 찝찝하지?"

"일찍도 물어본다. 나 어제 속눈썹까지 붙이면서 화장 엄청 힘줘서 했잖아. 게다가 울기까지 해서 지금 몰골이 어떨지도 모르겠고……."

말을 차마 다 잇기도 전에 도현의 입술이 뺨에 닿았다가 멀어졌다.

"엄청 섹시해. 나만 보고 싶을 정도로."

게슴츠레 뜬 눈으로 그렇게 말하는 게 얼마나 야해 보이는지 도현만 모르는 듯했다. 혀로 뺨을 쓸기에 세아가 놀라 기겁했다.

"너어……!"

"내가 전부 핥아서 씻겨 주고 싶다."

"왜 이렇게 어리광이 많아졌어?"

"너랑 단둘이 있으면 어린애로 돌아가고 싶어."

도현이 또 한 번 세아의 어깨로 얼굴을 묻었다.

"그러니까 누나, 가지 마요."

두 팔이 꽉 조여 오기에 세아는 그만 웃음을 터트렸다.

"어린애도 좋고 다 좋은데, 너도 씻고 병원복으로 갈아입으면 더 예쁘겠다."

"그런다고 놔줄 거 같아?"

"아……!"

"뭐야, 어디 아파?"

제가 너무 세게 조인 건 아닐까 싶어 놀란 도현이 황급히 몸을 일으켰다. 세아가 이때다 싶어 냉큼 침대에서 내려가 드레스를 줍자 도현의 눈매가 좁아졌다.

"지금 나 속인 거야?"

"다 알면서 왜 물어?"

워낙 얇은 드레스라 입는 것도 한순간이다. 세아는 똑바로 일어선 채 망연자실한 표정으로 저를 바라보는 도현을 향해 웃었다.

"집 잃은 아이 같은 얼굴이네."

"지금 전 재산 날린 기분이야. 알아?"

"네 통장은 전부 내가 보관 중인데 날릴 리가. 내가 또 돈 관리는 철저하게 하거든."

"말이 그렇단 거지."

도현이 머리를 쓸어 넘기고선 이리 오라 손짓했다. 안 그래도 혼자 지퍼를 잠그느라 난감하던 참이었다. 세아가 다가가 등 돌리자 도현이 드레스 지퍼를 끝까지 올려 주었다.

"빨리 와야 돼. 그러라고 혼자 보내는 거야."

"응, 알았으니까 기다리고 있어."

드디어 종착역에 도달한 우리의 십 년. 그 얼룩을 지워 내는 건 세아가 해야 할 일이었다.

"설예리 확실히 밑바닥까지 떨어뜨리고 올게."

몸을 돌린 세아가 손으로 도현의 얼굴을 부드럽게 감싸며 웃었다. 예리에게 도현을 보여 주지 않는 것이 가장 지독한 형벌임을 너무나도 잘 알기에 세아는 입맞춤으로 다녀오겠다 인사했다.

"얼굴은 왜 그럽니까?"

"왜요? 도현인 섹시하다던데."

"그럴 리가……."

병실 앞에서 대기 중이던 한결이 썩은 얼굴로 고개를 내저었다. 전속 가드가 생긴 후라 세아는 행동에 자유로움을 얻을 수 있었다. 어차피 다들 도현 하나에 혈안이 된 터라 세아를 신경 쓰는 자들도 없었다. 엘리베이터에 오른 세아가 시우를 보며 말문을 열었다.

"어제 시간 맞추기 정말 어려웠을 텐데 수고 많았어. 시우 네가 가장 까다로운 부분 맡았을 텐데 힘들었지?"

"재미있었어."

세아가 기특하다며 시우의 머리를 쓰다듬어 주었다. 그러자 한결이 퉁명하게 말했다.

"카시스 전원이 다 모인 건데 뭐든 해내야지."

"그건 아는데 정말 성공할진 몰랐지."

"신이현 때문에 일이 수월하긴 했는데."

"······뭐?"

뒤늦게 한결이 입을 틀어막았다. 아 씨, 실수.

"누구, 신이현?"

"아니, 그게."

"어제 그 사람이랑 무슨 일 있었어?"

"금고 부수는 거 도와줬어."

시우가 대신 말하자 세아의 입이 벌어졌다.

"위력 보니까 중력 최상인 거 같던데."

세아가 헛숨을 토해 내며 정색했다.

"지금 다른 사람의 도움을 받아? 이런 일 한두 번 해 봐?"

"걔가 먼저 도와주겠다고 나타난 거야. 목걸이 거기 있는지도 알고 찾아왔더만."

"신이현도 이 작전을 안단 소리야?"

"어? 어."

"네들 미쳤어?"

"야, 헤드가 오케이한 거야. 누군 좋다고 같이한 줄 아나."

몰래 이뤄져야 했을 작전을 이현과 공유하다니, 세아는 어이가 없어 손으로 이마를 짚었다. 눈치를 살금살금 보던 한결이 중얼거렸다.

"그래도 걔 때문에 시간 맞춘 거라니까······."

"없어도 했었잖아!"

"아니, 갑자기 떡하니 나타났는데 개랑 거기서 싸우기라도 할까? 그럼 시간 다 틀어지는데? 적어도 유니벌 상대하려면 둘 이상은 필요했는데 그렇게 생긴 구멍은 어떻게 매울 건데!"

"야, 이한결."

"누가 작전을 어렵게 짜서는 1분 1초라도 틀어지면 다 망치게, 어? 안 그래도 그거 맞추느라 피똥 쌌는데!"

한결이 솟구치는 성질을 고스란히 내뱉자 동시에 문이 열렸다. 서로를 마주 보며 물어뜯던 세아와 한결의 고개가 앞으로 향했다. 로비 앞으로 쳐 둔 가이드라인 뒤로 빽빽하게 몰려 있는 취재진을 본 세아가 마른침을 삼키며 얼른 닫힘 버튼을 눌렀다. 시야가 막히자 다시 으르렁거린다.

"왜 내 작전을 헐뜯어? 마주치기 전에 움직였어야지! 처음부터 뒤 밟힌 거 아니야?!"

"야, 잡을 사람을 잡아라. 딱 봐도 발표회에서 온 거더만. 너야말로 말 흘린 거 아니야?"

"둘 다 그만해."

'팅' 하는 소리와 함께 문이 열리고 세아가 먼저 씩씩대며 내렸다.

"차부터 먼저 타죠. 어디 있어요?"

"네, 차 타고 봅시다. 저기 있네요."

스마트키로 버튼을 누른 한결이 거친 발소리를 내며 움직였다. 기둥 너머로 잠복해 있던 취재진들이 불쑥 세아의 앞으로 달려들었다.

"윤세아 씨! 이글은 깨어났습니까?"

"잠시 인터뷰 좀 해 주세요!"

"어허, 여기서 이러시면 안 됩니다."

한결이 빠르게 하이라이트를 쓰자 그들의 시선이 한결의 손끝이 가리킨 천장으로 향했다. 세아는 잘근 입술을 씹으며 빨리 걸었다. 그 순간 주차되어 있던 차 한 대가 시동을 켜며 헤드라이트를 쏘았다. 매끄럽게 빠져나온 차가 달려든 곳은 세아였다. 시우가 재빨리 결박으로 묶었지만 어차피 차는 들이박을 생각이 없었다.

"대체 이 얼굴 한 번 보자고 얼마나 기다린 건지."

'쾅' 문을 닫으며 내린 남자가 주머니 안으로 매끄러이 손을 꽂아 넣었다. 세아가 눈부셔 구긴 인상을 차차 폈다.

"믿겨져? 차에서 잤어."

이현을 본 세아는 잠시 혼란스러워했다. 보고도 믿을 수 없는 장면이긴 했다. 차에서 잤다는 걸 증명이라도 하듯 이현이 입고 있는 슈트는 주름투성이였다. 세아가 멈춰 섰던 발을 떼자 그보다 먼저 다가온 이현이 앞을 가로막고 섰다.

"어디까지 가지? 내 차 타면 데려다줄 텐데."

"고맙지만 사양할게요."

"좋은 말 할 때 타자."

세아가 냉담히 정면을 응시하자 이현이 비식 웃었다.

"말이 또 헛나갔네. 타 줘."

강압이 사라진 목소리다. 그제야 세아가 고개를 들어 이현을 바라보았다.

"먼저 내게 초능력 사용하지 않겠다 약속해요. 만약 허튼짓했다간 문 열고 뛰어내릴 테니까."

"그럼 다치잖아. 초능력만 안 쓰면 되지?"

이현이 웃으며 말했다.

"쉬워."

반쯤 몸을 트는 세아를 본 한결은 그만 넋이 나가고 말았다.

"뭐하십니까? 우리도 절대로 윤세아 혼자 움직이게 하지 말라고 이글에게 지시받은 사항이 있는데요."

"서로 누군지 다 아는 상황에서 이러지 말지."

그 말에 한결의 눈동자가 휘둥그레졌다. 복면을 벗은 적 없는데 어떻게.

"내가 누구 때문에 학습이 돼서 이젠 사람 볼 때 눈만 보거든."

"……한결 씬 뒤로 붙어서 따라와요. 내가 안에서 난리치면 곧바로 시우가 차 세워 버리고."

"네."

시우가 간결하게 대답하는 걸 듣고선 세아가 먼저 이현

의 차로 향했다. 이현은 한결을 보며 웃었다.

"너도 내 초능력 세 개나 알잖아. 손해는 내 쪽에서 본 거니 아쉬워하지 말고."

진짜 이글한테 다 불어 버릴까 보다. 이를 간 한결이 시우가 콩콩 두드리고 있는 차 문을 열었다.

"어디로 에스코트하면 돼?"

운전석에 올라탄 이현이 묻자 세아가 도현의 집 주소를 말했다. 도현이 병원에 머물고 있단 소식 때문에 전부 이곳으로 몰린 상황이라 거기엔 취재진이 없을 것이다.

"대체 무슨 생각으로 거기 간 거예요?"

카시스와 연관된 사안인 터라 세아는 지금 이현이 어떤 생각을 가지고 있는지 알아야만 했다. 그런 연유로 동승한 것인데도 이현은 아무래도 좋은지 부드럽게 핸들을 틀었다.

"그냥. 우연히 설예리가 목걸이 얘기하는 걸 들어서."

"무시하면 그만이지, 왜."

"네가 고통받는단 걸 알았는데 어떻게 무시가 돼?"

"당신이 참견할 일 아니었어요."

"원래 하나에 빠지면 제대로 된 판단이 불가능하잖아. 은행도 그랬어."

"……."

"금고 열라고 전화하면 그만이었는데, 거기까지 생각이 못 가더라고. 정말 건물 전부 다 무너뜨려서라도 가져올 생각으로 간 거였어."

"거기서······."

"우연히 만났지. 네 친구들 맞잖아, 단체로 쫄쫄이 입은 애들."

"······."

"그래서 같이했어. 재미도 있었고 성과도 좋았으니 된 거 아닌가?"

"단순하게 얘기하지 말아요. 왜 나섰냐고요. 그쪽도 위험할 뻔한 일이었어요. 알고나 한 거예요?"

"네가 저주 걸렸던 것보다 내게 위험한 게 또 뭐가 있을까."

세아는 잠시 할 말을 잃었다.

"너 사라진 일주일 동안 나 정말 죽는 줄 알았어. 네 얼굴 못 봐서도 있는데, 네가 저주에 걸렸는지 확실치 않아서······."

갑갑한 듯 이현이 핸들을 꽉 움켜쥐었다가 풀었다.

"그거 꽤 고통스러워. 나도 한 번 당해 봤거든."

"저주를요······?"

"어, 열네 살 때였나. 날 빌미로 돈 뜯어 낼 작정을 한 어떤 정신 나간 녀석이 내게 저주를 걸었는데 그때 삼 일 정도 죽기 직전까지 아파 봤지."

"······."

"물론 그놈은 돈은 고사하고 지금도 감옥에서 썩고 있지만. 그걸 한 번 겪어 본 후부터 저주는 내가 정말 가지고 싶은 초능력이 되었거든."

세아는 넋이 나갔다. 대체 어떻게 해야 끔찍한 기억이 가지고 싶은 것으로 바뀔 수 있을까.

"좋잖아, 내가 타인의 고통을 잡고 있다는 게. 날 괴롭혔던 그 남자도 아마 그런 점에서 쾌감을 느꼈겠지."

"……어지간히 유별난 생각을 하고 있네요."

"너 같으면 안 부럽겠어? 내 가장 큰 약점을 쥔 거야. 제아무리 유니벌이라도 그 남자 앞에선 순한 양처럼 굴어야 될 정도로."

빨간 신호 앞에 멈춰 선 이현이 고개를 돌려 세아를 바라보았다.

"너의 그런 부분을 다른 자가 누리고 있을 거란 생각을 하니 잠시 머리가 돌더라."

지독히도 어두운 눈동자가 밤공기처럼 세아의 가슴을 서늘하게 만들었다.

"그 상대가 여자라고 내가 질투를 안 하는 건 또 아니거든."

세아와 연관된 거라면 과거 약혼녀였던 예리도 예외가 될 수 없었다. 세아는 마른침을 삼켰다.

"널 가지고 싶단 생각은 지금도 여전해."

파란불로 신호가 바뀌자 이현이 액셀을 밟았다. 역시나 일시적인 거였다. 세아는 전과 다른 언행에서 이현이 유순해졌다고 생각했던 저 자신을 비웃었다.

"카시스 가지고 협박 안 해. 거긴 네가 발 담근 곳이잖아."

그의 본심을 알게 되니 차 안의 공기가 삽시간에 무겁게 느껴졌다. 지금 이 순간에도 이현은 오직 세아를 중심으로 한 생각만 하고 있었다. 같은 목적으로 움직였다고 한들, 그 한 번으로 유대감이 생겼을 거란 기대는 애초에 유니벌인 그에게는 우스웠다.

"하도현 집으로 가서 뭘 할 생각인데?"

"거기까진 말할 이유가 없는 것 같네요."

"삐졌어?"

"뭐라고요?"

"말투가 토라진 것 같아. 내가 방금 고백한 것 때문에 그래?"

세아는 저조차 인지하지 못했던 걸 이현이 다 안다는 듯 말하자 기가 찼다.

"내가 어린애예요? 그쪽이 한 말 가지고 내 기분 움직일 일 없어요. 애초에 기대조차 안 하니까."

"왜 기대를 안 해? 난 네가 어떤 말을 할까, 날 보며 무슨 생각을 할까 매 순간 기대감에 부풀어 있는데."

"……."

"내가 너 좋아하는 게 죄야?"

참으로 대답하기 어려운 것들만 내뱉고 있다.

"범죄야? 끌려가야 맞는 일인가?"

"그런 식으로 묻지 말아요. 그쪽 감정, 내가 이젠 어떻게 해 볼 생각도 없어요."

어떻게 해 본다고 될 감정이었다면 무슨 수라도 썼을 테지만 이현에게는 소귀에 경 읽기였다. 앵무새처럼 우리는 안 된다고 계속 반복하면 이현은 그걸 노랫소리처럼 들을 것이다. 그에게 기쁨이 될 만한 행동은 하고 싶지도 않았다.

"어떻게 해 봐."

하지만 자꾸 그런 식으로 말을 하면⋯⋯.

"한 번 정도는 넘어가 줄지도 모르잖아."

세아는 대체 어떻게 하면 되는지 의문이 든다. 과연 이현의 맹목적인 마음을 돌릴 수 있을까. 아무리 밉다고는 하나 그를 적으로 삼고 싶지는 않은 세아다.

"⋯⋯답이라도 알려 줘요. 그럼 한번 생각해 볼 테니까."

"그러게."

하지만 이현마저 딱히 해답을 알고 있지 않은 듯 보였다. 창틀에 팔을 기댄 그가 이마를 짚으며 정면을 응시했다.

"나도 그게 뭘지 궁금해."

좁은 한국 땅덩어리에 어울리지 않을 스포츠카는 주인의 명령에 따라 고분고분하게 좁고 꽉 막힌 도로를 달려 어느 한 저택 앞에 멈춰 섰다.

이현은 지그시 인상을 구겼다. 원래 여자를 집까지 데려다준 적 없던 이현이다. 브레이크를 잡자마자 뒤도 안 돌아보고 차 문을 열고 내리는 여자의 뒷모습을 보며 아쉬움을 느끼는 것도, 보닛을 지나가는 옆모습을 뚫어지게 응시하는 것 역시 생소하다. 유리문에 갇혀 있는 시야가 답답해 나서자 뒤따라오던 차에서 한결이 내려 그를 막았다.

"이 안으로 들어오시면 안 됩니다."

"남자 집엔 안 들어가."

정원을 가로막고 있는 거대한 철창 정도야 이현의 힘으로 무너뜨리면 쉬울 일이건만 자존심이 허락 안 했다.

도현과 동거하는 곳을 아무렇지도 않게 침범해 둘의 흔적을 볼 정도로 이현의 심장은 강단 있지 않았다. 그저 차에 기대어 세아가 들어간 저택을 물끄러미 바라보며 그런 생각을 했다.

이곳이 너와 내 집이었더라면 어떤 기분이었을까, 앞치마를 맨 네 모습은 어떨까, 네가 한 요리는 어떤 맛일까, 들어갔을 때 네 체향으로 가득 찬 공기를 들이마시는 건 또 어떨지. 그런 생각들이 하나둘씩 쌓이다 보니 눈이 욱신거렸다. 이현은 등을 돌렸다. 때마침 휴대폰이 울렸다.

"왜."

「어제 일 보고 드리려 전화했습니다.」

전용 헬기까지 몰고 간 이현이었던 터라 그가 의심받지 않도록 뒤에서 힘쓰는 건 비서가 처리해야 할 일이었다. 그저 상공을 지나는 중이었다는 이현의 알리바이는 완벽하게 먹힐 것이고, 작전 도중에 사용된 초능력을 보유한 다른 벡터들은 돈으로 매수했다. 만약 이현이 의심받는 상황이 온다면 카시스 멤버들 대신 그들이 대신 잡혀 갈 수 있도록 두둑이 선물을 찔러 주었다.

「하지만 크게 걱정하실 필요가 없는 게, 이쪽 일은 물품을 도난당한 자들이나 혈안이 되었을 뿐이지 그 누구도 신경 쓰고 있지 않습니다. 현재 언론이 집중하고 있는 게 어딘지 잘 알고 계시지 않습니까? 본부 측에선 더욱 보안을 강화한단 얘기만 나오고 있고 경찰 측에서도 범인을 잡는다 말뿐이지, 어물쩍 넘어갈 거 같습니다.」

"그날 규제 장치를 관리한 자는."

「그쪽도 애매한 게 은행 쪽으로 연결된 규제 시스템을 미리 조작해 정해진 시간에 멈췄다가 돌아오는 식으로 걸어둔 모양이더군요.」

역시 장난 삼아 밤하늘 아래에서 놀던 자들이 아니었다.

「현재로서는 특별히 손쓸 부분이 없습니다.」

뒤처리까지 완벽하게 하다니. 이현이 설핏 웃음을 터트리자 비서가 언제쯤 집으로 돌아올 예정인지 물어 왔다.

"마무리까지만 보고."

이현은 밖으로 나온 세아를 보며 전화를 끊었다. 물기에 젖은 머리카락과 들러붙은 수증기가 채 사라지지 않은 맑은 뺨을 보니 가볍게 샤워만 하고 나온 모양이었다. 하지만 옷차림은 어디 내놔도 손색이 없을 정도로 화려하고 아름다웠다. 굽 높은 하이힐까지 이젠 제법 잘 신는다. 그건 기특한데, 이현의 눈썹이 구겨졌다.

"내가 사 준 옷은 어쨌어?"

"아직도 안 가고 뭘 하는 거예요?"

"네 과거에 관여한다고 했지. 설예리도 그중 한 부분이라서."

차 문을 연 이현이 고갯짓했다.

"타. 끝내는 것까지 보게."

이젠 기사 노릇까지 자처하는 제 자신이 낯설다. 아무런 위화감 없이 차 문을 대신 연 제 손을 내려다보던 이현이 시선을 올렸다.

"한 번만 타."

부탁하는 것도 제법 익숙해졌다. 어떤 식으로 말해야 네가 거부하지 않고 제 발로 움직이는지도 학습됐다.

물론 세아가 그 차에 올라탄 데엔 검은 속내가 숨어 있었다. 대한민국에 단 한 대밖에 없는 차는 이현의 신분증과도 같았고, 그의 바퀴가 굴러 가는 걸 막을 자는 적어도 이 나라엔 존재하지 않았다. 덕분에 세아는 수월하게 검찰 문턱을 넘을 수 있었다.

"설예리와 만나고 싶은데."

세아가 백날 얘기해 봤자 먹히지 않을 얘기, 이현이 하면 곧바로 일사천리로 이뤄졌다. 이미 변호사를 고용해 입을 열지 않고 있던 예리였지만 유니벌을 피해 갈 수 없었다.

"안녕, 전 약혼녀."

탁자와 딱딱한 의자가 전부인 공간으로 들어온 이현을 보며 예리는 꼿꼿이 고개를 세웠다. 이런 곳에 갇혀 있다고 해서 기가 죽을 환경에서 자라 온 여자가 아니었다. 이현이 변호사에게 나가라 눈짓하자 그가 떨떠름하게 밖으로 향했다.

"이곳에서 보다니 참으로 재미있어. 안 그래?"

"······."

이현은 천천히 걸어와 의자를 빼 그곳에 앉았다. 서로가 마주 본 얼굴은 지나치게 정적이었다.

"그러기에 윤세아까진 건드리지 말았어야지."

테이블 아래로 꽉 움켜쥔 예리의 주먹이 부들부들 떨렸다. 변호사가 접견실로 걸어오는 내내 그 어떤 도발에도 입조차 뻥끗하지 말라 지시했던 게 단숨에 무너졌다.

"너까지 연루되어 있어?"

"······너?"

"날 이렇게 만든 거에 너도 함께였냐고!"

"이성을 잃은 건 알겠는데 말은 바로 해야지."

"······."

"감히 내게, 너?"

미세하게 올라간 눈썹이 위협적이었다. 예리는 꼴깍 침

을 삼켰다.

"날 이런 식으로 몰아세워서 당신이 얻는 게 뭐야? 도현인 나밖에 감당 못해. 윤세아 좋다며. 우리가 손을 잡은 건 아니었지만 적어도 서로를 물어뜯진 말았어야지. 지금이라도 늦지 않았으니까 날 변호해 줘. 내 쪽으로……."

"서로가 편이니 물어뜯지 말자. 너다운 발상이네."

"뭐?"

"네가 하도현을 사랑하니까 그런 폭 좁은 생각만 가능한 거야. 너밖에 감당 못해? 누가 그래."

"……."

"꼭 너와 하도현이 사랑에 빠지는 것만이 해결책인 것처럼 내게 요구하지 마. 걘 그냥 내가 처리하면 그만이야."

초능력도 다 알고 있는 마당이지만 그건 이현에게 문제가 안 됐다.

"뒤에서 뭘 하든 상관없지만 윤세아까진 침범하지 말았어야지. 서로의 영역이라는 게 있잖아? 내가 하도현 죽인다고 달려들면 네가 난리 치는 것처럼, 윤세아 건드리면 내가……."

이현의 긴 다리가 앞으로 뻗어 예리가 앉아 있는 의자 밑을 툭 찼다.

"널 물지, 누굴 죽여?"

예리의 양손에 채워진 수갑이 덜그덕 차가운 소리를 냈다.

"경기를 하더라도 서로의 한계선은 지켜야지. 거기까지는 생각이 차마 닿지 못하나?"

"경기라니……."

"상황이 많이 안 좋게 됐어."

"난 결백해. 무슨 수를 써서라도 내게 씌워진 오명, 벗어낼 거라고."

"네가 안 했어도 너보다 높은 레벨이 했다고 말하면 되는 세상 속에서 우리가 지금 살고 있잖아?"

이현이 고요한 눈빛으로 예리를 응시했다.

"이거 어떡하지. 넌 맥스인데."

예리의 주먹이 일그러졌다.

문밖에서 대기하고 있던 세아는 안에서 어떤 얘기가 이뤄지는지 알 수 없었다. 잠시 먼저 얘기할 것이 있다고 들어간 이현이 나오기 전까진 기다리는 수밖에. 하지만 점점 초조해지는 마음은 당장에라도 문을 열고 들어갈 기세였다.

"이거, 윤세아 씨가 먼저 와 계셨군요."

복도를 울리는 구두 소리가 어제 보았던 모습과 달리 이성을 찾은 듯 정갈했다. 걸어오는 중오의 얼굴엔 피곤한 기색이 가득했다.

"설예리 씨를 만나러 온 겁니까?"

뜻하지 않은 자와 마주친 세아는 잠시 숨을 고르며 말했다.

"네, 도현이 대신해서 제가 만나 봐야 할 것 같아서요."

"저 역시 설예리 씨에게 볼일이 있어서 왔는데, 이거 번호표를 뽑고 기다려야겠군요."

시답지 않는 농담이다. 세아는 더는 대화하지 않겠단 의미로 벽에 기댄 채 정면을 응시했다. 그러자 중오가 나란히 어깨를 맞췄다.

"꾸민 일입니까?"

"……뭐가요?"

"은행 사건, 목걸이 탈취, 무대는 도현 님께서 쓰러지는 걸 모두가 볼 수 있게 프로젝트 발표 회장."

세아는 천천히 고개를 돌려 중오를 바라보았다.

"솔직하게 말해도 됩니다. 어차피 이제 와 달라질 건 없으니."

제아무리 도현 때문에 이성을 잃었다지만 예리가 한 말을 그냥 놓칠 중오가 아니었다. 자신이 계획했던 살인 현장에서도 빠져나온 세아인데 이 정도 일쯤이야 그녀가 휘젓고 다니던 세계의 손을 빌린다면 어렵지 않을 일이다. 다만 놀라운 건 이 모든 걸 조용히 뒤에서 도현과 계획했다는 것.

"생각할수록 윤세아 씨는 정말 놀라운 면을 가지고 계시군요."

또 이렇게 당하고야 말았다. 세아는 불쾌한 낯빛을 감추지 않았다.

"대체 무슨 말씀을 하시는 거죠? 도현이가 이렇게 되도록 제가 일이라도 꾸몄단 말씀이세요?"

"제게 더는 숨길 필요가 없단 말입니다."

하지만 그를 적이라 생각한 세아가 경계를 곤두세우는 건 당연했다.

"윤세아 씨가 그렇게 싫어하는 프로젝트, 이미 제 손을 떠났으니까요."

하지만 더는 그럴 필요가 없는 게, 이번 사건으로 많은 것이 달라졌다. 도현의 소식을 접한 릭시 본부에서 중오를 긴급 호출했고 포탈로 미국 땅까지 밟은 중오는 관리 소홀이란 오명과 더불어 그에 따른 책임을 질 수밖에 없었다.

하나뿐인 이글을 관리하는 자인데 너무 많은 것을 짊어지고 있다는 것이 호출의 이유였다. 프로젝트를 다른 자에게 넘기든, 관리자 자리를 내어 놓든 선택을 요구했고 중오의 결정은 역시나 도현이었다.

"제 소관이 아닌 이상, 윤세아 씨가 프로젝트가 실행되지 않도록 방해를 해 주셔야겠습니다."

지금 말하고자 하는 게 어떤 의미인지 유추하던 세아가 중오의 눈빛을 보며 직감했다.

"지금 했던 것처럼요. 저도 돕겠습니다."

같이 한배를 타자고 제안한 것이다. 애당초 중오는 도현이 없다면 야망을 이뤄 낼 수 없는 입장인 터라 관리자는 절대로 지켜야 할 자리였다. 하지만 지금껏 제가 가꿔 온 프로젝트가 다른 이에게 넘어간 이상, 성과를 내는 족족 중오가 얻고자 했던 명예는 타인에게 빼앗기게 된다. 그걸 가만히 지켜볼 리가 와이즈란 능력 역시 자신만이 독보적으로 사용하기 위해 지금껏 다른 이를 없애며 살아왔던 중오에게 그건 견디기 힘든 곤혹이었다.

"어떠십니까? 손해 보는 입장은 아니실 텐데요."

그러니 제 손을 떠난 프로젝트는 흔적도 없이 사라져야 맞는 이치다.

"그간 보인 모습이 있으니 절 믿기 힘드시겠지만 제 목적만큼은 결코 변하지 않을 겁니다."

"목적이라뇨?"

"도현 님께서 그저 제 보호 아래 유일한 이글로 지내다가 이글로 생을 다해 죽는 것, 그게 지금 제가 바라는 가장 이상적인 시나리오고요."

적어도 그렇게 된다면 중오는 이글의 옆을 보좌한 유일한 자로 남을 수 있을 것이다. 원래 단 하나일 때 희소성은 극대화되고 관리자인 제 이름 역시 도현의 옆에서 기록으로 영원히 빛나게 된다.

"지금껏 제가 지켜본 바, 윤세아 씨는 일반적인 제로가 아니니 잘 버틸 것 같기도 하고요."

"한낱 제로를 그렇게나 봐주신다니 감사하긴 하네요. 전 그냥 도현이 옆에 있기 위해 죽기 살기로 하루하루를 사는 것뿐인데요.”

세아는 차분한 외관을 유지하며 웃었다. 신중하게 대답해야 한다. 이현처럼 오늘은 한편이어도 내일은 적이 될지도 모르는 자이다.

“제가 잘 버틸 거란 확신을 보여 드렸다면…….”

생각을 마친 세아는 유유히 입꼬리를 올렸다. 하지만 원래 모험을 하지 않고서는 살아남을 수 없을 바닥이다.

“그쪽 실력도 좀 볼까요?”

조금이라도 높은 확률이 있다면 위험은 감수하고 뛰어들어야 한다.

“어떤 걸로 증명해 드리면 되겠습니까?”

세아가 침묵을 유지하자 그녀가 이곳에 온 이유를 먼저 떠올린 중오가 물었다.

“아, 설예리 씨요?”

“잘 알고 계시네요. 도와주신다면 프로젝트 망칠 구실과 더불어 설예리 확실히 처벌할 수 있는 정보도 드릴게요.”

“말씀해 보세요.”

“프로젝트를 이행하던 날, 엘린 씨가 유독 중오 씨를 자리에 붙잡아 두려고 했었죠?”

중오의 미간이 좁아졌다.

“설예리와 관계한 거 도현이 아니었어요.”

어떻게 이럴 수가.

"도현이를 카피한 다른 남자였죠."

생각보다 깊이 당한 거였다, 중오가. 이 순간 터져 나오는 웃음은 프로젝트가 제 손안에 있었다면 절대로 나올 수 없는 것이다. 맞은편에 서 있을 땐 그렇게 눈엣가시처럼 느껴지던 세아가 나란히 서니 든든한 아군처럼 느껴졌다.

"그렇다면 프로젝트에 임하는 몸으로, 외간 남자와 관계한 죄까지 가중하면 되겠군요."

"무슨 얘길 그렇게 재미있게 해?"

문을 열고 나온 이현을 본 중오가 의아한 듯 물었다.

"이현 님도 한패셨습니까?"

"그런 질문을 하는 걸로 보아 너도인 것 같고."

중오는 보면 볼수록 놀라운 일이라 생각했다.

"들어가야지, 백설아."

차려 놓은 식탁에 앉아 맛있게 식사라도 하라는 듯 이현이 열어 놓은 문으로 들어가는 세아의 걸음은 도도했다. 도현이 준 반지를 지난 시간 동안 유품처럼 간직하게 한 원흉은 거친 숨을 내쉬며 앉아 있었다. 뭐가 그리 억울한지 걸어오는 세아의 구두 소리에 날카로운 시선을 던졌다. 제로 따위가 저렇게 굽 높은 구두를 신다니. 제가 갇혀 있는 좁아터진 공간과는 어울리지 않는 화려한 옷이 예리의 눈동자를 새빨갛게 달궜다.

"네까짓 게 그런 옷이 어울리기나 해?"

"왜 어울리면 안 되는데. 제로라서? 그럼 넌 맥스라서 수갑 차고 있니?"

다가와 의자를 뺀 세아를 보며 예리가 벌떡 일어섰다.

"누구 속을 뒤집어 놓으려고 여긴 와? 너랑은 할 얘기 없어."

"앉아."

세아가 강렬한 눈빛으로 쏘아보았지만 예리는 기죽지 않고 문밖으로 나갔다. 그러는 사이 세아는 마저 의자를 뒤로 빼 자리에 착석했다. 거칠게 닫혔던 문 뒤로 단발적인 비명이 들려왔고, 예리가 건장한 체구를 가진 남자 둘에게 붙잡혀 들어왔다.

"이거 놔! 놓으라고!"

"그러기에 좋게 말했잖아. 앉으라고."

"지금 나에게 무슨 짓을 하고 있는지나 알아?!"

"무슨 짓?"

웃으며 반문한 세아의 입술이 지나치게 어두웠다.

"그러니까 이제부터 얘기해 보자고. 너와 내가 한 짓에 대해서 말이야."

억지로 예리를 의자에 앉힌 남자가 세아를 향해 말했다.

"CCTV, 오디오 모두 꺼져 있으니 자유롭게 대화하셔도 된다 김중오 씨께서 전하셨습니다."

"들었어? 카메라가 없대."

중오가 세아를 위해 선물한 배려는 예리의 낯빛을 하얗게 질리게 만들었다. 정중하게 인사를 한 남자들이 문을 닫았다. '쾅' 예리의 고막이 웅웅거렸다.

"이제 정말 둘뿐이네."

예리는 저도 모르게 마른침을 삼켰다. 손목을 결박하고 있는 수갑 때문에라도 예리는 초능력 사용이 불가능했고, 이 공간 역시 초능력 규제 전파로 둘러싸여 있었다. 그렇다면 몸으로 붙는 게 전부인데 일전에 화장실에서 세아에게 제압당했던 기억 때문인지 몸이 절로 움츠러들었다.

"듣고 싶은 말이 있어서 왔으니까 우리 대화나 하자."

"나에게 뭘 듣고 싶은데? 내 입 열고 싶으면 도현이나 불러 와. 그럼 뭐든 술술 불어 줄 테니까."

"도현인 안 와."

"왜? 내가 밉대?"

세아는 살며시 인상을 찡그렸다.

"맞아, 내가 미울 거야. 그동안 너한테 저주 걸어서 얼마나 괴롭게 했는데 내가 정말 증오스러울 테지."

"……."

"근데 이상해. 원래 화나면 더 보고 싶지 않아?"

얼마나 삐뚤어진 사랑을 해야만 너처럼 될 수 있을까.

"도현이가 나 죽이고 싶지는 않대? 걔 손에는 얼마든지 그래 줄 수 있는데."

보답받지 못한 사랑이 도착한 곳은 낭떠러지였다. 곧 추락할 걸 알면서도 끝까지 자신을 떠밀어 줄 남자가 도현이길, 이젠 미움이든 증오든 어떤 감정이라도 제게 닿아 있다면 그걸로 만족하는 지경에까지 이르렀다.

"도현이가 영원히 날 미워했으면 좋겠어."

지푸라기라도 잡는 심정으로 예리는 작게 속삭였다. 내이름을 잊지도 않고, 가끔씩 악몽처럼 날 떠올리면서 땀에 흠뻑 젖어서 깨어났으면 해. 그럼 나는 지독한 밤이 되어 그 땀방울마저 앗아 갈 거야. 몸이 추워 으스스해질 때까지.

"넌 그럴 자격도 안 돼."

"……무슨 소리야?"

"못 들었어? 넌 도현이한테 그런 존재조차 될 수 없단 소리야."

"왜?"

"도현이는 널 증오하는 게 아니라 그냥 길가에 굴러다니는 쓰레기처럼 생각하거든. 딱히 관심은 없지만 보기에 더러우니까 치워야 할 그런 여자."

"지금 말 다 했어?"

"네가 한 짓이 있잖아? 우린 너 하나 때문에 십 년 전 생이별했어. 나는 도현이가 죽은 줄로만 알았고 도현이는 내가 신고했다 생각하며 본부에 갇혀 있었지."

"그래서?"

"가끔 그런 생각을 해. 그때 네가 우리의 시간을 망치지 않았더라면 어떻게 사랑했을까."

세아는 어쩌면 세상을 바꾸겠단 생각도 하지 않은 채 살아갔을 테고 도현은 고된 훈련 속에서도 잠 못 들지 않았을 것이다. 삶은 여전히 힘들었을 테지만 서로에게 남은 믿음으로 버티면서 살았을지도 모른다.

"하지만 우리가 이별을 준비하기도 전에 네가 일방적으로 잘라 냈잖아."

정말 한순간에 끊어졌다. 그 어떤 정황도 모르는 두 사람이 오해의 바닷속에 빠져 허우적댈 수밖에 없도록.

"근데도 넌 십 년 전 했던 짓을 지금도 똑같이 했어."

"너네 둘이 붙어 있는 게 싫어 죽겠는데 어떻게 가만히 있겠어?"

"뭐가 그렇게 싫은데. 우리가 사랑한다는 거?"

"그래! 그 사실이 견디기 힘들 정도로 짜증 난다고! 그때도, 내가 얼마나 가슴 떨려 하며 준비하고 또 자존심 구겨 가며 한 고백인데……!"

도현의 사늘한 시선이 아직도 예리의 열여섯 살 기억 속에 생생하다. 사랑하는 사람이 있단 말조차 하지 않았다. 그 어떤 말조차 없었다. 마치 내게 들려줄 목소리 같은 건 없단 듯이 쳐다보다가 뒤돌아서는 게 고작이었다.

"거절하는 말 한마디 하지 않을 정도로 내 고백이 보잘

것없었던 거야? 내 마음이 그렇게 우스워?"

난생처음 느껴 본 기분은 예리를 집요하게 만들었다. 도현과 관련된 모든 걸 수집하던 중 우연히 너무나도 감미로운 목소리가 들려와 고개를 돌려보니 그곳엔 세아가 있었다. 그때 예리는 처음 알았다. 도현은 참 다정한 목소리를 가지고 있구나. 저렇게 웃을 수도 있구나. 다른 여자의 어깨를 감싼 네 손은 무척이나 길고 아름다웠다.

"어떻게 너와 도현이 사이를 질투하지 않을 수가 있겠어?"

그리고 든 생각은 '저 자리엔 내가 있었어야 해'. 지금껏 못 가져 본 건 없으니 내 마음을 빼앗아 간 너 역시 내 손에 떨어져야 한단 생각은 예리에게 당연하기만 했다.

"왜 네가 원하는 대로 되어야만 하는데?"

"……뭐?"

"도현인 네가 생각하는 대로 움직이는 인형이 아니야. 생각도 있고 감정도 있어. 네가 고백을 했다고 한들 거기에 꼭 대답을 해야 할 필요도 없고, 거절하는 표현을 침묵으로 대신했을 수도 있지. 물론 넌 네 고백이 껄끄러울 수있을 거란 생각은 안 해 봤겠지만."

"그런 생각을 내가 대체 왜 해야 하는데?"

"네가 그래서 안 되는 거야. 넌 사랑한다면서 도현이 마음까지 이해하려고는 안 해."

"이해해 주면 뭐가 달라지는데? 내가 가지지 못한다는

거, 그 사실만 알게 될 게 뻔한데."

"그걸 계속 외면하던 네가 지금 온 곳을 봐."

예리의 눈동자가 느릿하게 굴러 공간을 둘러보았다. '덜
그럭' 손에서 묵직한 쇠사슬이 움직였다.

"포기가 안 됐니? 네가 가지고 싶다 하면 도현이가 네 남
자가 되어야 하고, 너의 감정과 똑같이 느껴야 해?"

"무슨······!"

"그럼 난."

세아가 손을 뻗어 예리의 옷깃을 꽉 움켜잡았다. 거칠게
당기는 힘에 예리의 몸은 반쯤 일으켜지며 그 앞으로 속수
무책 끌려갔다.

"네가 치우고 싶다 하면 사라져야 할 하찮은 존재라서
함부로 대해도 된다고 생각하지."

"이거 놔, 제로 주제에!"

"제로라서 우리 둘이 고통받았던 거지?"

"이거 놓으라고!"

예리가 결박된 두 손을 모아 있는 힘껏 세아의 머리를 내
리쳤다. 반쯤 고개가 돌아간 세아가 순식간에 예리를 끌어
올려 테이블 위로 눕혔다. 손을 세워 예리의 머리를 똑같
이 때렸다.

"꺅!"

"얼얼하지? 정신 차리고 똑바로 들어."

"너 미쳤어?"

세아가 보란 듯이 예리의 뺨을 때렸다. 예상치 못한 가격이 놀라웠는지 예리가 입을 뻐끔거렸다.

"네가 고백하면 도현이는 그걸 받아 줘야 할 제로였고, 네가 좋다고 하면 내가 물러서야 할 제로라서."

"이게!"

"그런데 지금 결과를 봐. 도현이는 릭시가 되었고, 초능력 여덟 개를 보유한 이글이 됐어. 그런 도현이가 아직도 사랑한다고 애타게 부르짖는 게 나야, 설예리."

"입 닥쳐!"

"날 사랑해, 도현이는!"

세아가 소리를 지르자 예리의 눈이 휘둥그레졌다.

"네가 아니라 날 사랑해. 제로였든 릭시였든 벡터였든 내가 뭐든 간에 하도현은 날 사랑해. 네가 맥스이든 벡터이든 그런 건 아무 소용없어."

"무, 무슨…… 이거 놓으라고!"

"레벨로 협박해서 네가 얻었던 게 뭐야? 그 잘난 초능력으로 우리 둘 사이를 갈라놓았더니 결과는 어땠어? 그래서 지금 도현이가 널 보러 왔니?"

"그만 지껄여!"

"넌 그만해야 할 때를 모르고, 포기도 몰라서 지금 여기까지 온 거야."

"나도 도현이를 사랑한다고!"

"네 사랑만 중요하면 난!"

가슴 뻐근할 정도로 고함을 지른 세아의 폐부가 한 번 들썩였다.

"그동안 아파했던 난, 괴로워했던 도현인 대체 무슨 죄야? 네 사랑을 외면한 죄? 널 기만했어, 우리가? 그래서 잘 지내던 우리 둘을 억지로 갈라놓고 떼어 놓고 헤어지게 해서!"

"꺅!"

무서운 얼굴이 가까이 내려오자 예리가 두 눈을 질끈 감았다. 그 모습을 보며 세아의 눈썹이 힘없이 풀렸다.

"그래서 충분히 아파했고 괴로웠고 힘들게 돌고 돌아 다시 만나 사랑하겠다는데……."

우리가 지금 이렇게 된 이유를 생각해 보자.

"네가 하고 싶었던 사랑, 우리가 먼저 하고 있었는데."

왜 그토록 힘들었어야 했는지…….

"대체 넌 뭐가 그렇게 마음에 안 들고 억울하고 속상해……."

도대체 우리가 뭘 그렇게 잘못했기에 괴로운 시간을 걸어와야만 했던 건지 되짚어 보았다. 세아가 가느다랗게 손가락 힘을 풀었다. 이해를 하기엔 너무나도 다른 환경 속에서 살아온 예리다. 레벨이 전부인 세상에서 그녀가 못할 것은 이제껏 없었을 테고 세아는 그런 자들이 지배하는 세상 속에서 하등한 존재로 살아왔다.

"우리가 영원히 사라져야 직성이 풀리겠어?"

저를 짓누르는 힘이 느슨해진 틈을 타 재빨리 몸을 돌려 빠져나온 예리가 숨을 달싹였다. 세아의 눈동자에 빨려 들어갈 뻔했다. 그런 기분이었다. 한 글자씩 내뱉는 말들이 전부 뇌로 박혀 좀처럼 잊히질 않았다.

"……지금이라도 그만두라고 했던 내 경고를 무시했던 건 너였어."

화장실에서 했던 말은 예리를 위해 세아가 베풀었던 마지막 기회였다.

"그게 네 선택이었으니, 지금 이 상황 역시 네가 감수해야지."

테이블을 짚고 있던 세아가 헝클어진 머리를 쓸어 넘기며 예리에게로 다가갔다. 세아를 피해 뒷걸음질 치던 예리의 등 뒤로 더는 물러설 곳 없는 벽이 닿는다.

"뭐, 뭘 감수해……?"

"도현이는 널 잊을 거야."

"날 잊는다고?"

"그래. 나나 도현이나 오래도록 짊어지고 있던 무거운 짐, 이제야 홀가분하게 털어 내는 거지."

세아가 그 어느 때보다 밝은 미소를 지으며 예리의 경직된 뺨을 손으로 쓸었다.

"내 인생을 망친 대가야. 이제 두 번 다신 보지 말자."

나직이 내뱉어진 말에 예리의 동공이 뒤흔들렸다.

"말도 안 돼. 난 맥스야. 우리 아버지가 가만있지 않을 거라고. 무슨 수를 써서라도 날……."

"아, 지금 설인우 씨가 너와 공범으로 조사받고 있다고 하더라."

"어……?"

"네 집안사람들 전부가 너 하나 때문에 이곳으로 출두할 예정이야. 죄를 말하고자 한다면 종류는 많지. 방조죄부터 시작해서 방관죄, 뭐 그건 김중오 씨가 알아서 처리할 거고. 덕분에 오늘 아침 긴급 소집된 이사회에서 설인우 씨를 대신해 도현이를 경영자로 임명하자는 의견이 반대 하나 없이 찬성으로 모였어. 너 도현이 좋아하니까 회사 정도야 기쁜 마음으로 줄 수 있지?"

"그럴 리가 없어……. 난 이곳에서 썩을 수 없다고."

"윤세아 씨, 급하게 병원으로 가셔야 할 것 같습니다."

노크도 없이 다급하게 문이 열리자 세아가 고개를 돌렸다.

"하도현 님께서 지금 찾고 계셔서……."

도현이가 내가 아닌 윤세아를 찾는다고. 그 끔찍한 사실을 들은 예리의 얼굴이 일그러졌다. 세아가 얌전히 몸을 돌리자 마음이 급박해진다.

"가긴 어딜 가!"

재빨리 그 뒤를 따라붙으며 예리가 소리 질렀다.

"도현이 불러 와. 얼굴이라도 봐야겠으니까! 나와 얘기해야 한다고. 할 얘기가 있어. 마지막이라도 좋으니까 제발!"

"무슨 일이죠?"

"가 보시면 압니다. 최대한 빨리 이동을 해야……."

"내 말 무시하지 마! 도현이 불러 오라고!"

"시끄러운데 조용히 시켜야 되지 않을까요?"

"저희가 처리할 테니 먼저 움직이시죠."

순식간에 남자들이 세아에게 달려드는 예리를 포박했다. 세아가 발을 뗄 때마다 예리의 발악은 더욱 극심해졌다. 찢어지는 음성을 가만히 듣고 있던 세아가 문 앞에 서서 고개를 돌렸다.

"건강히 잘 지내. 되도록 오래 살고."

"윤세아, 너 거기 서!"

"나와 도현이도 그럴게."

고막이 얼얼할 정도로 괴상한 비명은 문을 닫아도 계속되었다. 발악과 후회가 뒤섞인 처참한 최후였다.

"벌써 끝났어?"

세아는 벽에 기대어 있는 이현을 향해 고개를 끄덕였다. 그의 눈동자가 고요히 세아를 데리고 나온 남자들을 보았다. 왼쪽 가슴에 달린 배지를 보아하니 릭시 본부 사람들이다.

"그럼 이제 하도현한테 가?"

"그래야죠."

"우린 이렇게 헤어지면 또 언제 봐?"

맘을 꿰뚫어 본 듯 물어 온 질문이라 차마 세아는 대답할 수 없었다. 공식 석상엔 얼굴을 비치지 않을 거란 생각은 여전했고 거기엔 이현이 큰 영향을 끼쳤다.

"내 인질, 아직도 너 기다리고 있어."

세아의 눈썹이 들썩였다. 최태수.

"살리고 싶어?"

이현은 주머니에 꽂아 두었던 손을 빼며 몸을 똑바로 세웠다. 부모님의 원수이자 세아가 바뀐 세상을 보여 주고자 했던 남자가 지금 이현의 손에 있다.

"이번엔 네 발로 와. 너무 오래 기다리게 하진 말고."

시계를 한 번 내려다보더니 이현이 먼저 등 돌렸다. 세아가 넓은 보폭으로 다가가 이현의 팔을 잡아 세웠다.

"방법이라도 말해 달라고 했잖아요. 어떻게 하면 놔줄 건지."

"방금 찾아오라고 했잖아."

"내가 찾아가면 당신에게 어떤 의미가 생길 게 뻔하잖아."

"그래, 근데 넌 그거 싫지."

"당연한 걸 왜 물어요?"

세아의 마음은 변하지 않을 것이기에 이현에게 헛된 감

정을 품게 하는 행동은 하고 싶지 않았다. 괜한 기대를 하게 두고 싶지 않다.

"싫어도 찾아와."

그럴수록 상처받는 게 누군지 알기 때문이다. 그 혼란스러운 마음을 읽은 듯 이현의 눈동자가 짙어졌다.

"의미 정도는 나 혼자 만들어서 생각할 테니까 넌 그냥 오라고."

이현을 잡고 있던 세아의 손이 미끄러지듯이 흘러내렸다.

"……내가 만나러 가기만 하면 놔줄 거예요?"

"그날의 기분에 따라 달라질 거 같은데."

이현이 비스듬히 고개를 돌리며 세아를 내려다보았다.

"예쁘게 하고 와."

기다리고 있을 테니까. 뒷말이 여운처럼 세아의 귓가에 머물렀다. 유니벌의 대화에 끼어들지 못해 기다리고 있던 자들이 이현이 멀어지자 기다렸단 듯이 세아를 데려갔다.

귀빈처럼 깍듯이 모시며 포탈로 이동하는 게 왜 그런가 싶었는데, 병실을 보니 이해가 갔다. 괴팍하게 주변으로 퍼진 조각들은 적어도 세아가 밖으로 나가기 전까진 형체가 있던 것들이었다.

"누나."

묵묵히 창밖만 바라보고 있던 도현이 세아를 발견하고선 다가와 꼭 끌어안았다.

"왜 이렇게 늦었어. 빨리 오랬잖아."

보드라운 머리카락이 간지럽게 세아의 어깨에 닿았다. 얼굴에 스친 병원복에선 새것의 냄새가 풍겼다.

"기다리라고 말해 놓고선 늦으면 내가…… 나가지도 못하고."

제 어깨에 기댄 채 웅얼거리는 도현의 목소리를 가만히 듣고 있던 세아는 천천히 병실을 둘러보았다. 전쟁터를 방불케 하는 병실에서 멀쩡한 건 도현 하나뿐이었다. 누구의 위협이라도 받았을까 생각하기엔 릭시 본부 중에서도 간부들만이 달 수 있는 하얀 배지를 단 자들이 하나같이 세아를 보며 기다렸단 표정을 했다. 대충 그전까지 상황이 어땠는지 눈치챈 세아가 나지막이 말했다.

"……제가 달랠 테니까 모두 나가 보세요."

"부탁드립니다."

도대체 얼마나 말썽을 부렸기에 도현을 주시하던 자들이 제로인 세아에게 부탁을 다 할까. 문이 닫히고 세아의 눈초리가 길어지자 도현이 슬쩍 고개를 들었다.

"또 사고 쳤지."

"이게 무슨 사고야. 너 오기 전에 한 번 더 애들 세뇌시킨 거지."

도현이 세아의 허리를 야릇하게 한 번 쓸어내리고선 냉장고로 향했다. 그나마 이곳에서 제일 멀쩡한 물건이었지만 문을 여니 덜컹이며 떨어진다. 도현은 아랑곳하지 않고 그곳에서 태연히 물을 꺼내 마셨다. 축축이 젖은 입술을 손등으로 문지른 도현이 웃는다.

"찾아와서 또 프로젝트 얘길 지껄이잖아. 그동안 너무 얌전히 있었던 거 같아서 시끄럽게 굴어 줬지."

아직 바깥에 기자들이 한 트럭인데, 또 어떤 기사를 써 댈지 세아는 한숨부터 나왔다.

"안 그래도 사람들이 너 무서워하는데 그렇게 굴면 계속 이미지만 안 좋아져."

"내가 망가져야 네가 빛나는 건 알아?"

"어?"

"더 괴팍하고 두려운 존재가 돼야 벡터들이 널 우습게 안 보지."

도현의 손에 들린 물병이 바닥으로 떨어졌다.

"이런 날 얌전히 만드는 게 너밖에 없잖아. 그 사실만으로 네 가치가 올라가는데 뭐가 문제야?"

이런 희생정신이 문제인 거다. 세아를 위해 폭군을 자처하는 건 도현다운 생각이었다. 처음부터 도현이 제 약점인 세아를 숨기려 했다면 겉으로 아무런 사이도 아닌 척 연기해야만 했을 거다. 누가 봐도 숨길 수 없는 감정을 절제하며 살아가는 건 도현에게 참기 힘든 일이었다.

"네가 나에게 소중하단 걸 알린 이상 더 강해져야지. 너 못 건드리게, 무시 못 하게."

그래서 선택한 방법이다.

"내 모든 걸 쥐고 있는 윤세아를 누가 감히 함부로 해. 안 그래?"

이글이 윤세아 하나로 죽어 가고 살아나는 경이로운 장면을 계속 보여 줄수록 세아의 입지는 굳건해졌다.

"난동 피우면서 윤세아 데려오라고 하니까 빠르긴 하네. 앞으로 자주 써먹어야지."

개구지게 웃는 도현을 보며 세아는 작게 고개를 내저었다. 제로란 이유로 세아를 무시한다면 도현이 가만있지 않는다. 그 암묵적으로 세워진 규칙이 세아를 제로의 틀에서 벗어나 사람으로 인정받게 하고 있었다. '윤세아 씨'. 자신을 하대해 부르는 벡터는 언제부턴가 존재하지 않게 되었다.

"도현아."

이름을 나직이 부르며 팔만 벌렸을 뿐인데 도현이 기다렸다는 듯이 맞춰 왔다. 세아는 도현의 허리를 꼭 끌어안으며 품에 기댄 채 눈을 감았다.

"이렇게나 다정한데, 사람들은 그거 모를 거 아니야. 속상해."

"너만 알면 다 돼. 다른 사람들 시선 신경 안 써."

"그래도……."

"잘 다녀왔어?"

도현의 질문에 입꼬리가 부드럽게 올라갔다.

"응."

"후련해?"

"너무나도."

"다행이다. 네 마음속에 이제야 빈자리가 생겨서."

고개를 들자 도현이 내려다보며 속삭인다.

"거긴 이제 전부 내 차지야."

가슴이 저릿해 세아는 살며시 입을 벌렸다. 그 신호가 뭔지 안 도현이 다가와서 입술을 부딪쳤다. 탐하는 강도가 점차 거세졌다. 세아가 병원복을 꼭 움켜잡자 도현이 눈썹을 구기며 세아의 아랫입술을 강하게 물었다. '아앗' 작게 소리를 냈지만 도현의 눈빛은 오히려 뜨거워졌다.

"너 들어왔을 때부터 느꼈던 건데 안으니까 너무 심해."

"하아…… 뭐가?"

도현의 손이 세아의 머리카락 끄트머리를 움켜잡았다.

"다른 남자 냄새 묻히고 오면 어쩌자는 거야."

세아의 눈동자가 움찔거렸다.

"신이현 향수 뿌리는 거 몰랐어?"

원래 높은 레벨일수록 그들만이 즐길 수 있는 향을 쓰기에 후각이 예민하지 않은 제로인 세아가 감지하기란 어려웠다. 반면 레벨이 높아 후각이 뛰어난 도현에겐 머리가 욱신거릴 정도로 풍기는 향일 것이다.

"걔가 너한테 또 무슨 짓 했는데?"

"아무 일 없었어. 설예리 때문에 검찰에 함께 간 것뿐이야."

"같이 차 타고 움직였어?"

"……응."

"네 가드들은 그거 구경만 했고."

가만두지 않을 것처럼 말하기에 세아가 재빨리 대답했다.

"작전을 같이했잖아. 무슨 생각에서 그런 건지 알 필요가 있었어. 정말 아무 일 없었어."

"……."

"너 나 못 믿어?"

도현이 인상을 구기며 허리를 세웠다.

"내가 널 안 믿으면 누굴 믿는데. 그냥 짜증 날 뿐이야. 너 다른 남자랑 다니는 거 보기 싫어."

"알아. 나도 네가 나 아닌 여자와 다니면 그러니까."

"……화도 못 내게 말은 예쁘게 해."

그렇게 말해도 안으로 억눌린 열기는 세아의 눈에 또렷이 보였다. 예전보다 더 거세진 세아를 향한 집착은 여전히 양보가 없었지만 그 안에서도 나름 질서가 생겼다. 예전 같았으면 앞뒤 구분하지 않고 달려들었을 일인데도 우선 참는 거다. 세아의 말에 귀 기울이고, 얼굴 보며 견디고. 상상 속에서만 갈구하던 세아가 곁에 있으니, 거센 감정 역시 그녀로 인해 다스리게 된 것이다.

"걘 언제 처리할 거야?"

"네 앞길을 막으면."

"말이 왜 그렇게 되지? 설예린 처리했잖아."

질서가 생긴 도현의 발언은 어김없이 정직한 방향이었다.

"왜 걘 봐줘? 마찬가지로 우리 사랑을 방해하는데."

세아는 잠시 말을 멈추었다가 천천히 말했다.

"최태수가 붙잡혀 있잖아."

"네가 원한다면 빼돌리면 돼."

"환각 벡터를 찾아야지 풀 수 있어."

"알아. 일단 데려와서 차차 찾아보면 되지. 적어도 내 옆
에 두면 죽진 않을 거 아니야."

"그런다고 살아 있는 것도 아니지."

"……."

"숨만 쉴 뿐이잖아. 아무것도 할 수 없고. 그게 살아 있
는 거야?"

도현이 거칠게 머리를 한 번 뒤적이더니 세아를 데려다
가 침대에 앉혔다. 살며시 벌어진 다리 사이로 제 몸을 끼
워 맞춘 도현이 세아를 응시했다.

"내 눈 똑바로 봐."

"……."

"그래서, 하고 싶은 게 뭔데?"

"뭐가?"

"어떻게 하고 싶은 거냐고. 난 걔 가만두고 싶지도 않아. 너 데리고 매 순간 무슨 짓 할까 생각하는 것도 지쳐. 내가 누구 때문에 팔찌를 찬 건지 잊었어?"

"설예리는 마음을 바꾸지 않았지만 신이현은 아닐 수도 있어."

사소하게 목격한 것들이 세아를 자꾸 연약하게 만들었다.

"그걸 어떻게 증명할 건데."

"날 더 이상 강압적으로 다루지 않아."

먼저 차 문을 열어 주는 매너나 얌전히 차로 데려다주는 행위, 강압적인 것이 사라진 배려 섞인 말투.

"유니벌이잖아, 뭐든 할 수 있고 원하는 대로 해 왔던. 하지만 지금은 초능력으로 억지로 움직이게 하는 대신 내 의사를 먼저 물어. 안 그랬다면 제아무리 목적 때문이라도 그 남자 차에 타지 않았을 거야."

예리는 전에 비해 더욱 악독해지는 반면 이현은 점점 수확해 주길 바라는 익은 벼처럼 세아 쪽으로 기울었다. 바닥으로 처박히기 전에 차라리 낫으로 잘라 주길 기다리는지 누가 알까.

"한 번만 더 그 사람과 얘기해 보고 싶어. 마음 돌릴 수 있게."

도현의 눈동자가 얼음장처럼 차가워졌다.

"말이 통하는 상대라고 생각해?"

"그래도."

세아는 입술을 짓눌렀다.

"……나 때문에 더 이상 다른 누군가가 불행해지는 거 보고 싶지 않아."

예리가 선택한 길은 낭떠러지였다고 한들, 이현은 그러지 않길 바란다. 늘 세아는 감정을 잘라 낸 채 나인으로 살아왔지만 그 안에서 죄책감이 없었던 건 아니다. 자그마한 개미를 밟아 죽여도 미안한 마음이 드는데, 하물며 사람의 인생을 제 손으로 끊어 왔던 세아에게 기회란 경고였다.

"하긴, 걔가 아무리 발버둥 쳐 봤자 너와 내가 있는 곳까진 못 내려와."

조금만 더 내게 발을 들여 놓는다면 떨어지고 말 것이라는. 도현이 부드럽게 세아의 뺨을 보듬며 입 맞췄다.

"이미 너와 나는 너무 많이 변했잖아. 그마저도 이젠 전부 사랑하고 아껴 주고 있지만."

세아는 고개를 미약하게 끄덕였다. 우리는 지금, 청량했던 어린 시절과 너무나 많이 달라져 있다.

"걘 네가 어떻게 지내 오고 뭘 하고 살았는지 전부 몰라. 스물여섯의 윤세아만 기억할 뿐이지, 불쌍하게."

도현의 입꼬리가 올라섰다. 세아는 그 말에 묵묵히 동의했다. 나는 어떠한 이유로도 용서받지 못할 죽음을 행해 왔었고 넌 하루하루를 죽음과 함께 보내왔다. 우리가 지금 만나 다시 사랑할 수 있는 것도, 서로를 두려워하지 않을 수 있는 것 역시 어쩌면 변한 모습까지도 너무 닮아 있어서일지도 모른다.

"너의 모든 걸 다 가진 남자 내가 유일한 것도 모르고."

그러니 우리가 살고 있는 곳으로 오지 말길.

"좋아. 네가 원한다니 증명할 수 있는 기회를 줄게."

"……."

"그래도 걔 마음 안 돌리면 나도 내 식대로 해결해. 어때?"

세아가 단번에 고개를 끄덕였다. 뭔가를 느낀 도현의 시선이 아래로 떨어졌다.

"……너 정말 못 말린다."

오래도록 머무르는 곳은 세아의 다리였다.

"좋다는 표현을 이렇게 해도 되는 거야?"

세아는 저도 모르게 얼굴이 발개졌다. 내가 뭘. 세아가 고개를 돌리자 도현이 그 턱을 잡고 제게로 데려왔다.

"어딜 가."

어둡게 변모한 눈동자가 세아에게로 들이닥친다.

"흥분시켰으면 받아 줘야지."

제 몸을 밀어붙이며 입술을 부딪친 도현 때문에 세아의 허리가 뒤로 꺾였다. 머리에 닿는 딱딱한 벽과 달리 입안에서 얽히는 느낌은 황홀했다.

　피곤했나. 도현은 가만히 제 옆에 잠든 세아를 내려다보았다. 숨결에 맞춰 들썩이는 가느다란 머리카락의 개수를 버릇처럼 시선으로 세었다. 어떻게 잠든 모습까지 이렇게나 사랑스럽지. 그 모습을 보려 요즘 도현의 수면 시간이 현저히 짧아졌다는 걸 그녀 혼자만 모르는 듯했다.

　"사랑해."

　이 부족한 말을 얼마나 더해야 내 마음까지 채워질 수 있을까. 어둑한 눈동자가 세아를 담으며 웃는다. 잘 자, 지금 꿈속엔 내가 있길.

　"일어나셨습니까?"

　도현이 병실 문을 최대한 조용히 닫고 나오자 건우가 인사했다.

　"몇 시지?"

　"저녁 8시 되기 4분 전입니다."

　"릭시 본부는."

　"우선 돌아갔다고 하나, 곧 다시 올 자들입니다. 프로젝트에서 가장 중요했던 첫 번째 대상이 그리되었으니 발생한 문제가 한두 개가 아니겠죠. 관리자님께서는 이제 공식적으로 프로젝트에서 손 떼셨고요."

"그래? 잘됐네."

도현이 침묵이 내려앉은 복도를 거닐자 건우가 그 뒤를 따랐다. 발소리조차 들리지 않게 신경 써 걷는 걸음이다. 잠귀가 밝은 세아를 배려한 행위였기에 건우 역시 구두 소리를 눌러 죽일 수밖에 없었다.

복도 끝에 위치한 창문으로 간 도현이 손가락을 까닥이자 건우가 주머니에 넣어 두었던 담배를 꺼내 들었다. 도현의 입술이 익숙하게 그걸 물었고 건우가 불을 붙여 주었다. '후으' 크게 호흡하자 희미한 연기가 창밖으로 흘러나갔다. 도현은 어둠이 차오른 경계선을 바라보며 말했다.

"그래서."

세아는 알지 못하는 비밀이다.

"신이현 쪽은?"

사실 이것 말고도 더 있다.

"지시하신 대로 문제없이 모두 포섭했습니다. 현재 최태수는 화신 병원에 입원해 있고, 그를 지키고 있는 가드가 여섯인데 말씀만 하신다면 지금이라도 빼내 올 수 있습니다."

도현은 입술 사이로 연기를 내뱉었다. 좋아.

"어떻게 할까요?"

네가 원한다니 증명할 수 있는 기회를 줄게. 눈을 가늘게 뜨며 타들어 가는 담배 끄트머리를 가만히 내려다보던 도현이 나지막이 말했다.

"일단 내버려 둬."

"예상 밖의 대답이시네요. 지금이라도 처리할 수 있는 건데."

"우리 세아가 아직 너무 여려."

"……."

"대화를 하고 싶다네."

"……이현 님과 대화라니, 쉽진 않을 텐데요. 유니벌입니다. 권력에 익숙한 분이지요."

"나도 알아."

손가락 사이에 끼워진 담배가 아래로 기울었다. 도현의 입꼬리가 올라갔다.

"그래서 세아를 떠밀어 보려고."

'증명할 수 있는 기회'는 도현이 세아에게 하는 경고였다.

"무슨 생각이신지 모르겠습니다."

"몰라?"

"네, 이현 님은 윤세아 씨를……."

"가지고 싶어서 안달 난 새끼지. 거기서 세아랑 아무 일 없으면 우린 그냥 이대로 계속 사랑하며 좋아하는 거고."

"……."

"무슨 일이라도 생기면."

도현의 눈동자가 거뭇해졌다.

"그땐 뭘 어떻게 해야 하나……."

웃는 입꼬리가 매서웠다.

"궁금해하지 말고 넌 그냥 내가 시키는 일만 해."

"네."

건우는 마른 입술을 혀로 축였다. 창문턱에 팔을 기댄 도현이 거뭇하게 타들어 가는 담배를 한 모금 더 빨아들였다. 몸을 태우며 거뭇한 재가 바닥 아래로 추락했다. 마지막으로 그걸 깊이 빨아들인 도현이 창문턱에 담배를 문지르며 지졌다.

"내가 누나에겐 착한 모습만 보이고 싶어 하는 건 너도 잘 알지?"

웃으면서 말하는 도현의 모습에서 건우는 작게 소름이 일었다.

"……그럼요."

"냄새 빼고 들어갈 테니까 병실 주변으로 누구든 얼씬 못 하게 해."

도현이 건우의 경직된 어깨를 툭툭 두드리며 발을 떼었다.

"나 돌아왔을 때 시끄러워서 깼다는 소리 들리기만 해 봐."

지금 네 꿈속엔 내가 있길.

　만나야 할 시간이나 장소가 어딘지 말한 적 없었지만 마치 약속이라도 한 듯 세아가 향한 곳은 병원이었다. 태수가 이곳 병원에 입원해 있단 소식은 항상 집에 있으면서도 기사를 주시해 왔기 때문에 알 수 있었다.

　병원에 들어서자마자 로비로 향한 세아가 모니터에 시선을 고정한 채 업무를 처리하고 있는 직원에게 물었다.

　"저, 최태수 씨를 만나고 싶은데 병실이 어딘지 알 수 있을까요?"

　"그 환자는 면회가 불……."

　직원이 세아의 얼굴을 확인하자 상황이 달라졌다. 묵묵히 수화기를 들어 어디론가 연결을 한 그녀의 입술이 깍듯하게 움직였다. 네, 지금 윤세아 씨가 아래에 찾아왔는데요. 알겠습니다.

　"15층 1503호입니다."

　자신의 이름을 어떻게 알고 있는지 의문이었지만 도현 때문에 이미 유명인사가 된 세아였다. 그 사실을 인지하자 자신을 힐끔거리는 사람들의 시선이 느껴져 재빨리 움직였다.

　"……."

엘리베이터에 오르니 과연 그녀가 전화를 건 게 누구일까 의문이 든다. 그리고 15층에서 열린 문 너머를 보며 세아는 이곳에 누가 있는지 알았다.

"기다리고 계십니다."

신이현이 여기 있구나. 가드의 안내를 받으며 도착한 문고리를 세아는 가만히 내려다보았다. 주변에 그 어떤 소리도 들리지 않았다. 병실 전체가 이현 한 명 때문에 비워진 듯했다.

"……."

문을 열고 들어간 세아를 제일 먼저 반긴 건 바람이었다. 활짝 열어 둔 창문으로 이리저리 펄럭이는 새하얀 커튼이 누군가의 얼굴을 스쳤다. 얇은 천이 바람과 함께 두드리고 멀어지니 세아의 심장은 주체 없이 일렁였다. 자신을 흔들어 놓는 커튼 앞에 앉아 이현은 고요히 눈을 감은 채였다. 천천히 걸어가자 침대 위로 태수가 누워 있었다.

"전화 받고 기다렸어."

세아가 잠시 멈췄던 걸음을 다시 움직이자 이현의 입술 끝이 올라갔다.

"네가 나에게 오는 발소리 들으려고."

굽 높은 구두가 이현의 앞에서 멈춰 섰다. 천천히 눈꺼풀을 밀어 올리자 보이는 얼굴에 또 웃음이 난다.

"감상해 보니 생각보다 좋은데."

이현이 손목에 채워진 세 번째 시계를 멈추었다.

"정말 예쁘게 하고 왔네."

바람이 휘젓고 지나간 게 커튼인지 너인지 분간할 수 없을 정도로 새하얀 백설이. 이현의 눈동자가 움푹 파일 정도로 세아를 담는다.

"만나러 오면 풀어 준다고 약속했었죠."

"그런데 꽤 늦게 왔네."

"……늦게라도 왔으면 된 거 아닌가요? 약속대로 최태수 풀어 줘요."

"얼굴만 볼 거였으면 부르지도 않았지."

이현이 자리에서 일어서며 고갯짓했다.

"앉아."

그가 가리킨 곳은 태수가 누워 있는 침대였다. 무슨 의도인지 파악할 순 없으나 이곳까지 온 마당에 내뺄 생각은 없던 세아는 그를 따라 움직였다. 앞에 놓인 의자는 일반 병실에서 볼 수 없는 고급스러운 것이다. 그것도 두 개.

"네가 언제 올까 매일 궁금해하며 여기서 하루를 보냈어."

이현이 준비해 놓은 것 같았다. 세아는 기계에 둘러싸여 있는 태수의 모습을 내려다본 뒤 천천히 그곳에 앉았다.

"근데 넌 안 오더라고."

아래로 푹 꺼지는 쿠션이 잠식되는 기분을 안겨 주었다. 옆에 앉은 이현이 이마를 가린 머리카락을 한 번 쓸어 넘겄다. 언제부터인지 이현은 깔끔하게 머리를 넘기지 않은 채였다.

"오늘은 왔네, 그래도."

빤히 저를 보는 세아의 시선을 느낀 건지 이현의 고개가 돌아갔다.

"여기서 뭘 하고 싶은 건데요."

"그냥 대화?"

"그거라면 굳이 이곳에서 안 해도 될 거 같은데."

"왜, 최태수가 이러고 있으니 가슴 아파?"

"……."

"얘가 지금 어떻게 살고 있는지 궁금할 거 아니야."

"……."

"아니, 이렇게 만든 원흉인 내게 화만 나려나……."

둘 다였다. 태수의 상태도 궁금했고 이현이 왜 이런 일까지 저질러야 했는지 화도 났다. 하지만 여전히 태수는 일어나지 못한 채였고 이현이 저를 사랑해서 그런 거라면 피해 갈 수 없다.

"내 관심 끌고 싶어서였다면 성공했어요. 여기 오려고 도현이에게 허락까지 맡을 정도였으니까."

"그동안 안 왔던 것도 하도현이 막아서였나?"

"내가 오지 않았던 거예요. 말했잖아요. 내가 여기 온다면 당신에겐 어떤 의미가 생길 게 뻔하다고."

"의미는 네가 오지 않는 동안에도 계속 생겨나고 있었어."

세아가 눈을 한 번 깜빡였다. 다리를 꼰 이현이 나지막이 말했다.

"그러니 신경 쓰지 마. 네가 어떻게 할 수 있는 것도 아니니까."

"어떻게 신경을 안 써요? 나 때문이라면서요. 내 옆엔 도현이가 있단 거 잘 알면서도 지금 이러는 거잖아."

"……."

"아직도 모르겠어요? 당신하고 난 이뤄질 수가 없다고요."

"……."

"제발 그만해요. 설예리가 어떤 처벌을 받았는지 봐서 알고 있잖아요."

이현이 입꼬리를 올렸다. 둘의 사랑을 시샘하며 도현을 빼앗으려 했던 예리는 얼마 전 처음으로 이글을 위협하는 초능력을 쓴 자로서 종신형을 받았다. 좁은 감옥에서 생을 마감할 운명이 된 거다.

"걔 하나에서 끝난 것도 아니에요."

중오가 만든 이글 보호법은 그녀의 모든 걸 앗아 갔다. 흡사 대역죄인의 일가족이 말살되듯 설인우는 모든 재산을 빼앗긴 채 6년 형에 처했고, 그녀의 어머니 역시 감옥에서 딸의 오명을 짊어진 채 살아가야만 했다. 그들이 일궈 낸 회사가 도현의 차지가 되었단 건 어제 있었던 취임식을 보앉더라면 모두가 다 아는 사실이었다.

"부와 명예를 빼앗긴 거로도 모자라 그녀의 가족까지 모두 몰락했죠. 도현이나 나나, 서로를 위해서라면 못할 것도 없어요. 두려울 것도 없고."

"그래서, 널 사랑하면 나도 그렇게 된다?"

뚫어지게 바라보는 이현의 시선에 세아가 심호흡하며 말했다.

"……당신은 대체 내 어떤 면이 그렇게 좋은 건데요?"

"좋은데 이유가 필요해?"

"필요하고 알아야겠어요."

"그래, 내가 왜 널 좋아해서 이런 일까지 저지르게 됐을까……. 우리의 첫 만남이 평범하지 않았단 건 너도 인정하겠지."

"……."

"그 순간이 내 일상을 망칠 정도로 강렬해서 안 잊혀. 경험으로 얻은 결론이야. 난 네가 아니면 안 돼."

"당신은 내가 왜 그 저택에 갔는지도 모르고 그냥 물건을 훔치려고 왔구나, 단순하게 생각하겠죠. 내 옷을 신기하게 보던 거 아직도 기억해요."

"……."

"그때 최기석 저택에서 거래가 있었어요. 그림 한 점이었지만 그로 인해 발생한 수익이 제로 밀집 구역을 없애는

용도로 사용될 예정이었고, 그래서 목숨 걸고 갔던 거예요. 난 항상 목숨을 걸어야만 하는 바닥에서 살아왔어요. 제로의 몸으로 벡터들을 상대하려면 총은 기본이고 한 방에 못 끝내면 내가 죽어요."

"……."

"무슨 말인지 알아요? 당신이 신기하게 바라봤던 내 모습, 내 손이 그리 깨끗하지 않단 거예요."

이현은 인상을 찌푸렸다.

"당신은 내 그림자까지 못 끌어안아 줘요."

미안한데.

"나 역시 당신에게 사랑받을 자격 없고."

나는 널 그림자라고 생각해 본 적 없어.

"영원히 당신 감정은 내게 응답받지 못해요. 그 사실을 알면서도 계속 도현이와 부딪친다면 상처받고 망가지는 건 당신이 될 거예요. 나로 인해 그러지 말고, 원래 있던 곳으로 돌아가요. 부탁할게요."

내 앞에서 넌 언제나 밝아. 이현의 입술이 천천히 벌어졌다.

"그럼 나도 부탁 하나 해도 돼?"

"제 말대로 해 준다면요."

"키스해도 돼?"

눈이 멀어 버릴 정도로. 그 말에 세아의 속눈썹이 가느다랗게 흔들렸다.

"……안 돼요."

"왜 안 되는데."

"마음에도 없는 남자와 입술 부딪치고 싶지 않으니까."

"난 비록 날 마음에 두지 않는 여자라도 너라서 하고 싶은데."

순식간에 허리를 기울인 이현이 세아의 입술 앞에서 멈춰 섰다.

"참 우린 맞는 게 없어. 그렇지?"

시선을 잠시 내렸던 이현이 속눈썹을 밀어 올렸다. 그리고 마주하게 된 검은 눈동자.

"그렇다면 방법이라도 알려 줘. 널 사랑하지 않게."

나지막이 속삭이는 숨결이 입술 위로 내려앉는다. 탐스런 과육이 눈앞에 있는데도 맛보지 못하는 입안이 바싹 타들어 간다.

"죽고 싶어. 알아?"

온 신경이 지금도 끝없이 추락하고 시들어 가고 있었다. 침대에 누워 있는 최태수와 다를 바 없다. 이현은 죽어 가는데 처음 맛보았던 과육의 싱그러움은 날이 갈수록 윤기가 흘렀다. 보면서도 건드리지 않는 게 세아가 알려 준 훈육이자 교육이었다. 안 된다. 참아야 하는데 눈앞에 있는 걸 어떻게 거부해야 할지. 아직 내성이 생기지 않았다. 모든 걸 견뎌 내기엔 시야는 아름답고 독에 취한 폐는 그녀의 숨결을 갈구했다.

"목이 말라, 너 때문에."

희미해지는 이성을 붙잡고 있는 이현과 달리 세아의 차분한 눈동자가 뚫어지게 그를 응시했다.

"……날 사랑하지 마요."

나조차 어찌할 수 없는 감정을 잘라 내는 게 방법이라니.

"신중하게 잘 선택해요."

'선택' 그 단어가 이현을 움직이게 했다. 시선을 내린 이현이 입술을 머금으며 안으로 매끄럽게 파고들었다. 내 선택은 너야.

세아의 목덜미를 감싸 쥐는 손이 이렇게 얼얼한 건 처음이다. 오래도록 맛보고 싶었던 너이기에 가능한 증상이다. 이현은 참아 왔던 만큼 침범한 영역을 맘껏 휘저었다. 게걸스럽게 해치우는 소리가 공간에 울려 퍼졌다. 밀어내면 정신이라도 차렸을 텐데, 아무런 방해가 없으니 저 혼자만의 세계에 빠져 움직이지도 않는 널 이리저리 맘껏 휘감았다. 사랑해서 그런 거라고 착각하고 싶을 만큼, 나에게 멈춰 있는 넌 언제나 허물없는 상상이 된다.

"……지금 이게 당신 선택인 거죠."

하지만 깨어나면 끝일 꿈이다. 입술을 떼어 내자 붉은 립스틱이 아까와 달리 반질거렸다. 세아는 묵묵히 그걸 손등으로 훔쳐 냈다. 쓸려 나가는 모습이 마치 피를 흩뿌린 것처럼 진했다. 이현은 몽롱해진 시야를 또렷하게 잡아냈다. 선택?

"난 분명히 마지막이라고 말했어요."

대체 뭔가. 사늘한 얼굴로 일어난 세아가 등 돌렸다. 널 보는 게 마지막이라는 거야?

"가지 마."

반사적으로 이뤄진 행동이다. 이현이 세아의 손목을 움 켜잡았다. 사실 초능력으로 묶어 두면 그만인 거, 온기가 담긴 손으로 잡은 건 세아에게 학습된 이현이기에 보일 수 있는 거였지만 되돌아온 목소리는 냉담했다.

"대화를 하려고 찾아온 내게 키스한 건 당신이었어요. 그러니 내가 가는 것도 맞는 일이죠."

"최태수는. 신경 안 써?"

"죽이기라도 할 거예요?"

"네가 지금 이대로 가면 그러려고."

"해 봐요, 어디 한번."

이현의 눈썹이 일그러졌다.

"날 사랑하지 않는 법을 알려 달라고 했죠."

세아가 이현의 손을 강하게 뿌리쳤다.

"차라리 미워해요. 이렇게 외면하고 당신을 끝까지 받아 주지 못하는 날 원망하며 내게 복수해요."

허공에 버려진 손이 아래로 추락한다.

"그런 마음으로 덤벼요. 나도 이젠 싸울 생각이니까."

힘없이 아래로 떨어지는 걸 멈출 시간은 얼마든지 존재했지만 그러지 못한 건 지금 이 순간에도 이현의 시야를 장악한 것이 세아였기 때문이다. 네가 한 말, 너의 표정, 돌아서는 네 모습, 멀어지는 구두 소리.

"가지 마."

기록하고 싶지 않은 것들.

"……가지 말라고."

문이 닫힌 뒤에야 흘러나온 후회는 세아의 발목을 잡기엔 역부족이었다. 따라 나가지 못하는 발이 쓸모없게 느껴질 정도로 이현은 움직일 수가 없었다. 조금 전까지만 해도 옆에 앉아 있었다는 게 믿기지 않는 듯 텅 빈 의자만 보았다. 공허해진 새하얀 방에 두 번의 노크 소리가 울려 퍼졌다. 이현은 눈을 한 번 깜빡였다. 백설이 아니다.

"실례하겠습니다."

내 안으로 그 어떤 예고도 없이 들어왔던 것처럼 넌 노크 같은 건 하지 않으니까. 가드가 정중하게 다가와 앞에 서자 이현이 손으로 미간을 짚었다. 태수를 한 번 내려다본 그가 조심스럽게 입을 열었다.

"어떻게 할까요?"

"죽……."

목이 콱 막혔다.

"……이지 마."

이현은 손을 꽉 움켜쥐었다. 너를 미워하라고? 내가 어떻게 그럴 수 있겠어.

"풀어 줘."

그 말과 함께 이현이 자리에서 일어났다. 가능한 방법을 말해, 백설아.

"이젠 필요 없어졌어."

내게 먹히는 말을 해.

뒤돌아선 채 멀어지는 구두 소리. 여전히 창문턱의 새하얀 커튼은 어지러이 휘날리고 있었다.

병실 밖으로 나섰을 때 세아는 보이지 않았다. 이미 아래로 내려가는 엘리베이터에 올랐을 거다. 누구도 올라오지 못하게 막았던 복도가 이젠 짜증 날 정도로 적막해 보였다.

"지금 최태수를 깨울 벡터를 부르겠습니다."

"어."

"그리고 이현 님."

"왜."

순식간이었다.

"……지금 뭐하는 짓이야?"

배를 뚫고 들어온 건 서늘한 온도의 칼날이었다.

"대화 이상으로 상황이 번지면 처리하란 지시가 있었습니다."

가드가 나지막이 말했다.

"하도현 님께서."

"하⋯⋯."

이현은 헛웃음을 흘렸다. 손으로 더듬는 부위가 지나치게 익숙했다. 기분 더럽게도, 예전 세아가 총알을 먹였던 곳과 같았다. 그땐 다스렸던 화가 지금은 주체할 수 없이 내부에서 범람했다. 제 몸을 뚫고 들어온 칼 끄트머리를 만지는데도 통증조차 느껴지지 않을 정도였다. 이딴 상처는 초능력으로 치료하면 그만이다.

"⋯⋯젠장."

이현은 제 회복이 먹히질 않는 걸 인지하자 사납게 눈을 떴다. 잊고 있었던 게, 모든 병원 복도엔 초능력 사용을 금지하는 규제 전파가 있었다. 초능력을 사용하려면 병실로 들어가야 한다.

"움직이지 마십시오."

하지만 이 남자가 그걸 허락할까. 다른 누군가의 도움을 받아야 하나?

"이 층엔 이현 님 말고는 올라올 수 없단 거 잘 아시지 않습니까."

친절히 사실을 알려 주는 가드의 얼굴은 모든 걸 계산한 듯 덤덤했다. 이현은 비식 웃음을 터트렸다. 그래, 유니벌을 처리하려면 이 정도는 생각했겠지.

"근데 하나만 알고 둘은 모르네."

규제 전파는 지속형에겐 소용없는 것이다. 저주에 걸린 세아가 제아무리 병원으로 실려 왔다고 한들 저주로 계속 고통받던 것처럼. 이현이 피로 얼룩진 손으로 세 번째 시계의 버튼을 눌렀다. 그 순간 사라진 이현의 모습에 가드가 힘주고 있던 손을 내렸다.

"……지속형 초능력이 있었나."

'쨍그랑' 병실 안쪽에서 들려온 거친 소리에 가드가 재빨리 비상구 계단 쪽으로 몸을 틀었다.

"하…… 개 같은."

이현은 커튼이 펄럭이는 그 자리, 그 의자에 앉아 배에 꽂혀 있는 칼부터 잡아 빼 던졌다. 새빨간 피가 바닥으로 이리저리 튀며 날아갔다. 곧바로 초능력으로 회복하자 상처가 사라졌다. 새하얀 셔츠에 물든 붉은 핏자국을 보던 이현이 그 위를 꽉 움켜쥐며 이를 갈았다.

"미치지 않고서야."

제 수하에 있던 놈들까지 섭렵했다는 건 이 상황을 뒤에서 줄곧 지켜보았단 걸 의미했다. 어떻게 유니벌의 목숨을 한낱 아랫것들이 위협하나 싶었지만 그 배후가 이글이라면 불가능한 일도 아니었다. 유니벌의 말만 따랐던 레벨들이 그보다 높은 이글이 존재하니 머리를 조아리며 복종할 대상을 바꾼 것이다.

"하도현."

소름 끼치도록 낮은 목소리가 병실에 울려 퍼졌다.

도현은 테이블 위로 손가락 다섯 개를 펼쳤다가 모으는 걸 반복하고 있었다. 어제 있던 취임식을 기점으로 KM 기업의 가장 많은 지분을 얻게 된 도현은 경영을 배우겠단 마음가짐으로 회사 내에서 이뤄지는 회의에 직접 참관하고 있었다. 프레젠테이션을 진행하던 남자가 도현을 향해 당찬 목소리로 말했다.

"이번 8월부터 시작될 건설업 투자자들 명단입니다."

불미스러운 사건으로 주인이 교체된 풍파를 겪은 기업치곤 도현 하나로 모든 것이 완벽했다. 반듯한 정장 차림으로 앉아 화면을 주시하는 도현을 곁눈질로 본 여자들은 그의 사무적인 모습에 뺨을 붉혔고 남자들은 그가 앉아 있는 정중앙 위치를 믿음직스럽게 바라보았다. 오므려진 손가락을 다시금 펼친 도현이 의자를 미세하게 옆으로 돌리며 말했다.

"현재 건설업계를 차지하고 있는 기업들 현황부터 확인하고 싶은데."

"아, 보여드리겠습니다."

남자가 곧바로 다음 장을 넘기자 대한민국에서 고급 브랜드로 인식되는 건설사명이 기업과 연계되어 펼쳐졌다. 그중 가장 많은 비중을 차지하고 있는 건 유니벌인 이성재 회장이 이끄는 유한그룹이었다. 주력하고 있는 사업이 건설업이라더니, 그를 입증하듯 아홉 개가 넘는 브랜드들이 대부분의 지역을 장악하고 있었다. 그 밑으로 소소하게 나열된 타 기업까지 모두 훑은 도현이 나지막이 물었다.

　"저걸 다 밀어 버리는 데 얼마나 걸릴 거 같나?"

　"네?"

　"왜, 내 질문을 이해 못 했나?"

　"아…… 아닙니다. 재건축 들어가는 곳이 얼마 되지 않습니다. 우선 그 부분부터 저희 기업에서 인수……."

　"현존하는 건설사를 흡수해 우리 기업 이름으로 바꿔 달 생각을 해야지, 그걸 언제 기다립니까."

　답답한 듯 도현이 등받이에 기대고 있던 몸을 당겼다.

　"우선 광고부터 질릴 정도로 매체에 뿌리고, 모델 하우스는 각 지역마다 두세 개씩 세우세요. 이번에 인수했던 강남 지역이 세 군데랬나? 벡터들 모아다가 무슨 짓을 해서라도 2개월 안에 건물 완공하고. 고급화 이미지는 제가 책임지죠."

　그 말에 긴 테이블에 앉아 있던 직원들이 빠르게 도현이 지시하는 사항을 받아 적었다. 순간 테이블 위에 놓인 도현의 휴대폰이 짧게 진동했다.

[도현아, 바빠?]

세아의 문자에 도현의 입가에 처음으로 미소가 그려졌다. 도현이 아무런 말이 없자 직원들의 시선이 쏠렸다. 한참 동안 액정을 내려다보던 도현이 그곳에서 시선을 떼지 않은 채 말했다.

"계속 브리핑하세요."

남자가 다시금 말을 잇는 걸 귀로 들으며 도현이 손을 움직였다.

[아니, 하나도.]

바쁜 일정을 보낼 거란 생각에 전화가 아닌 문자를 써서 여유부터 묻는 모습이 너무나도 귀엽게만 느껴졌다. 살그머니 눈치 보는 거 같아서. 그마저도 배려가 느껴져 기분 좋았다.

[한가해서 심심하던 참이었어.]

여유로운 시간 따윈 존재하지 않았지만 세아에겐 없는 공백을 억지로라도 벌려서 만들었다.

[나 지금 회사로 가도 돼?]

빈틈을 보여야 네가 들어오니까.

[그럼.]

도현은 대답하고선 곧바로 또 하나의 메시지를 보냈다.

[오는 데 얼마나 걸려?]

[20분 정도. 차가 조금 막히네.]

[위치 말해 주면 데리러 갈 수 있는데.]

[아니야, 내가 갈게.]

[왜?]

오는 동안 무슨 생각이라도 하려고?

[내가 너 만나러 가고 싶어서 그래.]

병원에서 무슨 일이 벌어졌는지는 이미 연락을 통해 모두 알고 있었다. 도현의 입가로 매끄러운 웃음이 그려졌다.

[그래, 빨리 와. 벌써부터 보고 싶으니까.]

문자를 보낸 뒤 도현은 불 꺼진 액정 위를 손가락으로 두드렸다. 널 어떻게 해야 하지.

"이곳에서 기다리시면 됩니다."

세아는 로비에서부터 저를 안내해 준 자를 따라 꽤 높은 층까지 올라왔다. 마실 것을 준비하겠단 말에 괜찮다 손사래를 치자 정중한 인사와 함께 문이 닫혔다. 온전히 공간 안에 혼자 남겨지고 나서야 세아는 주변을 둘러보았다. 거대한 책상 위로 놓인 명패에 적혀 있는 이름을 보니 도현의 영역 안에 있단 느낌을 강하게 받았다.

"미안. 잠깐 일이 있어서."

문을 열고 들어온 도현이 재킷 목 부근을 매만지며 들어왔다.

"많이 기다렸어?"

"아니, 이제 막 왔는걸."

도현을 향해 웃은 세아는 지금 그가 회의를 도중에 자르고 온 걸 까마득하게 몰랐다.

"회장님 자리는 원래 다 이런 거야? 방 괜찮다. 전망도 좋고."

"건물들 모여 있는 게 뭐가 좋아. 답답하기만 하지."

거대한 테이블 뒤로 펼쳐진 유리 벽을 보며 말하는 세아를 도현이 뒤에서 끌어안았다. 목덜미까지 내려온 입술이 그 위로 부딪치자 끈적한 소름이 돋아났다.

"웬일이야. 나 일하는 거 보고 싶어서 왔어?"

"……네 말이 맞아. 애초에 대화가 이뤄질 남자가 아니었어."

"무슨 말이야?"

도현의 물음에 세아가 등을 돌렸다.

"신이현."

그 말과 함께 세아는 무작정 두 팔 벌려 도현을 끌어안았다.

"미안해."

꽈악. 저도 모르게 힘이 들어간 손은 도현의 검은 재킷에 주름을 만들어 냈다. 오는 내내 몇 번이고 문질렀던 입술과 그와 비례하게 커져 가는 죄책감은 회사에 있을 도현에게 쏟아졌다.

"미안. 정말 미안해. 앞으로 그냥 네 뜻에 따를게."

이현이 저를 사랑한다기에, 제 말까지 따라 줄 수 있을 거라 기대했었다. 답을 모른다 말했던 그였기에 솔직하게 제 심정을 털어놓는다면야 한 번 정도는 흔들릴 줄 알았다. 하지만 이현이 선택한 게 무엇이었던가.

"절대로 바뀌지 않아. 그 남자는."

"……."

"너와 내 적이 맞아."

가슴속을 짓누르는 무게를 비우기 위해 미안하단 말만 반복하자 도현이 세아의 뺨을 손으로 감쌌다.

"왜. 무슨 일이라도 있었어?"

소중하게 보듬어 주었다. 그 따뜻한 손길에 고개를 든 세아가 올려다보자 도현이 웃는다.

"입술이 부었네."

엄지로 입술을 꾹 짓누르는 손길에 세아의 눈이 희미하게 흔들렸다. 세아가 긴장한 듯 눈동자를 굴려 댔다.

"키스해 달라고 조르는 건가?"

도현이 알게 된다면 어떤 반응을 보일지 뻔히 알기에 쉽사리 토하지 못한 진실은 안에서 잠겼다. 긴 손가락이 세아의 턱 밑을 감싸 쥐며 들어 올렸다.

"입 벌려. 내가 들어가기 편하게."

고개를 틀며 키스했다. 세아의 입술엔 거부할 생각이 애초부터 존재하지 않은 것처럼 아무런 힘도 실려 있지 않았다. 도현이 원하는 대로 움직이기 편하게 변하는 자세는 오래된 습관처럼 이뤄졌다. 감미롭게 엉키는 혀끝을 따라가는 행위는 언제나 세아의 머리를 아득하게 만들었지만 오늘따라 집요하게 파고드는 혀가 난폭하게 느껴졌다. 업무를 보는 공간과 어울리지 않을 타액이 엉키는 소리가 야릇하게 울려 퍼졌다. 목구멍까지 침범한 혀가 진집을 내듯 긁었다. 세아가 뒤로 물러서자 도현이 허리를 끌어당겼다. 꼼짝없이 갇힌 세아는 입술이 뜨거워 고개를 비틀었다. 연한 살점을 도현이 세게 깨물었다.

"아⋯⋯!"

외마디 비명 소리가 튀어나오자 도현이 매끄럽게 입술을 빨며 멀어졌다.

"하아, 하아⋯⋯."

거친 숨을 몰아쉰 세아가 도현을 올려다보자 또 웃는다.

"너 왜 이렇게 사람을 몰아붙이면서⋯⋯."

"흥분돼서 그랬어."

"뭐?"

"힘들었어?"

"……."

"꼭 나랑 자고 난 뒤 같네."

도현이 세아의 빰을 느릿하게 손으로 쓸었다. 숨을 고르는 것에 집중한 세아의 모습은 꼭 지쳐 탈진한 사람 같았다.

"배고프지? 나가서 같이 점심 먹을까?"

"……지금?"

"응."

평소 같았으면 일은 괜찮은 거냐고 물었겠지만 차마 입이 떨어지지 않았다. 세아는 결국 고개를 끄덕였고 도현은 기분 좋은 콧노래를 흥얼거리며 세아의 손을 잡았다. 바깥으로 나가 비서에게 외출을 할 거라 얘기한 도현은 순간이동으로 세아와 함께 멋스런 기운을 풍기는 고급 일식집을 찾았다.

"맛없어?"

세아가 앞에 놓인 전복죽을 여러 차례에 걸쳐 간신히 비우자 도현이 빈 그릇을 치워 주며 물었다. 세아는 천천히 고개를 내저었다.

"아니, 괜찮아."

"어떤데."

"깔끔하네."

도현이 한쪽 눈썹을 구기자 세아는 제 감상 평이 부족한가 싶었다. 재빨리 말을 덧붙이기 위해 주변을 둘러보았다.

"분위기 괜찮다. 조용하고 음악도 나와."

일본 분위기로 꾸며 놓은 내부의 한쪽 벽면에 장대한 대나무 네 그루가 쭉 뻗어 있었고 그 밑으로 놓인 시시오도시가 운치를 더했다. 샤미센으로 연주되는 울창한 곡조를 따라 세아가 젓가락을 차분히 움직였다.

"별로 생각 없었는데, 이런 곳에 와서 먹으니까 없던 입맛도 살아나는 거 같아."

"더 먹어."

도미가 입안에서 살살 녹아 가는 동안 도현이 메인으로 나온 접시를 세아에게로 밀어 주었다. 아까 도현과 키스하면서 깨물린 부위가 쓰려 제대로 된 식사가 어려웠다. 고통의 문제가 아니었다. 함부로 세아에게 상처를 내지 않는 도현인데 이상하다 싶은 생각에 도현의 얼굴에서 시선을 뗄 수 없었다. 불편한 기색을 감추지 못한 채 세아가 입을 오물거리자 턱을 괴고 있던 도현이 말문을 열었다.

"요즘 엘린 씨랑 연락 자주 하는 거 같던데."

"응, 그때 도움받은 것도 있고."

엘린의 이야기가 나오자 세아의 얼굴이 금세 밝아졌다. 감사를 전하려 먼저 한 연락을 기점으로 둘 사이에선 전례 없던 대화가 이뤄졌다. 유니벌인 엘린은 제 일상을 세아에게 말했고, 제로인 세아는 처음엔 가만히 듣기만 하다가 점차 자신의 생활을 그녀에게 얘기했다.

"안 그래도 만나서 얘기하는 게 좋을 거 같다고 하셔서 내일 한국으로 온다고 하셨어."

"또?"

그뿐만이 아니었다. 그녀는 유니벌이라 비밀로 유지해야 할 초능력을 드러내면서까지 자신이 보유한 포탈로 한국을 방문했다. 도현은 웃으며 세아를 바라보았다.

"기특하게 혼자서 친분도 만들고."

"무슨 말이 그래. 다 네 덕이지."

"엘린 씨가 나 보러 오나. 너 만나러 오는 건데 이게 어떻게 내 덕이야?"

세아는 쑥스러움에 젓가락 끝을 물며 웅얼댔다.

"이상하게, 유니벌이라서 말이 안 통할 줄 알았는데 엘린 씨는 아니야. 우선 날 제로라고 깔보지 않아서 가능한 대화겠지만 나도 처음엔 유니벌인 그녀와 대화란 걸 할 수 있을 거라 생각 못했었거든. 근데 얘기해 볼수록 같은 여자라서 그런지 통하는 부분이 많아. 엘린 씨네 정원과 온실에서 가꿔진 꽃으로 꽃꽂이를 하는 게 취미라는데 영국 방문하면 내게도 보여 준다고 했어."

"우리 세아 꽃 좋아하는구나."

"꽃을 싫어하는 여자가 어디 있어?"

"고양이라서 그런 건 취미가 아닐 줄 알았지."

"무슨, 나 사람이거든?"

세아가 앙칼지게 말하자 도현이 시원하게 웃었다.

"꽃 사 줄게. 화 풀어."

"됐어, 말하고 주면 하나도 안 감동스러워."

그 말에 도현이 손가락을 부딪쳐 소리를 내자 닫혀 있던 미닫이문이 열렸다.

"이래도?"

세아는 크게 눈을 떴다.

"뭐야, 이게……?"

중오의 손에 들려 도현에게로 전달된 건 화려한 꽃다발이었다.

"꽃이지."

도현이 일어나 건네주자 얼떨결에 끌어안은 세아가 그걸 멍하니 내려다보았다. 세아의 시선을 빼앗은 건 코끝을 마비시킬 정도로 빼곡히 많은 새하얀 장미가 아니었다. 그 사이사이 눈 내린 것처럼 장식된 자그마한 알갱이를 본 세아는 당혹스러움에 도현을 바라보았다.

"이거, 진주 아니야?"

"그냥 흔한 꽃다발 주긴 싫어서."

장미보다 진주알이 더 많단 건 굳이 말을 하지 않아도 알았다. 어릴 적 도현이 길에 피어난 꽃을 꺾어다가 세아의 손에 들려 준 적은 있었지만 보석이 장식된 다발이라니. 세아는 난생처음 도현에게 받아본 선물에 정신이 얼얼해졌다.

"마음에 들어?"

"……당연하지. 네가 처음 나에게 준 꽃다발이잖아. 게다가 나 이런 거 처음 봐."

보석의 값어치보다 새하얀 장미와 너무나도 잘 어울리는 게 예뻤다. 도현은 미소 지으며 기뻐하는 세아의 얼굴을 감상했다.

"내일 엘린 씨 오면 식사 대접해야겠네. 몇 시쯤 올 건지 얘기 나오면 김중오한테 미리 말해 놔."

"응, 오늘 저녁에 알려 준다고 했으니까 그때 말해 줄게. 선물 정말 고마워."

"뭘 이런 거 가지고."

"신기해. 나 요즘 안 그래도 엘린 씨 때문에 꽃에 관심 생겼는데."

도현은 설핏 웃으며 물었다.

"그렇게 좋아?"

"응."

"그럼 호칭 바꾸자."

"어?"

"아직 결혼식은 안 올려서 남편이라고 부르는 거 민망하다 해도 사랑하는 사이인데 '자기야'라고 불러 줘야 하는 거 아니야?"

"야, 너 낯부끄럽게."

"뭐가, 자기야 해 봐."

"야아……."

"야 말고 도현아 말고 자기야."

한적한 곡조와 어울리지 않을 작은 웅성거림이 바깥에서 들려왔다. 곧 미닫이문이 커다란 굉음과 함께 처참하게 부서졌다. 세아가 고개를 돌리자 휙 스쳐 지나간 건 날렵한 무언가였다.

"적당히 굴어야지. 이런 식으로 내게 칼 꽂으면 좋나?"

"신이현……?"

놀라 커다래진 눈을 깜빡일 새도 없이 날아온 것이 뭔지 확인한 세아의 입이 놀라 벌어졌다.

"괜찮아?"

벽으로 박힌 칼날은 섬뜩할 정도로 예리했다. 가드가 초능력으로 튕겨 내지 않았더라면 도현의 얼굴에 꽂혔을 방향이었다. 세아가 잘근 입술을 씹으며 자리에서 일어서자 도현이 팔을 뻗어 세아를 도로 앉혔다.

"지금 이게 무슨 결례입니까?"

"모르는 척하지 말지. 기분 더러운데."

"무슨 말씀을 하시는 건지. 제가 세아와 식사하는 자리가 불쾌해서 이럽니까?"

그 말에 이현의 눈동자가 느릿하게 굴러 세아를 바라보

았다. 품에 안겨 있는 꽃다발을 보니 조금 전까지만 해도 둘이 어떤 분위기에 젖어 있었는지 알 수 있었다.

"신이현 씨, 도가 지나친 행동입니다."

"지나쳐? 뭐가."

이현은 허탈한 숨을 내뱉었다.

"그럼 내 옷에 피 묻힌 건 맞는 행동인가?"

분노로 얼룩진 셔츠의 찝찝함을 견뎌 내며 오는 동안 저 둘은 이곳에서 사랑을 속삭이고 있었다.

"그러니까 무슨 말씀인지 묻지 않았습니까?"

너무 어이가 없어 입이 떨어지질 않는다. 저를 처리하라 지시했던 것과 달리 도현은 아무것도 모른다는 얼굴로 세아의 앞에서 순진한 양처럼 굴었다. 천사가 뛰어놀고 행복이 만개하는 에덴에서 이현 혼자만 이단이었다.

"이현 님, 지금 보이신 행동은 이글 보호법 위반에 해당됩니다."

나는 초능력이 없었으면 죽었을지도 모를 일인데. 이현이 서늘한 눈빛을 한 채 등을 돌렸다. 이곳으로 발을 들여놨을 때부터 시선으로 경고했던 중오가 진중한 얼굴로 서 있었다.

"유니벌이라고 해도 예외가 될 수 없습니다."

뒤늦게 이현은 제가 도현을 향해 집어던진 게 무엇인지 인지했다. 아마 지금 이현이 보인 행위는 용서받지 못할 것이다.

"조용히 가시죠. 앞에 지켜보는 사람도 있지 않습니까."

세아가 경멸하는 눈빛으로 저를 바라보는 걸 이현은 똑똑히 목격했다. 여기서 더한 일을 보였다간 그것이 혐오로 바뀔 수 있다는 걸 안다. 세아로 인해 굳어진 학습이라 그런지 손이 나가지 않았다. 제 양옆으로 가드가 붙는 걸 본 이현이 차가운 목소리로 말했다.

"손대지 마. 내 발로 걸어."

칼에 찔린 것보다 더 따갑게 죄여 오는 고통이다. 여전히 내게로 날아드는 네 시선을 견디지 못해 등 돌렸다. 이현이 나간 뒤에도 세아는 반쯤 넋이 나간 얼굴로 휑한 문을 빤히 바라보고만 있었다. 뼈대가 이리저리 삐져나온 창살이 위협적이었다.

"상황 정리된 거 같으니 나가 봐."

"네."

자리에서 일어난 가드가 바깥으로 나서며 문을 닫으려 했지만 이미 이현의 중력으로 부서진 후였다. 바닥에 흐트러진 잔해를 본 도현이 애써 웃었다.

"분위기가 별로네. 자리 옮길까?"

"그게 중요해? 저 남자, 왜 너에게……!"

세아는 말을 애써 집어삼켰다. 물어볼 가치도 없는 말이었다. 병원에서 매몰차게 돌아섰기에 도현에게 보복할 심산으로 찾아왔을 거란 생각은 너무나도 잘 맞아떨어졌다. 오히려 상황을 안 좋은 쪽으로 부추긴 듯해 세아는 차마 고개를 들 수 없었다.

"표정이 왜 그래? 입맛 없는 거 아니면 식사 마저 해."

"……먹기 싫어."

"왜, 아직 다 못 먹었잖아. 방금 전 일 때문이라면 신경 쓰지 마. 원래 저런 남자인 거 다 아는데."

도현은 천천히 웃었다.

"꽃 줬잖아. 그 기분만 생각하자."

세아가 곧 울 것만 같은 얼굴로 도현을 바라봤다. 속상하다 못해 억울한 심정인 듯 보였다. 제가 보는 앞에서 이현이 도현에게 칼을 던졌으니 충분히 그럴 만도 했다. 도현은 괜찮다, 괜찮다 속삭여 주며 세아의 손에 젓가락을 쥐어 주었다.

"마저 먹자. 응? 나 봐서라도."

"유니벌이시라 그나마 처벌이 이 정도 선인 겁니다."

"……"

"도현 님께서 유니벌과 우호적인 관계를 유지하고 싶어 하셔서 강력한 처벌은 원치 않으시니, 이현 님께서도 그 배려를 좋게 받아들여 주셨으면 합니다."

이현은 중오가 하는 얘길 가만히 듣고 있었다. 유니벌이란 레벨 덕분에 검찰로 끌려가는 건 면할 수 있었지만 현재 상황은 그와 별반 다르지 않았다. 소파에 앉아 시선을 아래로 떨어뜨린 이현은 제 발목에 채워진 발찌를 보며 비식 웃음을 터트렸다.

"배려랍시고 채운 게 이건가?"

목줄도 아니고 살다 살다 이런 개 같은 취급을 받게 될 줄은 꿈에도 몰랐다. 그나마 마음을 돌려 좋게 생각해 본다면 예전 세아도 이런 적 있었으니 커플 반지를 나눠 낀 셈으로 치려 했지만 문제는 이 발찌가 가진 힘이었다.

"유니벌이라 초능력 규제까진 아니지 않습니까?"

위험성이 검증된 흉악범에게나 채우는 '결박'이 이현의 발찌에 내재되어 있었다. 도현에게 10m 이내로 접근하면 온몸이 마비된 것처럼 움직일 수 없는 규제는 자신이 문제아라는 걸 또 한 번 각인시켰다.

"앞으로 도현 님께 접근은 하지 못하실 겁니다."

유니벌 사상 처음으로 이현이 거리 규제용 발찌를 차게 되었다. 물론 그 상황을 순순히 지켜볼 일한이 아니었다.

"지금 무슨 짓을 하는 게야!"

이 소식을 접한 그는 만사를 제쳐 두고 중오를 찾아가 고함부터 질렀다. 평소 그의 근엄한 모습을 떠올려 보았을 때 절대 나올 수 없는 폭언이 쏟아졌다. 제 아들에게 범죄자나 차는 발찌를 채우다니, 이게 무슨 가축에게 할 법한 짓이냐며 벡터 보호법을 들먹였다. 지금 이 사태는 명백히 유니벌의 명예를 훼손하는 것이라 주장했지만 그보다 위인 이글을 보호하기 위한 법이다 보니, 결과는 바뀌지 않았다.

"어쩔 수 없는 일입니다. 가게에 있던 목격자가 한둘이 아닌데 어떻게 이현 님만 법을 피해 갈 수 있겠습니까?"

이현이 칼을 던진 건 가게에 있던 사람들 모두 목격했지만 도현이 저를 시해하려 했단 증거는 없었다. 남은 거라곤 음성도 아닌, 가드였던 자가 이현을 찌르는 모습이 담긴 CCTV가 전부였다.

"초능력을 사용하지 못하는 곳에서 공격받다니. 네 몸에 손댄 녀석, 지금 어디로 간 건지 쥐 잡듯이 뒤지는 중이다."

게다가 이현이 당했단 걸 증명해 줄 가드의 행방은 묘연했다.

"어디 감히 널."

일한은 제 아들이 꼼짝없이 덫에 걸린 거라 확신했다. 대한민국을 포함해 세계에서 유니벌을 탐탁지 않아 하며 목숨을 노릴 자는 그들보다 위인 도현밖에 없었다. 분노의 화살은 오롯이 도현에게 쏟아졌지만 제 아들을 어우르는 목소리는 점점 정도를 더했다.

"네 위치까지 우습게 보다니, 애비가 얼마나 놀랐는 줄 아느냐?"

열 살배기 어린 나이일 때도 이런 애정을 받지 못했던 이현이다. 미간을 긁적인 이현이 한숨을 내쉬었다.

"그만하세요. 치료했으면 된 거죠."

"말이라도 그리하는 게 아니지."

머리카락이 굵어졌으니 일한의 어우름이 낮간지럽다 해도 성인식을 지나 완전한 삶을 얻은 아들이 목숨을 위협받는 사태를 가만히 눈뜨고 볼 수 없었다.

"가만두지 않을 게다."

위험해질지도 모르니 도현에게 접근하지 말라 당부했던 일한은 지금 존재하지 않았다.

"그래, 일한이 맞는 말을 했네만. 기를 써서 성인까지 키워 놨더니 어디 그 귀중한 존재를 해하려 하나? 유니벌이 어떻게 살아왔는지 이글께서 릭시이다 보니 이해력이 부족한가 보군."

옷도 갈아입지 않고 이곳으로 온 건 한시라도 빨리 뜻을 모으기 위해서였다. 그 준비 작업으로 필요한 자들은 동질감을 얻을 수 있는 국내 유니벌들이었다. 도현이 기업을 매수하고 성장할수록 타격을 입은 자들의 분노는 고요히 커지고 있었고 거기에 일한은 불을 질렀다. 강찬 역시 할 말이 많단 식으로 일한의 연락에 화답했다.

"이현 군으로 인해 이제 유니벌도 얼마든지 처벌받을 수 있단 것이 증명된 거 아닌가?"

그 부름을 받고 한달음에 달려온 성재 역시 유니벌의 품위와 어울리지 않는 발찌를 보며 불편한 표정을 지었다.

"대체 세상이 어찌 되려고 이러는 겐가."

강찬이 못마땅한 듯 두툼한 손으로 턱을 문질렀다. 지금껏 법마저도 그들 밑에 존재했지만 더는 아니란 듯 늘 화려했던 펜트하우스엔 음습한 적막만이 감돌았다. 아직 어둠이 찾아오려면 멀었지만 커튼으로 꼼꼼히 가려 두어 은밀한 얘기를 나누기 좋은 시간처럼 느껴졌다.

"병원에서 웬 칼에 찔렸다고 들었네만."

"네, 보시는 바와 같이."

검은 재킷을 들춰 피로 물든 셔츠를 보인 이현이 그보다 붉은 와인을 한 모금 마셨다. 쓰긴 하지만 못 마실 정도는 아니었다. 우습게도 날 바라보던 네 그 눈동자 하나 때문에…… 피가 끓어서.

"제게 악의를 가진 게 하도현 말고 누가 있겠습니까? 저번 모임에서도 제게 어떤 짓을 했는지 모두 보셨을 텐데요."

이미 둘은 여러 번 부딪쳐 왔다. 둘 중 하나가 죽지 않으면 끝나지 않을 굴레는 처음 카페에서 만났을 때부터 시작되었을지도 모른다. 이현이 단번에 잔을 비웠다. 속이 뜨겁다.

"이글 초능력 정도야 제가 안다고 말씀드리지 않았나요? 이젠 정말 참고 싶지 않아졌어요."

"좋네."

대답을 한 성재가 눈동자를 느릿하게 굴렸다. '4'란 숫자는 불길했으나 이리 보니 조화롭기도 했다. 이글은 한 명이지 않은가. 그만 사라진다면 다시 예전처럼 유니벌이 최고인 세상이 될 것이다.

"그 대신 제대로 처리하지 못하면 우리까지 피해를 입네. 확실하게 준비할 시간이 필요하겠어."

"얼마면 됩니까?"

"이현 군, 발찌 규제가 언제까지 지속되나?"

"한 달이라더군."

"허참, 길기도 하군."

"하지만 준비를 하기엔 부족함 없는 시간이지 않은가. 다들 동의하나?"

"그런 셈이지."

"이현 군은 어떤가?"

"한 달."

이현이 그렇게 말하며 제 왼쪽 손목에 채워진 시계를 가만히 내려다보았다. 검지로 세 번째 시계를 톡톡 두들기다 이내 입꼬리를 올렸다.

"제가 미치기 딱 좋은 시간 같은데요."

나도 이제 널 못 보는 곳에 갇혀 죽어 볼까.

"제가 내린 커피 좋아하시죠? 어서 드세요."

"고마워. 이거 마시려고 내가 여기까지 온다니까."

엘린이 기분 좋게 웃으며 앞에 놓인 찻잔을 들었다. 세아의 안전을 위해서라도 집 안에는 가드를 제외한 벡터를 들이지 않는 도현이지만 엘린만큼은 예외였다. 그녀를 위해 커피머신까지 구비해 둔 세아는 커피를 극찬하는 엘린의 모습을 보며 남몰래 뿌듯함을 느끼는 중이었다.

"이리 와 앉아서 함께 드세요. 뭘 좋아하실지 몰라서 같은 거로 준비했는데……."

"아, 감사합니다."

엘린의 비서와 통역을 전담하고 있는 그녀는 플랫이었지만 엘린과의 친분 때문인지 제로인 세아에게도 말을 높였다.

"그런데 못 보던 꽃이 있네?"

"어제 도현이한테 선물받았어요."

응접실 한편에 서 있는 화병이 버거워 보일 정도로 가득 담겨 있는 건 때 묻지 않은 새하얀 장미였다. 그 사이로 작게 빛나는 무언가를 유심히 보던 엘린이 나지막이 말했다.

"진주로 장식된 꽃이라……. 정말 이글답네."

엘린이 입꼬리를 올리자 세아가 쑥스러운 듯 재빨리 말을 돌렸다.

"맛은 어떠세요?"

"뭘 묻는 거야. 언제 마셔도 좋지."

"다행이에요."

"좋아하긴, 내 입맛이 너 때문에 다 망가졌다니까."

엘린이 스스럼없이 한 말에 세아가 잠시 주춤했다. 이현이 떠올랐기 때문이다.

"어제 신이현 군 소식은 들었어."

"아…….."

마음이라도 들킨 듯 세아의 입에선 나지막한 숨이 쏟아졌다. 오늘 아침 뉴스로 최태수의 의식이 돌아왔단 소식을 접했다. 하지만 끝나지 않은 싸움을 예고하는 듯 현재 유니벌로서 처음 발찌를 찬 이현의 일로 세계가 들썩이고 있었다. 당연한 결과라 생각하며 일말의 동정도 남겨 놓지 않으려 세아는 앞에 놓인 차를 마셨다.

"유니벌이 처벌받다니, 정말 오래 살고 볼일이야."

"……."

"대단한 남자 둘이 널 가지겠다 서로를 물어뜯고 있는데 기분이 어때?"

"정신 똑바로 차려야겠단 생각만 들던걸요. 앞으로 더 치열하게 싸우게 될 테니까요."

의미심장한 말에 엘린의 입술이 찻잔에서 잠시 멀어졌다. 벡터인 그녀에게 싸움이란 누가 더 우위인 초능력을 가지고 있느냐였고, 승자가 누군지도 알았다.

"그럼 죽는 건 이현 군이 되겠네."

"아뇨. 희생자는 없을 거예요."

엘린이 흥미로운 듯 손에 든 커피를 내려놓았다.

"이글과 유니벌의 싸움인데 어떻게 희생자가 안 나올 수 있지?"

"왜 저를 빼시는 거죠?"

"제로인 너도 그 싸움에 끼겠단 거야?"

"당연하죠. 저로 인한 싸움인걸요."

"그러다 네가 잘못되면?"

"반대로 제가 없으면 둘 다 잘못돼요."

엘린은 이해할 수 없었다.

"둘 다라니. 잘못되는 건 이현 군뿐이야. 그는 이글보다 레벨이 낮으니까."

"레벨이 낮으면 죽는 게 당연한 건가요?"

"그렇다고 한다면?"

"……."

"유니벌은 양보를 몰라. 오직 이익에 따른 협력만 있을 뿐이지. 이현 군에게 이익이란 너인데 정작 넌 그 남자에게 갈 마음이 없지. 그렇다면 협력? 이글 역시 널 빼앗길 생각이 없어. 그럼 답은 나왔어. 둘 중 하나가 죽어야만 끝나. 그 대상은 이글보다 초능력을 더 적게 보유한 이현 군이 될 거고."

"제가 말하는 싸움은 레벨과 상관없이 그 누구도 죽지 않고 끝날 거예요."

"그게 어떻게 가능하지? 정부의 규제를 당하더라도 높은 레벨일수록 초능력을 사용할 수 있는 사이드 넘버가 더 많이 부여돼. 그게 무슨 의미겠어? 조금이라도 레벨이 높아야 살 수 있는 세계인 데다가 그게 정답이야. 그 어떤 싸움에서든 힘 있는 자만이 살아남는다고."

"그래서 제로는 끊임없이 죽어 왔고요."

"……."

"초능력이 없으니까. 그래서 죽었어요, 제로는. 건물에 불이 나더라도 갇혀서 빠져나가지도 못해 달려와 줄 소방차만 기다렸겠죠. 만약 그 화재 현장을 지켜보던 사람들 중 물을 보유한 벡터가 있었다면 제로들은 살았을까요? 아뇨, 만약 보았더라도 그 벡터는 초능력을 사용하지 않았을 거예요. 왜냐면 최하위 계층인 제로를 구해 봤자 이익이 될 건 아무것도 없으니까. 그저 한 번 사용하면 사라질 숫자를 아까워하겠죠."

"그건 선택이야. 죽이든 살리든 개인이 결정할 일이라고. 네가 물을 가진 벡터에게 불 끄라 말할 권리는 없어."

"그러니까 제가 둘 싸움에 끼겠다는 거예요. 이 역시 제 선택이니까."

"말이 되는 소릴 해. 네가 끼면……!"

"개인의 선택이잖아요? 어떤 일을 당한다고 한들 제가 결정한 일이니 후회하지 않을 거예요."

어떻게 눈 하나 깜빡 안 하고 저런 소리를 할 수 있을까. 이상하게 피범벅이 된 세아를 떠올리니 엘린은 속이 울렁였다. 마치 꼭 제 아이가 죽었을 때처럼……. 엘린이 주먹을 꼭 움켜쥐었다.

"아니, 넌 그 어떤 일도 당하지 않을 거야."

"어떻게 그런 일이 가능하죠?"

"내가 무슨 수를 써서라도 그렇게 되게 할 거니까."

내 아이들이 만약 제로였더라면 모두 살아남았을 거라 네가 말했었잖아.

"그럼 전 죽지 않는 싸움을 할 수 있겠네요."

제로라서…… 죽지 않는다고.

"엘린 씨가 방금 선택하셨잖아요. 절 살리겠다고."

엘린은 잠시 머릿속이 새하얘졌다. 세아가 웃으며 말했다.

"레벨이 낮으면 죽는 게 당연하다 말씀하셨지만 보세요. 엘린 씨는 제로인 절 살릴 거라 선택했어요. 그 결정엔 레벨도 힘도 필요 없어요. 할 거란 생각과 각오만 있으면 되죠."

"……."

"불이 났다고 했죠? 일반적인 벡터라면 그냥 지켜보는 걸 선택하겠지만 엘린 씨는 그들과 달리 물을 썼어요. 그 안에 불타고 있을지도 모르는 누군가를 위해서."

세아가 흐리게 웃었다.

"지금 전 그 물로 인해 살아남았고요."

입술은 웃고 있는데 끄트머리가 떨렸다. 이 순간 세아가 벅찬 감정을 느끼는 건 엘린이 한낱 제로에 불과한 저를 살리겠다 말했기 때문이다. 그렇게 말해 준 게 고맙고 눈물 나도록 행복했다. 다른 누군가에게 제가 소중한 존재가 된 것만 같은 기분을 느낄 수가 있었다. 세아는 재빨리 뺨을 타고 흐른 눈물을 닦아 내었다. 그걸 지켜본 엘린의 표정도 함께 구겨졌다.

"……전 이미 오래전 불이 난 아파트를 뛰어올라 간 적 있어요. 제가 한 선택이었죠."

"……."

"도현이가 그 안에 있었거든요……."

세아는 애써 웃으며 말했다.

"정말 정신없이 올라갔어요. 죽을 수도 있던 건데 그런 건 생각조차 나지 않았어요. 그런데 지금 엘린 씨가 해 준 말씀이…… 마치 제가 그 아파트 안에 있었으면 뛰어들었을 거란 의미로 들렸어요. 제가 도현이 때문에 무작정 들어갔던 것처럼요."

"……."

"제가 필사적으로 계단을 올라갔던 것과 마찬가지로 저를 살리기 위해 달려들 거라고……."

눈물이 또다시 아래로 흘렀다.

"너무 감사해서…… 그래서 자꾸 눈물 나 봐요. 말도 안 되는 일이지만 순간 엘린 씨한테 사랑받고 있단 생각이 들었어요……."

"그런 생각으로 널 가만히 내버려 두지 않겠다 한 거야."

눈물로 흥건하던 세아의 눈동자가 놀란 듯 커졌다.

"한데 어떻게 말이 안 될 수 있지? 내가 맞는다는데."

사랑받고 있다고. 세아가 꾹 입술을 짓누르다 결국 손으로 얼굴을 덮으며 울음을 터트렸다. 자리에서 일어난 엘린이 세아의 옆자리로 가 안아 주었다.

"어서 뚝 그쳐. 얼굴 못생겨지니까."

"으읍……."

이렇게 누군가를 두 팔 벌려 안아 본 게 언제였더라……. 아마 클로에가 마지막이었던 것 같다. 매일 밤, 눈 감으면 다음 날 일어나지 못할까 두려워하며 침대에서 바들바들 떨곤 했었으니까. 그때마다 엘린은 그림자가 제 아이를 데려가지 못하게 떨고 있는 어깨를 꼭 안아 주며 귓가에 작게 속삭여 주었다. 쉬, 쉬. 괜찮아, 다 괜찮단다.

"제발 울지 말거라."

엄마가 지켜 줄 테니까…… 괜찮아.

"윽…… 힘들겠지만, 불가능할지도 모르고 꿈같은 얘기
겠지만."

"그래."

"이젠 그 누구도 죽지 않고 죽이지 않은 채 세상을 바꾸
고 싶어요……."

엘린은 소중히 세아를 끌어안고선 눈 감았다. 어떤 악몽
을 꾸었니, 혹시 어두컴컴한 터널 속에 갇힐까 잠들지 못
하는 거니. 만약 그런 거라면 내일 네가 눈꺼풀을 열었을
때 제일 먼저 마주할 햇빛을 생각해 보렴. 밝고 따스하고
안락한. 오늘도 살았구나, 내일도 살 거야. 그 마음으로 하
루하루를 보내면…….

"아직 끝까지 가 보지 않아서 모르겠지만…… 그렇게 해
내고 싶어요."

죽음이 널 데려가지 못하게 엄마가 지켜 줄게.

"그리될 거야."

죽지 않는 나의 아이야, 그 누구도 널 해치지 못하도록.

"네가 가고자 하는 길을 나 역시 함께 따라갈 테니까."

버텨만 준다면 그렇게 되게 해 줄게.

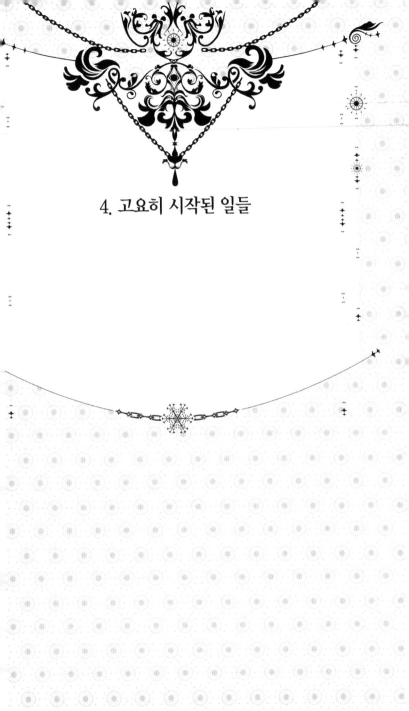

4. 고요히 시작된 일들

4. 고요히 시작된 일들

"어딜 그렇게 가십니까?"

중오의 목소리에 도현이 우뚝 멈춰 섰다. 사무실을 나온 도현이 걷던 긴 복도는 그가 입은 검은 정장과 썩 잘 어울릴 만큼 고요했다.

"요즘 바쁘신 것 같더군요."

매끄러이 발을 돌렸다.

"왜, 네가 봐도 그래?"

웃고 있는 얼굴이 제가 알고 있던 도현이 맞는지 중오는 괴리감을 느꼈다.

"아, 궁금한 게 있는데 지금 차고 있는 팔찌를 시계형으로 바꿀 수 있나?"

오른쪽 손목을 든 도현이 그 위를 손끝으로 톡톡 두들겼다.

"신이현하고 똑같은 거로."

이제 와 팔찌를 교체하고 싶은 이유가 뭔지 중오는 의아했다. 시계형은 재력을 뜻하기도 하지만 시간과 연관된 초능력을 보유한 자들에게 필수적인 거였다. 하지만 도현에겐 그와 같은 능력이 없다.

"처음 착용하신 게 보급형이라 메인 장치만 교체하시면됩니다."

도현이 도통 무슨 생각을 하는지 알 수가 없는 요즘이다. 마치 가면을 쓴 것처럼 스케줄을 따라 움직이는 건 평상시와 다를 바 없었지만 뒤에선 무슨 일을 작당하고 있는것만 같았다.

"오늘 안으로 준비해 놔."

"알겠습니다."

"그리고 내게 할 말 없나?"

지금 저 웃음조차 어떤 의미인지 보이지 않는다. 중오는입가에 미소를 유지한 채 도현에게로 다가갔다.

"앓는 소리를 해도 된다면 한마디만 하겠습니다. 제가프로젝트에서 손을 떼었다고는 하나, 너무 기다렸다는 듯회사 일을 맡기시는 거 아닙니까? 덕분에 관리자가 아니라사원이 된 기분입니다. 현장에 나가 보는 일조차 제게 맡기시니 이걸 본부에서 본다면 또 한 소리 듣습니다."

"네 안목을 믿으니까 장건우 안 시키고 맡기는 거야."

중오의 눈빛이 묘해졌다.

"넌 나에 대해서 모르는 게 없잖아. 어느 정도 선에 도달해야 내가 만족하는지도 알고."

일리 있는 말이기 했다. 본부에서 생활했던 것을 떠올린다면 도현의 시간 대부분은 중오의 것이다. 제가 모르는 건 없도록 감시하는 걸로도 모자라 자잘한 습관이나 버릇까지 모두 중오의 데이터 안에 있는데, 요즘은 아니다.

"지금껏 핑계를 대고 프로젝트를 피해 왔지만 거기에 부작용이 생긴 것 같습니다."

"어떤?"

"도현 님과의 관계를 통해서가 아닌, 인공수정을 하는 방향으로 바꾼 듯싶습니다. 이글의 품격에 위배되는 일이라 제가 프로젝트 전부터 막아 왔던 것인데 막무가내로 밀어붙일 모양이더군요."

"내 건 우리 세아밖에 못 가지는데 지들이 뭔데 감 놔라 배 놔라야."

웃긴 새끼들이네. 낮은 목소리로 말한 도현을 보며 중오는 안심했다.

"그건 내가 죽기 전까진 안 돼."

그거야말로 중오가 바라는 것이다.

"내 의사 똑바로 전해. 막무가내? 단체로 정신 빠져 가지곤. 한번 밀어붙여 보라고 해. 내가 어떤 짓을 하나."

"네."

"안 그래도 지금 세아 만나러 가는 길인데 부정 타게 이상한 소릴 하고 있어."

그러고 보니 도현처럼 가면을 쓴 듯한 자가 한 명 더 있었다. 세아는 도현과 늘 붙어 지내면서 중오의 마음이 전과 달라졌다는 걸 말하지 않은 듯 보였다. 중오를 완전히 믿지 않는 게 영리하긴 하나 한편으론 사랑하는 남자 앞에서도 은밀히 숨기는 모습이 무섭기도 했다.

"프로젝트에 관한 건 세아 귀에 안 들어가게 하고."

"네."

사랑하면 닮는다더니 이런 은밀함까지 나눠 가졌을 줄이야. 중오는 두 사람의 의중을 파악할 수 없어 수수께끼를 달고 사는 듯한 기분이었다.

"이현 님은 보고 드렸던 대로 처리했습니다. 설예리 씨 다음으로 발생한 일이라 릭시 본부에서도 긴장하더군요. 자꾸만 적이 생기는 상황이지 않습니까?"

"앞으로 더 생길 텐데 그거 가지고 쫄긴."

중오의 목소리가 무거워졌다.

"위험하시단 말씀은 제 앞에선 삼가 주십시오. 듣기 불편합니다."

"사실을 말한 것뿐인데 뭐가 겁나. 치료 벡터는 항상 내 주변에 대기해 있고 여차하면 나도 초능력 있는 데다 주변에 네가 깔아 둔 가드들이 한 트럭인데 대체 뭐가 무서워서."

"그 적이란 게 유니벌이라서 그럽니다."

도현과 달리 중오는 유니벌이 전부였던 세계에서 살아왔던 자라 걱정이 남들보다 심했다.

"도현 님께는 회복 계열 초능력이 없고요. 만에 하나 벌어질 수 있는 상황이라는 게 있을 수도 있지 않습니까."

"그럴까."

"물론 그를 대비하기 위해 와이즈로 본 유니벌들의 보유 능력을 정리해 도현 님과 상극인 자들을 분류해 놓았지만 안일하게 생각하시면 안 됩니다."

"신이현이 가진 초능력도 보았겠네."

"네."

"내게 할 말 없나?"

처음 제게 했던 질문과 똑같았다. 그와 동시에 '팅' 하는 맑은 종소리가 울려 퍼지며 엘리베이터 문이 열렸다. 중오의 머릿속에서도 명쾌한 해답이 펼쳐졌다. 이현의 초능력을 궁금해하고 있을 줄이야. 중오는 여유롭게 웃으며 열림 버튼을 눌렀다.

"도현 님은 제게 할 말 없으십니까?"

"우리 세아 보고 싶다."

엘리베이터에 오른 도현이 한 말에 중오는 입을 다물었다.

"안 타?"

"담배는 조금만 태우십시오."

도현의 눈가가 슬쩍 좁아졌다.

"건강에 해롭습니다."

중오가 걸음을 옮겨 도현의 옆으로 나란히 섰다. 비강이 있는 그가 도현에게서 희미하게 풍기는 담배 냄새를 모를 리 없었다. 그 말은 곧 뒤에서 무슨 일을 비밀스럽게 하고 있든 다 알 수 있단 암시였다. 그 말에 도현이 지하 2층 버튼을 누르며 웃었다.

"아, 얼른 가서 세아 향기로 덮어야겠다."

대체 생각을 읽을 수가. 중오가 인상을 구기자 도현의 긴 눈초리가 슬그머니 닿았다.

"사람 떠보지 말고 대답이나 해."

도현이 집에 도착하자 적잖게 당황한 한결이 세아가 샤워하는 중이라고 했다. 손가락을 세워 입술에 가져다 댄 도현이 발소리를 죽이며 응접실로 향했는데, 거기서 엘린이 꺼낸 첫마디가 꽤 의외였다.

"무슨 일이라도 꾸미신 모양이군요."

도현은 고개를 한쪽으로 기울이며 웃었다.

"일? 어떤 걸 말씀하시는지. 사업에 관련된 거라면 안 그래도 오는 도중에 여럿 꾸며 두긴 했습니다만."

"신이현 군이 세아에게 너무 들러붙기 하지요."

"아, 그거."

엘린이 입꼬리를 올렸다. 유니벌인 이현이 위협을 가할 생각으로 초능력도 아닌 칼을 들고 찾아왔단 것 자체가 어불성설이었다. 소문을 듣기론 이현의 셔츠가 피로 흠뻑 젖어 있었다고 했다.

"노파심에 하는 말인데, 세아는 당신이 그들과 똑같이 손을 더럽히면서까지 세상을 바꾸는 걸 원하지 않아 하던걸요."

"더럽히다니. 전 아무것도 하지 않았는데요."

"신이현 군을 죽이려 했잖아요?"

도현은 소파에 앉으며 웃었다.

"제가요?"

부드럽게 구겨지는 가죽을 불과 2시간 전에 똑같이 느꼈던 도현이다. 물론 엘린과 시선을 맞추는 것처럼 친분 있는 관계로 그 남자와 마주한 건 아니었다.

—왜 실패했지.

그곳에서 도현은 철저한 갑이었고, 고개를 차마 들지 못하는 가드는 을이었다. 회의를 마치고 개인 사무실로 들어온 도현에게 잠복해 있던 그가 얼굴을 내비치자 소파에 앉은 도현이 고요히 입가를 쓸었다. 아무리 생각해 봐도 제가 한 말이 웃겼기 때문이다. 실패해도 상관없었다. 어차피 세아를 건드린 대가가 뭔지만 보여 주려 했으니까.

─왜 실패했는지 물었는데.

하지만 질문은 그리하지 않았다. 차가운 음성에 명령을 수행했던 가드가 차마 떨어지지 않는 입을 열었다.

─……그게, 분명 복도라 규제 전파로 초능력을 사용하는 게 불가했는데 갑자기 사라졌습니다.

─말이 돼? 초능력을 사용했으니까 사라졌겠지.

─정말입니다. 시계를 누르더니…….

─시계를 누르더니.

경고하는 김에 알아보고 싶은 것도 있었고.

─초능력 사용이 가능한 병실로 이동하셨습니다.

위기에 처했을 때 어떤 식으로 빠져나가는지 알 필요가 있었다. 우선은 초능력 규제 전파가 있는 공간은 그를 가둘 수 없단 결론이 나왔다.

─지속형 초능력이 있는 거 같습니다. 팔찌를 매개체로 사용하는 초능력이 여럿 있어서, 그 종류까지는 아직…….

그렇다면 지속형 초능력을 아예 금지로 규제하지 않는 이상 감옥도 소용없게 된다.

─그래, 아쉽군.

가드가 마른침을 삼켰다. 처리하란 명령을 완수하지 못

했기에 그에 따른 대가가 있을 거라 생각했다. 잠시 생각에 잠겨 있던 도현이 나지막이 중얼거렸다.

─……팔찌를 시계로 바꿔야겠어.

가드가 의아한 표정으로 고개를 들자, 도현이 미소 지었다. 사실 처음부터 도현에겐 이현을 죽일 마음 같은 건 없었다. 그러려고 여섯을 매수했으면서도 그중 한 명에게만 작전을 말해 주고 수행하게 했다. 이현이 만약 생명이 위태로운 상태에 도달했다면 나머지 다섯 명이 무슨 수를 써서라도 그를 살려 냈을 것이다.

─수고했어. 보수는 약속했던 대로 지급하지.

이유를 묻는다면 세아가 태수를 살려 두는 이유와 같았다. 도현은 자신을 뚫어지게 바라보는 엘린을 향해 물었다.

"대체 제 어디가 그리 더러워 보이십니까? 젠틀한 이미지를 심어 주고 싶은데, 말씀해 주신다면 참고하도록 하죠."

"그 아이는 이 싸움이 누구도 죽지 않고 끝나길 바라고 있어요. 그런데 도현 군이 지금 한 일을 세아가 안다면 실망할 게 뻔한데, 그걸 모르는 건 아니겠죠?"

"엘린 씨는 세아를 저보다 많이 걱정하고 계시는군요. 마치 엄마처럼요."

그 단어에 마치 무언가라도 들킨 것처럼 엘린의 표정이 뒤흔들렸다. 잠시 고민하던 그녀가 할 말이 있다는 듯 숨을 크게 들이켰다.

"도현아, 너 언제 왔어?"

세아가 문을 열고 나타나자 황급히 엘린의 입이 닫혔다. 젖은 머리카락에 맺힌 물방울을 바닥 아래로 떨어뜨리며 세아가 다가왔다.

"연락도 없이 갑자기 무슨 일이야?"

"너 젖은 모습 보려고."

잠시 세아의 표정이 멍해졌다.

"좋은데. 물기 닦아 주고 싶다."

머리부터 발끝까지 내려가는 도현의 시선에서 마치 더듬는 듯한 손길을 느낀 세아가 저도 모르게 발끝을 움츠렸다.

"엘린 씨와 오늘 만나기로 한 건 알고 있었지만 약속 시간보다 먼저 왔으면 온다고 말을……."

"오늘따라 보고 싶어서 일이 손에 안 잡혔어."

도현이 달래듯 세아의 손을 잡고 주물거렸다.

"정말이야."

강아지처럼 애처로운 눈빛을 보내는 터라 차마 회사는 어쩌고 온 거냐고 추궁할 수가 없었다. 세아가 짧게 웃음을 터트렸다.

"나 보고 싶었어?"

"응."

"그럼 외출 준비하고 올 테니까 조금만 기다려. 엘린 씨, 죄송해요. 이렇게 기다리게 해선 안 되는 건데 최대한 빨리하고 올게요."

"난 신경 쓰지 말고 천천히 하고 오렴."

세아가 응접실을 빠져나갔지만 도현의 시선은 여전히 문쪽에 머물러 있있다.

"울었습니까?"

엘린은 신기했다. 제 품에서 울던 세아가 눈물을 닦으며 씩씩하게 웃었을 때만 해도 눈가가 붉었지만 조금 전 보았을 땐 열기는 사라지고 맑은 얼굴이었다.

"아니, 질문이 이상했네요. 엘린 씨가 울리셨습니까?"

그 미세한 변화를 도대체 도현은 어떻게 안 건지 엘린은 작게 웃음을 터트렸다.

"제가 안 그랬다 말은 못 하겠네요. 나와 대화하면서 그런 거니."

"……."

"하지만 걱정 말아요. 제가 울린다고 울 아이던가요. 많은 걸 참으며 살고 있으니까 가끔 한 번 터질 때도 있는 거죠. 언제나 돌처럼 딱딱할 수 없는 법이잖아요?"

도현이 불만스럽게 인상을 구겼다. 꾹꾹 억눌러 왔던 것을 눈물로 터트리면 후련해질 수 있단 걸 이해 못 하는 듯 보였다.

"원래 울면 더 아픈 법 아닌가요?"

"눈물로라도 감정을 덜어 내야 또다시 채울 수도 있는

거죠."

"전 아니었는데……."

엘린의 얼굴 위로 금세 의아함이 번졌다.

"말라비틀어지는 기분이던데요. 뱉어 내면 시원해지기보단 온몸이 축나는 것 같더라고요."

"언제 울어 본 적 있나요?"

"세아가 헤어지자고 말했을 때요."

"아……."

워낙 고난과 역경 속에서 사랑을 피워 온 그들이라, 이별은 둘 사이에 성립되지 않을 공식인 것처럼 생각했던 엘린은 당혹스러움을 숨길 수 없었다. 도현은 여전히 세아가 닫고 사라진 문만 응시하고 있었다.

"제가 세아와 똑같은 얼굴을 한 여자를 그녀로 착각해서 키스했었거든요."

"……."

"진짜와 가짜를 구분하지 못한 제가 잘못이긴 한데."

도현의 시선이 살며시 내려갔다.

"어떻습니까?"

"무슨……."

"저와 하나부터 열까지 전부 다른 얼굴과 모습을 한 남자와 키스한 세아요."

다시 수면 위로 올라온 눈빛은 암흑이었다.

"저도 헤어지는 게 맞습니까?"

엘린은 차마 대답할 수 없었다. 둘의 사랑에 제가 참견하는 게 맞는 일인지 알 수 없었기 때문이다. 침묵이 지속되자 도현이 문에서 시선을 떼었다. 엘린에게 향할 줄 알았던 고개가 한곳에 고정된 채 머물렀다. 엘린은 도현과 같은 곳을 바라보다 재빨리 운을 떼었다.

"아, 저거."

"……."

"어때요, 처음 한 것치곤 정말 잘하던데."

소파에서 천천히 일어난 도현이 그 앞으로 다가갔다. 원형으로 꽂꽂이가 된 건 제가 선물했던 장미였다. 화병을 대신해 놓은 콤포트가 마치 보석을 떠받들고 있는 듯했고, 구색을 갖추기 위해 놓아두었던 새하얀 탁자조차 생명을 얻은 것처럼 화사했다.

"어떠냐니."

이런 걸 할 수 있을 거라 생각해 본 적 없었기에 더 놀라웠다. 잘하는 것도 없고 취미도 없다고 했던 세아가 제가 선물했던 장미를 정성스레 가꿔 놓았다.

"이렇게 아름다운 건 처음 봅니다."

새하얀 잎을 손톱으로 꾹 누르니 반달이 그려진 곳까지 피가 차오른다. 세아가 하나하나 꽃줄기를 잘라 내며 만들었을 모습만 생각하면 심장이 발개진다. 도현은 자조적인 웃음을 그렸다.

"이런데 어떻게 헤어져."

엘린의 입에서 작게 안도의 숨이 터져 나왔다. 손을 떼며 뒤돌아선 도현이 잔잔히 웃었다.

"제가 선물한 장미에 질투 나게 하는 걸 보면 우리 세아 정말 대단하지 않습니까?"

"내가 보기엔 꽃에도 질투하는 도현 군이 더 대단한데요? 이래 가지고 어디 불안해서 밖에 내놓겠어요?"

도현은 두 손을 주머니 안으로 밀어 넣었다. 손톱이 간지러웠다. 세아의 손길을 받았던 꽃잎을 뜯어내고 싶을 지경이라 아예 닿지 않을 곳에 숨겨 두었다.

"역시 새하얀 장미로 선물하길 잘했네요."

새하얀 잎 하나는 이미 도현의 악력으로 색을 잃은 후였다. 도현은 제 힘으로 거뭇해진 꽃을 등지며 식사 얘길 꺼냈다.

늦은 점심이었지만 분위기는 나른한 햇살만큼이나 좋았다. 엘린이 기분 좋은 식사 자리라는 걸 드러내고 싶었는지 샴페인을 주문했고 세아가 그걸 가볍게 마셨다. 도현은 세아가 마시는 입을 보며 그 횟수와 똑같이 맞추었다.

"그럼 세아는 도현 군이 태어났을 때부터 거의 붙어 지냈던 거였네?"

"네, 아기 때부터 봤어요. 말하기 시작했을 때부터 '누나, 누나' 하면서 얼마나 쫓아다녔는지, 가끔 귀찮을 때도 있었다니까요."

"그때부터 집착 하나는 끝내줬었죠."

그 말에 세아가 고개를 돌리자 도현이 샴페인 잔을 입가로 기울이며 웃었다.

"지금은 완성형이지만."

제게로 기울어진 눈초리가 날렵해 잠시 심장이 두근거렸던 세아는 이내 피식 웃으며 말을 이었다.

"맞아요. 어디든 쫓아다녔거든요. 제가 하는 건 다 하려고 하고 하다못해 제가 예전에 손톱 물어뜯는 버릇이 있었는데 그것까지 따라 했다니까요?"

"보통이 아니었네. 한데 궁금한 게, 누가 먼저 고백한 거야?"

"쟤가……."

"누나가."

둘의 말이 동시에 다르게 나왔다. 세아가 앙칼지게 도현을 쳐다보았다.

"무슨 소리야? 네가 나 초등학교 3학년 때 사귀자고 했잖아. 쪼마난 게."

"아닌데. 2학년 때 했는데."

"어…… 그랬나. 아니, 어쨌든 네가 사귀자고 했잖아."

"기억 안 나? 나 여섯 살 때 누나가 먼저 결혼하자고 했어."

"뭐?"

세아의 눈이 동그래졌다.

"말도 안 돼. 나 기억 안 나."

"그래? 너무 어려서 그런가. 뭐, 내가 하니까 됐어."

"거짓말하는 거지?"

"내가 너에게 그걸 왜 해?"

"그렇잖아, 그 정도 말이면 내가 기억 못 할 리 없는데. 어릴 때라고 막 지어 내서……."

"네 말 때문에 그때부터 내가 너랑 결혼한다고 엄마를 얼마나 졸라 댔는데."

"……."

"몇 년을 볶아 대니 지쳤는지, 그래서 엄마가 나 중학교 때 반지 준 거야. 너 그렇게 결혼하고 싶은 여자에게 가서 끼워 주라고."

난생처음 안 사실에 세아는 어리둥절했다.

"……그럼 너 내가 한 말 때문에 약속 지켰던 거야?"

"약속이라니. 우리 당연히 하는 거 아니었어?"

도현이 설핏 미간을 구겼다.

"난 너랑 결혼할 거야."

세아의 어깨를 감싼 도현은 손끝으로 목 근처를 매만졌다. 천천히 손가락을 돌려 고리를 감자 셔츠 안쪽으로 숨겨져 있던 반지가 올라왔다. 도현의 왼손에 끼워진 것과 똑같은 반지를 본 엘린이 부러운 듯 웃었다.

"나도 너 같은 사랑을 했었다면 정말 좋았을 텐데."

"엘린 씨도 미스터 클로비스에겐 정말 사랑스러운 아내일 텐데 무슨 말씀이세요."

"그럴 리가, 나처럼 까탈스러운 여자가 또 어디 있다고. 아이들 죽어 나갈 때마다 내가 얼마나 발악을 했는지 집 안에 온전한 게 없었다니까. 주변 유니벌들이 정신 치료를 받으라고 강요할 정도였지."

"그때마다 클로비스 씨가 그랬던 엘린 씨를 혼자 내버려 뒀나요?"

"당연히……."

엘린은 잠시 말을 멈추었다. 가만 생각해 보면 그럴 때마다 그는 묵묵히 엘린을 지켜보기만 했다. 달래 주는 말도 없었고, 안아 주는 포옹조차 없었다. 그저 지치다 못해 탈진한 상태로 침대에 누우면 고요히 다가와 옆에 누웠던 사람.

"……내 옆에 있어 줬지."

남들이 미쳤다 정의 내렸던 것처럼 엘린을 보았더라면 두려워 그러지도 못했을 텐데, 엘린이 눈물로 지새우던 밤을 함께 견뎌 준 건 그였다. 세아가 말했다.

"그것 봐요. 클로비스 씨가 얼마나 엘린 씨를 생각하는데요."

"네가 그걸 어떻게 알지?"

"그때 처음 도현이와 식사 자리를 가졌을 때요."

세아가 화사하게 웃으며 말했다.

"제가 그동안 만나 봤던 유니벌 중에서 자신의 아내가 뭘 먹는지 몇 번이고 확인하는 남잔 없었거든요."

말도 안 돼. 엘린은 눈을 크게 떴다가 이내 '풋' 웃음을 터트렸다. 세아도 눈치챈 그의 행동을 지금껏 보지 못했던 자신이 한심하게만 느껴졌다. 그러고 보면 일곱 아이가 차례대로 죽어 갈 때마다 엘린은 마음의 여유 같은 건 없을 정도로 삭막해져만 갔다. 마지막, 클로에가 죽고 나선 삶의 이유조차 송두리째 사라진 것만 같았으니까.

"두 분은 어떻게 만나셨어요?"

하지만 다시 그 이유가 생겼다. 눈을 초롱초롱하게 뜬 채 저를 바라보는 얼굴을 향해 엘린이 웃었다. 기억을 더듬던 엘린이 젊은 시절의 모습을 떠올리며 느릿하게 말했다.

"뭘, 그냥 같은 유니벌끼리 운 좋게 나이 차이가 얼마 나지 않아 주변 모두가 벼르고 있던 터라 첫 만남은 서로 필요해서 만난 거였어."

"왠지 엘린 씨는 대화도 그냥 평범하게 안 나눴을 거 같아요."

"당연하지. 만나자마자 보유하고 있는 초능력부터 물었거든. 나와 결혼하려면 그것부터 말하라고."

유니벌이기에 비밀로 다뤄져야 하는 초능력을 처음 만난 자리에서 묻다니 역시 엘린다웠다. 세아가 흥미진진한 표정으로 물었다.

"클로비스 씨가 뭐라고 하셨는데요?"

"자기를 만나 줄 때마다."

엘린의 주름진 눈가가 부드럽게 휘었다.

"하나씩 말해 준다더구나."

세아의 눈빛이 온화해졌다. 다른 누군가를 보며 이런 사랑을 하고 싶다고 생각한 건 처음이었다.

"……정말 좋은 분이랑 결혼하셨네요."

"뭘 부러워하는 거지? 너도 곧 하게 될 텐데."

"저희는 아직 멀었죠. 갈 길이 구만 리예요."

"내가 순간이동 써 줄까?"

"말이라도 고마우니까 무리하지 마. 지금도 충분히 잘하고 있어."

"아, 세아 네게 하고 싶은 말이 있는데."

"네, 말씀하세요."

웃느라 가볍게 샴페인을 든 세아가 한 모금 마시며 목을 축였다.

"세아, 널 내 양녀로 삼고 싶어."

"풋……!"

콜록콜록. 목을 타고 내려가는 알싸한 느낌에 세아가 계속 기침을 하자 도현이 제 손수건을 꺼내 입가를 닦아 주었다. 그런 도현의 손목을 잡으며 고개를 든 세아의 눈초리가 붉었다. 아롱거리는 시야 너머로 엘린을 본 세아가 작게 입을 벌렸다.

"어떠니? 네 생각이 궁금해."

말도…… 안 돼. 세아는 넋이 나가 딱딱한 나무 인형처럼 굳어 버렸다.

"누나?"

입을 닦아 주는 도현의 손길에도 시선이 내려오지 않았다. 손수건을 차례대로 접은 도현이 벽 쪽에 서 있던 둘을 불렀다.

"한결 씨랑 시우 씨가 좀 도와주세요. 너무 놀란 거 같은데 화장실로 안내 부탁드립니다."

"아, 네……. 일어나 보세요."

자리에서 일어나는 데에도 한참이 걸렸다. 뒤늦게 세아가 잠시 자리를 비우겠다 양해를 구했고 엘린이 그 뒷모습을 걱정스럽게 바라보았다. 제가 함께 따라가 주고 싶은 마음이었지만 그건 도현이 더할 것이다. 그럼에도 자리를 지키고 있다는 건 할 얘기가 있다는 걸 의미했다.

"진심이십니까?"

"그럼요. 세아를 데리고 농담을 하기엔 이글 앞인데, 저도 제 목숨 아까운 줄은 잘 알아요."

"그렇군요."

나지막이 대답한 도현이 샴페인을 마저 들이켰다. 사실 지금 이 말을 전하려고 주문했던 샴페인이었는데 도현의 목울대가 묵직하게 움직이는 걸 보니 세아에게 부담을 주었나 싶어 엘린이 물었다.

"당신은 어떤지 묻고 싶어요."

도현은 아무런 말이 없었다. 엘린은 그가 놀라 말을 잃은 것이라 생각했다. 유니벌이 제로를 양녀로 삼은 전례는 지금껏 존재하지도 않았을뿐더러, 법적으로도 허용되지 않았다.

"……지금 무슨 생각할지 알아요. 나 역시 이런 마음먹기까지 쉬운 건 아니었으니까."

하지만 언제부턴가 세아를 생각하며 그리움을 느끼던 엘린이다. 하루에도 몇 번씩 쏟아지는 도현의 기사에서 세아를 찾던 자신이나 도움을 주고자 처음 한국으로 찾아왔을 때, 그 이후로도 소소하게 통화로 제 얘길 꺼내며 한국과 영국 간의 거리가 더 이상 장벽으로 느껴지지 않을 때 비로소 엘린은 알았다. 이 아이가 내 딸이었더라면, 네가 나의 아이라면 참 좋을 거 같다고.

"왜 그렇게 생각하십니까?"

엘린은 흠칫 눈초리를 올렸다. 도현의 침묵을 안 좋은 방향으로 받아들이는 게 당연했다.

"당신은 세아를 걱정할 테니까요. 내가 알아본 바로는 열여섯 살 때 화재 사건으로 부모님이 돌아가셨다 들었어요. 그 아이에게 부모란 상처이자 그리움이겠죠."

"……."

"제가 아이를 잊지 못하는 것처럼 말이에요. 그러니 나도 조심스러워요. 세아가 어떻게 받아들일지도 모르겠고 날 원하지 않을 수도 있을 테니까. 하지만."

"하지만?"

"그것이 또 새로운 시작이 될 수도 있겠죠. 나로 인해 세아도 치유될 수 있는 부분이 있을 거라 생각해요. 물론 양녀로 삼겠단 생각은 기존의 법을 거스르는 일이라 큰 반발이 일어나겠죠. 비난은 나보다야 세아가 더 많이 감수해야할 테지만 이글과 제가 있으니, 막는 건 어렵지 않을 테고."

"막는다……. 그거야 제가 제일 잘하는 일이죠."

윤세아 이름 더럽히는 것들 잠재우는 거요. 도현이 웃으며 잔을 내려놓았다.

"하지만 이건 제 생각이 중요한 것 같진 않군요. 잘 아시지 않습니까? 세아가 듣고 판단하는 걸 저 역시 따를 뿐입니다."

도현의 말에 엘린이 가만히 고개를 끄덕였다. 만약 세아에게 거절을 당하면 어쩌나 싶은지 그녀의 낯이 제법 심각해졌다. 그걸 본 도현이 한쪽 입꼬리를 올렸다.

"만약 엘린 씨가 부모가 되어 준다면 저 말고도 세아에게 힘이 생기는 일이 될 테니 그 부분은 제게도 나쁘지 않은 거 같습니다."

도현이 아까 응접실에서 '엄마'란 단어를 꺼낸 건 클로비스와 관련해 조사하면서 그의 아내가 죽어 버린 일곱 아이들을 잊지 못한다는 걸 알았기 때문이다.

"윤세아를 그 어떤 벡터라도 무시할 수 없는 자리까지 올려놓는 게 제 목적 아니던가요."

"……."

"남편분과도 얘기된 사안입니까?"

"아직이요. 설득하는 데 애를 먹겠지만 세아만 좋다면 강하게 밀어붙일 생각이에요."

"저런, 애를 먹다니요."

도현이 말도 안 된다는 듯 미소 지었다.

"제가 지금 이 순간을 위해 미스터 클로비스와 친분을 쌓아 왔다는 걸 모르시고 하는 말씀 같습니다."

"맙소사."

세아는 화장한 얼굴이라는 것도 망각한 채 차가운 물을

끼얹었다. 정신이라도 차릴까 싶어서 한 일이었지만 그럴수록 거울 속에 비친 저 자신이 더 꿈처럼 느껴졌다.

"내가 양녀라니……."

아직도 믿기지 않아 머리가 얼얼하다. 먹었던 밥이 체할 정도인데, 이래서 식사 도중에 말을 해 주지 않았나 보다.

"야, 너 화장실에서 살 거야?"

"아, 놀라라."

갑자기 문을 연 한결 때문에 세아의 눈이 금세 도끼처럼 변했다.

"여기 여자 화장실이거든? 노크도 없이 문 막 열래?"

"어쩔 거야?"

"뭘?"

"유, 유니벌이 너한테."

"……."

"와씨, 이게 말이나 돼?"

세아는 설핏 인상을 찡그렸다. 같은 플랫인데도 한결은 서진과 정말 다르다.

"……넌 어떤데?"

"뭐가 어때? 당연히 받아들여야지."

일말의 고민도 없이 말하자 세아의 눈살이 찌푸려졌다. 아까 룸에서부터 이 말이 하고 싶어 한결은 입이 근질근질했다. 세아는 한숨을 내쉬며 웅얼거렸다.

"나 이미 보호자 있는데."

"야, 보호자는 후원 개념으로 서류상에 그냥 찍혀 있는 거고 양녀는 얘기가 다르지."

"양녀도 마찬가지야. 제로인 내가 그분 호적에 딸로 올라갈 수 있을 거 같아? 도현이도 그것 때문에 지금 이러고 있는데……."

벡터나 릭시였더라면 얼마든지 가능했을 테지만 대상이 제로였기에 어떤 것이든 후원 개념으로 들어갈 수밖에 없었다. 좋게 말해서 보호자지, 괄호로 '후원자'라고 명시되어 있는 건 철저히 제로와 벡터의 사이를 분류하기 위함이었다. 제로의 배우자란에 절대로 벡터와 릭시의 이름이 올라갈 수 없는 것과 같은 이치였다.

"그리고 나 같은 게 어떻게 엘린 씨랑……."

"개그는 그쯤 해라. 너랑 이글이 사랑하는 건 정상이고?"

"도현이는 예전부터 나랑 알던 사이잖아."

"그거랑 상관없다고. 신이현은 뭐 총 맞아서 너 좋다고 그 난리냐?"

"……."

진짜 총 쐈는데. 세아가 아무런 대답이 없자 갈등하는 것처럼 보였는지 한결이 더욱 열띤 목소리로 말했다.

"넌 나인일 땐 겁도 없이 달려들더니만 윤세아일 때 작아지는 경향이 있어. 뭐, 이중생활을 해서 분리된 성향을

4. 고요히 시작된 일들 | 429

갖는 게 당연하지만 여기까지 왔는데 제로니까 안 된다는 그 생각 좀 버려라. 답답하게."

그 말에 세아의 눈동자가 강하게 흔들렸다.

"윤세아, 머리 아파?"

시우가 걱정스레 세아의 이마를 손으로 덮었다. 물기로 축축했던 부위가 따스해지자 세아가 작게 입을 벌리며 말했다.

"이제…… 괜찮아졌어."

제로라서 안 된다는 생각부터 버리라니, 사상을 뒤흔들 만한 자각이었다.

"네가 하고 싶은 걸 해, 윤세아."

한결이 건네준 손수건으로 얼굴을 마저 닦은 세아의 표정은 더 이상 사라질 듯 희미하지 않았다. 자리로 돌아온 세아가 의자를 빼고 앉자 엘린이 긴장한 얼굴로 말했다.

"오늘 꼭 대답할 필요는 없어. 너도 충분히 생각해 봐야 할 테니까……."

"아니요, 지금 이 자리에서 대답해 드릴게요. 그냥 돌아가시면 엘린 씨도 계속 생각하실 테니까요."

저렇게 냉철하게 말하다니. 대답을 예측한 건지 엘린의 표정이 내려앉았다. 세아는 심호흡과 함께 엘린을 바라보았다. 만약 엄마가 살아 있다면 그녀처럼 고운 주름이 내려앉아 있겠지. 집으로 돌아오면 반기는 목소리는 예전보다 미성일 것이다.

"……엄마."

그래서 불러 보았다. 세아의 기억 속에 엄마는 십 년 전 모습으로 멈춰 있기에 부르는 음성엔 그리움까지 담겨 있었다. 엘린이 떨리는 목소리로 되물었다.

"지금 뭐라고……."

"엄마라 불렀어요."

세아가 테이블 밑으로 손가락을 꼼지락거렸다. 레벨을 떠나 엘린은 세아에게 정말 좋은 친구였다. 따뜻했고 포근했다. 그녀와 함께 있으면 차츰 긴장의 끈을 늦추며 의지하는 자신을 보며 느낀 것이다.

"제가 이렇게 부르면 언제든 저희 엄마는 웃으면서 '왜'라고 물으셨거든요."

나 그동안 정말 외로웠구나. 도현을 만나면서 텅 빈 느낌은 메워졌지만 그와 달리 엘린을 만나면 가슴이 벅차올랐다가 허해지길 반복했다. 세아가 어쩔 수 없이 비우고 지워야 했던 부모란 빈자리에 그녀는 소리 없이 들어왔다가 나가곤 했다. 그녀를 보며 내심 엄마를 떠올렸던 세아가 차마 고개를 들지 못하자 귓가로 밝은 목소리가 들려왔다.

"왜? 내 딸아."

심장이 크게 한 번 뛰었다. 생각했던 것보다 세월에 변한 자신의 어머니는 가느다란 음성이 아닌 너무나도 강인한 목소리로 대답해 주었다.

"나도 이렇게 대답해 주었단다."

천천히 고개를 들어 올린 세아는 엘린의 미소에 콧잔등이 찡해졌다.

"그리고 또 이리 안아 줬었지."

자리에서 일어난 그녀가 세아를 자신의 품에 가두었다. 울컥 감정이 치민 세아는 물고 있던 입술을 놓으며 두 팔로 그녀의 등을 감쌌다. 우는 대신 웃었다. 엄마가 '왜'라고 물었을 때 눈물을 보인 적은 단 한 번도 없었으니까.

그런 세아를 지켜보다 고요히 의자를 뺀 도현이 룸 바깥으로 나섰다. 대기하고 있던 중오가 그 옆을 따라붙었다. 비상계단 문을 닫은 중오가 벽에 등을 기댄 도현을 가만히 바라보았다. 휴대폰을 꺼내 가만히 움켜잡고 있으면서도 손가락은 갈망하듯 표면을 쓸고 있었다.

"딱 한 대만입니다."

중오가 한숨과 함께 재킷 안에서 낯익은 케이스를 꺼내 들자 도현이 한쪽 입꼬리를 올렸다.

"장건우가 말했어?"

"도현 님께서 태우시는 건데, 그 종류를 몰라서야 말이 됩니까. 시중에 판매되는 담배 향을 모두 다 맡아 보았습니다."

역시 중오답다. 도현은 푸슬푸슬 웃음을 흘리며 긴 장대를 입에 물었다. 손가락을 부딪치자 순식간에 담배 끝에 불이 붙여졌다. 눈을 고요히 감은 도현이 그걸 빨아들였다. 깊게 파인 미간을 본 중오가 말문을 열었다.

"머리 아프게 생각할 일은 아닌 것 같은데요. 유니벌이 윤세아 씨의 부모가 된다면 이보다 좋은 일이 또 어디 있겠습니까? 골치 아파하셨던 법 문제도 클로비스의 이름이라면 큰 도움이 될 텐데요."

"알아."

'후욱' 길게 연기를 내뱉은 도현이 팔을 옆으로 뻗어 타버린 재를 털었다.

"그 시기가 중요한데."

"언제라도 좋은 시기는 될 수 없죠. 이현 님이 그리되었으니 앞으로 가시밭길입니다."

"가시밭길이라……."

웃음을 비식 터트린 도현이 머리를 벽에 대었다. 어둑한 눈동자가 정면을 응시했다.

"장미는 한 번도 제 밑을 내려다본 적 없어서, 자기가 가시를 가진지도 모른 채 살 거야. 그러니 움켜쥐고 싶은 자들만 계속 피 보는 거지."

"……."

"아프면 떨어져 나가야 하는데, 애초에 그게 무서웠으면 잡질 않았겠지. 이미 그 고통까지 감수하고 잡은 거니까."

"……그러니 꺾어 자신이 가지기 전까지 놓지 않을 테고요. 이미 피는 보았지 않습니까?"

중오가 웃으며 말했다.

"윤세아 씨를 말씀하시는 거군요."

"……"

"피가 나는 건 신이현 님을 말씀하시는 거고요. 너무 적절한 비유라 놀랐습니다."

정면을 보던 도현의 고개가 비스듬히 중오에게로 향한다.

"넌 내가 지금 멀쩡해 보이나?"

손가락을 탁 튕기자 거뭇한 덩어리가 바닥으로 떨어진다. 중오는 잠시 할 말을 잃었다. 당연히 세아를 옆에 두고 있기에 도현에게 해당되지 않는 얘긴 줄로만 알았다.

"나도 지금 충분히 피 흘리고 있어. 빼앗기지 않으려고 손에 움켜쥐다 못해 아예 심장에 가져다 넣었지."

"……"

"그런데도 가지겠다 내 살갗을 벌리고 손 집어넣는 남자를 상대하는데 어떻게 멀쩡할 수 있겠어. 이 싸움은 내 안에서 이뤄지고 있는 건데."

중오가 도현의 손에 들린 담배를 바라보았다. 그는 피 흘리는 저 자신을 달래기 위해 하나둘씩 어둠으로 이뤄진 것에 손을 대고 있었다. 위로가 될 수 없지만 잠시나마 버텨낼 수 있는, 세아에게 해소하면 망가질까 다른 것에 기댈 수밖에 없는 모습.

"그런데 말이야."

"네."

"장미가 스스로 움직이면 어떨 거 같아?"

"그게 무슨 말씀이십니까?"

"내 안으로 억지로 넣어 놨는데 움직이면……."

작게 혼잣말을 내뱉던 도현이 눈을 깊이 감았다.

"시기는 상관없다고 했지? 좋은 대답 고마워."

한 모금 깊게 빨아들인 도현이 담배 끄트머리를 느릿하게 벽면으로 문질렀다.

"클로비스와 얘길 해 봐야겠어."

아직도 그의 입에선 새하얀 연기가 흘러나오고 있었다. 휴대폰을 누르던 손길이 어느덧 귓가로 옮겨졌다.

"안녕하세요, 장인어른."

벽에서 등을 뗀 도현의 눈빛이 어두워졌다.

"인사차 연락 드렸습니다. 앞으로 우리 관계가 더 친밀해질 수 있을 거 같아서요."

피가 나나……. 몽롱한 눈빛으로 제 손바닥을 응시하던

이현이 비식 웃었다. 아니, 쏟은 와인 때문이구나. 이현은 건조하게 제 하얀 셔츠에 젖은 손을 문질렀다. 원래 피라는 것이 날 수 없는 위치다. 하물며 난다 하더라도 금세 사라지게 할 수 있는 초능력을 보유한 이현이었지만 어제는 좀 아찔했었다.

"……어제."

겨우 어제인가. 시간이 더디게 흘러가는 것 같아 일부러 방 안에 놓인 시계를 전부 없애 버렸지만 그럼에도 자꾸 주시하게 되는 날짜다. 방 안을 훑어보는 동공엔 아무런 힘도 실려 있지 않았다.

"……."

부작용은 전보다 더 강하고 빠르게 나타났다. 이현의 입에 들어온 와인은 여전히 반 이상은 뱉어져 바닥과 조우했고, 코르크를 따 놓고 전부 마시지 못한 병 입구에서 지독한 향이 흘러나오고 있었다. 그 향을 세아와 비교하는 못된 버릇은 여전히 버리지 못했다.

하루는 꽃이란 꽃은 종류별로 모두 사다 방을 채웠는데, 세아와 닮은 향은 없었다. 또 하루는 사람을 시켜 사진을 가져다가 벽에 하나 가득 붙여 놓았는데 네가 움직이질 않으니 그것 또한 미칠 지경이다. 그래서 기록했던 시간으로 돌아가 보았는데도 깨어나면 여전히 네가 없는 현실이라 자꾸만 밑바닥으로 빠지는 기분이었다. 허상이 아닌 실제의 네가 가지고 싶은 것이다.

"이래 가지곤 이현 군이 한 달을 버틸 수 있겠나."

살아 움직이는 너……. 빈 동공으로 제 손바닥을 내려다보던 이현이 눈살을 찌푸렸다. 피가 나나. 손에 묻은 건 아무것도 없었다.

"꼭 죽어 있는 거 같구만."

"그럴 리가요……. 시체가 말하는 거 보셨습니까?"

펼쳐진 손가락을 내려다보며 느릿느릿 말하자 성재가 양주를 한 모금 들이켰다.

"요즘 이현 군이 모임에 꾸준히 참석하고 있단 소식을 들어서, 내 오늘은 위로하려고 온 걸세."

펜트하우스는 요즘 그 어느 때보다 활기를 띠었다. 공들여 준비한 머리와 의상들이 화려함에 색을 더한다. 머리를 짓누르는 고민 같은 건 하룻밤의 유흥으로 날려 버리고자 준비해 둔 공간에 이현이 매일 출석하고 있기 때문이다.

"일한은 자네가 이렇게라도 바깥으로 나오니 좋아하더구만. 방에만 있는 걸 많이 걱정했어."

"나와서 하는 짓도 뻔한데요."

"그래도 이렇게 사람들과 어울리지 않나?"

성재는 얇은 드레스를 걸친 채 제게로 다가오는 여성의 허리를 반갑게 맞이했다. 그에 비해 이현의 옆자리로 오고 싶어 안달인 여자들은 뒤에서 눈치만 보았다.

이현은 무심한 시선으로 소파 위에 엉킨 두 남녀를 보았다. 겉으로 보기에 그들은 어느 유니별과 다를 바 없이 세상에 존재하는 모든 쾌락을 즐겼지만 뒤에선 은밀히 계획했던 일을 진행 중이었다. 삐끗 고개가 엇갈간 이현이 등받이에 머리를 기대었다. 지금처럼 고개를 가누지 못할 정도로 술에 취한 이현이었지만 다른 누군가에게 제 옆을 허락한 적 없었다.

"성재 님, 잠시 실례하겠습니다."

비서가 깍듯이 인사를 하며 이현에게 다가섰다. 그를 본 성재의 눈매가 가늘어졌다. 소문에 의하면 이곳에서 매일 아주 재미난 일이 벌어진다 들었다.

"도착했습니다."

"대기시켜."

"네."

지금처럼 제 옆에 누구도 앉지 못하게 하면서 적당히 취기가 오르면 제일 끝 방에 있는 여자를 찾아간다는 괴상한 소문이다.

"먼저 일어나 보겠습니다."

"어어, 그래. 어서 가 보게나."

성재에게 가볍게 인사를 한 이현이 등 돌렸다. 침대가 전부인 수많은 방들 중에서 이현이 매번 찾는 곳은 복도 끝이었다. 이현이 문고리를 잡자 비서가 경비처럼 지키고 서서 주변을 경계했다.

"……뭐야."

문을 연 이현의 목소리가 소름 끼치도록 차가웠다. 웬 처음 보는 여자가 침대에 걸터앉아 있었다.

"변하게 해서 대기시키라고 했잖아."

"자, 잠시만요. 지금 해요."

매번 저를 찾기에 잠시나마 기대했던 것인데 살벌하게 고개를 돌린 이현을 본 여자가 재빨리 능력을 사용했다.

"……."

힘껏 일그러졌던 이현의 표정이 그녀를 보고선 느슨해졌다. 예리로 인해 카피 초능력이 한 달 동안 규제에 들어간 덕분에 주목받게 된 초능력이 '가면'이었다. 대상의 얼굴만 똑같이 복제하는 능력인데, 세아와 같은 체구와 머릿결을 가진 여자를 찾느라 고생했다.

"……그래, 처음부터 이랬음 좋잖아."

그제야 웃음을 터트리며 유순해진 이현이 문을 닫자 그녀의 얼굴이 붉어졌다. 다가와 재킷을 벗은 이현이 물었다.

"좋아?"

"네……."

"입 다물어. 윤세아는 그딴 말 안 해."

소름 끼치도록 차가운 목소리가 돌아오자 그녀가 헤프게 벌어지던 입을 꼭 짓눌렀다. 그래, 가면으로나마 윤세아의 얼굴을 따라 해 이현과 하룻밤을 보내는 영광을 얻을 수만 있다면야 뭐든 좋았지만 안타깝게도 이현이 하는 일은 단순했다.

"……."

침대에 앉아서 뚫어지게 자신을 바라보는 일. 간혹 손으로 머리카락을 쓸어 넘기거나 키스가 전부였는데, 침대에 쓰러뜨려 몸을 헤집다가도 이현의 손은 무언가를 확인하듯 경직되곤 했다.

"느낌이 이게 아닌데. 살 더 쪘어?"

"체중 조절은 하고 있긴 한데……."

윤세아를 실제로 본 적도 없는데 그걸 어떻게 일일이 다 맞출까. 이현의 손이 기억하는 몸을 알 리 없는 그녀가 난처한 빛을 띠자 이현이 낮게 말했다.

"그리고 내가 키스할 때 따라 맞추지 마. 네 감정 세우지 말라고."

"네, 네."

"일일이 교육을 해 줘야……."

이런 일이 계속되다 보면 세아가 아니란 것만 뼈저리게 느낄 뿐이다. 이현은 지겨워져 생각을 잘라 낸 채 그녀의 몸을 끌어안았다. 마음 같아선 함께 두 팔 벌려 이현을 안고 싶었지만 또 허튼짓을 했다간 날카로운 말이 되돌아올 거다. 그녀가 나무처럼 경직된 태도를 보이자 이현이 만족스럽게 웃었다.

"그래, 지금처럼 해."

눈물겹게도 나는 네가 반응하지 않는 것에 익숙해져 있어. 다정한 네 손길 같은 건 느껴 본 적 없어서 그런지 감정이 절제된 인형 같은 모습이 내가 기억하는 윤세아의 전부야.

"사랑해."

이현은 어깨로 고개를 묻으며 눈감았다. 이 낯선 체향도 지워 버리면 좋을 텐데.

"나도 이 감정이 잘못된 건 알아. 그래도 사랑하는 걸 어떡해."

술에 어느 정도 취하면 네 냄새 역시 희미해지니까…….

"말하지 못하면 죽을 거 같은데 어떡해, 백설아."

그래서 취한 듯 속삭였다. 네가 아닌 너에게 몇 번이고 말하고 또 속삭이다 보면 가슴속의 응어리가 조금은 희미해지는 걸 느낀다. 사랑이라는 단어가 이토록 무거웠던 적 있나. 하루라도 버리지 못하면 층층이 쌓여 걷지도 못할 정도다. 답답해서, 그래서 매 순간 뱉어야만 한다.

"나는 널 사랑해."

고해성사를 하듯 나는 너를 사랑한다고. 죄라면 구원해 주시고 벌하고자 하면 같이 나락으로 떨어지게 해 달란 고백이 우습게 느껴지는 날이 올까. 그때 내가 너를 놔줄 수 있을까. 확실한 건 지금껏 고백에 응답받은 적 없고 영원히 듣지 못할지도 모르지.

"……."

나조차도 이 고리를 어떻게 끊어야 하는지 몰라 계속 안 좋은 습관만 늘어 가. 늦은 시간까지 세아가 살고 있는 집이 보이는 건물 난간에 앉아 그걸 뚫어지게 보는 지금이 그랬다. 너무나도 먼 거리였지만 이현에겐 불 켜진 창문이 너무나도 잘 보였다.

옆에 소복이 쌓인 진주알을 무중력으로 띄워 바람이 불어오는 때를 기다렸다. 그렇게 날아간 수십 개의 알갱이 중 하나가 2층 창가에 부딪치자 문이 열렸다. 한결이 주변을 휘휘 둘러보다가 고개를 뒤쪽으로 뺐다. 그리고 나타난 건 네 하얀 얼굴.

"샤워하고 나왔나 보네."

위험하단 잔소리를 들은 건지, 머릿결이 젖은 세아가 창문 앞에서 인상을 찡그리는 게 보였다. 이현은 팔을 세워 턱을 괸 채 그 모습을 관망했다. 이제는 가을 중반이라 그런지 날씨가 예전과 다르다.

"밤공기가 차."

나지막이 말하자 세아가 등 돌린다.

"이제…… 들어가."

문이 닫혔다. 불이 꺼지기까진 조금 오래 걸렸다.

"한결 씨한테 들었는데, 요즘 창밖으로 얼굴 자주 내민다더라."

늦은 시간에 집으로 돌아온 도현은 샤워를 한 뒤 침대에 누웠다. 세아를 제 품에 가둔 채 머리카락을 손끝으로 매만지던 도현이 묻자 세아가 할 말이 많은 얼굴로 대답했다.

"아, 그게 누가 장난치는 건지 모르겠는데 자꾸 창문을 두드리더라고."

도현이 보듬어 주던 가느다란 머리카락을 꼭 쥐었다.

"……하지 마."

"어?"

"움직이지 말라고."

"……."

"누가 부르든, 두드리든, 밖에 무슨 일이 일어나도 얼굴 내보이지 마."

"……왜? 요즘 바람이 선선해서 그런지 나무 흔들리는 소리도 좋더라. 창문 열면 나무 냄새도 나고 좋잖아."

"밤이 널 데려가면 어떡해."

세아는 고개를 들어 도현을 올려다보았다. 팔을 접어 세아의 어깨를 끌어안은 도현이 어둑해진 눈빛을 한 채 세아의 이마로 입술을 부딪쳤다.

"무서우니까 그러지 마."

숨결이 미세하게 흔들린다.

"내 품에만 있어, 제발."

세아는 얌전히 눈을 한 번 깜빡였다.

"그게 관리자인 자네가 할 말인가?"

"전 도현 님 말씀을 그대로 전한 것뿐입니다."

어허. 회의에 참관한 이사진들의 입에서 탄식이 흘렀다. 이른 아침부터 미국으로 호출당한 중오가 도현의 의사를 전달하자 그들은 중오의 탓인 양 책망했다. 관리자의 자질까지 들먹이니, 중오의 입가엔 점차 살기 넘치는 미소가 그려졌다.

"도현 님께서 팔찌를 차신 것도 다 제 공인데 이제 와 자질까지 의심하다니요."

"관리자이니 도현 님을 잘 회유해 프로젝트에 임하게 해야지. 프로젝트는 원래 자네가 맡았던 것이 아닌가."

"왜 프로젝트에 관련된 사안을 묻는 것인지 모르겠군요. 제 소관이 아니지 않습니까?"

입술을 굳게 다문 이사장이 한참 뒤에야 말했다.

"다시 자네가 맡게나."

"저번엔 선택을 강요하시더니 이번엔 다시 맡으라. 싫습니다."

"어허, 명령이네만."

"이사님, 버려 놓은 걸 다시 주워 먹으라는 것도 아니고 말씀이 너무 무례하신 거 아닙니까? 명령이라고 다 받아먹기엔 제가 릭시 본부에서 생활했던 시간이 있습니다. 그런데도 변함없이 이런 취급이라니요."

"……."

"계속 도현 님을 릭시 본부의 이름 아래에 소속시켜 관리하고 싶으시다면 제게 이런 태도는 보이지 않는 게 좋으실 텐데요."

유니벌인 이사이기에 가능한 태도겠지만 이젠 더는 저들이 이용해 왔던 김중오가 아니었다.

"적어도 사람 대접은 해 주셔야 저도 이 일을 계속하고 싶을 거 아닙니까?"

"무슨 건방진 발언인가. 자네 말고도 관리를 맡을 자들은 본부에 많네만."

"그렇다면 한번 해 보십시오. 십 년 동안 제가 도현 님 수발을 그냥 든 게 아닙니다."

비록 그들의 눈에는 보이지 않았을 테지만 꾸준히 중오는 제자리를 굳혀 오고 있었다.

"제가 일하는 방식에 익숙해진 도현 님이신데, 어디 다른 관리자가 입맛에나 맞으실까요. 맡겨 봤자 하루도 안 돼 쫓겨날 게 뻔합니다."

도현을 그동안 관리해 오면서 중오의 입지도 점차 강해졌다. 불멸과 와이즈로 이룩해 낸 인간관계는 도현을 보좌하는 데 방해되는 것을 치우는 용도로 사용됐다. 지금 이곳에 있는 자들도 마찬가지다. 중오가 입을 열면 이사진들의 초능력이 외부로 알려지는 건 순식간이었다.

"이래도 제가 이글에게 부족한 관리자입니까?"

초능력 여덟 개 보유자인 도현이 못할 일은 없었고, 중오는 못할 일조차 없앤다. 둘의 조합은 절로 눈치 보게 할 정도였다. 가만 보면 프로젝트 역시 중오가 맡았을 때 진척 있었지, 지금은 한 발자국도 나서지 못하는 실정이었다. 수틀린 이사진들의 눈빛이 저마다 번득였다. 도현을 제 것처럼 쥐고 있는 중오인데, 그렇다면 모두가 알고 있는 도현의 약점이라도 건드려야 한단 생각이 들었다.

"괜히 밉보이지 않는 것이 좋습니다. 도현 님 초능력 중에 세이렌이 있다는 걸 여기서 모르는 분은 없지 않습니까."

그 마음까지 읽은 듯 중오가 말했다.

"숙련도가 아직 최상은 아니라지만 곧 그리될 수 있는 일입니다. 그때 가서 어떤 보복을 당하려고 그러십니까?"

"그럼 어쩌자는 건가. 현재 도현 님에게 불만을 품은 자들이 점차 나타나고 있네만."

"무슨 수를 써서라도 제가 막겠습니다."

"자네로만 안심하기엔 부족하지. 도현 님을 향한 적을 없애려면 어서 빨리 여섯 번째, 일곱 번째 자리가 메워져야 한다는 건 자네도 알지 않나. 언제까지 기다릴 셈이야?"

"보호하려 나머지 자리를 채우는 건 동의하지만 그 방법이 윤세아 건드리는 식은 안 됩니다. 저도 몇 번 시도해 봤다가 지금은 눈치만 보게 되었으니까요."

중오가 천천히 조소를 그렸다.

"게다가 이제 유니벌 눈치도 봐야 합니다."

"무슨……."

"12시 되기 10분 전이군요. 아마 여기 있는 분들에게도 초대장이 갈 겁니다."

"어떤 초대장 말인가?"

손목에 채워진 시계를 내려다보던 중오가 똑바로 서며 말했다.

"클로비스 부부가 제로인 윤세아를 양녀로 삼겠다 오늘 저녁에 발표할 예정이거든요."

"뭐?"

모두가 술렁이는 가운데 중오의 또렷한 음성이 혼란스런 틈 사이를 메웠다.

"물론 법적으로는 불가하나 멀튼 사의 영향력이라면 가능해지는 날도 머지않아 오겠지요."

고개 숙인 중오의 입가에 걸린 웃음이 자조적으로 바뀌었다.

"그럼 전 파티 준비하느라 바쁠 예정이라 이만 실례하겠습니다."

내가 이런 말을 하게 될 날이 올 줄이야.

중오가 예상했던 대로 전 세계 유니벌들에게 전달된 한 통의 초대장 때문에 상류층계에 커다란 변동이 일어났다. 클로비스가家의 이름을 내걸고 보내온 초대장에는 불결한 제로를 양녀로 삼겠다는 믿을 수 없는 소식이 적혀 있었다. 저녁 일곱 시로 예정되어 있는 시각을 보며 많은 유니벌들이 고민의 기로에 빠졌다.

제로를 양녀로 삼는 자리에 와 달라니, 유니벌의 체면이 우스워지는 것이지만 다른 누구도 아닌 클로비스다. 그가 직접 초청한 자리에 나가지 않는다면 앞으로 멀튼 사와 함께할 행보는 없을 것이다.

게다가 그들을 더욱 난감하게 만든 건 양녀로 삼겠다 말한 여자가 이글의 사랑을 받는 세아라는 사실이었다. 요즘

KM 기업은 비약적으로 성장하는 중이었다. 도현이 필요하다면 손 뻗는 유니벌들이 넘친 결과인 데다가 도현은 회사를 부풀려 얻은 이익으로 그들에게 배로 갚아 주었기에 유지되는 달콤한 관계였다.

그런 이글을 보좌하는 김중오가 파티를 지휘한다니, 이건 단순한 축하 자리가 아니라 얼굴을 비치지 않으면 타격 입을 각오를 하란 식의 줄 세우기였다. 무시무시한 자들이 세아의 뒤에 있어, 이쯤 되면 제로라는 신분이 문제가 아니었다.

"초대한 유니벌들이 전부 올까?"

"글쎄, 다른 건 몰라도 오지 않으면 손해 보는 일이란 건 확실하게 알고 있겠지."

준비를 마친 도현이 소매에서 빛나고 있는 다이아몬드 커프스링크를 매만지며 다가왔다. 거울 앞에 서 있는 세아의 목으로 곧 따스한 온기가 닿았다.

"잘 어울리네. 오늘 너밖에 안 보이겠어."

검지로 톡 두드리자 다각도로 빛을 반사하던 다이아몬드가 번쩍였다. 목걸이는 엘린이 오늘 자리를 위해 친히 선물한 것이다. 세아는 도현의 손길을 받으며 꿈같은 마음을 다잡았다. 엘린은 그렇다고 해도 닉 클로비스까지 그녀를 양녀로 받아들이겠다 말한 건 여전히 믿기지 않았다.

"아버지라고 부르는 게 어색해서 큰일이야. 클로비……

아니, 아버지도 아직 날 딸로 보는 거 같지 않고."

"그런데도 오늘 널 딸이라 소개하는 자리의 초대장을 미스터 클로비스가 직접 작성했지."

"……."

"받아들여. 네가 이뤄 낸 거야."

안기라는 듯 도현이 팔을 뻗자 세아가 돌아섰다. 세아는 물처럼 굽이치는 은빛 드레스를 입고 번쩍이는 섬광과 함께 3층 복도에 도착했다. 무언가 두려운 듯 눈을 꼭 감고 있는 세아를 제 품 안으로 가둬 놓은 도현이 창문에 달린 검은 커튼을 열어 보았다.

"많이 왔네."

그제야 세아가 이제 막 눈뜬 동물처럼 주변을 살폈다. 확인해 보라며 커튼을 조금 더 여는 도현 덕분에 세아는 테라스 밑으로 인산인해를 이루고 있는 풍경을 보았다. 엘린이 세상에서 가장 큰 정원이라 자부하는 야외에서 이뤄지는 파티엔 반짝이는 조명들과 곳곳에 놓인 새하얀 테이블보가 꽃과 어우러져 장관을 이루고 있었다.

"오늘 주인공은 윤세아, 너야."

그 자리는 세아를 위해 준비된 것 중 하나일 뿐이었다. 세아는 크게 심호흡하며 도현을 올려다보았다.

"나 떨려서 실수하거나 사고 칠지도 모르는데, 걱정 안 돼?"

"하나도."

도현이 설핏 웃으며 손끝으로 세아의 뺨을 톡 건드렸다.

"긴장되면 내가 퀴즈 하나 낼까?"

"뭔데?"

"강아지가 어떻게 짖게."

"뭐야, 그것도 문제라고."

"몰라? 유치원부터 다시 다녀야겠네."

"알아, 멍멍이잖아."

"병아리는?"

"삐약삐약."

"고양인."

"야옹."

세아가 자신 있게 말하자 도현이 손으로 세아의 머리를 부드럽게 헤집었다.

"잘했어요, 우리 고양이."

세아는 어쩐지 민망해 귀가 금세 발개졌다.

"뭐하는 거야?"

"뭘 하긴, 칭찬해 줬지. 방금 '야옹' 하고 울었잖아."

"참나, 그럼 상으로 생선 준다고 하겠네."

"연어 어때."

"안 먹어. 난 이거 먹을 거야."

세아가 앙 입을 벌리며 도현의 손가락을 깨물자 도현이 비식 웃음을 터트렸다.

"이갈이 하나?"

"너……!"

"쉬, 가만히."

물었던 손가락을 구부러뜨리며 입술을 훑은 도현이 어두워진 눈빛으로 물었다.

"키스해도 돼?"

아직 하지 않았는데도 세아의 숨결을 들이마시는 흡력이 거셌다.

"내가 이거 다 먹을 텐데."

립스틱이 살짝 묻은 손가락을 대었다가 떼는 걸 반복하는 걸 보니 어떤 움직임으로 삼켜질지 예상됐다. 흔적도 없이 사라질 립스틱보다 반응하는 제 몸이 더 걱정됐다. 항상 도현은 키스할 때마다 세아의 팔을 꽉 잡곤 했는데, 지금 닿지도 않았음에도 세아는 그의 힘에 굴복하며 움푹 파이던 피부가 학습된 듯 푹푹 꺼지는 걸 느꼈다.

"이제 도착했니?"

먹잇감을 탐스럽게 노리던 도현의 눈동자가 느릿하게 옆으로 굴렀다. 좋은 시간을 방해할 생각은 없었지만 일정이 촉박하다 보니 어쩔 수 없단 표정으로 엘린이 다가오고 있었다.

"……저도 인사하러 나가 봐야 하는지라. 우리 세아 잘 부탁드립니다."

천천히 허리를 편 도현을 올려다본 세아는 축축해진 입

안의 물기를 삼켰다. 그 모습이 아쉬운 입맛을 다시는 것처럼 비쳤는지 도현이 웃었다.

"끝나고. 끝나고 제대로."

"뭘 제대로 해."

세아가 괜스레 고개를 반대쪽으로 돌렸다. 세아를 머리부터 발끝까지 한 번 훑어본 엘린이 뭔가 부족하다고 느꼈는지 불만스런 얼굴을 했다.

"곧 파티 시작인데 모습이 이게 뭐니?"

"네?"

"이래서 내가 집에 간다고 한 건데. 너 혼자 뭘 못할 줄 알았다니까. 어서 이리 와."

"아니, 그게……."

엘린이 냉큼 세아의 손목을 낚아채곤 끌고 갔다.

"살살 하세요."

당황한 표정으로 사라지는 세아를 빤히 바라보던 도현이 난간 쪽으로 몸을 틀자 낯익은 발소리가 복도 저편에서 들려왔다.

"준비 잘했는데?"

"까다로운 도현 님께 칭찬을 받으니 보람 있군요."

창밖으로 펼쳐진 장관은 도현까지 만족시켰다. 투시로 하나도 빠짐없이 그곳에 머무는 인사들의 얼굴을 살펴보던 도현이 작게 물었다.

"초대한 인원은 전부 다 왔나?"

"다는 아닙니다. 유니벌의 품격이 우스워지는 일이라며 거절한 분들도 몇 분 계십니다."

"품격 같은 소리 하고 있네."

도현이 비웃으며 난간에 팔을 기대었다.

"빈 밥그릇을 봐야 정신 차리지."

시선을 내리깔며 바라보는 풍경은 그동안 도현이 매진한 결과나 마찬가지였다. 끊임없이 다른 회사들을 파고들어 제 것으로 만드는 도현의 괴물 같은 흡수력은 릭시가 된 후에 얻었던 초능력 개수만큼이나 저력을 발휘했다. 회사를 끊임없이 불리는 와중에도 임원들을 돈으로 회유하며 제 위치를 절대적으로 만들어 나가기 시작했다. 상류층 사석에도 빠짐없이 참석해 조언을 듣고 부족한 것은 책으로 채웠다.

"오늘 참석 안 한 명단, 내 서재 책상 위로 빠짐없이 정리해서 올려놔."

"네."

중오는 왜 이제야 도현이 그토록 열과 성을 다해 회사를 거머쥐고 키우려는지 알았다. 같은 초능력 개수를 보유한 유니벌 안에서도 서열은 존재했고, 그 기준을 나누는 건 자본력이었다.

"하지만 최대한 적은 만드시지 않았으면 하는 바람입니

다. 파티에 오지 않은 그 몇 분이 3분의 1가량 되니까요."

"나머지 2가 내 쪽으로 왔는데 무슨 상관이지."

"오신 분들도 모두 도현 님의 편은 아닙니다."

"걔들 말고."

도현이 순간 말을 멈추며 신사적인 미소를 띠었다. 중오가 아닌 그의 어깨 뒤편을 향한 접대였다. 중오가 반쯤 고개를 돌렸다.

"이거, 이런 곳에 숨어 있으니 보이지 않을 수밖에."

"리만 씨 오셨군요. 안 그래도 바깥을 내다보는데 얼굴이 보이지 않아 서운하던 참이었습니다."

"저런, 내가 안 오면 쓰나."

"위츠 씨도 와 주셔서 감사합니다."

먼저 손을 내미니 그걸 가볍게 움켜쥐고 기쁨을 표할 만큼 그들은 이글 발표회 이후 도현이 꾸준히 관리해 온 유니벌들이다. 클로비스와 마찬가지로 유니벌 서열의 꼭대기를 점령하고 있는 두 기둥. 중오는 정중하게 고개를 숙였다가 들며 위화감 없이 이뤄지는 그들의 만남을 경이롭게 바라보았다. 중오는 발판만 만들어 줬을 뿐, 그들을 적이 아닌 제 편으로 만든 건 도현이다.

"감사의 의미로 술을 대접하고 싶은데 자리를 옮길까요?"

도현의 소매에 자리 잡은 커프스링크가 예리하게 빛났다.

"화장은 또 이게 뭐니. 정말 마음에 안 들어선."

"지금이라도 다시 사람을 불러서……."

"꼭 일을 두 번 세 번 해야겠어? 처음 할 때 똑바로 하면 좋았잖아. 이렇게 능력이 없어서 되겠어?"

한 분야에 오래도록 종사해 온 전문가들마저 엘린의 말이 나올 때마다 햇병아리 같은 신입으로 돌아갔다. 세아는 설핏 웃음을 터트리며 저로 인해 가시를 세운 엘린을 다독였다.

"화 푸세요. 제가 표정 더 예쁘게 지을게요."

"얘가 정말, 오늘이 어떤 자리인데."

"중요한 자리라 악세사리도 직접 골라 주셨잖아요. 오히려 화장보다도 이것 때문에 제가 죽고 있는걸요."

"말도 안 될 소리를. 보석은 그냥 널 빛나게 해 줄 요소일 뿐이야. 겨우 이런 걸로 기가 죽는다니."

'겨우'라고 말하기엔 목에 담이 걸릴 정도로 무거운 다이아몬드가 장식돼 있었다. 긴 머리카락이 귀고리를 가리는 게 맘에 들지 않는지 엘린이 반 묶음을 지시했다. 작품을 심사하듯 완성된 머리를 바라보던 엘린이 의아한 듯 물었다.

"향수 뿌렸니?"

"아니요, 그건 아직……."

"그래? ……뭐, 나쁘지 않으니 향수는 뿌리지 않아도 되겠어."

두 번의 노크 소리가 문 쪽에서 울려 퍼졌다.

"아, 손님이 왔나 보구나."

엘린이 반갑게 웃으며 고개를 돌리자 문이 열렸다.

"실례하겠습니다."

익숙한 목소리에 끌리듯 세아의 얼굴이 돌아갔다. 먼지조차 허락하지 않은 말끔한 정장이 시원한 바람을 묻힌 채 들어왔다. 남자를 본 세아가 믿기 어려운 표정을 지었다.

"그동안 널 후원해 준 남자인데 이 자리에 초대하는 게 당연하지."

세아가 아직도 믿기지 않아 입만 벌리고 있자 멈춰 선 서진이 엘린을 향해 인사했다.

"초대해 주셔서 감사합니다."

"뭘, 오히려 깜짝 놀라게 해 줄 생각으로 내가 숨어 있으라 부탁했는데 들어줘 고맙지. 시간이…… 5분 정도 남았는데, 충분한가?"

"네."

엘린은 마지막 점검은 직접 하겠다며 사람들을 데리고 방을 나섰다. 고요해진 내부를 지르밟으며 서진이 다가왔다.

"드레스가 무척 잘 어울리는군."

화장대에 몸을 기댄 후 팔짱을 낀 그가 세아를 바라보며 나지막이 웃었다.

"아름다워."

그 단어에 세아의 목울대가 울컥였다. 서진은 화려하게 꾸며진 세아의 모습을 빠짐없이 눈에 담았다.

"지금 이 장면을 내게 보여 주고 싶지 않았나."

세아가 오늘 열릴 파티를 가장 먼저 보여 주고 싶었던 사람은 서진이었다. 나인의 마지막 임무로 하도현에게 어울리는 여자가 되라 지시했던 그였기에 세아는 확인받고 싶었다.

"그래서…… 직접 본 소감이 어떤데요?"

"아찔하지."

어둠에서 벗어난 그녀가 현재 머무는 곳이 어딘지 서진은 피부 깊숙이 실감했다.

"너를 보며 밤이 생각나지 않는 요즘이야."

화려한 네온사인처럼 반짝이고 있는 세아를 보면 그랬다. 세아는 설핏 웃음을 터트리며 낮게 말했다.

"밤이라……. 차라리 그곳이 더 나았죠. 지금은 제가 잘하고 있긴 한 건지, 맞게 가고 있는지 모르겠어요."

나인일 때는 목표물만 보고 움직였던 것과 달리 지금은 자신의 행동들이 전부 의문인 세아였다. 제로도 사랑받을 자격 있는 존재라 주장하듯 도현의 옆에 머무는 모습을 매

순간 벡터들에게 보여 줬지만 과거를 숨기기 위해 방어적인 태도를 취할 때가 더 많았다.

"많이 두렵겠군."

"……."

"익숙하지도 않고, 앞으로 가면 갈수록 적응보단 매번 새로운 시련을 마주하는 것처럼 느껴질 테지."

균열이 간 살얼음판을 걷는 기분이었다. 조금이라도 발을 잘못 내디뎠다간 차가운 물속으로 처박힐지도 모른단 생각은 세아를 매 순간 위험 속에서 살게 했다.

"하지만 개척자가 바라보는 풍경은 늘 그러지 않나. 한 치 앞도 볼 수 없게 만드는 파도가 너와 함께한다고 해도 네가 가는 길만 믿고 노를 젓는 사공들이 있다는 걸 잊은 건 아니겠지."

등대를 만난 것처럼 세아의 고개가 천천히 올라갔다.

"지금도 노는 계속 저어지고 있고."

한쪽 다리를 접어 바닥과 조우한 서진이 기꺼이 고개를 들어 세아를 올려다보았다.

"사공은 그 아래에서 네가 가져다줄 신세계를 꿈꾸고 있어."

신세계……. 세아가 속으로 그 단어를 곱씹자 서진이 고요히 웃음을 그렸다.

"오늘은 또 내게 어떤 세상을 보여 줄 거지, 윤세아."

곧 세아의 입술이 매끄러이 올라갔다.

"……계속 지금처럼 지켜봐 주세요. 실망시키지 않을 테니까."

밤하늘을 가르던 나인처럼 두려움 없이 대답하자 서진이 나지막이 말했다.

"지금껏 너에게 실망한 적은 없어."

단 한 번도. 넌 언제나 내게 최고의 결과를 안겨 줬으니까.

"시간 됐는데, 준비는 됐나?"

"물론이죠."

세아가 자리에서 일어나자 서진이 허리를 곧추세우며 팔을 뻗었다. 그 팔을 살며시 잡으며 세아가 걸음을 옮겼다. 이젠 굽 높은 구두를 신어도 아무런 무리가 없었고 남자의 에스코트도 당연히 받을 줄 아는 여자가 되었다. 복도로 나온 세아는 눈매를 날렵하게 올렸다. 제로라면 불가능했을 일이 오늘 이 자리에서 또 한 번 일어날 예정이다.

"제 딸을 소개하는 자리에 참석해 주셔서 감사합니다. 많은 분들의 축하를 받게 되어 기쁘군요."

세아를 축하하기 위해 이곳에 참석한 자들은 단 한 명도 없었다. 이글이 무서워서, 멜튼 사와의 관계를 계속 유지하기 위해, 중오의 눈에 엇나가지 않도록. 이유는 많았지만 그걸 입으로 토로하는 자는 없었다.

"마리아 아인 클로비스, 한국 이름은 윤세아입니다."

저마다 혀 차는 소리가 주변을 가득 메웠다. 호적에 올리지도 못할 제로에게 이름을 지어 주다니. 법마저도 무시하는 유니벌다운 행태였지만 그 정도가 과했다.

"이곳에 있는 분들은 클로비스가※와 협력하며 뜻을 함께하시겠다는 마음가짐으로 오셨을 겁니다. 동의하지 않으신다면 지금이라도 나가셔도 좋습니다."

축하보다는 클로비스와 함께하겠단 뜻을 가진 게 맞았다. 한결 듣기 편한 표정을 지은 유니벌들은 이 자리를 사교 파티 정도로 생각했다. 닉 클로비스가 웃으며 낮게 말했다.

"아무도 나가시지 않는다니, 제 발언에 동의해 주셔서 정말 감사합니다."

닉이 손짓하자 세아가 야외에 마련되어 있는 새하얀 단상 위로 올라섰다. 드레스 자락을 움켜쥔 세아가 한가운데에 똑바로 서며 심호흡했다.

"안녕하세요, 윤세아입니다."

드레스 입은 그녀를 본 유니벌마다 기가 찬 웃음을 터트렸다. 주제에 맞지 않은 화려한 드레스는 관중들의 비웃음을 샀다. 환심을 사기 위해 치장한 꼭두각시 같다며 힐난하는 사람도 등장했다. 세아는 술렁이는 가운데 자세를 풀지 않고 앞을 응시했다.

마이크가 세아에게로 넘어온 이상 더 이상의 배려는 필요 없었다. 세아를 앞에 세워 둔 채 저들끼리 사적인 얘기를 주고받는 유니벌들이 대부분이었고 세아는 그들을 보며 단상 위에 놓인 잔을 밀었다. '쨍그랑' 일순간 날카로운 파열음이 울려 퍼졌다. 바닥에 퍼진 물이 그들에게 끼얹어져진 듯 주변이 삽시간에 서늘해졌다.

"이제야 저 보시네요. 다시 한 번 인사드릴게요. 마리아 아인 클로비스입니다."

놀란 인사들 틈 사이에서 술잔을 기울이고 있던 도현의 눈빛이 일순간 진해졌다. 제게로 몰두된 시선을 확인한 세아가 말했다.

"지금 이곳에 있는 분들이 세계의 법을 제정하고, 또 그걸 실현하는 힘을 가지신 분들이라는 걸 잘 알고 있습니다. 그런 분들 앞에서 제가 발언권을 얻는다는 것 자체가 무척 영광스러운 일입니다."

영광을 그들에게 돌리는 말이었지만 세아는 무척 당돌한 모습이었다.

"클로비스의 성을 아버지께 받는다고 해서 제로인 제 위치가 달라지지 않는다는 걸 알고 있습니다. 여러분과 전 태어날 때부터 사회에서 정해진 다른 존재이니까요. 제로가 그런 분들 앞에 서서 이렇게 말하는 게 말도 안 되는 일이지만 지금은 아니니, 이 좋은 기회 얻은 김에 몇 마디 더 하겠습니다."

"무슨 소릴 하는 게야."

"조용히 하세요. 목소리가 안 들리지 않습니까?"

도현의 냉담한 목소리에 옆에 서 있던 자가 입을 꾹 짓눌렀다.

"앞서 아버지께서 여러분에게 의사를 물었습니다. 협력하시겠습니까, 뜻을 같이하겠습니까."

"……."

"여러분은 자리를 지키는 걸로 동의했습니다. 분명히 여러분께 동의하지 않으면 자리를 떠나라 말했는데도 아무도 떠나지 않으셨으니까요."

이게, 무슨. 놀란 자들의 기색이 하나둘씩 어둡게 변해 갔다. 세아가 고개를 숙이며 웃었다.

"인정해 주셔서 감사합니다. 협력해 주셔서 정말 감사합니다."

들어 올리며 숨을 힘껏 들이마셨다.

"그러니 마리아의 이름을 가진 클로비스가家의 일원으로서 저 역시 제 뜻을 말씀드리죠."

가슴이 그 어느 때보다 부풀어 올랐다.

"하도현의 옆자리에 서는 걸 인정받고 싶어요."

도현을 바라보며 꿈을 작게 속삭였다.

"모두 동의하신다고 하셨습니다."

어차피 유니벌이 인정한다면 법이 생기는 것쯤은 우스운 일이다.

"하."

도현은 짧게 웃음을 터트렸다. 전혀 예상치 못한 전개였다.

순식간에 유니벌의 품위와 어울리지 않을 거친 비난이 주변에서 터져 나왔다. 폭언과 살기에도 꿋꿋이 서 있는 세아에게서 도현은 시선을 뗄 수 없었다. 불과 몇 달 전만 해도 단상 위엔 도현이 있었고, 세아는 그런 도현을 멀리서 올려다볼 뿐이었다. 하지만 지금은 정반대라, 도현은 뻐근한 목 뒤가 이대로 굳어 버려도 좋다고 생각했다.

"감히 어디라고 제로 주제에 동의를 구하는 게야!"

"지금 이곳에 계신 분들은 제가 클로비스가※의 양녀가 된 걸 축하하는 초대장을 받고 오셨습니다. 그건 서면에 확실히 적힌 사안입니다."

"그런다고 네 말에 따르겠단 건 아니지! 법적으로 인정받지도 못한 게! 네 말은 아무런 효력이 없어!"

"원래 법보다 위에 있는 유니벌 아니던가요? 참석해 주신 것만으로도 외부에선 제가 클로비스의 이름을 얻은 걸 여기 계신 분들께서 인정하신 걸로 알 텐데, 다들 그 정도 계산은 하시고 오셨잖아요."

"무슨!"

"어떤 게 더 이익이고 손해인지 선택권은 초대장을 보낸 순간부터 여러분께 주어졌고 여러분은 자신의 판단에 의해 여기 계신 겁니다."

"입 다물어!"

"이곳은 제가 주인공인 자리입니다. 제 목소리를 마음껏 내라 마련된 곳에서 여러분께서는 다 아시면서도 나가실 기회도 마다한 채 자리를 지키셨어요. 제가 클로비스가의 일원이 되는 걸 인정하는 의미로요."

그동안 세아에게 수도 없이 허리를 숙이고 시선을 낮췄던 도현이었지만 지금 올려다보는 순간이 가장 아름다웠다.

"부당한가요. 억울하세요?"

할 말을 잃은 자들의 얼굴을 보던 세아가 입꼬리를 올렸다.

"전 통쾌한데요."

과열된 분위기를 읽은 엘린이 한쪽 눈썹을 꿈틀댔다. 그건 중오도 마찬가지였다. 그의 손짓에 단상 앞으론 방어 계열을 가진 초능력자들이 배치되었다. 릭시 본부의 이사진들마저 일촉즉발의 상황으로 받아들였는지 지시를 내렸다.

"본부에 연락해서 지금 당장 유니벌 레벨 전체적으로 팔찌 락Lock 걸어."

"초능력을 사용하지 못하게 하는 락이라면 비난이 거셀 겁니다."

"5분이라도 좋으니까 어서 빨리."

중오의 시선이 당장에라도 초능력을 사용할 태세인 유니벌들 틈에 서 있는 도현에게 닿았다. 마치 정지된 화면처럼 움직이지 않던 도현이 이윽고 발을 뗐다.

"저 발칙한 것!"

유니벌들 중 한 명이 기어코 먼저 초능력을 사용했다. 주변으로 커다란 바늘을 만들어 내는 '비수'는 그에 박힌 대상을 쇳덩이로 변하게 하는 초능력이었다. 그의 등 뒤로 무수히 많은 바늘이 생기더니, 날아가 세아에게로 쏟아졌다.

"윽!"

차마 닿기도 전에 벌어진 일이다. 순간이동 한 도현이 그의 손목을 움켜잡았고 방향을 잃은 바늘이 허공에서 흩어졌다.

"내 여자에게 초능력이라니, 겁이 없나?"

도현의 염력으로 공격에 실패한 남자가 제 목숨을 앗아갈 듯한 검은 눈동자를 보고선 낯이 파리해졌다. 차가운 표정을 유지하던 도현이 웃으며 그 손목을 뒤로 꺾었다.

"아악!"

뼈가 부러지는 소리가 울려 퍼졌다. 도현이 손가락을 가볍게 펼치며 걸음을 떼었다. 오직 세아만을 시야에 둔 채 걸어가는 발밑으론 여린 잔디가 부드러이 몸을 눕혔다.

"젠장!"

분노로 표출된 초능력으로 인해 도현의 발밑으로 잔디가 돌처럼 굳어졌지만 이내 화르르 타들어 갔다. 도현은 불로 송두리째 녹이며 태웠다. 시우가 초능력을 사용한 남자를 결박으로 묶자 또 다른 곳에서 초능력이 발현됐다. 두두두두 땅이 파헤쳐지며 세아가 서 있는 단상으로 뻗어 나갔다. 재빨리 엘린이 세아의 앞으로 서자 도현이 큐브를 씌워 균열을 짓눌렀다. 정원은 새까맣게 타 버리고 세아에게로 향하는 길목은 전쟁터처럼 변했지만 도현의 시선은 떠나지 않았다.

"잡았다."

도현은 세아의 무릎을 끌어안은 채 작게 속삭였다.

"이제 너 아무도 못 건드려."

등을 보인 도현이지만 그를 저격할 자는 존재하지 않았다. 세아에게 덤벼든 자의 분노에 동요해 저마다 초능력을 사용할 뻔했지만 뒤늦게 희미했던 이성이 곤두섰다. 이곳에서 초능력을 사용하면 목격자는 유니벌이 된다는 사실을 떠올린 것이다. 겉으로는 협력하지만 초능력을 들키게되면 어떤 식으로 당하게 될지 몰라 뒤늦게 서로의 눈치를 보기 시작했다. 순간 '삐—' 하는 소리가 팔찌에서 울리더니 이윽고 주변 가득히 퍼졌다.

"상황 정리가 더 빠르게 되겠군요."

알람이 울리자 중오의 입꼬리가 유유히 올라갔다. 사람들 틈 속에 파묻혀 있던 본부 이사진들이 앞으로 걸어가며 말했다.

"지금부터 릭시 본부에서 도현 님의 안위가 위험하다는 판단 아래, 이글을 제외한 모든 유니벌들에게 락을 시행합니다."

모두가 그 사실에 놀라 입을 다물 수 없었다. 유니벌의 초능력 다섯 개가 전부 다 규제되다니, 이건 말도 안 될 일이다.

"사이드 넘버까진 락이 불가하니, 언제든지 사용하셔도 좋습니다만 그에 따른 처벌은 각오하셔야 할 겁니다."

릭시 본부를 대표해 말한 남자가 시선을 들어 클로비스 부부를 보았다.

"벡터 본부에서 이런 상황을 빚어 낸 것과 관련해 처벌을 내릴 겁니다. 클로비스가도 순응해 주십시오."

엘린의 입술 사이로 바람 빠지는 웃음이 새어 나갔다.

"처벌이라니, 지금도 녹화되고 있는 영상을 보면 알겠지만 공격은 손님 측에서 먼저 하신걸."

"이런 불편한 자리를 만드신 책임은 지셔야 하지 않겠습니까?"

"책임? 안 그래도 내 딸을 노린 것 때문에 열 받던 참인데 어디다가 책임을 묻는 거지? 내 남편이 보낸 건 어디까지나 초대장이었고 법적으론 제로가 벡터의 호적에 올라가지 못할 뿐이지, 양녀로도 삼지 말란 규정은 없는 걸로 아는데."

엘린은 살벌함이 넘치는 얼굴로 그들을 단상에서 내려다보았다.

"법이라도 바로 세우고 협박을 해야지, 릭시 본부는 원래 이렇게 대책 없이 사람을 몰아세우나?"

그러자 남자의 경직된 입꼬리가 천천히 올라갔다.

"충고 감사합니다. 그 부분까지 고려해 법이 개정되도록 의회에 요청하도록 하죠."

세아의 여린 턱이 힘으로 꽉 맞물렸다. 제 목소리를 낸 결과가 이거라니. 유니벌의 분노를 샀고 원했던 인정은 결국 베풀어지지 않았다. 세아가 바꾸고자 하는 세상은 여전히 변하지 않았다.

"아까 네가 한 말에 머리가 어지러울 정도였어."

도현이 나지막이 속삭이자 세아가 시선을 떨어뜨렸다. 드레스 자락에 얼굴을 파묻고 있어 어떤 표정일지 감조차 잡히지 않았다. 그저 알 수 있는 거라곤 도현의 뜨거운 숨결이 얇은 천을 비집고 들어와 세아의 살결을 떨리게 하고 있다는 것밖엔.

"수고했어. 오늘 네 모습이 가장 아름다웠어."

세아가 원했던 변화는 그녀가 세상인 도현의 안에서 이뤄졌다. 힘껏 두 다리를 끌어안은 도현이 움직여 세아를 바닥으로 내려놓았다.

"이제 뒤는 나에게 맡겨."

도현이 단상으로 올라가 섰다. 마이크 대를 길게 올린 후 주머니 안으로 손을 밀어 넣는다.

"······어차피 이제부터 초능력 사용도 안 되는데 다들 진정하고 제 목소리나 들으시죠."

혼란과 분노로 휩싸였던 사람들의 시선이 하나둘씩 도현에게로 향했다. '목소리'란 단어 하나로 두려움을 만들어 낼 수 있는 건 세이렌을 가진 자이기에 가능한 일이었다.

"저로 인해 락도 걸리고 제로는 인정해 달라 속을 긁어 놓고. 무슨 이딴 식의 파티가 있나 싶으시겠죠. 인정합니다. 기분 상하셨다면 제가 대신 사과드리겠습니다."

닉은 거친 숨을 내쉬며 도현의 뒷모습을 바라보았다.

"하지만 여러분도 사과하셔야 할 부분이 있습니다. 초능력이 없는 제 여자에게 공격하신 건 그 어떤 이유로도 용서가 안 됩니다. 죽여도 성이 차지 않죠."

"……."

"그 어떤 이유로도 용서가 안 된다니, 웃기지 않습니까? 모든 일에는 정당성을 구분할 잣대가 있는 법인데 그걸 전부 깔아 버리는 게 조금 전 제가 한 발언입니다."

도현이 천천히 시선을 옮기며 억한 마음에 입을 씹는 자들을 보았다.

"한데, 지금껏 여러분들께서도 그렇게 살아오시지 않았습니까?"

인상을 찌푸렸던 자들의 표정이 탁 하고 풀어졌다.

"유니벌로서, 가장 높은 레벨을 가진 자들로서 그 어떤 법도 피하고 뜻대로, 원하는 대로 살지 않으셨습니까. 지금껏 충분히 즐기면서 사신 것처럼 저도 제 입맛대로 행동했을 뿐입니다. 여기에 저보다 레벨 높은 분은 없으니 문제 될 것도 없죠."

"……."

"릭시 발표회에서 이 여자와 결혼할 수 있는 세상을 만들겠다 했을 땐 다들 놀라시는 게 전부였는데, 제로가 하니 반역자처럼 처단받을 기세더군요. 좋습니다. 윤세아의 신분이 제로라 여러분 마음대로 얼마든지 해도 되는 세상이라면 이참에 확실하게 짚고 넘어가죠."

"……."

"현재 제가 위험할지도 모른단 이유로 팔찌에 락이 걸렸습니다. 여러분들께서 무슨 짓을 해도 정부는 사라지지 않을 거고 전 계속 보호받습니다. 게다가 여러분들께서 끔찍하게 생각하시는 제임스 김이 제 관리자인데도 저와 싸우시겠습니까?"

일순간 정적이 흘렀다.

"결정하시죠. 저와 죽기 살기로 부딪치면서 이참에 전쟁이라도 해 보시든가, 아니면 저와 협력하여 지금 이 상태를 유지하시든가."

초능력 개수나 정부를 제외하고서도, 지금 이곳에 도현의 자본을 탐내지 않는 자들은 없었다.

"대우는 지금보다 더 최고로 해 드리겠습니다."

모두의 눈동자가 고요히 굴렀다. 유니벌끼리 합심해 도현을 재계에서 퇴출시키기엔 KM 기업은 꽤 많은 성장을 이룩해 낸 상태였다. 게다가 클로비스가 세아로 인해 도현과 친밀한 관계를 유지하고 있다.

"한 가지 말씀드리자면 결혼하겠단 제 생각만큼은 절대 변하지 않을 겁니다. 그러니 돌아서려면 지금 하십시오."

하지만 맘먹고 투자에서 발을 뺀다면 높은 레벨을 동경하는 벡터들의 소비력까진 어떻게 하지 못하더라도 도현의 회사가 지금보다 더 커지는 걸 막을 수는 있을 것이다. 레벨로는 이길 수 없으니 그렇게라도 한쪽 날개를 꺾는 게 맞았다.

"난 이쪽이 좋겠네."

그 순간 갈등하는 유니벌들 사이를 뚫고 나온 건 리만이었다. 도현은 의아한 표정으로 그를 보았다.

"진심이십니까?"

"솔직히 제로와 무슨 짓을 하든 관심 없네만 난 자네가 무척 맘에 들거든."

"……."

"어차피 제로와의 혼인이 가능하다 법안이 만들어진다고 해도 그걸 기다렸다는 듯이 결혼할 인간은 없다네. 계급 사회에서 인식이란 무겁고 하루아침에 바뀌는 게 아니니."

"그것도 제가 바꿔 버리죠."

"호기롭구만."

뒷짐을 진 리만이 웃으며 아직 넘어오지 않는 유니벌들을 향해 섰다.

"그마저도 맘에 들어."

"말도 없이 혼자 나서는 게 어디 있나?"

뒤이어 위츠가 불만스런 낯빛으로 다가왔다. 클로비스가 단상에서 그들을 내려다보며 물었다.

"이것 참. 이글 생각해서 온 겐가, 아니면 날 생각해서 온 겐가?"

"둘 다로 하면 되지."

세계에서 가장 큰 자본력을 가진 셋이 모이니 자연스럽게 남은 유니벌들도 그곳으로 시선이 쏠릴 수밖에 없었다. 도현 하나라면 어떻게든 단합해 밀어내려 애써 보겠지만 저들이 한 배를 탄다면 얘기가 달라진다. 세계 금융권을 꽉 잡고 있는 그들의 손을 빌리지 않을 수 없는 유니벌들이 우선적으로 느릿하게 움직였다. 또 그와 연관된 자들도 꼬리를 물며 따라오다 보니 어느새 반이나 넘게 도현 쪽으로 넘어온 뒤였다.

소수만 남겨 두고 모두가 앞쪽으로 모인 가운데, 결국 끝까지 버티고 있던 자들까지 걸음을 떼었다. 뒤쪽에서 그 모든 걸 지켜보고 있던 서진이 천천히 입술 끝을 올렸다.

"정말 대단한 걸 보여 주는군."

지금껏 경험하지 못한 신세계가 펼쳐지고 있으니. 유니
벌 전부가 세아의 앞으로 몰려든 상황이라 서진 역시 걸음
을 떼며 그들이 모인 곳으로 향했다.

"정말 대책 없다."

"썩어 빠지긴 했지만 제대로 먹혔으면 됐지."

세아가 불만스럽게 긴 복도 위로 굽을 박았다. 제아무리
초능력을 가진 자들이라고 하나 결국 그들을 움직이는 건
돈이었다.

"어차피 정직한 방법으로는 못 바꿔."

"알지만."

세아는 한숨을 내쉬었다. 자리를 떠난 자는 단 한 명도
없었고, 그건 곧 세아를 인정하겠단 의미였다. 깨진 조명
은 다시 달았고 전부 타 버린 정원은 어떻게 손쓸 방도가
없었지만 그 안에서 사교는 비교적 순탄하게 이뤄졌다. 클
로비스 부부와 도현을 양옆에 대동한 세아는 초대에 응해
준 유니벌들을 한 명씩 소개받으며 인사를 나눴다. 파티
가 끝난 지금, 세아는 절대 넘을 수 없을 거라 생각했던 큰

산을 내려온 듯한 기분을 느꼈지만 그 방법이라는 게 너무 허무했다. 초능력으로도 모자라 결국 자본력 싸움이라니.

"제로로서 인정받을 수 있을 거란 생각은 안 했지만 정말 그러니까 기분 이상해."

"인식이 쉽게 바뀌지 않을 거란 건 잘 알잖아."

"그래도. 연설 준비를 얼마나 많이 했는데 결국 내가 그들의 마음을 돌린 건 아니었잖아."

"대신 내 마음을 움직였잖아."

세아가 걸음을 멈춰 서며 도현을 바라보았다.

"뭐가?"

"내 옆에 서고 싶다는 네 말이 날 움직였다고."

도통 이해할 수 없었다. 세아가 도현의 옆에 서는 건 당연한 일이자 둘의 꿈이었다. 제로와 릭시가 결혼할 수 있는 공평한 세상을 만들기 위해 매진하고 있는데 도현 혼자만 그 길을 이탈한 것처럼 말했다. 그러고선 이제야 정상적인 궤도에 들어왔다고 하니, 세아는 지금 저와 도현이 마주잡고 있는 손을 이질적으로 내려다보았다.

"세상엔 절대적으로 변하지 않는 세 가지가 있어. 돈, 권력."

도현이 순식간에 세아의 허리로 팔을 휘감았다.

"윤세아를 사랑하는 나."

힘 있게 부딪친 입술이 세아를 벌리며 들어왔다. 놀라 크게 눈을 뜬 세아가 이윽고 가느다랗게 힘을 뺐다. 정신이 강하게 내부를 휘젓고 다니는 도현 때문에 얇은 침대 시트처럼 헝클어졌다. 섬광이 튀었고 나풀거리던 머리카락이 등허리로 내려앉자 입술이 천천히 멀어졌다.

"인정?"

강인한 눈빛에 심장까지 먹히는 기분이라 다른 생각은 할 수 없었다.

"……인정."

세아가 반질거리는 입술로 자그마하게 말하자 도현이 픽 웃었다.

"그래, 내가 네 거잖아. 힘내자, 세아야."

"……너 때문에 힘내는 거야."

"알아. 신기하게 어떻게 거기서 눈 하나 깜짝 안 하고 따박따박 말할 생각을 해."

"내가 주인공이라고 했잖아."

"맞아, 지금도 네가 주인이야."

'쪽' 부드럽게 세아의 입술을 한 번 더 부딪쳤다. 느릿하게 멀어진 도현이 혀를 내어 제가 남긴 흔적을 꼼꼼히 핥으며 거둬 냈다. 간지러워. 세아가 칭얼대며 등을 빼자 도현이 피식 웃었다. 입꼬리를 내리며 천천히 그리고 아주 느리게 세아를 가둔 팔을 떼어 냈다.

"나 이제부터 힘쓰러 가 봐야 해. 우리 세아 잘 부탁한다고 웃음도 좀 팔고."

"됐어. 엄마 아빠도 거기 계시는데 너까지 가서 그럴 필요 없잖아."

"결혼하고 싶어 하는 아내를 위해서라도 내가 해야지."

집으로 순간이동 하더니, 저 혼자 다시 파티장으로 돌아가겠단다. 세아가 불만스런 표정을 짓자 도현이 엄지로 일그러진 눈썹 위를 부드럽게 쓸었다.

"곧 한결 씨랑 시우 씨 포탈 타고 올 거니까 창문 열지 말고 있어. 샤워하고 곧바로 자도 좋고."

"창문?"

세아가 눈을 한 번 깜빡이자 도현이 순식간에 사라졌다.

"뭐야, 나도 같이 가도 되는데."

넘치는 의욕과 달리 몸이 축 처졌다. 인사를 하느라 뻐근해진 목덜미를 매만지며 세아는 시계를 보았다. 서머타임인 영국과 달리 제시간대로 흘러가는 걸 보니 집에 온 걸 실감한다.

"술을 좀 마서서 그런가……."

리만이 권유한 것만 조금 마셨을 뿐인데 주량을 넘어선건지 내뱉는 숨이 용암처럼 화끈거렸다. 도현이 저를 집에 데려다준 이유가 이것 때문이라 생각하며 세아는 욕실로 향했다.

씻고 나온 뒤에도 한결과 시우는 보이질 않았다. 전화해 볼까 하다가 그만두고 침대로 가 누웠다. 푹신한 시트에 파묻히니 모든 게 귀찮고 피곤했다. 깊이 밴 도현의 체향을 들이마시며 세아는 베개를 꼭 끌어안았다. 도현이는 언제 올까. 그 생각을 하며 세아는 까무룩 잠이 들었다.

"……."

몇 시지……. 어스름하게 내려앉은 어둠 속에서 눈을 뜬 세아는 시간부터 보았다. 6시, 집 안은 무척 고요했다. 아직도 파티장에 있는 걸까. 두어 번 눈을 깜빡인 세아는 자신이 잠에서 깬 이유를 빤히 바라보았다.

"비가 오나."

창문 너머로 '톡, 토옥' 하고 두드리는 소리가 들렸다. 세아는 찌뿌둣하게 몸을 일으키며 조심스럽게 아래로 발을 내디뎠다. 헝클어진 머리카락을 뒤적이며 커튼을 친 세아는 굳게 닫힌 창문을 열었다.

"……."

비는 오지 않았다. 오히려 파란 어둠이 자옥이 깔린 새벽이 데려온 청아한 공기가 세아의 폐를 시원하게 적셨다. 창문 아래로 시선을 내린 세아가 이슬 맺힌 잔디를 응시했다. 아니, 이슬이 아닌가……. 시선을 좁히던 세아는 곧 제게로 날아든 무언가를 반사적으로 움켜잡았다. 손바닥을 펼쳐 보니 작은 구슬.

"……진주?"

정원을 가득 채운 것과 똑같은 것이다. 세아가 천천히 고개를 들자 또 하나가 날아들었다. 세아의 어깨에 부딪혀 떨어지고 가슴에 부딪치고 한쪽 뺨에 부딪혔다가 이내 바람이 크게 한 번 불어오니 여러 개가 날아와 부딪혔다. 우수수 세아의 발밑으로 떨어진 알갱이가 이리저리 굴렀다.

눈을 질끈 감았던 세아가 천천히 속눈썹을 밀어 올렸다. 그 순간 들려오는 젖은 목소리.

"나 때문에 깼나?"

허공에 뜬 몸 때문에 2층 높이의 세아와 시선이 마주쳤다. 믿기 어려운 얼굴이다. 세아가 멍하니 바라만 보자 이현이 팔을 뻗어 세아의 턱을 감싸 쥐었다. 이현에게서 강한 술 향기가 풍겼다.

"꿈이 아니야."

엄지를 세워 붉은 입술을 덮었다.

"내 사랑이지."

턱을 비스듬히 돌린 이현이 입을 벌렸다.

"닿지만 않으면 되지."

다가가 제 엄지를 지그시 물며 눈을 감았다.

"······."

그렇다면 숨결만 줘.

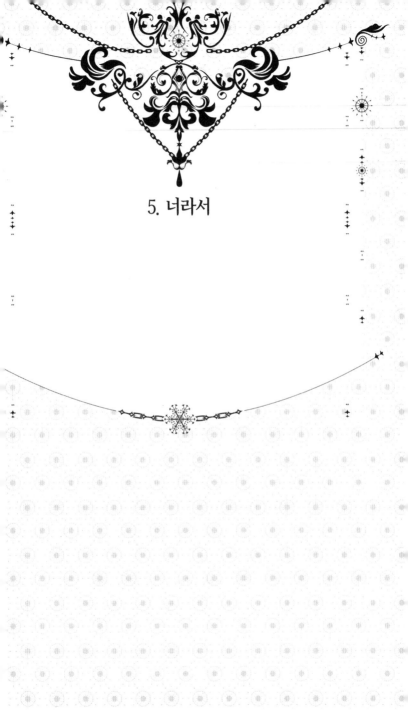

5. 너라서

5. 너라서

세아는 재빨리 이현의 어깨를 밀쳤다. 반동이 일자 머리가 욱신거렸다. 아까 마신 술이 뭐였더라. 이름조차 기억나지 않을 짙은 액체가 세아와 잘 맞지 않았던 모양이다. 세아는 이마를 짚으며 창문 너머로 여전히 멈춰 있는 이현을 노려보았다.

"저리 꺼져. 여긴 어떻게 들어왔어?"

"저런 것들도 널 지키는 가드라고 뭐?"

주변이 지나치게 고요했다.

"내겐 쉽지."

집 주변을 지키던 가드마저 이현에게 당한 듯싶었다. 그렇다면 한결과 시우는. 아, 세아는 또 한 번 머리가 욱신거렸다.

"과음?"

세아의 손가락 끝이 머리카락 사이로 구겨지며 들어가자 무언가가 살며시 닿았다.

"안 맞는 술 마시면 일어났을 때 고생하니까 그런 것 정도는 알아서 피해."

"손 치워."

제 손등 위로 닿은 이현을 쳐 낸 세아가 죄 없는 입술을 잘근 물었다. 허공에 버려진 그의 손이 유독 파래 보였다.

"까칠한 건 취해도 똑같네. 그것도 술버릇이야?"

"……."

"나도 있는데, 버릇."

이현이 제 손으로 가만히 머리를 쓸어 넘겼다.

"오늘 간만에 수위 넘게 마셨는데."

한도 끝도 없이 밀어 넣은 와인 때문에 이현은 혀가 얼얼했다.

"하도현과의 사이를 인정받고 싶다 얘기했다지……."

뇌가 다 허물어졌으면 좋겠다고 생각했다. 초대장은 이현에게도 전달됐고 거기에 적힌 윤세아 이름만 몇 번이고 손끝으로 훑었다. 여기 가면 널 볼 수 있을까. 당장에라도 달려가고 싶었지만 옆에 붙어 있는 남자 때문에 가지 못했던 곳이다. 작전을 숨기기 위해서라도 우호적인 관계로 비치려 강찬과 성재가 참석했지만 가져온 소식은 이현의 머리에 두통을 만들어 냈다.

"정말 결혼이라도 할 생각이야?"

이현의 불투명한 눈동자가 세아를 지그시 바라보았다.

"……할 생각이구나."

비식 웃음이 터진다. 도현이 제 입으로 세아와 결혼하는 세상을 만든다고 했을 땐 별다른 생각조차 들지 않았던 이현이다. 그저 괴물 같은 녀석이 갑작스럽게 나타나 멋모르고 세상을 바꾸겠단 호기를 부린다고 생각했다. 하지만 세아가 그리 말하니 이현이 알고 있던 세계가 전부 일그러지며 무너졌다. 정말 할 수 있는 세상이 될 것만 같았고 세아는 머지않아 도현이 고른 웨딩드레스를 입을 듯했다.

"그럼 난?"

"대체 무슨 소리를 하는 거야."

"내가 취해서 술주정하는 거 같지, 넌."

세아가 인상을 찌푸리자 이현이 힘없이 웃음을 터트렸다.

"맞아. 나 지금 취했어. 그리고 내 술버릇이 이거야."

몸을 앞으로 기울이며 손으로 창틀을 잡았다.

"너에게 찾아오는 거."

이현이 자조적인 웃음을 띠었다.

"못 보던 사이에 생겨난 버릇인데 정말 웃기지 않아?"

알코올이 수위 끝까지 차오르면 귀소본능을 지닌 사람처럼 어디론가 향한다. 조금 먼 거리, 미간을 좁혀서라도 볼 수 있는 곳이라면 어디든 상관없다. 그곳에 앉아 목걸이를 뜯어 한 개씩 돌을 던지듯 니에게 신호를 보낸다.

"안 오려고 했는데……."

내게 달 같은 얼굴 한 번만 보여 달라고 허공을 향해 속삭인다.

"없는 것처럼 있으려고 했는데."

그래서 그랬어.

"오늘은 과음했어."

한 번만이라도 가까이에서 보고 싶단 욕심이 이성을 이긴 순간이다. 너를 대신할 건 얼마든지 있는데, 실제가 아니면 소용없더라. 자꾸 오게 되더라. 지금도 눈앞이 흐릿할 지경인데.

"추태라도 오늘만은 못 본 척 봐주라."

너 하나 담으려고 안간힘 쓰고 있는 내 모습이 보이질 않지.

"……취했으면 좋은 말 할 때 사라져."

"아무것도 모르니까 계속 말 사납게 하는 거지, 백설아."

이현이 실소를 흘리다가 살짝 벌어진 입술을 천천히 움직였다.

"미안."

세아의 눈가가 흠칫 떨렸다. 창틀을 잡은 이현의 손가락 끝이 험악하게 구겨졌다.

"미안하다고, 입술 대서."

세아는 잠시 말을 잃었다.

"정확히 말하자면 내 손에 댄 건데, 넌 그것도 싫지?"

이현이 사과를 할 수 있을 남자라고 생각해 본 적 없다.

"잘못했어. 취해서 한 거야."

심장이 욱신거린다.

"아니, 그건 핑계고 하고 싶어서 했는데…… 이렇게 얘기하면 너 더 싫어하지."

그는 유니벌로서 계급 꼭대기에 서식하는 포식자였다.

"사과하지 마. 차라리 뻔뻔하게 굴어. 그게 더 잘 어울리니까."

"네가 보고 싶은 내 모습은 대체 뭐야."

"뭐?"

"말해 봐, 맞추게."

"…….'"

이현의 흐려진 눈동자를 보니 심장이 호소하는 통증은 더욱 심해졌다.

"원하는 게 뭔지, 취향은 어떤지 전부 말해 봐. 뭐든 다 맞출게."

"필요 없다고."

"말투도."

"하지 마."

"고칠게."

"대체 나한테 왜 이래?!"

"사라진 것만 빼고 다 말해. 들어줄게."

세아는 손을 꽉 움켜쥐었다.

"대체……."

"화내지 말고. 정말 가는 것밖엔 방법 없어?"

"내게 왜 이래……."

"네가 없어 보니 알겠더라. 이렇게 얼굴 한 번 보는 게 정말 힘든 여자고."

"뭘 원하는 건데."

"그래서 난 보고 싶어 괴롭고 또 미칠 거 같은데."

"뭘 원하든 난 그거 못 들어줘."

"밤이 된 내가 달을 그리워하는 게 잘못은 아니잖아."

"……."

"이것도 잘못됐어?"

취한 듯 말을 잇던 이현의 눈썹이 처음 보는 모습에 천천히 구겨졌다. 늘 빠져 죽고 싶었던 호수가 일렁인다.

"……제발 가."

이현이 들어가려 하니 넘치는 건 결코 울리고 싶지 않은 여자의 눈물이다.

"사람 이상하게 만들지 말고 가라고."

세아는 꽉 메어 오는 목소리로 말했다. 응답받지 못할 사랑을 하는 이현에게 제가 할 수 있는 일이란 대체 뭘까. 예리처럼 세아를 보지 못하는 곳으로 밀어 넣어야 할까. 그럴 때마다 세아의 발목을 붙잡는 건 그동안 그와 마주했던 순간들이다. 강압적이었으면서도 조금씩 세아에게 맞춰 제 살을 깎아 내었던. 언제부터였는지 기억조차 나질 않는다. 이현이 지금처럼 제로의 눈치를 보는 게.

"넌 꼭 내가 듣고 싶지 않은 것만 바라더라."

눈물이 흐르는 이유조차 알 수 없어 세아는 고개 숙였다.

"미안. 울릴 생각 없었어."

속에 돌덩이가 앉은 듯해 무게가 원하는 대로 주저앉고 싶었다. 억지로 견디고 또 견뎌 내고서야 고개를 들었을 때, 이현은 없었다. 그저 세아가 기억하는 건 무언가 기록하듯 버튼을 누르던 소리와 이현이 흔적도 없이 사라졌다는 것.

"야, 윤세아!"

침실 문이 벌컥 열리더니 한결이 급박한 얼굴을 했다. 우는 모습을 들킬까 싶어 세아가 재빨리 손으로 눈물을 닦자 한결이 거친 숨을 내쉬며 들어와 창문부터 닫았다.

"뭐야, 너 어디 있다가 지금 온 건데……."

"잔말 말고, 너 지금 당장 세수해라. 시우, 너 빨리."

시우가 고개를 한 번 끄덕이고선 세아의 손목을 잡고 끌었다. 한결은 문을 꽉 닫고 커튼까지 쳤다. 순식간에 주변은 평소처럼 정리됐지만 아직도 등골이 오싹한 건 아까 파티장에서 들었던 당부 때문이다.

—가서.

도현의 입가에 머물던 술잔의 액체가 유난히도 색이 짙었다.

—들어가진 말고, 바깥에서 세아 창문 여는지나 봐주십시오.

한결이 눈썹을 구기자 도현이 느릿하게 잔을 내려놓으며 웃었다.

—어렵습니까?

아니, 어려운 게 아니라 마치 문을 열면 무슨 일이 있을 것처럼 말했기 때문이다.

그의 명령을 따라 집 안에서 세아가 잠든 것만 확인하고 바깥으로 나온 한결은 여느 날과 마찬가지로 진주가 날아와 떨어져 집 앞 마당을 가득 채운 장면을 보았다. 매번 도현의 지시대로 세아가 보기 전에 치우던 것이었지만 우선 집 근처에 차를 대고 창문만 노려보고 있었다.

"세수 다 했어?"

"하긴 했는데 왜 갑자기 날⋯⋯."

"그걸 몰라서 묻냐?"

다른 날은 안 그러더니, 오늘은 작정이라도 한 듯 집 앞을 지키던 가드를 중력으로 가볍게 눌러뜨리고 담을 넘는 이현을 본 한결은 갈등해야만 했다. 당장에라도 도현에게 연락해서 이 상황을 알려야 하는 건지, 아니면 제가 나서서 상황을 중재해야 하는지.

"……너 빨리 누워."

"뭐?"

"지금 아무 일도 없던 거다. 넌 창문 연 적도 없고, 그냥 계속 잔 거라고."

한결은 결국 이 사실을 못 본 척하기로 마음먹었다. 무슨 영문인지 모르는 세아가 인상을 구기며 무슨 일이냐고 물었다. 한결은 답답하단 듯 머리를 헝클였다.

"제발 묻지 말고 말 좀 들어라."

"뭐가, 집 근처에 있는 가드들 확인해 봤어? 다쳤을 거야, 그러니까……."

"지금 그게 중요해? 이글이 창문 열지 말라……."

"됐으니까 나가 보세요."

등 뒤로 들려온 목소리에 한결은 소름이 쫙 돋았다.

"이제 나가 보셔도 됩니다."

천천히 고개를 돌리자 도현이 서 있었다. 깍듯이 걸치고 있던 정장 재킷의 단추를 풀고 소파 위로 걸쳐 둔다. 그다음으로 소매를 푸는 행위는 생각조차 읽을 수 없을 정도로 일상적이었다. 한결은 마른침을 삼킨 뒤 시우에게 눈짓해 바깥으로 나섰다.

"뒤에서 일 꾸미기는……. 어차피 다 보고 있었는데."

문이 닫히자 도현이 비식 웃음을 터트렸다.

"내가 원래 사람을 잘 못 믿어."

어느덧 셔츠까지 모두 벗은 도현이 눈을 감은 채 나른하게 목덜미를 주물렀다.

"유일하게 믿는 게 너 하나인데."

넌 무슨 짓 해도 믿어 주려고 하는데. 천천히 눈꺼풀을 밀어 올린 도현이 웃으며 침대로 다가왔다.

"세수했어? 물기가 남아 있네."

"너……."

"잘 닦아야지."

지친 듯 침대로 누운 도현이 세아의 베개로 얼굴을 파묻고선 호흡했다. 머지않아 고개 들어 앉아 있는 세아의 팔을 잡아당긴다.

"이리 와. 내 옆에서 마저 자자."

"……뭐야, 지금?"

"뭐가."

"한결이가 한 말, 뭐냐고."

세아의 고운 얼굴이 구겨졌다. 창문을 열지 말란 건 또 뭐고, 이제 되었단 도현의 말은 또 뭘까. 손목을 잡고 있던 도현의 눈빛이 어둑해졌다.

"뭐가 그렇게 궁금해, 넌."

지나치게 낮은 목소리였다.

"그 애길 지금 꼭 해야 돼?"

도현이 무슨 생각을 하는지 알고 싶었다. 한결이 다급하게 했던 말부터 차례대로 짚어 보았다. 창문, 그러고 보면 도현이 아까 파티장으로 돌아가기 전 창문을 열지 말라고…….

"모르는 척하려고 해 줘도 끝까지…….'

사납게 머리를 긁적인 도현이 결심한 듯 허리를 일으켰다. 왜 우리의 행복을 깨뜨리려 하냐는 식의 표정으로 노려본다.

"그래, 좋아. 궁금하다니 말해 줄게. 내가 한결 씨한테 너 창문 여는지 밖에서 지켜보라고 했어."

"왜?"

"신이현이 저런 짓 하는 게 한두 번이 아니었으니까."

"뭐라고?"

반문하자 도현의 눈빛이 어두워진다.

"신이현이 매일 밤 창문에다 헛짓거리 하는 거 다 알면서도 모른 척해 준 건데, 너만 모르면 다 되는 거였는데 넌 열어 봤고 결국 또 만났잖아."

"그건 비 오나 싶어…….'

세아는 말을 하다가 잘근 입술을 깨물었다. 본인 의지로 갑갑하거나 바깥을 보기 위해서라도 언제든 열 수 있는 거였지만 도현이 하지 말라 부탁했으니 고민했었어야 했다. 결과적으로 세아는 이현과 또 만났다.

"……그때 죽여 버릴 걸 그랬나."

차갑게 뱉어진 목소리에 잠겨 있던 세아가 반사적으로 고개를 들었다.

"무슨 소리야, 그게. 누가 누굴 죽여."

"왜 그날 우리 식사하는 자리에 신이현이 찾아와 내게 칼을 던졌을 거 같아?"

"뭐……?"

"대화를 하고 싶다는 넌 믿어도 걘 절대 아니거든. 결과를 봐. 병원에서 넌 또 그 남자와 키스했어. 틀려?"

그걸 어떻게.

"그런 곳에 널 보내는데 나도 보험은 들어놔야 하잖아?"

생각해 보면 이현이 집어던진 칼날에 피가 묻어 있었다. 초능력을 가진 그가 도현에게 찾아와 칼을 던진 건 위협이 아니라 증거물인 셈이었다.

"네가 찔렀니?"

"널 건드린 보복도 할 겸."

"죽이려고 했던 거야?"

아니, 칼로 찌른다고 죽을 위인도 아니었지만 도현이 그런 행위를 저질렀다는 것 자체만으로도 세아는 손이 떨렸다.

"알아볼 것도 있었고."

그리고 이 모든 걸 차분히 말하는 도현이 낯설다. 숨소리도 일정했고 그 입술 사이로 흐르는 알코올 냄새는 세아의 머리를 욱신거리게 했던 것과 똑같은 향이었다. 도수조차 알지 못하는 짙은 색 술이 난 이렇게나 아픈데, 도현은 아무렇지도 않다는 게 신기했다. 언제부터 그렇게 술과 친화적인 남자가 됐을까.

"……너 왜 이렇게 담배 냄새가 심해?"

세아가 낮게 묻자 도현이 설핏 웃음을 터트렸다.

"술자리에서 누가 피웠어?"

"글쎄…… 어디 한번 확인해 봐."

허리를 움직인 도현이 느릿하게 세아의 입술을 머금었다. 퀴퀴한 잔해가 잔뜩 묻어 있는 입술을 맛본 세아가 냉큼 얼굴을 뒤로 뺐다. 도현과 수도 없이 입술로 마주했던 사이였지만 이처럼 달콤하지 않은 건 처음이었다. 퀭한 눈동자가 세아를 주시했다.

"내가 했어."

대체 언제부터. 까마득히 몰랐던 사실을 알게 된 것만으로도 신경이 곤두서는 세아와 달리 도현은 지나치게 정적이었다.

"왜, 배신감 느껴? 뒤에서 너 모르는 일 해서."

비웃는 것처럼 도현이 말했다.

"네가 아는 하도현은 숨기는 게 없어. 그렇지?"

당연하다. 우린 연인이니까. 사랑하니까 뭐든지 다 말하고 털어놓고 비밀 같은 건 없잖아.

"근데 내가 아는 윤세아는 비밀이 너무 많아."

세아의 입가가 딱딱하게 굳었다. 도현에게 숨기는 게 없을까 자문하자면 당당할 수 없는 부분이 몇 있었고 그중 하나가 이현이었다.

"얼마나 더 모르는 척 네 발밑에 기어 줄까? 어?"

세아는 입술이 덜덜 떨렸다.

"카피로 널 베낀 설예리랑 내가 키스했을 땐 헤어지자고 말했던 너인데, 내가 한 번이라도 헤어지잔 말 꺼낸 적 있나?"

"도현아."

"모르는 척해 주려고 해도 넌 뭐가 그렇게 궁금해?"

"그게……."

"신이현을 안 죽인 게 용한 거지, 거기서 내가 뭘 어떻게 해야 할까? 나도 너와 똑같이 헤어지잔 말 해야지 맞는 상황인데 넌 어떻게 생각해?"

이별이라니. 세아는 앞이 캄캄했다. 이런 도현의 반응을 알아서 그동안 말없이 숨겨 온 것들을 도현은 전부 알고 있었다. 숨기려고 했던 것부터가 오류였고 잘못이었다. 하지만 그곳엔 갈피를 잡을 수 없던 세아의 마음도 큰 비중을 차지했다. 겉으로는 이현을 밀어낸 것이지만 그 순간에 연민을 느낀 적 없냐고 묻는다면 할 말이 없다.

"먼저 그런 태도로 날 불안하게 만든 건 너야."

세아는 이현을 증오하면서도 한편으론 안타깝게 여겼다.

"내 눈 피해서 계속 만났잖아. 안 그래?"

입술을 부딪친 상황이 수도 없이 많았다. 마음을 돌리겠단 생각으로 완강히 거절하면서도 저로 인해 망가지는 이현을 보며 가슴이 저릿했다. 그러지 말라고 몇 번을 말해도 주저 없이 제 살점을 깎아 내는 걸 보니 어느새 마음에 틈이 생겼다.

"네가 그때 신이현을 찾아가는 게 아닌, 최태수 빼내 오라고 내게 부탁했더라면 이러진 않았지. 내가 하겠다고 했는데도 신이현과 대화하겠다 말한 게 너라고."

몇 번씩 대화를 앞세워 얼굴 보고 눈 맞추며.

"버틸 수가 있어야지, 그런 널 보는데. 그런 너라도 좋다고 옆에 붙어 있는데 살아야 될 거 아니야. 난 무슨, 감정도 없는 인간인 줄 알아?"

그걸 모조리 다 지켜보고 있었을 네 마음이…… 어땠을지 왜 알지 못했을까. 도현은 거친 목소리로 말했다.

"난 널 생각하느라 하루에 두 시간 자는 게 버릇이 된 사람이야. 안 살아 봐서 모르겠지. 이게 얼마나 미치고 정신 나간 짓인지 넌 모르지."

"……."

"술? 빌어먹게도 만나는 유니벌마다 술 아니면 얘기가 안 되는데 어떻게 안 마시고 버텨. 네가, 우리가 원하는 세상 하나 만들어 보겠다고 너 보고 싶은 것도 참고 웃고 떠들고 그 시간 외엔 머리 굴리고. 속 답답하고 미칠 것 같아서 담배도 태우게 됐어. 근데 넌 그것도 모르지? 한 번이라도 내 셔츠에 밴 냄새 신경 썼으면, 내 손에서 나는 냄새가 예전 같지 않다고 느끼기라도 했으면!"

도현의 턱이 뻐근해졌다.

"내가 왜 그걸 하게 됐는지 신경 쓰고 알아채 주기만 했어도 지금 이렇게까지 비참한 기분 안 들잖아……."

사랑하는 사이임에도 관심을 갈구하는 도현이다. 둘이 함께해서 외롭지 않을 거라 여겼는데 아니었다. 세아가 미움이란 껍데기로 이현에게 시선을 줄 때마다 도현은 철저히 혼자였고 쓸쓸했다.

"신이현이 칼에 찔렸다니까 불쌍해? 그럼 난."

도현이 이를 악물었다.

"회복 초능력이 없는 난…… 걱정도 안 돼?"

그 말을 들은 세아는 심장이 떨어지는 듯했다. 초능력 여덟 개를 보유한 릭시란 타이틀은 도현을 강자로 비치게 했지만 사실 그 뒤로 얼마나 많은 문제와 위험이 도사리고 있는지 세아는 걱정해 본 적 없다. 언제나 도현의 곁엔 보호하려는 자들이 득실거렸고 관리자인 중오가 눈에 불을 켜고 있었다. 왜 그런지 따지고 보면 너의 유일한 약점은 회복되지 못한다는 것에 있는데.

"적이 몇이고 날 시기하고 질투하는 애들이 몇인지, 얼마나 많은 벡터들한테 위협받는지, 넌 내가 얼마나 위태롭게 하루하루를 사는지 모르지?"

왜 나는 그걸 몰랐던 거지. 최초의 존재로서 네가 끌어안고 있는 위기감과 불안함을 왜 보지 못했던 걸까.

"잘하는 것도 없어. 취미도 윤세아고 특기도 윤세아야. 내 전부는 그냥 너야. 그런데 넌 신이현도 있고 카시스란 동료도 있고 지금은 엘린과 클로비스까지 있어."

사실 너는 외로울 수밖에 없는 위치인데. 나와 마찬가지로 부모님을 잃고, 공허감을 느낄 새도 없이 강제로 본부에 끌려가 십 년을 갇혀 지냈던 너인데.

"근데 난 아니잖아. 나는 너뿐이라고."

그 안에서 오직 갈구하며 떠올린 게 나일 텐데……

"같은 크기로 사랑해 달란 말 안 해. 넌 죽어서도 내가 너 사랑하는 만큼 못 쫓아 와. 바라지도 않아. 그냥 옆에만 있어 달라는 부탁, 나만 바라봐 달란 부탁을 굳이 내 입으로 하게 하지 말았어야지. 적어도 내 눈에 흔들리는 거 보이지 말았어야지."

네게는 의지할 동료도, 애정을 느낄 부모도, 사랑을 나눌 연인도 오직 나뿐이라서.

"아까 옆에 서고 싶다는 말로 내 마음을 돌려놓더니 사람 미치게 떨어뜨려, 넌."

목이 꽉 막혔다. 무슨 말이라도 해야 하는데 벙어리가 된 것처럼 언어가 내부에서 만들어지지 못했다. 세아는 온 힘을 다해 걸음마를 뗀 아이처럼 더듬거리며 손을 뻗었다. 이윽고 공허하게 버려진 도현의 손을 꼭 잡았다.

"하⋯⋯."

거친 숨과 함께 시선을 떨어뜨린 도현이 눈썹을 구겼다. 이를 악물었다가 천천히 손가락을 움직여 저를 덮은 세아를 옭아맨다. 온기를 주면 득달같이 달라붙는 제가 웃긴지 도현이 실소를 터트렸다.

"넌 이런 내가 너무 익숙하지."

"도⋯⋯."

"이렇게나 매달리니까 난 눈에 안 들어오고 그래서 자꾸 시선 돌리는 거지. 내가 널 이렇게 필사적으로 사랑하는 게 당연한 거니까, 너 없으면 죽을 거 뻔히 아니까, 난 어디 도망 안 갈 테니까."

"도현아⋯⋯."

"맞잖아, 다 맞다고! 나 너 없으면 안 돼! 너 없으면 진짜 아무것도 아니니까⋯⋯!"

기어코 달아오른 눈동자에서 무거운 액체가 투둑 떨어졌다. 도현이 크게 젖은 숨을 내뱉으며 세아의 품을 찾아 들어갔다. 세아의 어깨에 얼굴을 묻고 한참이나 넓은 어깨를 벌려 안는다.

"불쌍하게 봐줘, 차라리. 동정해도 그게 너라면 좋아 죽으니까……."

나는 네가 날 불쌍하게 여기어 한 뼘 더 사랑해 줬으면 좋겠다.

"나 정말 다 좋으니까."

비록 동정이라도 나는 애달아 할 테니. 세아는 암담했다. 겁에 질린 듯 작게 속삭이는 도현의 말 한 마디, 한 마디가 심장에 박혀 고름이 된다.

"제발 나 불안하게 좀 하지 마."

진물이 흘러 세아는 숨 쉴 수가 없었다.

"미칠 거 같아서 그래, 정말……."

이질적인 담배 향이 도현의 머리카락 가득 배어 있었지만 세아는 부서져라 도현을 끌어안았다. 꽉 누르니 터진 고름이 세아의 입을 벌리며 나왔다.

"미안해. 내가 미안해, 도현아."

이런 말밖에 못 해서 한탄스럽지만 그것 말곤 답이 없었다.

"널 돌보지 못하고, 잡아 주지 못한 것도 전부 미안해. 네 옆에서 굳게 버팀목이 되어 주지 못하고 흔들려서 네가 불안해 그랬던 거 알아. 하지만…… 손 더럽힌 건 나로 충분해서 너만큼은 그러지 않길 바랐어."

"……."

"신이현을 불쌍하게 여겼던 거 맞아. 측은했어. 나 때문에 그렇게 변해 가는 남자 안타까워 미칠 거 같았는데…… 그런 동정이 널 힘들게 할 줄은 정말 꿈에도 몰랐어. 계속 마주치면서 빈틈 보였던 것도 나야, 내가 잘못했어. 그 남자와 키스했던 것도, 그걸 숨기면서 네가 얼마나 고통스러웠을지 생각하지 못하고 이기적이었던 내가 백 번 잘못했어."

"……."

"헤어지기 싫어, 도현아."

세아는 도현의 품을 파고들며 진심을 토해 냈다.

"내가 다 잘못했으니까 그러지 마. 너무 오랫동안 사랑했던 게 너라서, 넌 내게 정말 편하지만 그래서 더 네가 없으면 안 된다는 거 잘 알잖아……."

"……흑."

도현이 크게 울음을 토하자 세아는 거기에 넘어갈 것처럼 헐떡였다. 내 가슴이 더 아프고, 내가 대신 울어 주고 싶고, 이렇게나 내 어깨를 적실 정도로 널 울게 한 내가 밉고…….

"내 옆에 있는 게 힘들었다면 내가 다 고쳐 볼게. 너 아프지 않게 더 사랑해 줄게. 그러니까…… 이기적일지도 모르겠지만 내게서 떠난다는 말, 힘들고 못 버티겠단 말 하지 마. 내가…… 내가 더 잘할게. 도현아, 응? 내가 잘못했어. 그러니까, 그러니까 어디 가지 마. 내 옆에 있어야지. 나도 네가 없는 삶 같은 거 생각해 본 적 없단 말이야."

정말 바보같이, 살아 돌아온 널 보며 기뻐했던 게 엊그제 같은데…… 아직도 그때만 생각하면 꿈처럼 믿기지가 않는데, 어떻게 그런 네게 익숙해질 수 있었을까. 오래된 연인을 익숙하고 당연하다 생각하는 순간부터 위기가 찾아온다는 걸 너무 늦게 알았다. 우리가 정상적인 궤도에서 사랑한 건 아니었지만 그렇다고 해서 방향을 잃은 건 아니다.

"내가 더 신경 쓸게. 네가 뒤에서 뭘 하든 내가 먼저 알아채도록 할 거야. 관심 떼지 않을게. 약속해, 정말이야."

내 우주의 축은 너야. 너로 인해 모든 것이 돌아가고 움직이고 떠다녀서……

"나 네가 전부야. 이런 내 마음 그 누구도 못 바꿔."

잠시 다른 행성에 불시착할지라도 그마저도 네 주변에서 일어나는 사사로운 일이라는 걸 잊지 마.

솔직한 고백이 전부 전해졌을지 알 수 없었지만 묻는 일 같은 건 하지 않았다. 도현은 대답 없이 세아의 옷만 꽉 움켜잡았고 세아는 그런 도현을 끝없이 포용했다. 도현이 좋다고 했던 향이 분명 지금 이 순간에도 나고 있을 것이다. 이렇게 안아 주면 다 사라질 거야. 살짝 고개를 비튼 도현이 천천히 세아의 품에서 떨어졌다. 세아가 냉큼 그를 뒤따랐다.

"너……."

애써 웃는 얼굴로 맞이해 주었지만 도현의 낯빛이 탁했다. 곧바로 고개를 떨구기에 놀란 세아가 얼른 그걸 받쳤다.

"왜 그래?"

"……어지러워."

도현의 목소리가 지나치게 흐렸다. 물에 젖은 솜처럼 고개도 제대로 들지 못해 세아의 손에도 힘이 들어갔다.

"왜 그래, 무슨 일이야?"

"네 냄새."

"뭐?"

세아가 놀라 반문하자 도현이 침대를 짚으며 거친 숨결로 말했다.

"평소보다 더 향이 진해……. 그거 알아?"

무슨……. 되묻기도 전에 도현이 정신을 잃고 쓰러졌다. 순식간이었다.

"윽, 나 때문이에요. 저랑 얘기하다가 그런 거예요……."

"윤세아 씨, 이런다고 도현 님께서 깨어나시는 것도 아니니 우선 진정하시죠."

중오는 제 입으로 세아를 다독이는 날이 올 줄은 꿈에도 몰랐었다. 도현이 쓰러졌단 소식에 제일 민감해야 할 중오였지만 지금 세아의 몰골을 보면 명함조차 내밀지 못할 군

번처럼 느껴졌다. 눈가가 새빨개질 정도로 우는 모습을 보니 입안이 절로 텁텁해진다. 여자를 달래는 일이라곤 해본 적 없던 중오다.

"별다른 이상은 없다고 했습니다. 과로일 수도 있다고 하니, 요즘 피로가 많이 쌓이긴 했던 거죠."

"하아, 윽……."

걱정 말라 한 말에도 더 울어 버리니 중오가 결국 눈짓으로 옆에 서 있던 시우를 불렀다. 세아를 그에게 맡기고선 병실을 나선 중오의 표정이 어두웠다. 요즘 제아무리 일이 많다고 하지만 도현은 초능력 여덟 개를 보유한 만큼 신체적 조건이 뛰어난 남자였다. 고되다고 정평 난 훈련도 악착같이 버텼는데, 단순 과로라고 이 사태를 넘기기엔 어딘가 꺼림칙했다.

"검사 결과는 나왔나?"

혹시나 다른 것에 문제가 있나 혈액을 뽑아 온갖 검사를 다 돌려보게 한 중오다. 도현을 진찰했던 벡터가 중오의 물음에 난처한 듯 입을 머뭇거렸다.

"왜, 무슨 문제가 있는 건지 똑바로 말해."

한눈에 심상치 않은 기류를 느낀 중오가 차가운 음성으로 물었다. 주저하던 벡터가 말했다.

"그게…… 도현 님의 숙련도가 올랐습니다."

"뭐?"

중오의 눈썹이 말도 안 된다는 듯이 구겨졌다.

"숙련도가 오르다니, 세대로 검사한 거 맞나?"

"네."

중오는 머리가 얼얼했다. 오래전, 힘이 전부인 세계가 구축되면서부터 많은 벡터들이 탐구했던 건 바로 힘의 단계인 숙련도였다. 어떻게 하면 더 강해질 수 있을까. 그 원초적인 본능의 갈망은 끊임없는 연구로 이어졌지만 인간의 욕망을 비웃기라도 하듯 숙련도 진화엔 방법이란 게 없었다.

모든 것이 불규칙했고 공통점이라곤 찾아볼 수 없었다. 사용 빈도와 타고난 성질, 레벨이 높은 자들에게만 한정. 여러 가설을 세우고 연구해 보아도 결과는 전부 허망했다. 본부에서조차 자신이 보유한 힘이 허락할 때 상승한다고 규정할 정도로 이젠 모두가 숙련도는 운명에 따라 발전한다 여겼다.

"몇 개나."

"자세한 검사를 위해 혈액 샘플을 미국 릭시 본부로 보낸 상태입니다. 그곳에서 결과가 나와야 정확히 알겠지만 도현 님께서 팔찌를 차실 때 검사받으셨던 데이터에 비해 펠다민 수치가 급격히 높아진 걸로 보아 숙련도가 오른 건 확실합니다."

펠다민은 초능력을 보유한 육체라면 누구나 다 가지고 있는 호르몬인데, 그 양을 측정해 숙련도를 구분할 수 있다.

중오는 믿기지 않아 헛웃음을 흘렸다. 벡터로 태어나 팔찌를 차면서 처음 측정되는 숙련도가 죽을 때까지 유지되는 자들이 대다수일 정도로 숙련도의 상승은 몹시 어려운 것이다. 간혹 팔찌를 찬 이후에도 괴물 같이 두 단계를 뛰어넘는 자들도 있긴 했지만 그건 어디까지나 소수였다.

"결과는 내가 직접 가서 확인해 보는 게 낫겠군."

이쯤 되면 어느 초능력이 상승된 건지 두근거릴 수밖에. 중오는 심장이 너무 빨리 뛰어 견딜 수 없었다. 그것이 상급에 멈춰 있는 세이렌은 아닐까. 만약 최상이 된다면 전설 속에나 존재하던 인물을 현시대로 끌어와 재현시킨 관리자가 되는 것이다.

"기뻐하세요, 아주 좋은 일입니다."

병실로 돌아온 중오가 꺼낸 첫마디에 아직도 눈물바다인 세아가 토끼 눈을 했다.

"도현 님께서 이리되신 거, 숙련도 때문인 거 같습니다."

"네?"

"과도하게 펠다민 수치가 높아지다 보면 쓰러질 때가 간혹 있거든요."

세아는 두어 번 눈을 깜빡이다 입술을 짓눌렀다. 대체 숙련도 따위가 뭐가 중요하다고. 쓰러진 도현이 무사히 깨어나기 전까지는 그 어떤 것도 위로가 될 수 없었다.

"신체에서 받아들이는 데 조금 걸릴 겁니다. 그러니 안

정 취하도록 윤세아 씨께서도 깨어날 때까지 기다려 주십시오."

"……."

"평소에도 잘 못 주무시는 도현 님 아닙니까. 이럴 때라도 숙면을 취하셔야죠."

누구 때문에 잠 못 드는 몸이 되었는지 잘 아는 세아는 애꿎은 시트만 꼭 움켜잡았다. 중오는 그 모습을 보며 설핏 인상을 찡그렸다. 과도하게 향수를 뿌려 놓은 것처럼 세아의 향이 주변으로 진동했다.

"샤워하셨습니까?"

"네? 네……."

한데 그 향이 평소 맡았던 것과 미세하게 다른 것 같기도……. 중오는 한결과 시우에게 보호를 부탁한단 눈빛을 주고선 바깥으로 나갔다.

"본부로 가십니까?"

"그래, 외부에는 쓰러졌단 소식이 알려지지 않도록 신경 쓰고 주치의 입까지 단단히 막아 둬."

"네."

중오가 자리를 비우게 되면 자연스럽게 도현의 보호와 상황 정리는 건우의 몫이었다. 늘 든든했던 건우였지만 오늘따라 반신반의한 마음이 드는 건 도현의 가치가 숙련도로 인해 더욱 올라갔기 때문이다. 어서 확인만 하고 돌아와야겠단 생각을 하며 중오는 걸음을 빨리했다.

그러고 보면 결혼한 것도 아닌데, 제게 아이가 있다면 이런 기분일까 생각하는 중오였다. 마치 아이가 100점짜리 시험지를 팔랑이며 내민 것처럼 중오는 뿌듯함을 감출 수 없었다.

"검사 결과는 어떻게 되었나?"

"세 개의 초능력이 상승했습니다."

"세 개나?"

"네."

"어떤 거."

포탈을 이용해 미국 본부로 온 중오는 도현의 수치를 분석해 나온 초능력 성질을 들을 수 있었다.

"공격형 두 개와 개인형 하나입니다."

공격형이라 하면 불은 이미 최상이고, 그렇다면 염력과 바람이 오른 셈이다. 개인형이라면 투시.

"범위형, 범위형인 세이렌은?"

"그건……."

아……. 중오의 입에서 잠시나마 아쉬운 탄성이 흘렀다. 하지만 염력과 바람이 최상이고 투시가 상급이 되었단 건 축하할 일이었다. 하나일 줄 알았는데 세 개나 상승하다니. 지금껏 숙련도 전부를 최상으로 가진 자는 없었지만 어쩌면 도현이 그 자리에 앉게 될 수도 있었다. 모든 가능성이 열린 상황이니 기쁘지 않을 수가 없었다.

"상부에 보고는?"

"아직입니다. 한꺼번에 세 개나 숙련도가 상승하는 건 0.0001%의 확률이나 마찬가지인데 어쩌면 외부 영향을 받았을지도 모릅니다. 평소 도현 님께서 어떻게 생활하시는지 세세히 말씀해 주신다면 새로운 데이터를 작성하는데 도움이 될 겁니다."

"운이겠지."

"그런 식으로 넘기시면 연구에 발전이 없습니다. 이렇게 눈에 띄게 숙련도가 오른 상황에서는 무엇 하나라도 놓치지 않고 조사해야 합니다."

"매번 바쁜 스케줄에 잠도 제대로 못 주무시고 술과 담배나 하셨으니 숙련도가 오를 여건은 전혀 아니었네."

"그렇습니까?"

"오히려 쓰러졌다고 들었을 때 피로 누적 때문이라고 생각할 정도였는데. 가만 보면 단 하나뿐인 이글이지 않은가?"

"그렇죠, 유니벌보다 신체 조건이 뛰어나 어쩌면 숙련도가 잘 오르는 체질일지도요."

"초능력 개수만 봐도 답 나오지. 괴물 같은 분이네."

중오가 벅찬 목소리로 말했다. 벌써부터 초능력 전부를 최상으로 올려놔 세계를 또다시 놀라게 할 일만 생각하면 혈관이 저릿할 정도였다. 도현으로 인해 기존에 있던 모든 기록은 지난 것이 되고 있으니, 이토록 중오가 열광하는 것도 당연했다.

"오신 김에 관리자님께서도 검사받아 보시겠습니까? 마지막 검사일이…… 두 달 전이셨네요."

컴퓨터 모니터의 데이터를 확인한 연구원이 물었다. 정기적으로 1년에 한 번 검사를 받는 걸로 규정되어 있지만 자신이 능력을 사용하다 발전됨을 느낀다면 언제든 숙련도를 확인할 수 있었다. 중오는 냉담히 고개를 저었다.

"난 필요 없네. 15년이 지나도 오르지 않던 숙련도인데 지금이라고 올랐을까 봐."

"그래도 도현 님도 오르셨는데, 한번 받아 보시는 건 어떨까요?"

"흠."

중오는 생각에 잠겼다. 요즘 들어 도현이 떠맡긴 회사 일을 처리하느라 초능력을 제대로 사용하지 않았었다. 하지만 연구원이 건넨 말은 중오에게 언제 들어도 기분 좋은 말이었다. 그걸 기념하는 마음과 더불어 연구실까지 기껏 발걸음 했으니, 한번 해 봐도 나쁘지 않았다.

"좋네, 대신 빨리 처리해. 어서 도현 님께 가 봐야 하니까."

"네, 금방 됩니다."

혈액을 뽑고 검사를 하면서도 중오는 이 사실을 도현에게 어떻게 전해야 할지 고민했다. 세 개가 한꺼번에 오른 일은 극히 드무니, 나머지 것도 올리는 데 열중해 훈련을 하자는 회유는 현시점에서 좋게 받아들이지 않을 것이다. 본부를 극히 싫어하는 도현이라 어디 다른 공간에서라도 초능력 사용 빈도를 올려 보는 것도…….

"관리자님."

"왜."

"숙련도가…… 오르셨는데요?"

"뭐?"

중오는 믿기지 않는다는 듯 그가 들고 있는 종이를 빼앗았다. 중오가 가진 초능력 중 딱 하나 중급이었던 소머즈가 경이롭게도 올랐다. 어떻게 이런 일이. 연구원도 넋이 나간 얼굴로 중오를 빤히 바라보고만 있었다.

"검사가 잘못된 건 아니겠지."

"아, 아닙니다. 그럴 리가요."

믿을 수가 없어 곧바로 초능력을 사용해 보았다. 매번 어느 정도 거리가 멀어지면 멈추던 소리가 끝없이 들려오는 걸 보며 중오는 자신의 숙련도가 오른 걸 몸소 실감했다. 중오는 들고 있던 종이를 곧바로 분쇄기로 밀어 넣으며 주변을 살폈다.

"이 사실 외부로 흘리지 말게나."

"예?"

"도현 님 숙련도 관련한 부분만 상부에 보고해, 알겠나?"

"네…… 네."

대부분의 연구진들이 퇴근한 상태라, 투명한 유리 벽으로 이뤄진 공간엔 둘을 제외하고 누구도 없었다. 양반은 되지 못한다고, 중오가 그리 당부하니 얼마 가지 않아 연구실로 이사진들이 들이닥쳤다.

"도현 님께서 쓰러지시다니, 대체 무슨 일이지?"

"안 그래도 보고 드릴 참이었습니다."

중오는 뻔뻔한 낯으로 웃으며 그들을 맞이했다. 숙련도가 세 개나 상승했단 소식은 릭시 본부에서 열광할 만한 쾌거였다. 그럴수록 아직 멈춰 있는 프로젝트가 신경 쓰일 수밖에 없는 자들의 뇌 구조를 중오가 모를 수 없었다.

"지금 도현 님의 상태라면 얼마든지 초능력이 높은 아이가 태어날 수 있지 않은가? 당장에라도 프로젝트를 실행해야 하네."

"그런 미신 같은 걸 믿다니요. 숙련도가 올랐으니 적응할 시간을 줄 겸 안정을 취하는 게 먼저입니다."

"그 이상으로 더는 시간 못 주네. 이번엔 강압적으로라도 나설 생각일세."

"알겠습니다. 그렇게 전해 드리죠."

고개 숙여 인사를 한 중오가 천천히 연구실을 빠져나갔다. 포탈 이동 공간으로 걸어가는 내내 중오는 자신과 도현의 숙련도가 함께 올랐다는 것의 연관성을 찾아보았다.

신체 조건이 뛰어나 자발적으로 이뤄진 결과라고 생각했는데 15년 동안 꼼짝 않던 제 숙련도까지 올랐으니, 비밀이 숨겨진 게 확실했다. 외부의 어떤 영향을 받은 걸까. 혹시나 하는 마음에 중오는 건우에게로 연락했다.

"도현 님께서는 깨어나셨나?"

「아직이십니다.」

"자네 숙련도 검사 언제 마지막으로 받았나?"

「칠 개월 전입니다.」

"그럼 지금 당장 병원 주치의에게 가서 피검사 해 보게나."

「네?」

"어서."

「……알겠습니다.」

전화를 끊은 뒤 한참을 걸어가 제 팔찌를 벽면에 대었다. 스르륵 열린 문 뒤론 포탈 초능력을 보유한 18명이 새하얀 단상에 서서 본부 사람들을 이동시키고 있었다. 중오가 다가가 얼굴을 비치자 위치를 물었고 중오는 도현이 있는 병원을 말했다.

"열어 드리겠습니다."

중오는 포탈 안으로 발을 들여 놓고 병원에 도착하는 순간까지 머리를 굴렸다. 외부의 영향, 도현을 중심으로 일어난 무언가로 인한 상황이라면.

"검사해 봤나?"

"네."

"어떤가."

"……올랐습니다."

그 주변 모두 숙련도가 상승했겠지.

-다음 권에 계속-

Gallery

커튼으로 창문을 막아 두어 어둠이 깔린 공간에서
이현은 느릿하게 눈을 깜빡였다.
"몇 시지……."
아침인 거 같긴 한데. 이현의 입꼬리가 느릿하게 올라갔다.
진짜인 널 보러 가는 아침.

"신이현 씨, 저 좀 잠깐 보시죠."
거 봐, 나를 하나씩 버리니까.
"이제 와, 백설아?"
네가 와.

"너 지금 큰 실수한 거야, 알아?"

"어떤 게 실수란 거지.

떨어뜨리려 달려든 건데 살아남았으면 실패 아닌가?"

순간이동으로 이동한 도현이 이현의 배 위로 올라타 그를 내려다보았다.

"윤세아 건드린 게 유니벌이라고 봐주면 제가 한 경고가 뭐가 됩니까?"

"나와 당당히 결혼하겠다는 말 벌써 잊었어?"
두 사람 앞에는 수많은 장애물이 있었다.
세아가 도현의 머리를 끌어안으며 제 품으로 인도했다.
"반지 계속 내 손에서 기다리고 있어, 도현아."

세아가 앙칼지게 눈초리를 올리며
단번에 도현의 허리에 다리를 감고 몸을 돌렸다.
순식간에 도현의 머리가 새하얀 시트 위로 눕혀졌다.
"그럼 지금처럼 네가 누워 있고 내가 내려다보면 어떻게 되는 건데?"
도현이 당황한 눈빛을 했다가
이내 세아의 허벅지를 손으로 살살 쓰다듬었다.
"......당하고 싶은데."

너에게로 중독 3

1판 1쇄 발행 2016년 7월 25일
1판 5쇄 발행 2021년 11월 15일

지은이 안테
펴낸이 신현호
편집장 예숙영
편집 박상희
편집디자인 한방울
영업·관리 김민원 조인희
물류 이순우 박찬수

펴낸곳 ㈜디앤씨미디어
출판등록 2002년 5월 1일 제117-90-51792호
주소 서울시 구로구 디지털로 26길 111 JnK디지털타워 503호
대표전화 (02)333-2513 팩스 (02)333-2514
전자우편 dncbooks@dncmedia.co.kr
디앤씨북스 블로그 http://blog.naver.com/dncbooks

ISBN 979-11-264-3643-9 (04810)
ISBN 979-11-264-3383-4 (세트)